Published by
DREAMSPINNER PRESS

5032 Capital Circle SW, Suite 2, PMB# 279, Tallahassee, FL 32305-7886 USA
http://www.dreamspinnerpress.com/

Dies ist eine erfundene Geschichte. Namen, Figuren, Plätze, und Vorfälle entstammen entweder der Fantasie des Autors oder werden fiktiv verwendet. Ähnlichkeiten mit lebenden oder verstorbenen Personen, Firmen, Ereignissen oder Schauplätzen sind vollkommen zufällig.

Clouds and Rain – Ein Lichtblick für Gable
Urheberrecht der deutschen Ausgabe © 2016 Dreamspinner Press.
Originaltitel : Clouds and Rain
Urheberrecht © 2011 Zahra Owens.
Original Erstausgabe . Februar 2011
Übersetzt von Nicoletta.

Umschlagillustration
© 2011 Anne Cain, annecain.art@gmail.com.
Umschlaggestaltung
© 2011 Mara McKennen.
Die Illustrationen auf dem Einband bzw. Titelseite werden nur für darstellerische Zwecke genutzt. Jede abgebildete Person ist ein Model.

Deutsche ISBN . 978-1-63477-200-6
Deutsche Erstausgabe . August 2016
v 1.0
Deutsche eBook Ausgabe . 978-1-61372-842-0
Deutsche Erstausgabe . Januar 2014

Gedruckt in den Vereinigten Staaten von Amerika.

Clouds
and Rain
Ein Lichtblick für Gable

ZAHRA OWENS

Für Carol, die mich auf die Idee für die inspirierende Umgebung dieser Geschichte gebracht hat und für den Rest meiner „Lesegruppe" (in der Carol ein sehr aktives Mitglied ist), die mir dabei geholfen hat, alles andere auf die Reihe zu bekommen.

1

ER BRAUCHTE den Job. So einfach war das.

Er hatte in Supermärkten gearbeitet und sogar gekellnert, worin er nicht besonders gut war, aber dieser Job klang, als wäre er für ihn gemacht.

> GESUCHT: Ranch-Helfer, der mit jungen, untrainierten Pferden umgehen kann und sich auch nicht scheut, Ställe auszumisten und Zäune zu reparieren.

Er war mit Pferden aufgewachsen und hatte sein Leben lang auf einer Ranch zugebracht, daher konnte er das mit geschlossenen Augen tun. Unterkunft und Verpflegung war natürlich nicht viel, aber es stand auch da, dass es einen netten Bonus geben würde, nachdem die Pferde verkauft waren. Das würde auf einer lokalen Auktion in circa sechs Wochen passieren, zumindest hatte das der Angestellte des Postamts gesagt. Er musste nirgendwo sein, daher klangen sechs Wochen Arbeit und ein Ort zum Bleiben wie etwas, mit dem er klarkommen würde. Er war kein großer Fan der kalten Winter in Idaho, aber er dachte, dass er sich nach den sechs Wochen auf den Weg in Richtung Küste und zu besserem Wetter machen könnte, bevor der Schnee kam.

Der Postbote setzte ihn am Anfang seiner Auslieferungstour am Haupttor der Blackwater Ranch ab und Flynn schwang sich seine Reisetasche über die Schulter, bevor er der staubigen Straße in Richtung des Haupthauses folgte. Es sah verlassen aus, obwohl es einen schmutzigen, dunkelgrünen Pick-up gab, der unter einem Apfelbaum stand, aber als er an die Tür des Ranchhauses klopfte, antwortete niemand. Entschlossen, den Besitzer zu finden, da er keine Lust hatte, den ganzen Weg in den Ort zurückzulaufen, schlenderte Flynn Richtung Stall; vorbei an ein paar Pferden, die ohne Halfter in einem kleinen Korral standen. Er sah ein paar mehr auf einer höher gelegenen Koppel, aber abgesehen davon war es unheimlich still.

Die Doppeltüren des Stalls waren offen, daher ging er hinein und wurde von einem großen braunen Kopf begrüßt, der sich aus einer Öffnung schob. Flynn streckte seine Hand aus und ließ das Pferd daran schnuppern, bevor er den weißen Fleck zwischen den Augen des Tieres rieb.

„Ist dein Boss hier irgendwo, meine Schöne?", fragte er das Pferd und lächelte dann, als das Tier offensichtlich nicht antwortete. Und es tat auch sonst niemand, daher lief Flynn zum Ende des Stalls, spähte dabei in die Ställe, an denen er vorbeilief, fand aber auch dort niemanden.

„Tja, dann arbeitet er wohl irgendwo anders“, sagte er laut, bevor eine unerwartete Stimme von hinten ihn erschreckte.

„Kann ich dir helfen?“

Flynn drehte sich um und sah einen Mann in Jeans und einem karierten Hemd, der neben einem der Stalltore stand, an denen er vorbeigegangen war. Außerdem war da ein schwarzer Schäferhund mit weißer Schnauze, der neben ihm saß.

„Ja, ähm, ich bin hier wegen des Jobs?“

„Du musst ganz schön verzweifelt sein, wenn du etwas annehmen willst, das weniger als den Mindestlohn bringt. Wo ist der Haken? Warst du im Gefängnis oder so was?“, fragte der Mann Flynn eher schroff.

Flynn schüttelte den Kopf. „Ich bin auf einer Pferderanch aufgewachsen, daher ist das besser, als im Supermarkt Kisten zu stapeln.“

„Welche Ranch?“, fragte der Mann in derselben ungerührten Stimme wie zuvor.

„Weiter im Osten“, antwortete Flynn und blieb dabei ganz bewusst vage. „Kanada“, gab er schließlich zu. „Wir zogen von England dorthin, kurz nachdem ich geboren wurde, da man dort mit der Pferdezucht mehr Geld verdienen konnte als in England.“

„Und warum arbeitest du dann nicht auf der Familienranch?“

Flynn hatte diese Frage befürchtet, aber er hatte seine Standardantwort parat. „Ich bin der jüngste von fünf Jungs. Da gibt es nicht wirklich etwas für mich zu tun.“

GABLE ANTWORTETE nicht sofort; stattdessen beobachtete er den jungen Mann. Er war sich sicher, dass an der Geschichte noch mehr dran war und er wusste, dass er herausfinden würde, wenn er ihn denn anstellen würde. Nicht, dass er wirklich viel Auswahl hatte. Die Jungs aus der Umgebung fanden besser bezahlte Jobs auf den größeren Ranches und es kamen nicht sehr viele Fremde in den Ort. Wenn er zu diesem Typen nicht Ja sagte, müsste er die Ranch in dieser Saison alleine bewirtschaften und das gelang ihm aktuell nicht besonders gut.

„Also, was kannst du alles tun?“, fragte er, obwohl er sich bereits entschieden hatte. Selbst wenn der Junge sich nicht sehr gut bei den jungen Pferden behaupten konnte, gab es wenigstens ein zusätzliches Paar Hände für die schweren Aufgaben.

„So ziemlich alles, was ein Pferd braucht“, antwortete der attraktive Junge mit den braunen Augen. „Striegeln, tränken, die Ställe ausmisten, sie bewegen, sie an Sattel und Zaumzeug gewöhnen, sie einreiten; sag was du brauchst, ich hab es schon gemacht.“

Obwohl es so klang, als wäre Gable gestorben und im Pferdehimmel gelandet, wusste er, dass es einen Haken geben musste. Wenn der Junge so gut war, wie er behauptete, warum arbeitete er dann nicht für die großen Ranches und verdiente mehr Geld als Gable ihm anbieten konnte? Aber er würde nicht tiefer graben. Wenn er sich nicht etwas ranhielt, dann würde keine Ranch mehr da sein und er brauchte das zusätzliche Paar Hände.

„Gut genug", sagte er. „Ich kann dir aktuell nichts bezahlen. Sobald die Pferde verkauft sind, werde ich dich entlohnen. Für den Moment kann ich dir nur Unterkunft und Verpflegung anbieten."

„So stand es ja schon auf dem Zettel am Postamt", sagte der junge Mann voller Resignation.

„Ich bin Gable Sutton und mir gehört das hier", antwortete Gable, dachte „noch", aber sprach es nicht aus.

„Flynn Tomlinson", antwortete der junge Mann und trat ein paar Schritte vor, um die angebotene Hand zu schütteln, „und ich arbeite hier."

Das Lächeln, das diese finale Aussage begleitete, fuhr Gable direkt in den Unterleib. Die Idee, mit Flynn zusammenzuarbeiten, um ihn zu beobachten, musste er verwerfen, denn er wusste, dass er selbst nichts zustande bringen würde, wenn er diesen jungen Mann den ganzen Tag ansehen müsste. Er hatte den hübschen kleinen Hintern begutachtet, als er durch den Stall gelaufen war, hatte die langen Beine und den schmalen Rücken bewundert. Natürlich konnte er sich diesen letzten Teil nur vorstellen, denn er war unter einer Wildlederjacke und einem Jeanshemd versteckt, aber als er sich vorhin umgedreht hatte, hatte Gable quasi seinen inneren Wolf pfeifen hören. Er schüttelte den Kopf und versuchte, die Gedanken zu zerstreuen. Sie hatten Arbeit zu erledigen.

„Lass uns etwas zum Mittag essen. Ich kann Dir das Haus zeigen und dann können wir direkt loslegen."

FLYNN BEOBACHTETE seinen neuen Arbeitgeber, der mit zwei Schritten aus dem Stall trat und folgte ihm in Richtung des Tors. Es war nicht zu übersehen, wie viel Mühe sich der Mann geben musste, um einfach nur zu laufen. Nicht nur das ausgeprägte Humpeln war ein Indiz, auch das angestrengte Atmen war Beweis dafür, dass es nicht nur ein physisches Problem war. Dieser Mann hatte bei jedem Schritt Schmerzen.

„Du solltest wahrscheinlich zu einem Arzt gehen, der sich das einmal ansieht", sagte er und versuchte, es beiläufig klingen zu lassen. „Wenn du ein Pferd wärst, würde ich dich von der Weide holen und den Tierarzt anrufen."

„Der Doktor hat es schon gesehen", antwortete Gable schroff. „Hat gesagt, ich muss damit leben."

Gables Ton legte Flynn nahe, das Thema abzuhaken, aber es erklärte ihm, warum die Ställe in so schlechtem Zustand waren und der Rest der Ranch ebenfalls ziemlich unaufgeräumt aussah. Wenn Gable sich um alles selbst kümmern musste und noch dazu mit einer Verletzung, wie sie das Humpeln nahelegte, war das keine Überraschung. Obwohl Flynn nur raten konnte, was mit dem Bein seines neuen Arbeitgebers passiert war, sah es nicht danach aus, als wäre es nur ein verstauchter

3

Knöchel. Immerhin würde Flynn ihn nicht fragen müssen, was zu tun wäre. Es war offensichtlich, dass es sehr viel Arbeit gab.

Als sie sich dem Haus näherten, hielt ein weißer Truck neben dem grünen und eine große, schlanke Frau mit einem blonden Pferdeschwanz stieg aus. Der Schäferhund rannte an ihnen vorbei, um sie zu begrüßen, als sie den Kofferraum öffnete und eine große Pappkiste herausnahm. Flynn, dem man beigebracht hatte, dass man einer Lady immer helfen musste, eilte an ihre Seite, um ihr die schwere Last abzunehmen.

„Meine Güte, danke schön!" Sie lächelte ihn an und sah dann zu Gable herüber. „Ich sehe, du hast jemanden gefunden, der dir hilft?"

„Hey, Calley", begrüßte Gable sie mit einem kurzen Kopfnicken. „Calley, das ist Flynn. Er wird mir hier helfen, bis ich die Pferde verkaufen kann. Flynn, das ist Calley. Ihr gehört der einzige vernünftige Lebensmittelladen im Ort und ihre bessere Hälfte ist Bill Haines, der einzige brauchbare Veterinär im Landkreis. Sie hat uns Lebensmittel mitgebracht, damit wir nicht verhungern. Ich sehe, dass du bereits gelernt hast, nett zu sein, zu denen, die dich füttern."

„Oh, Gable, du bist so ein Charmebolzen." Calley lachte gar nicht schüchtern, obwohl Flynn den Spott in ihrem Gesicht nicht sehen konnte, da sie sich weggedreht hatte. „Ich denke, dann werde ich Ende der Woche wohl noch etwas mehr vorbeibringen." Flynn bemerkte, dass es keine Frage war und das bestätigte ihn in dem Gefühl, dass Calley und Gable sich ziemlich gut kannten.

Sie gingen ins Haus und Calley zeigte Flynn, wo er die Kiste mit den Lebensmitteln abstellen sollte, während Gable sich auf das ausgesessene Sofa fallen ließ, das in der Ecke der Küche stand. Er legte sein Bein auf einen Hocker, der vor ihm stand, und atmete tief aus. Flynn bemerkte den Ausdruck von Besorgnis, den Calley ihm zuwarf, auch wenn er sehr flüchtig war, bevor sie damit begann, die Kiste auszuräumen und Lebensmittel einzuräumen, als wäre sie in ihrem eigenen Haus. Obwohl, wenn das der Fall wäre - da war Flynn sich sehr sicher -, würde das Haus auch so aussehen, als würde eine Frau von Zeit zu Zeit Hand anlegen. Stattdessen stapelten sich die Teller in der Spüle und im Kühlschrank waren nur genau die Dinge, die Calley gerade hineingeräumt hatte. Obwohl sie nichts dazu sagte, sah Flynn, dass sie diverse Dinge wegwarf, die wahrscheinlich schon fast alleine hinausgelaufen wären. Als Gable sich beschweren wollte, wurde sie allerdings deutlich. „Es ist mir egal, wenn du dich selbst vergiftest, Gable, aber dieser junge Mann verdient es, gut versorgt zu werden. Er ist hier, um dir zu helfen, daher kümmerst du dich besser auch um ihn!"

Gable grummelte etwas in seinen nicht vorhandenen Bart und Flynn beobachtete belustigt den Austausch. Er wusste noch nicht so recht, was er daraus machen sollte. War Calley Gables Ex? War das der Grund, warum sie sich im Haus so gut auskannte und weshalb sie ihn vor einem quasi vollkommen Fremden zurechtweisen konnte? Er würde keine dieser Fragen laut stellen, da er fürchtete, dass Gable kein Interesse an Smalltalk hatte. Vielleicht würde seine Neugier eines

4

Tages befriedigt werden, aber selbst wenn nicht, meine Güte, tatsächlich ging es ihn nichts an.

„Nun, Flynn, ich hoffe du kannst kochen?" Calley warf ihm einen besorgten Blick zu und Flynn lächelte sie an.

„Natürlich kann ich das", gestand er. „Ich bin in einem Haus voller Jungs groß geworden. Es hieß entweder das oder ständig trockenes Brot essen!"

„Dann bin ich sicher, du wirst dich hier direkt wie zu Hause fühlen", antwortete Calley und zwinkerte ihm zu, bevor sie die leere Kiste nahm und hinausging.

Nachdem sie weg war, wurde das Schweigen unangenehm.

„Ich könnte uns ein Omelette machen?", schlug Flynn vor.

„Hatte Eier zum Frühstück, daher lass ich das aus", antwortete Gable, der seine Augen geschlossen und den Kopf entspannt gegen die Rückenlehne der Couch gelegt hatte. „Danke", ergänzte er, quasi wie einen nachträglichen Gedanken.

Wenn er den Zustand der Küche richtig einschätzte, dann bezweifelte Flynn, dass Gable irgendetwas gegessen hatte. Daher würde er das nicht auf sich beruhen lassen. Er hatte gesehen, dass Calley alle möglichen Dinge ausgepackt hatte und war sich sicher, dass er ein schmackhaftes Mittagessen zusammenstellen konnte. Daher öffnete er den Kühlschrank, nahm einen Salatkopf heraus, eine Tomate und eine Gurke. Zusammen mit dem Schinken und Käse, den sie ebenfalls mitgebracht hatte, machte er Sandwiches. Er musste ein paar Schränke öffnen, entschied sich dann aber schließlich dafür, einige der Teller und Messer abzuwaschen, sodass er die Sandwiches auf etwas anderes als das Schneidebrett tun konnte. Der Hund blieb artig bei seinem Besitzer. Er leckte sich die Schnauze, hatte aber offensichtlich gelernt, nicht zu betteln.

„Hier, Junge", rief Flynn nach dem Hund.

„Sie ist ein Mädchen und ihr Name ist Bridget", korrigierte Gable ihn. „Und sie bekommt keine Reste vom Tisch. Sie hat einen Fressnapf im Vorraum."

Flynn verharrte mit dem Stück Schinken mitten in der Luft und sah, dass der Hund hin und her gerissen war zwischen der Leckerei und der Loyalität zu seinem Besitzer. Deshalb legte Flynn den Schinken auf das Schneidebrett zurück und der Hund entspannte sich wieder. Er teilte die Sandwiches auf zwei Teller auf und reichte einen an Gable weiter, der seine Augen öffnete, als er das Essen roch.

Etwas skeptisch nahm Gable den Teller von Flynn entgegen und betrachtete seinen Inhalt. „Danke", murmelte er als er inspizierte, was sich da zwischen den zwei Scheiben Roggenbrot befand. Schließlich erschien ein eher gezwungenes Lächeln auf seinem Gesicht.

Flynn musste an sich halten, um nicht zu lachen. Er fühlte sich unter Fremden selten unwohl, vor allem nachdem er nun seit mehr als drei Jahren unterwegs war, aber dieser Mann war irgendwie anders. Er hoffte, dass die ungemütlichen Schweigephasen irgendwann verschwinden würden oder dass der Mann ihn wenigstens in Ruhe arbeiten lassen würde, damit es ihn nicht allzu sehr stören

5

würde. Auf jeden Fall konnte er nicht genau sagen, warum es so schwer war, mit Gable in einem Raum zu sein. Allerdings war das Essen gut, viel besser als das, was er sich in den Diners entlang des Weges hatte leisten können. Gable schien dem zuzustimmen und Flynn versuchte, nicht zu grinsen, als er sah, wie Gable versuchte, die Gurke aus dem Sandwich zu entfernen, ohne dass er es merkte. Flynn gab Bridget den Streifen Schinken, den er vorher beiseitegelegt hatte, während er den Abwasch erledigte. Und zwar den ganzen Abwasch, nicht nur die Teller, die sie benutzt hatten.

Als sie wieder nach draußen gingen, um sich um die Ställe zu kümmern, sah die Küche deutlich besser aus als eine Stunde zuvor, als sie reingekommen waren.

FLYNN HATTE wirklich Spaß an seinem Job.

Er war im Wesentlichen sein eigener Chef. Gable mischte sich nicht in die Dinge ein, die er tat, und trotz seines schroffen Gebarens war er ein stiller und besonnener Mann. Sie hatten sich die Aufgaben stillschweigend aufgeteilt. Gable tat all die Dinge, die er sitzend oder auf dem Pferd tun konnte. Er hatte sich um die Sättel und Zaumzeuge gekümmert, das Scharnier einer Tür repariert und war auf den Pferdekoppeln unterwegs gewesen, um zu schauen, ob an den Zäunen etwas zu reparieren war. Er trieb die Pferde zusammen, um sie von einer Weide auf die nächste zu treiben, und Flynn hielt die Tore auf und schloss sie wieder, wenn alle Pferde durch waren. Alles in allem waren sie ein ziemlich gutes Team.

Flynn wusste, dass sie mit den Pferden arbeiten mussten, wenn sie sie auf der Auktion verkaufen wollten. Einige waren noch nicht einmal an Sattel und Zaumzeug gewöhnt - und in der einen Woche, die er jetzt da war, hatte er noch nicht viel in dieser Richtung gesehen. Er hatte Gable oft dabei beobachtet, wie er auf der oberen Koppel durch die Herde ritt, hatte manchmal gesehen, wie er sie berührte, ihre Rücken streichelte oder sogar mit ihnen sprach, aber sie hatten bisher nicht ein einziges Mal individuell mit den Pferden gearbeitet und das machte Flynn Sorgen. Er wusste nur nicht, wie er das Thema am besten ansprechen sollte.

Gables Humpeln wurde nicht besser; tatsächlich hatte Flynn den Eindruck, dass es sogar schlechter wurde. Er hatte noch einmal vorgeschlagen, einen Arzt aufzusuchen und war dafür angefahren und den Rest des Tages mit Schweigen bestraft worden. Als Friedensangebot beendete er seine Aufgaben früher, um schnell ins Haus zu kommen und Abendessen zu machen. Bisher hatte noch niemand seiner vegetarischen Lasagne widerstehen können. Er hatte selbst die überzeugt, die eigentlich der Meinung waren, dass eine Mahlzeit ohne Fleisch nicht vollständig war.

„Geh erst unter die Dusche. Das Abendessen braucht noch etwa 20 Minuten", sagte Flynn zu Gable, als der ältere Mann schließlich ins Haus kam. Gable antwortete nicht, sondern nickte nur und zeigte sein ausdrucksloses Gesicht, als er in den hinteren Teil des Hauses ging.

6

Flynn wusste, dass Gable die Außendusche bevorzugte, unter anderem weil es ihm den Weg ins obere Stockwerk ersparte. Abends hatte das Wasser dort eine perfekte Temperatur, nachdem es den ganzen Tag von der Sonne erhitzt wurde, aber selbst an bedeckten Tagen nutzte Gable diese Dusche. Es war eigentlich nur ein Duschkopf, der an der Rückseite des Hauses befestigt war, mit Büschen, die drum herum gepflanzt waren, sodass niemand hineinschauen konnte, zumindest nicht von außerhalb. Von innen war es dagegen einfach, aus dem Schatten der Hintertür zuzusehen.

Flynn hatte Gables nackte Kehrseite an seinem zweiten Tag dort gesehen, als der ältere Mann sich auszog, um sich zu waschen. Er hatte sich heruntergebeugt, um eine Art Plastikhülle um sein verletztes Bein zu legen, aber das war es nicht, was Flynns Aufmerksamkeit erregte. Er war fasziniert von dem sehnigen Körper, dem starken schlanken Rücken, und als sich der Mann unter dem Sprühwasser herumdrehte, mit geschlossenen Augen und eindeutig das Wasser genießend, hatte Flynn gefühlt, wie seine Jeans knapp wurde. Er beobachtete, wie Gables Hand durch seine Brusthaare strich und dann über seinen Bauch weiter zum Unterleib.

Das war genau die Art Körper, die Flynn anmachte und er hatte in letzter Zeit viel zu wenige davon unter seinen Händen gefühlt. An diesem Tag war Flynn zum ersten Mal in die winzige Toilette im Keller gestürzt, um die Anspannung in den Griff zu bekommen. Inzwischen tat er das nicht mehr. Inzwischen kannte er Gables Ritual beim Waschen und wusste, wie lange der Mann brauchte, um sich abzutrocknen und wieder anzuziehen. Es kam nie jemand zur Ranch und dort, wo er stand, konnte auch Gable ihn nicht sehen, daher fühlte er sich sicher genug, um seine Hand in die Jeans zu schieben und sich selbst zu streicheln. Als er sah, wie Gable den Schaum zwischen seinen Beinen verteilte, diese Aktion ein paarmal wiederholte und zu zögern schien, als er bemerkte, dass er hart wurde und sich dann selbst in die Hand nahm, stieß Flynn ein leises Stöhnen aus. Oh, was er alles tun würde, wenn es ihm erlaubt wäre, diesen Körper zu berühren, diese Hand zu sein, die Gables Schwanz streichelt. Flynn zögerte fast, sich selbst anzufassen, da er Sorge hatte, sofort zu kommen. Er beobachtete, wie Gable sich gegen die Hauswand lehnte, einen Arm ausgestreckt, um sich aufrecht zu halten, und auf dem guten Bein balancierend, während er sich selbst Vergnügen bereitete. Flynn konnte sich sehr gut vorstellen, wie Gable aussehen würde, wenn er ihm dabei helfen könnte. Und dann plötzlich kam ihm ein Gedanke. Er überlegte, wie lange es wohl her war, dass eine fremde Hand Gable berührt hatte. Er sah nicht so aus, als wenn er viel herum käme. Vielleicht würde Gable irgendwann zulassen, dass er gut zu ihm war. Vielleicht.

Flynn sah, wie Gable sich in seiner Hand aufbäumte und kam, dicke Streifen weißer Creme schossen aus seinem Schwanz. Aber es gab keine Ekstase in seinem Gesicht; Gable fuhr einfach damit fort, sich zu waschen. Flynn schloss seine Augen und stellte sich vor, wie der ältere Mann aussehen würde, wenn er tatsächlich gut behandelt würde, verwöhnt und liebkost. Es reichten nur wenige Bewegungen mit

7

seiner Hand, bis Flynn spürte, wie der Orgasmus in seinen Unterleib rauschte, als er sich vorstellte, wie Gable seinen Namen sagen würde. Als er nur wenige Augenblicke später seine Augen öffnete, sah er, dass Gable ihn direkt ansah, während er sich abtrocknete. Flynns Herz blieb stehen. Er hatte nicht geplant, erwischt zu werden.

2

ALS GABLE sah, wie Flynn ihn durch das Fenster der Hintertür beobachtete, wurde er zuerst sauer und dann ziemlich erregt, trotz der kleinen Entspannungsübung gerade eben unter der Dusche. Er konnte nicht glauben, dass der Junge sich das getraut hatte. Was war aus ‚einfach mal in die andere Richtung schauen' geworden? Und dann traf ihn die Erkenntnis: Vielleicht mochte Flynn den Anblick nackter Männer? Gable trocknete sich weiter ab und versuchte, diese Vorstellung aus seinem Kopf zu bekommen. Er konnte sich damit nicht befassen. Sie hatten viel Arbeit vor sich und jede Komplikation ihrer Beziehung würde die Dinge nur noch schwieriger machen.

Denn Gable hatte den Eindruck, dass sie sich eigentlich sehr gut anstellten. Flynn war ein fleißiger Arbeiter und Gable fand es gut, dass er ihm nicht immer sagen musste, was zu tun war. Jede Annäherung könnte ihn in die Flucht treiben und er würde in keinem Fall jemanden finden, der genauso geeignet war. Außerdem war deutlich geworden, dass er die Ranch alleine nicht am Laufen halten konnte. Dafür sorgte schon sein verdammtes Bein, was ein weiterer Grund dafür war, dass er sich nicht traute, darauf zu hoffen, dass Flynn wenigstens einen kleinen Teil der gleichen Lust fühlte, die Gable für ihn empfand. Warum sollte sich der Junge für einen Typen interessieren, der alt genug war, sein Vater zu sein, selbst wenn er zwei gesunde Beine gehabt hätte?

Vollständig bekleidet ging Gable in die Küche und sah ganz bewusst nicht zu Flynn. Aber die Düfte, die ihm entgegenschlugen, ließen ihm das Wasser im Mund zusammenlaufen. Er war nun schon ein paarmal Zeuge von Flynns Kochkünsten geworden. Einfache Sachen wie Omelette und Spaghetti, die aber schmeckten, wie er es aus den Restaurants in der Stadt kannte und nicht wie das, was er auf der Ranch an Essen gewöhnt war. Aber dieses Mal roch es noch besser. Aus dem Augenwinkel sah er, wie Flynn sich vor dem Herd hockte und in den Backofen schaute. Er konnte nicht anders, als einen kurzen Blick auf diesen straffen kleinen Hintern in den engen Jeans zu werfen, aber stellte sicher, dass seine Augen nicht verweilten.

„Es sieht so aus, als wenn es in fünf Minuten fertig ist", sagte Flynn und drehte sich dabei nicht um.

„Okay", antwortete Gable. Aus irgendeinem Grund raste sein Herz. Das war lächerlich. Viele Männer hatten ihn schon nackt gesehen. Warum war es so seltsam, zu wissen, dass Flynn ihn nun gesehen hatte? Plötzlich fühlte er sich schmuddelig, weil er immer noch seine Arbeitsklamotten anhatte, daher drehte er sich um und humpelte die Treppe hoch, um sich umzuziehen.

Flynn richtete sich aus seiner Position vor dem Herd auf und drehte sich um. Zu seiner Überraschung war die Küche verlassen. Er hatte erwartet, dass Gable dort wäre, bereit für das Abendessen, wie an jedem Abend, seitdem Flynn angekommen war. Er hörte Schritte auf der Treppe, Gables inzwischen gewohntes Humpeln und fragte sich, was das zu bedeuten hatte.

Fünf Minuten später, als Flynn die dampfende Auflaufform auf den Tisch stellte, sah er Gable wieder hereinkommen, in einer sauberen Jeans und einem Hemd, das aussah, als wäre es noch nie zuvor getragen worden.

„Gibt es etwas zu feiern?", fragte Flynn. „Du hättest dich nicht extra umziehen müssen. Das ist nichts Besonderes, nur Lasagne."

Gable zuckte mit den Schultern. „Es ist Samstag."

„Und bei deiner Mutter musstest du dich wohl jeden Samstag ordentlich anziehen?"

Gable zuckte wieder mit den Schultern, schwieg jedoch. Stattdessen zog er den Küchenstuhl heraus, setzte sich und warf Flynn einen erwartungsvollen Blick zu, der mehrere Augenblicke dauerte. Er wendete seine Augen ab, als ihm bewusst wurde, dass er ihn direkt ansah.

Flynn versuchte, die peinliche Befangenheit zu ignorieren, die sein Chef häufiger an den Tag legte, wenn sie sich abends zum Essen zusammensetzten. Er würde einfach einen Weg finden müssen, diese Abendessen etwas entspannter zu gestalten.

„Soll ich dir auftun?", fragte er und streckte seine Hand aus, damit Gable ihm seinen Teller geben konnte.

„Klar", stimmte Gable zu, sah Flynn dabei aber nicht an. Er wartete gerade lange genug, dass Flynn den Teller füllen konnte und schaufelte dann sofort drauflos.

Flynn musste zugeben, dass die Zeit des Abendessens immer etwas angestrengt verlief, aber wenn er Gables Eifer richtig interpretierte, dann wurden seine Kochkünste durchaus geschätzt. Flynn vermutete, dass Gable einfach kein großer Redner war. Für ihn allerdings hatte das Unterwegssein oft bedeutet, nur sich selbst als Gesellschaft zu haben. Doch jetzt, wo ihm jemand zuhörte, konnte er nicht aufhören, zu reden.

„Mehrere Frauen kümmerten sich um uns, nachdem Mama gestorben war", sagte Flynn, während er sich durch seinen eigenen Nudelteller arbeitete. „Ich war der Kleinste, daher war ich immer dabei, wenn sie Abendessen machten. Ich hab gelernt, alle möglichen Sachen zu kochen und sobald ich alt genug war, um den Backofen zu bedienen, habe ich ziemlich viel herumexperimentiert, mit durchaus gemischten Ergebnissen." Flynn schmunzelte, als er sich an diese Zeiten erinnerte.

10

„Tut mir leid wegen deiner Mutter. Dann hat sich doch immerhin etwas Gutes aus ihrem Tod ergeben", antwortete Gable, der vorübergehend seine Manieren vergaß und mit vollem Mund sprach. Er schluckte herunter und blickte Flynn dann mit dem Anflug eines Lächelns ins Gesicht. „Ich kann mich nicht erinnern, in meiner eigenen Küche schon mal so gut gegessen zu haben."

Flynns Herz jubelte über dieses Kompliment. Er versuchte aber, es nicht zu zeigen, weil er nichts tun wollte, das Gable vom Reden abbringen würde. „Vielen Dank", sagte er stattdessen. „Willst du noch mehr?"

Gable gab ihm seinen Teller und Flynn tat im noch eine Portion auf.

„Das richtige Kochen habe ich dann allerdings in der Stadt gelernt", fuhr Flynn fort. „Da gab es für Ranchhelfer nicht sehr viel zu tun, daher musste ich mich anpassen. Das Einzige, was wirklich immer gebraucht wurde, wenn ich dorthin kam, waren Köche, die kurzfristig einspringen konnten."

„Hast du gerne in der Stadt gelebt?", fragte Gable.

Flynn zuckte mit den Schultern. „Es war auf jeden Fall anders." Er zögerte. „Es gab deutlich mehr Gelegenheiten, mir die Hörner abzustoßen, falls du weißt, was ich meine."

„Aber du bist dann wieder aufs Land zurückgekehrt?"

„Ich hatte meine Gründe", sagte Flynn ausweichend. Danach war es keine Überraschung, dass sie den Rest der Mahlzeit im üblichen Schweigen verbrachten.

Gable sprach erst wieder, nachdem sie abgewaschen hatten und draußen auf der Veranda saßen. Die Sonne ging unter, die Wolken zogen sich zusammen und färbten eine Seite des Himmels bedrohlich dunkel, während die andere Seite in rot und orange erstrahlte. Gable hatte sein verletztes Bein auf einer der vielen Fußbänke hochgelegt und Flynn saß auf den Stufen, seinen Rücken gegen den dicken Holzpfosten gelehnt, der das Dach abstützte. Er sah Gable nicht direkt an, aber wenn er wollte, konnte er es tun, ohne sich zu verdrehen, Von Zeit zu Zeit warf er einen kurzen Blick hinüber, nur um sicher zu sein, dass der ältere Mann entspannt und zufrieden war. Das schien eine Position zu sein, mit der sie beide gut leben konnten, und sobald es keine Notwendigkeit zur Interaktion gab, schien die Spannung zwischen ihnen nachzulassen.

Allerdings war Flynn mit dem Schweigen nicht wirklich glücklich. Es bedeutete, dass er Zeit zum Träumen hatte und immer wenn er das tat, dann hatte er wieder das Bild von Gable unter der Dusche vor seinen Augen und sein Körper reagierte. Er versuchte wirklich, sich zu entspannen und an andere Dinge zu denken. Er musste sich einfach damit abfinden, dass eine weitere Annäherung überhaupt nicht infrage kam, solange sie noch nicht einmal eine anständige Unterhaltung führen konnten. Außerdem, soweit er wusste, war Gable ein Hetero. Flynn hatte zumindest noch nie mitbekommen, dass Gable ihn ansah. Allerdings bewies das gar nichts. Flynn seufzte. Das Leben in der Stadt war deutlich unkomplizierter. Er hatte fast vergessen, warum er es seinerzeit so eilig gehabt hatte, sie zu verlassen.

„ES SIEHT aus, als würde es Regen geben", murmelte Gable von seinem Stuhl aus

„Sie haben heute Nachmittag im Radio nichts davon gesagt", antwortete Flynn.

„Diese Wetterleute haben doch keine Ahnung, wovon sie reden. Vertrau mir. Ich weiß, wie der Himmel hier aussieht, direkt vor einem Sturm. Ich hoffe, es ängstigt die Pferde nicht zu sehr. Ich kann es mir nicht leisten, welche zu verlieren." Gable seufzte und dachte über die tragische Wahrheit in seinen eigenen Worten nach. Wenn ein paar der Pferde durch den Zaun brachen und flohen, war gar nicht abzusehen, welcher Schaden entstehen würde. Als sie die Ranch noch zu zweit bearbeitet hatten, konnte einer den Zaun reparieren, während der andere zusammen mit dem Hund losritt, um die Pferde zu suchen. Inzwischen konnte er selbst nicht mehr allzu weit hinausreiten und Flynn kannte die Gegend nicht gut genug, um es zu tun. Alles, worauf sie hoffen konnten war, dass es nur ein leichter Sommerregen würde, vor dem die Pferde neben dem Unterstand Schutz suchen würden.

Der pochende Schmerz in Gables Bein ließ etwas nach, wenn er eine Weile saß. Es war ein warmer Abend, die Ruhe vor dem Sturm, und er beobachtete Flynn, der auf den Stufen saß, den Kopf gegen den Pfosten gelehnt und mit geschlossenen Augen. Gable dachte kurz, dass er ein Lächeln auf seinem Gesicht sah. Trotzdem konnte er nicht anders, als sich Gedanken darüber zu machen, dass er Flynn zu hart rannahm. Er stand jeden Morgen genauso früh auf wie Gable, was selbst im Spätsommer ein ziemlich zeitiges Morgengrauen war. Er arbeitete den ganzen Tag, scheinbar unermüdlich und dachte immer daran, Gable Wasser zum Trinken mitzubringen, wenn er sich selber welches holte. Zusätzlich machte er jeden Abend das Essen für sie beide. Obwohl Gable sich sehr leicht an diese königliche Behandlung gewöhnen könnte, wusste er, dass er es besser nicht tat. Flynn war ein Weltenbummler und Gable wusste, dass er weg wäre, sobald die Pferde verkauft waren. Es würde keinen Sinn machen, zu versuchen, ihn auf zuhalten.

„Denkst du, wir sollten die Pferde aus der oberen Koppel runterholen?", fragte Flynn schließlich, ohne die Augen zu öffnen. „Ich könnte Bridget mitnehmen. Sie hört auf mich zwar nicht so gut wie auf dich, aber sie weiß, was zu tun ist."

Gable dachte darüber nach. Vor langer Zeit, als er das noch nicht alleine gemacht hatte, wären sie zusammen rausgeritten und es hätte maximal eine Stunde gedauert, die Pferde näher an die Ranch zu holen, wo sie besser gegen die Elemente geschützt wären. Jetzt konnte er es nicht riskieren. Nicht mit seinem schlimmen Bein und Flynns Unerfahrenheit. „Wir müssen einfach darauf hoffen, dass es nicht allzu schlimm wird", antwortete Gable. Er sah Flynn nachgeben und drehte sich weg, um nicht die Enttäuschung in seinem Gesicht zu sehen. Beklommen hob er sein Bein von der Fußbank und setzte es vorsichtig zurück auf den Boden, bevor er sich aus dem Stuhl erhob.

„Du hast die Ranch nicht immer alleine geführt, nicht wahr? Vor... vor deinem Unfall?"

Gable blieb im Türrahmen stehen, als er das Zögern in Flynns Stimme hörte. Er konnte sich nicht umdrehen, konnte dem Jungen die Emotionen in seinem Gesicht nicht zeigen. Er konnte aber auch nicht einfach weitergehen. Wie konnte er ihm erklären, wie sehr er seinen Gefährten vermisste, wie sehr er es vermisste, gehalten und berührt zu werden? Wie er das viel mehr vermisste als die Hilfe auf der Ranch?

Plötzlich fühlte Gable eine Hand auf seinem Rücken und wäre fast zurückgewichen. Die Hitze, die von ihr ausging, fühlte sich trotz der warmen Nachtluft so gut an, dass er einfach stehen blieb. Es kostete ihn seine ganze Kraft, sich nicht umzudrehen und den jungen Mann in seine Arme zu schließen.

„Nein, wir waren zu zweit, aber er ist weggegangen", antwortete Gable kurz angebunden und hoffte, dass seine Stimme nicht seinen ganzen Herzschmerz verriet. Er trat einen Schritt nach vorne, weg von Flynn, und dann einen weiteren, und bevor er es richtig wusste, war er alleine in seinem Schlafzimmer.

3

FLYNN KONNTE nicht schlafen. Es schüttete wie aus Eimern und aus seinem Schlafzimmerfenster konnte er die Pferde erkennen, die sich im Unterstand zusammendrängten. Außerdem ging ihm immer noch die Unterhaltung mit Gable durch den Kopf. Gable hatte ganz klar gesagt ‚er ist weggegangen' und die überwältigenden Gefühle, die mit diesem Zugeständnis mitklangen, ließen in Flynns Augen keinen Zweifel daran, dass Gable von einem Liebhaber gesprochen hatte und nicht nur von irgendeinem Typen, der mit ihm auf der Ranch gearbeitet hatte. Flynn war sich nicht sicher, ob er über diese Enthüllung glücklich oder traurig sein sollte. Natürlich war es nett, zu wissen, dass Gable Männer mochte, aber bedeutete das auch, dass Flynn eine Chance bei ihm hatte? Er mochte den Mann, begehrte ihn, und er musste zugeben, dass es ihm nichts ausmachen würde, der Lückenbüßer zu sein, die Ersatzbefriedigung. Er glaubte sowieso nicht an die ewige Liebe, und wenn sich zwischen ihm und Gable etwas ergeben würde, dann könnte er einfach länger da bleiben als die zunächst vereinbarten sechs Wochen. Tatsächlich war es so, dass der Gedanke an ein Jahr oder noch länger am gleichen Ort inzwischen ganz verlockend klang, obwohl er noch keine Wetten darauf abschließen würde. Gable schien seine Gesellschaft nur zu dulden, weil er gute Arbeit leistete.

Trotz Gables rauer Schale hatte Flynn mehr als einmal die Zärtlichkeit gesehen, die der Mann in sich hatte, besonders gegenüber den Pferden. Sie schienen ihn ganz natürlich bei sich aufzunehmen, wenn er sich zwischen ihnen bewegte, er respektierte ihre Herdenmentalität, aber auch ihre Individualität.

Als Flynn es gewagt hatte, Gable vorzuschlagen, mit dem Training zu beginnen, hatte Gable ihm eine eindrucksvolle Demonstration davon gegeben, welche Verbindung er zu diesen Tieren hatte. Er hatte ein Hengstfohlen aus der Herde ausgewählt, in die Einfriedung geführt und ihm zuerst die Trense angelegt und dann einen Sattel. Das Pferd hatte sich quasi gar nicht gewehrt und als es doch unruhig wurde, hatte Gable es beruhigt, stand schweigend neben ihm und gab dem Pferd die Zeit, sich zu gewöhnen. Das Hengstfohlen war noch zu jung, um geritten zu werden, aber Flynn hatte das Gefühl, dass es quasi bereit dazu wäre. Obwohl Gables Blick, der ihn scheinbar fragte, ob er jetzt zufrieden sei, Flynn davon abhielt, eine neue Diskussion anzufangen, wusste dieser, dass sie das Gleiche noch mit einigen der älteren Pferden ausprobieren mussten, den drei- und vierjährigen, die für den Verkauf geeignet waren.

Draußen schien das Gewitter etwas nachzulassen, aber der Regen prasselte weiterhin herab. Es machte keinen Sinn, sich um die Pferde zu sorgen. Sie schienen in ihrem Unterstand ziemlich ruhig und es gab sowieso nicht genug Raum, um sie alle nach drinnen zu bringen; außerdem handelte es sich um Arbeitspferde, die selbst im Winter draußen blieben, dann allerdings geschützt durch einen etwas stabileren Anbau. Flynn drehte sich vom Fenster weg, kuschelte sich in seine Decken und versuchte, es sich gemütlich genug zu machen, um einzuschlafen. Als das nicht so richtig klappte, schob er die Hand zwischen seine Beine und streichelte sich. Als er seine Augen schloss, stahlen sich wieder die Bilder von Gables sehnigem Körper in seine Gedanken und er stellte sich vor, wie es wäre, ihm unter der Dusche Gesellschaft zu leisten. Er wurde sofort hart und sehr erregt. Sein Höhepunkt befriedigte ihn nicht wirklich, aber er machte ihn träge genug, um schließlich einzunicken.

ZWEI STUNDEN nachdem er in sein Schlafzimmer geflüchtet war, lag Gable immer noch komplett angezogen auf seinem Bett und dachte darüber nach, was mit der Zeit geschehen war. Draußen war es inzwischen dunkel und der Wind heulte laut um das Haus herum und drückte den Regen gegen das Fenster. Warum hatte der Junge das getan? Warum hatte Flynn versucht, ihn zu trösten? Er hatte eigentlich immer gedacht, dass er seine Emotionen in seiner Gegenwart ziemlich gut im Griff hatte.

Aber wem wollte er etwas vormachen? Fast ein Jahr lang hatte er es geschafft, nicht an Grant zu denken. Im Krankenhaus hatte er einfach entschieden, den Mann aus seinen Gedanken zu verbannen und die meiste Zeit war er damit auch erfolgreich gewesen. Irgendwie brachte dieser Junge alles wieder zurück. Flynn war kleiner als Grant, aber er hatte das gleiche neckische Grinsen und wilde, schwarze Locken. Grant war auch ein Weltenbummler gewesen, trotzdem war er eine Weile geblieben. Konnte er bei Flynn auf das Gleiche hoffen? Er könnte allerdings auch auf den Herzschmerz verzichten, den es bedeuten würde, wenn er schließlich ging.

Gable musste sich nur auf der Ranch umsehen, um zu bemerken, wie gut sie inzwischen aussah. Flynn war ein Geschenk Gottes. Die Ställe waren wieder in einem guten Zustand, die Pferde waren glücklich und sogar Bridget wedelte für ihn mit dem Schwanz. Gable konnte sich nicht mehr erinnern, wie lange es schon her war, seitdem sein Haus das letzte Mal bewohnbar ausgesehen hatte. Wobei, tatsächlich wusste er das sehr gut. Vor dem Unfall war er derjenige gewesen, der das Putzen übernommen hatte, da Grant nicht besonders häuslich war. Grant hatte es immer für selbstverständlich gehalten, dass er in ein aufgeräumtes Haus kommen und saubere Kleidung vorfinden würde, und Gable hatte ernsthafte Zweifel, dass er jemals darüber nachgedacht hatte, wer all diese Dinge für ihn getan hatte.

Gable setzte sich im Bett auf und begann damit, sein Hemd auszuziehen. Er zuckte zusammen, als er seinen Fuß härter als üblich auf dem Boden aufsetzte und verfluchte sich selbst dafür, so abgelenkt zu sein. Er ließ seinen Kopf in die Hände fallen und seufzte. Er konnte nicht zulassen, dass seine Gefühle ihn wieder

15

übermannten. Er musste einfach damit aufhören, über Grant nachzudenken. Und genauso über Flynn.

Am nächsten Morgen stand Gable früh auf, da er sowieso nicht schlafen konnte. Er ging an der Küche vorbei, trotz des verlockenden Duftes, der bereits von dort kam, und sattelte Brenner, seinen braunen Hengst, um nach der Herde zu sehen.

Er brauchte mehr als eine Stunde, in der er sein Pferd zwischen den anderen Tieren bewegte, um sicher zu sein, dass sie alle in Ordnung waren, und dann noch einmal zwei Stunden entlang der Zäune, bevor er entspannt und zufrieden war, weil alles in Ordnung war und er zu den Ställen zurückkehren konnte.

Er hatte gerade die Baumlinie verlassen als er sah, wie Flynn aus dem Stall heraustrat, gefolgt von einem großen dunklen Mann. Gable wendete sofort sein Pferd, da er nicht wollte, dass die beiden Männer ihn bemerkten, aber schließlich überwog die Neugier. Er ritt etwas näher heran und erkannte den Fremden. Hunter besaß die Nachbarranch, ein Betrieb, der sehr viel größer war als Gables und er kam immer vorbei, um die erste Auswahl aus der Herde zu treffen. Er würde ein paar Pferde für seine Cowboys kaufen und noch ein paar mehr, die ihm ins Auge fielen und von denen er dachte, dass er sie mit Profit weiterverkaufen konnte. Er war wahrscheinlich da, um weitere zu kaufen.

Hunter war außerdem ein unverbesserlicher Charmebolzen, allerdings in einer unaufdringlichen Art und Weise. Gerade flirtete er mit Flynn und obwohl Gable wusste, dass Hunter nicht schwul war, fühlte er, wie sein Magen sich zusammenzog. Obwohl das so war, konnte Gable nicht wegsehen. Flynn lächelte und ermutigte Hunter damit vielleicht noch. Flynn lehnte sich gegen einen Torpfosten und Hunter stand ziemlich dicht bei ihm, seine Hand an den gleichen Torpfosten gestützt, während er etwas sagte, das Flynn zum Lachen brachte.

Gable spornte Brenner an, auf die Ranch zuzugaloppieren, ganz egal, wie sehr sein Fuß dabei wehtat. Wenn irgendjemand irgendwelche Pferde verkaufte, dann war er das und nicht Flynn.

FLYNN WUSSTE, dass Hunter mit ihm flirtete und er genoss jede Minute davon. Es fühlte sich wie eine Ewigkeit an, seitdem ein Mann ihm seine Aufmerksamkeit geschenkt hatte, daher würde er dem attraktiven Einkäufer nicht die kalte Schulter zeigen. Natürlich konnte er nicht mit ihm verhandeln. Hunter hatte ihm von vornherein gesagt, dass er hier war, um einige von Gables Pferden zu kaufen und Flynn hatte sofort deutlich gemacht, dass sie auf Gables Rückkehr warten mussten, aber das bedeutete nicht, dass sie ihre Zeit nicht in einer netteren Umgebung verbringen konnten.

„Ich könnte dir ein kaltes Bier besorgen, während wir warten", schlug Flynn vor.

Hunter schürzte seine Lippen. „Ich trinke üblicherweise nicht, bevor der Deal unter Dach und Fach ist..."

„Ich hab dir gesagt, dass ich dir keinen Deal anbieten kann. Die Pferde gehören mir nicht. Ich arbeite nur hier."

„Ach, komm schon", sagte Hunter und lehnte sich noch etwas weiter herüber. „Du hast in diese Ranch doch mehr investiert als nur deine Arbeit, oder nicht?"

Flynn sah beiseite und gab vor, keine Ahnung zu haben, was Hunter meinen könnte.

„Grant war hier auch nicht nur der Stalljunge", ergänzte Hunter.

Flynn war versucht, Hunter fortfahren zu lassen. Ohne irgendeine Aufforderung hatte er nun bereits den Namen von Gables Ex herausgefunden. Wer weiß, was Hunter noch alles erzählen würde, wenn man ihn nur ein bisschen ermutigte?

„Du weißt es doch eigentlich wirklich besser, als mit den Angestellten zu verhandeln", unterbrach sie Gable, nachdem er sein galoppierendes Pferd zu einem plötzlichen Halt gebracht hatte. Gable warf Flynn einen strengen Blick zu, bevor er aus dem Sattel und auf den Boden sprang. Er zuckte etwas zusammen, aber Flynn sah, wie er versuchte, es vor Hunter zu verstecken, indem er fast ohne Humpeln auf ihn zuging. Gable gab Brenners Zügel an Flynn und warf dann Hunter einen Blick zu, der ihn motivieren sollte, mit in Richtung Haus zu kommen.

„Nimm den Sattel noch nicht ab. Wir werden in Kürze nochmal ausreiten. Sattle TC für Hunter", sagte Gable an Flynn gerichtet.

Flynn nickte nur. Er hatte kein Problem damit, herumkommandiert zu werden, aber Gables Stimme klang extrem herablassend und er störte sich daran, auf diese Weise behandelt zu werden. Er hatte Jobs schon für weniger aufgegeben, aber er wollte in Hunters Gegenwart nichts sagen. Er hatte sowieso viel Arbeit vor sich, daher wollte er trotz seiner Neugier nicht dabei helfen, Hunter zu beeinflussen.

Es machte auch keinen Sinn, darüber nachzudenken, wie Gable ihn behandelt hatte. Er *war* ein Angestellter, es gab keinen Grund, das zu verhehlen, aber er wusste nicht, ob er weiter für Gable arbeiten könnte, wenn das die Art von Geringschätzung war, die er dafür erfahren würde. Flynn schnalzte in Brenners Richtung, damit das Pferd ihm in den Stall folgte und machte sich eine Notiz im Hinterkopf, später mit Gable darüber zu sprechen.

Flynn war gerade damit fertig, Gables gescheckten Wallach zu satteln und den Sattelgurt festzuziehen, als die beiden Männer zurückkehrten. Diesmal erhielt Flynn keinen Blick, geschweige denn ein Dankeschön von Gable. Hunter nickte zum Dank, bekam aber nur wenig Zeit, aufzusteigen, da Gable gar nicht schnell genug davon galoppieren konnte. Flynn beobachtete, wie die beiden in der Ferne verschwanden und bemerkte, dass es nicht so aussah, als wäre Gable auch nur ein kleines bisschen netter zu Hunter als notwendig war, um die Pferde zu verkaufen.

Nachdem er draußen fertig war, wusch sich Flynn seine Hände im Waschbecken des Vorraums, trat seine Stiefel weg, tapste nur auf Socken in die Küche und überlegte, ob er sich mit dem Essen Mühe geben sollte, für den Fall, dass Hunter dablieb. Es war ihm egal. Das Mittagessen bestand üblicherweise aus Sandwiches und es gab jede Menge Brot, Käse und Schinken, der für alle reichte. Er hoffte nur, dass Gables Laune sich nach dem Verkauf verbessern würde, ansonsten würde er sein Essen auf der Veranda einnehmen, weit weg von den anderen beiden.

Durch das Küchenfenster sah Flynn, wie Gable auf das Haus zu humpelte. Hunter war nirgendwo zu sehen. Er drehte sich nicht um, als Gable wenige Minuten später eintrat. Er wusste, dass er ihn inzwischen gut genug erzogen hatte, dass Gable nicht mehr mit seinen Stiefeln in die Küche laufen würde.

„Der Kaffee ist fast fertig", kündigte Flynn an.

Gables einzige Rückmeldung bestand in einem Grunzen.

„War Hunter nicht daran interessiert, einige der Pferde zu kaufen?", fragte Flynn vorsichtig und sah Gable nach wie vor nicht direkt an. Er schälte Kartoffeln für das Abendessen und das gab ihm die perfekte Entschuldigung, sich nicht umzudrehen.

„Warum? Bist du so interessiert daran, ihn wiederzusehen?", antwortete Gable schroff, schlug die Kühlschranktür zu und warf mit einem lauten Knall einen Teller auf den Tisch.

Flynn holte tief Atem, bevor er antwortete. „Ich dachte nur, es wäre gut, wenn du welche verkaufst. Ich bin mir sicher, du könntest die Einnahmen gut brauchen."

„Mach dir keine Sorgen, du bekommst schon dein Geld."

Flynn warf die letzte Kartoffel in den Topf für das Abendessen und hielt kurz inne, bevor er weitersprach, einfach nur, um seine Gedanken zu sammeln und ihn von der scharfen Antwort abzuhalten, die Gables furchtbarer Stimmung angemessen wäre. „Du hast mir gesagt, dass ich bezahlt werde und ich vertraue dir", sagte er ruhig. „Hunter erschien mir wie ein wirklich netter Typ und er war sehr interessiert daran, die erste Wahl zu haben, daher dachte ich, er würde etwas mehr bezahlen als das, was du bei der Auktion bekommst. Außerdem würde es dir die Transportkosten ersparen."

Flynn nahm den schweren Topf und drehte sich um, um die Küche in Richtung Spülbecken zu durchqueren. Er sah Gable fast nicht kommen, als der ältere Mann zwei große Schritte machte, um den Abstand zwischen ihnen zu überbrücken. Ein weiterer Schritt und er presste Flynn gegen die Wand. Die Gewalt, mit der Flynn gegen die harte Oberfläche schlug, kombiniert mit dem Gefühl einer Hand an seiner Kehle, führte dazu, dass er den Topf losließ, der mit lautem Krachen auf den Boden fiel, sodass die ungekochten Kartoffeln über den Küchenboden rollten.

Bevor er sich besinnen konnte, sah Flynn den räuberischen Blick in Gables Augen und fühlte dann den Mund des älteren Mannes gegen seinem in einem aggressiven und intensiven Kuss. Zunächst leistete Flynn Widerstand. Der abrupte Überfall, kombiniert mit der Tatsache, dass er nirgendwohin entkommen konnte, riefen Fluchtreaktionen auf den Plan, aber als er schließlich bemerkte, dass er vom sehnigen Körper seines Chefs gegen die Wand gedrückt wurde, reagierte sein Körper. Flynn erwiderte den Kuss, versuchte zu vermitteln, dass er es auch wollte. Es war genau das, wovon er geträumt hatte, mehr als einmal. Okay, vielleicht nicht genau so. Er war daran gewöhnt, die Führung zu übernehmen, nicht gegen eine Wand geworfen und verzehrt zu werden, aber er merkte, dass er nicht wirklich etwas dagegen hatte trotz des Schmerzes, der sich langsam an seinem Hinterkopf bemerkbar machte. Er schob einfach seine Zunge zwischen ihre zusammengepressten Lippen und kämpfte um die Dominanz, tanzte um Gables Zunge herum. Flynn konnte fühlen, wie Gables Härte gegen seine Hüfte presste und erlaubte sich schließlich, Gable zu berühren, seinen Hintern zu umfassen und dichter heranzuziehen.

Gable schien für einen Augenblick zu zögern, er lehnte sich zurück und sah Flynn direkt in die Augen. Sie keuchten beide laut und Gables eisblaue Augen waren dunkel vor Lust. Er lehnte seine Stirn für einen Moment gegen Flynns, zog sich dann komplett zurück und humpelte aus der Küche.

Flynn lehnte seinen Kopf zurück und wurde wieder an den Schlag erinnert, den er zuvor erlitten hatte. Daher rubbelte er seine Hand über die Haare, um den Schmerz zu lindern. Er wischte sich dann mit dem Handrücken über den Mundwinkel und bemerkte, dass seine Lippe aufgerissen war.

Flynn sah sich in seiner Umgebung um. Er hatte keine Idee, was Gables Reaktion verursacht hatte, aber Flynn wusste, dass er mehr wollte. Aber er war auch verwirrt. Sollte er Gable nach draußen folgen? Er kannte Gable noch nicht wirklich gut, ganz einfach, weil Gable ihn nie an sich heranließ, aber er wusste, dass Gable sich am besten beruhigte, wenn er in Ruhe gelassen wurde. Daher entschied sich Flynn, ihm ein paar Minuten zu geben, anstatt ihn direkt zu konfrontieren und ihn zu fragen, worum es überhaupt ging. Er hob den Topf auf und begann damit, die verstreuten Kartoffeln einzusammeln, bevor er zum Spülbecken ging, um sie abzuwaschen. Er leckte seine Lippen und schmeckte immer noch Gable kombiniert mit dem metallischen Geschmack von Blut und spielte die letzten paar Minuten nochmal in seinem Kopf durch. Und plötzlich verstand er. War Gable eifersüchtig auf Hunter? Flynn konnte nicht anders als zu lächeln. Es machte in gewisser Hinsicht Sinn, trotz Gables ungeschickter Art, seine Gefühle auszudrücken.

Flynn stellte den Kartoffeltopf auf den Herd, fertig vorbereitet für das heutige Abendessen, dann wischte er sich die Hände ab, bereitete zwei große Sandwiches zu und verteilte sie auf separate Teller. Er schenkte zwei Tassen Kaffee ein, fügte einer Tasse sehr viel Zucker hinzu und ging mit diesem Friedensangebot nach draußen.

Er war nicht überrascht darüber, Gable auf der Veranda zu finden, wo er missmutig auf die Koppel starrte, sein Bein auf einer Fußbank. Flynn trat in seinen Sichtbereich und hielt ihm wortlos das Essen und das Getränk entgegen. Gable sah kurz auf und drehte sich dann weg, wobei sein Gesichtsausdruck sich nicht veränderte.

„Hör zu", seufzte Flynn. „Du hast mich geküsst. Es macht mir überhaupt nichts aus. Stell dich nicht so an."

Diesmal sah Gable ihn etwas länger an und nahm dann den Teller und die Kaffeetasse.

Flynn entschied, dass er Gable für den Augenblick genug bedrängt hatte und setzte sich schweigend auf die Stufen der Veranda, um zu essen.

4

AN DIESEM Nachmittag, kehrte Hunter mit einem großen Truck und einem Anhänger zurück, der bereits zwei Pferde enthielt. Während sein Cowboy sie entlud, sprachen Gable und Hunter darüber, wie sie die Pferde absondern konnten, die Hunter gekauft hatte.

Flynn konnte sie aus der Ferne sehen und kam nicht umhin, zu bemerken, dass Gable zu Hunter netter war als am Morgen. Das Gefühl setzte sich fort, als Gable Hunter und seinen Cowboy stehen ließ und auf ihn zu kam.

„Denkst du, du kannst heute Nachmittag mit uns reiten?", fragte Gable. „Mit vier Leuten sollte es einfach sein, die Pferde zusammenzutreiben, die Hunter haben möchte, und sie in den vorderen Stall zu holen. Von dort aus können wir sie dann in den Anhänger einladen."

„Na klar, Boss", antwortete Flynn und war dabei nicht in der Lage, ein Lächeln zu verbergen. Meine Güte, wenn er gewusst hätte, dass ein Kuss einen solchen Unterschied machen würde, hätte er Gable schon am ersten Tag geküsst. Andererseits hätte es vielleicht nicht die gleiche Bedeutung gehabt wie dieser Kuss, denn der war von Gable initiiert worden. Flynn rieb über seinen Hinterkopf, um sich an die Beule zur erinnern, die immer noch ein bisschen wehtat. „Ich sattle Brenner und TC."

Trotz des Gewittersturms vor ein paar Stunden war das Wetter an diesem Nachmittag einfach nur großartig. Der Himmel war blau, so weit das Auge sehen konnte, mit der gelegentlichen kleinen weißen Wolke, aber nichts, das groß genug war, um das Sonnenlicht zu behindern. Und es war heiß genug, um nur in T-Shirt und Jeans zu reiten. Wie Gable vorhergesagt hatte, brauchten sie weniger als eine Stunde, um eine ansehnliche Gruppe von Pferden zusammenzutreiben, aber Flynn wusste, dass der größte Teil der Arbeit noch vor ihnen lag. Hunter würde sich jedes Pferd einzeln ansehen wollen, um zu beurteilen, wie umgänglich es war, aber er würde sich außerdem die generelle Statur und den Zustand der Pferde ansehen. Flynn wusste jedoch, dass sie sich keine Sorgen zu machen brauchten. Er kannte die Herde gut genug, um zuversichtlich zu sein, dass sie keine schwachen Pferde unter denen hatten, die verkauft werden sollten. Diejenigen, die sie heute Nachmittag herausgesucht hatten, waren alle geeignet, zu guten Arbeitspferden ausgebildet zu werden. Er war sich sicher, dass Hunter das ebenfalls sehen würde.

Auf dem Rückweg zu den Ställen, nach einer letzten Runde um die Herde, lenkte Flynn TC neben Brenner, um mit Gable zu reden, ohne dass die anderen beiden Männer ihn hören würden.

„Warum redest du nicht einfach mit Hunter über das Geld und ich führe die Pferde vor?" Nachdem die Worte seinen Mund verlassen hatten, wusste er, dass sie ein bisschen anmaßend klangen, obwohl es einfach nur ein logischer Schritt der Arbeitsteilung war. Er hätte es vermutlich etwas anders formulieren sollen, aber Gable war kein großer Redner und Flynn wollte wissen, wo er stand, bevor sie ankamen. Zu seiner Überraschung lächelte Gable ihn einen Moment lang an, bevor er nickte und Brenner antrieb, etwas schneller zu laufen.

Flynn blieb zurück und befahl seinem Körper, sich zu benehmen. Verdammt, er fühlte sich wie ein Schulmädchen bei der ersten Verabredung! Es gab wohl keine Chance, dass er darauf hoffen konnte, dass heute noch mehr passieren würde, aber der Kuss am Morgen und jetzt dieses Lächeln führten dazu, dass sein Herz raste und er sich so seine Gedanken machte, wie der Abend sich entwickeln würde, wenn sie wieder alleine waren. Er wusste aber auch, dass er erst mal zu tun hatte. Es gab Arbeit zu erledigen, aber Flynn wünschte sich mehr als alles andere, dass es schon Zeit für das Abendessen wäre.

Wie Flynn vorausgesagt hatte, war Hunter sehr zufrieden mit den Pferden. Während er und Gable auf dem Zaun saßen, der den runden Korral umspannte, in dem sie normalerweise die Pferde trainierten, führte Flynn ein Pferd nach dem anderen hinein und ließ es im Schritt, dann im Trab und schließlich im Galopp gehen. Tim, Hunters Cowboy, testete manchmal, wie schreckhaft sie waren oder hob ein Bein an oder prüfte einen Huf, aber abgesehen davon schienen die meisten Pferde Hunter zu gefallen. Nachdem das letzte Pferd präsentiert war, machten Hunter und sein Cowboy sich daran, den Truck und den Anhänger zum Verladen der Tiere vorzubereiten und ließen Gable und Flynn zusammen alleine.

„Das ging doch gut", bemerkte Flynn, um ein Gespräch in Gang zu bringen. „Wird er alle Pferde mitnehmen, die wir gezeigt haben?"

Gable nickte nur.

„Du scheinst nicht wirklich glücklich darüber zu sein?"

Gable zuckte mit den Schultern, daher schob Flynn sich in sein Gesichtsfeld. „Ist schon gut so", gab Gable schließlich zu, allerdings nicht sehr enthusiastisch. „Er kommt morgen nochmal, um den Rest einzuladen, da er nicht alle auf einmal mitnehmen kann." Und dann noch etwas leiser: „Er hat auf jeden Fall mein Jahr gerettet."

Flynn lächelte. Es war gut, Gable mal etwas entspannter zu sehen; er hoffte, dabei würde es bleiben. Allerdings war es ein langer Tag gewesen und er war froh, dass er nun vorbei war. Als er sah, wie Gable vom Zaun kletterte und vorsichtig vermied, zu viel Gewicht auf seinen verletzten Fuß zu legen, wurde ihm bewusst, dass wohl auch Gable ziemlich mitgenommen war.

„Warum gehst du nicht schon rein und beginnst mit dem Abendessen?", schlug Flynn vor. „Es steht alles auf dem Herd. Wir sind zu dritt, um die Pferde zu verladen, wir kommen schon zurecht."

Gable sah ihn argwöhnisch an und für einen Moment dachte Flynn, dass er wieder alles ruiniert hätte, indem er Gable sagte, was zu tun war, statt ihn die Entscheidung selbst treffen zu lassen. Er konnte seine Worte nicht zurücknehmen, daher versuchte er, das Gefühl zu ignorieren, indem er zu dem herannahenden Truck rüber sah.

„Ich kann helfen", bot Gable an, aber als er loslief, wurde deutlich, dass sein Fuß doch sehr schmerzte und so gab er schließlich nach. „Naja, wenn Du sicher bist?"

Flynn nickte zustimmend und berührte kurz Gables Schulter, um ihn in die richtige Richtung zu stupsen. Als er sah, welche Mühe es Gable kostete, einfach nur zu laufen, kam er nicht umhin, sich zu fragen, was unter den Bandagen war. Er hatte bisher nur einen kurzen Blick erhaschen können, aber wenn eine Verletzung so lange so schmerzhaft blieb, dann musste sie wohl sehr schwerwiegend sein. Er schüttelte den Kopf, wohl wissend, dass es vergebene Liebesmüh war, darüber nachzudenken. Gable wollte nicht darüber reden, das hatte er schon ein paar Mal sehr deutlich gemacht.

Weniger als eine Stunde später war der Truck mit den Pferden auf dem Weg zu Hunters Ranch und Flynn ging mit knurrendem Magen hinein. Er zog seine Stiefel aus und wusch sich die Hände im Vorraum, bevor er in die Küche ging, wo er Gable fand, der mit Bridget am Herd stand und erwartungsvoll aufsah. Er hielt einen Moment inne, um den älteren Mann anzusehen und die unanständigen Gedanken aus seinem Kopf zu vertreiben, bevor er auf ihn zuging. Obwohl er wusste, dass er seinen Körper zügeln musste, berührte er leicht Gables Rücken, um seine Gegenwart anzukündigen.

„Das duftet großartig." Flynn konnte nicht anders, als seine Hand zu lassen, wo sie war, insbesondere als deutlich wurde, dass Gable sich nicht zurückzog.

Gable zuckte mit den Schultern. „Du bist der Koch. Ich bin hier nur der Helfer."

Gable nickte Bridget zu, den Platz zwischen ihnen zu räumen und Flynns Herz sprang in seiner Brust. Er sagte sich selbst, dass es nichts zu bedeuten hätte und dass er nicht plötzlich erwarten sollte, dass alles anders wäre, nur weil sie sich geküsst hätten. Aber er konnte nicht anders, insbesondere als Gable eine Gabel nahm und ihm einen Bissen Karotten anbot.

„Pass auf, es ist heiß."

Flynn pustete auf die Gabel und nahm dann den Inhalt in den Mund, aber konnte nicht anders, als sein Unbehagen zu zeigen, als er sich trotzdem die Zunge verbrannte.

„Doch so schlecht?"

Flynn gestikulierte ein Nein mit seinen Händen und öffnete dann den Mund, um ihn abkühlen zu lassen. „Nur… heiß!" Er öffnete einen Küchenschrank und holte den Rosmarin heraus, den er Anfang der Woche in der Stadt gekauft hatte. „Und es muss noch ein bisschen hiervon rein, aber ansonsten sind sie fertig."

„Dann lass uns essen."

Das Abendessen verbrachten sie fast ausschließlich schweigend. Sie waren beide hungrig und müde, daher sprachen sie nicht über den Tag, bis sie wieder draußen auf der Veranda saßen.

„Willst Du trotzdem zur Auktion gehen oder reicht das Geld von Hunter für dieses Jahr?", fragte Flynn etwas zögerlich. Er wollte eigentlich nicht über Geldangelegenheiten sprechen, weil er Angst hatte, dass Gable dann darüber reden würde, ihn zu bezahlen, damit er weiter konnte und das wollte er ja gar nicht.

„Wir haben immer noch einige Pferde, die für den Verkauf bereit sind, daher sollten wir gehen", antwortete Gable während er wie üblich nicht Flynn ansah, sondern den Blick über die entfernten Felder schweifen ließ. „Jedes zusätzliche Geld ist immer willkommen. Du weißt nie, was über den Winter passiert." Er zögerte für einen Moment und Flynn wartete gespannt darauf, gewisse Dinge zu hören, zum Beispiel dass es teurer wäre, zwei Personen durch den Winter zu bringen als eine oder dass Gable seinen Fuß behandeln lassen würde, aber stattdessen verstummte Gable wieder.

„Hast du jemals darüber nachgedacht, Pferde zu züchten anstatt einfach nur Fohlen zu kaufen?", fragte Flynn, um Gable zum Weiterreden zu bewegen. „Brenner wäre wahrscheinlich ein erstklassiger Zuchthengst und du hast bereits ein paar gute Stuten in deiner Herde."

„Es ist ein großes Risiko", antwortete Gable, als wenn er schon sehr genau darüber nachgedacht hätte. „Manche Dinge gehen schief und es braucht mehrere Jahre, damit die Investition sich lohnt. Außerdem würde es bedeuten, zusätzliche Ställe zu bauen und ich kann mich ja kaum um die kümmern, die ich schon habe."

Flynn wollte ihn anschreien, dass er doch da war, um zu helfen und dass er auch bleiben würde, wenn Gable nur irgendein Zeichen geben würde, dass er willkommen wäre. Stattdessen versuchte er, ruhig genug zu bleiben, um das Ganze etwas subtiler anzusprechen. „Ich bin auf einer Zuchtfarm groß geworden. Ich weiß, was zu tun ist. Wir könnten es als ein Experiment starten, mit nur ein oder zwei Stuten." Gable schwieg für eine kleine Ewigkeit. Er schien darüber nachzudenken, was Flynn gesagt hatte und Flynn wagte nicht, ihn zu unterbrechen. Er hatte gesagt, was ihm auf dem Herzen lag und hatte Gable so klar wie möglich zu verstehen gegeben, dass er daran interessiert war, länger zu bleiben als sie vorher besprochen hatten.

„Die Rechnungen vom Tierarzt wären astronomisch hoch, Flynn", sagte Gable schließlich leise.

„Der Ertrag ist aber auch viel größer."

Gable nickte und starrte weiter auf die Wiesen, die immer dunkler wurden als die Sonne sank und sich Bodennebel bildete.

Flynn stand von der Verandatreppe auf, wo er abends immer saß, „Möchtest du eine Tasse Kaffee oder etwas anderes?"

Gable erhob sich ebenfalls. „Besser nicht. Ich gehe nur nochmal kurz nach den Ställen schauen und dann hau ich mich hin."

„Ich kann das übernehmen", bot Flynn an.

Ein seltenes Lächeln erschien in Gables Gesicht. „Danke", sagte er leise und berührte Flynn sanft am Arm, bevor er an ihm vorbei ins Haus ging.

Flynn zitterte, als er so auf der Veranda verlassen wurde. Er hatte nicht erwartet, dass Gable ihn heute in sein Bett holen würde, aber er wünschte sich, dass er den Mut gehabt hätte, ihn nochmal zu küssen. Nun war der Moment vorbei und Gables flüchtige Berührung blieb auf seinem Arm zurück. Er bedeckte die Stelle mit seiner Hand in dem Versuch, auch das Gefühl dort zu halten. Es hielt jedoch nicht lange vor, daher suchte er dort Zuflucht, wo er sie immer gefunden hatte: in den Ställen, bei den Pferden.

Brenner und TC knusperten an dem zusätzlichen Getreide herum, das sie bekommen hatten, bevor Flynn zum Essen hineingegangen war, aber sie schauten auf als Flynn sich näherte. „Hey, Jungs." Das war der Ort, wo Flynn sich zu Hause fühlte, obwohl das gar nicht sein Zuhause war. Er klopfte den Pferden den Hals und kratzte am Ansatz der Mähne. „Was soll ich also mit eurem Herren machen?", fragte er sie, als könnten sie ihm antworten. „Glaubt ihr, dass er will, dass ich bleibe?"

Flynn hörte ein Kratzen außen an der Stalltür und drückte sie auf. Bridget kam herein und setzte sich neben Flynn. „Ich bin froh, dass du kommen konntest, mein Mädchen" sagte Flynn zu der Hündin. „Dann sind wir scheinbar alle da." Er grinste über die Szene. „Wir sprachen gerade darüber, wie mit Gable umzugehen ist", sagte er zu Bridget, die ihre Ohren aufstellte und den Kopf schräg legte. Fast genauso, wie ihr Besitzer es manchmal tat, dachte Flynn.

„Komm schon, Mädchen, hier drinnen scheint alles in Ordnung. Wir lassen die Pferde schlafen, okay?"

Flynn lächelte als er sah, wie Bridget aufstand und sich zur Tür bewegte, als hätte sie jedes Wort verstanden, dass er gesagt hatte.

Sie gingen Seite an Seite schweigend zum Haus zurück. Flynn vergewisserte sich, dass Bridget genug Wasser für die Nacht hatte und ging dann nach oben in sein Schlafzimmer. Er konnte nicht widerstehen, einen Augenblick vor Gables Tür stehen zu bleiben und auf Geräusche zu horchen, aber es war still. Die Tür stand ein bisschen offen, wie immer, wenn Bridget nicht mit Gable nach oben gegangen war, denn Flynn wusste, dass der Hund immer in Gables Zimmer schlief. Er sah zu, wie sie die Tür etwas weiter aufschob, um durchzukommen, und konnte sich einen Blick hinein nicht verkneifen.

Gable lag auf dem Bett, sein nackter Körper von einer Decke bedeckt, aber nur bis zur Taille. Flynn fühlte, wie sein Körper auf den Anblick der leicht behaarten Brust und der schön geformten, aber etwas hageren Schultern reagierte. Er dachte darüber nach, hineinzugehen, aber nach der interessanten Wendung, die der Tag genommen hatte, wollte er nicht ruinieren, was er erreicht hatte. Er lehnte sich gegen den Türrahmen und beobachtete, wie Bridget es sich neben dem Bett für die Nacht gemütlich machte, bevor er in sein eigenes Zimmer ging.

25

5

WIE IMMER erwachte Gable vor dem Morgengrauen. Sogar Bridget schlief noch auf dem Boden neben seinem Bett, obwohl sie aufblickte als er sich bewegte. Der Rest des Hauses war ganz still.

Gable stand auf, um zur Toilette zu gehen und bemerkte, dass ihm der ganze Körper wehtat. Obwohl es gestern ein ziemlich geschäftiger Tag gewesen war, war er nicht mehr als üblich geritten, daher überraschten ihn seine protestierenden Muskeln. Vielleicht war eine Erkältung im Anmarsch oder er wurde einfach zu alt für diese Arbeit. Er seufzte, kratzte sich am Kopf, als er vom Badezimmer zurückkehrte, und entschied, sich noch ein paar Minuten hinzulegen, bevor er sich anziehen musste.

Als er das nächste Mal seine Augen öffnete, hörte er eine Art Klopfen von draußen und zog sich schnell seine Jeans an, um hinauszugehen und nachzusehen.

Draußen auf der Veranda wurde er von einer enthusiastisch mit dem Schwanz wedelnden Bridget und der hellen Vormittagssonne begrüßt.

„Flynn?", rief Gable.

„Hier oben!"Gable sah hoch und fühlte, wie sein Herz stehen blieb. Flynn stand mit dem Hammer in der Hand auf dem geschwungenen Dach und versuchte, die Balance zu halten.

„Du siehst aus, als wenn ich dich gerade geweckt hätte", rief Flynn herunter, nicht ohne ein gewisses Amüsement in der Stimme. „Es tut mir leid, ich dachte du wärst schon lange unterwegs."

Gable sah auf seine nackte Brust herab und konnte nicht anders, als darüber zu streichen, weil er sich plötzlich sehr entblößt fühlte. Er wollte Flynn jedoch nicht alleine lassen, daher verschränkte er die Arme vor der Brust. „Wirst du wohl da runterkommen? Du könntest dich verletzen."

Flynn lachte. „Mir geht es gut. Das ist nicht das erste Dach, auf das ich geklettert bin, weißt du. Würdest du mir das Brett hoch reichen, bitte?" Flynn deutete auf ein Stück Holz, das direkt neben der Leiter gegen das Haus gelehnt war.

Gable reichte es nach oben und wäre fast zu Flynn auf das Dach geklettert, aber er wusste, dass sein Fuß das nicht zulassen würde. Sein Herz war immer noch am Rasen und eine kleine Stimme in ihm sagte, dass er sich erst entspannen würde, wenn Flynn wieder festen Boden unter den Füßen hatte.

„Ich wünschte, du hättest damit gewartet", sagte Gable zu Flynn.

„Ach, komm schon, Gabe", bat Flynn und benutzte dabei die etwas verkürzte Form von Gables Namen, die er bei Calley gehört haben musste. „Nachdem es nun endlich aufgehört hat zu regnen, sodass das Dach abgetrocknet ist, und nachdem sie sagen, dass es später am Tag wieder regnen wird ... Ich weiß ja nicht, wie's dir geht, aber ich bin es leid, meine Stiefel in einem Vorraum auszuziehen, der immer nass ist."

Gable musste zugeben, dass Flynn recht hatte. Das Dach über dem Vorraum war seit über einem Jahr undicht. Wenn Grant noch da gewesen wäre, dann wäre es in Nullkommanichts repariert gewesen, aber da Gable nicht die Leiter hochsteigen konnte, war nichts passiert.

„Ich hätte Bill fragen können, ob er dabei hilft", schlug Gable vor, obwohl er wusste, dass sein Freund, der Tierarzt, als Zimmermann nicht sehr geschickt war.

Flynn kletterte herunter und lieferte Gable damit einen Blick auf seinen Hintern in engen Jeans, bevor er sich umdrehte und ihn ansah. „Bill hat genug eigene Arbeit. Ich bin jetzt da, also kann ich es tun. Gehört alles zum Job." Flynn zuckte die Schultern und drückte einen schnellen Kuss auf Gables Mund.

Gable stand wie angewurzelt da als ihm bewusst wurde, was gerade passiert war und konnte nur zusehen, wie Flynn im Haus verschwand. Statt sich zu beruhigen, weil Flynn wieder sicher auf festem Boden stand, schlug sein Herz fast aus seiner Brust heraus. Er schickte sich an, Flynn nach drinnen zu folgen und fühlte sich unsicher, da er nicht wusste, ob Flynn eine Reaktion von ihm erwarten würde. Aber es schien nicht notwendig.

Im Haus lächelte Flynn ihn an. „Warum ziehst du dich nicht einfach zu Ende an? Ich hab gesehen, dass du noch nicht gegessen hast, daher habe ich dir eine Scheibe Schinken im Ofen gelassen und kann dir Rührei machen wenn du magst."

Gable nickte kurz und ging dann hoch. Als er zurückkehrte, lief ihm von den Düften, die aus der Küche kamen, das Wasser im Mund zusammen; eigentlich wie an jedem Tag, seitdem Flynn angekommen war. Er wusste, dass es ihm schwerfallen würde, darauf wieder zu verzichten, aber er wusste auch, dass Flynn schließlich gehen würde, genauso wie Grant es getan hatte.

„Ich weiß nicht, wie du es machst, aber das ist so viel besser, als wenn ich es mache", gab Gable zu, als er sich am Tisch niederließ.

Flynn setzte sich auf seinen üblichen Platz: schräg gegenüber von Gable mit dem Rücken zum Herd. Er hatte offensichtlich schon gefrühstückt, da sein Platz abgeräumt war. „Ich habe das Kochen von den Besten gelernt."

„Von all den Frauen aus der Nachbarschaft, von denen du erzählt hast?", fragte Gable in der Hoffnung, dass Flynn weitersprechen würde während er aß.

Flynn nickte. „Ohne sie wären wir verhungert. Ganz abgesehen davon, dass mein Vater und meine Brüder keine Ahnung hatten, wie man sich um ein Baby kümmern muss, sodass ich herumgereicht wurde an jeden, der mich aufnehmen konnte, bis sie keine Lust mehr hatten und wieder jemand anders übernahm."

„Interessante Kindheit", sagte Gable, nachdem er ein großes Stück Schinken heruntergeschluckt hatte.

Flynn zuckte mit den Schultern. „Ich habe mich daran gewöhnt, mich ziemlich schnell heimisch zu fühlen und nicht traurig zu sein, wenn ich weiterziehen musste. Als eine der Frauen ihren Ehemann verlor und sie unsere Haushälterin wurde, konnte ich schließlich nach Hause", ergänzte Flynn quasi in einem Nachsatz.

Gable fand, dass Flynns Kindheit eine gute Erklärung dafür war, warum er auch heute noch so ein unstetes Leben führte. Außerdem war es wahrscheinlich Unsinn, darüber nachzudenken, ob er sich jemals irgendwo niederlassen würde. Er freute sich jedoch darüber, dass Flynn solch ein effizienter und außerdem noch vielseitiger Koch war.

„Das heißt, als du wieder zu Hause warst, wurdest du von der Küchenaushilfe zum Cowboy?" Gable leerte seine Kaffeetasse und sah zu, wie Flynn sie wieder auffüllte. Er ließ ihn nicht antworten. „Setz dich hin. Du machst mich schwindlig."

Flynn lächelte und Gable konnte sich des Eindrucks nicht erwehren, dass Flynn ihn ablenken wollte, um sich vor der Konfrontation zu drücken.

„Ich musste darum kämpfen, in die Nähe der Pferde gelassen zu werden. Zuerst dachte ich, Dad wollte mich in Watte packen, aber nach mehreren Streits wurde mir bewusst, dass er mich einfach nicht ertragen konnte, weil ich der Grund gewesen war, warum meine Mutter gestorben war."

„Bist du deshalb weggegangen?", fragte Gable leise. Es war deutlich erkennbar, dass der Schmerz für Flynn immer noch sehr akut war.

Flynn stand vom Tisch auf, nahm Gables schmutzigen Teller und das Besteck mit und drehte sich weg, um es im Waschbecken zu spülen.

„Tu das nicht", sagte Gable und stand auf, um sich neben Flynn zu stellen. Er nahm ihm den Teller ab und stellte ihn ab, griff dann nach Flynns Hand und zog sie aus dem Spülbecken. Nach einigen Momenten des Zögerns legte Gable seine andere Hand gegen Flynns Rücken und fuhr mit sanfter und beruhigender Stimme fort: „Du bist nicht meine Haushälterin. Ich kann mich um mein Geschirr selber kümmern."

„Aber es macht mir nichts aus."

„Ich weiß das", gab Gable zu. „Aber du verwöhnst mich und daran könnte ich mich zu leicht gewöhnen."

„Und das wollen wir doch nicht, nicht wahr?" Ganz plötzlich klang Flynns Stimme hart und unversöhnlich. Er drehte sich von Gable weg und ging in Richtung Vorraum, aber Gable hielt ihn auf.

„Ich weiß, ich bin kein großer Redner, aber vielleicht ist es an der Zeit, dass wir reden." Obwohl das, was er gesagt hatte, sicherlich richtig war, hatte Gable das Bedürfnis, die Stimmung zu bereinigen. Er konnte nicht verhindern, dass Flynn irgendwann gehen würde, aber er konnte um die Zusicherung bitten, dass er mit etwas Vorwarnung wissen würde, wenn er wieder ohne ihn auskommen müsste. Gerade jetzt schien Flynn vor etwas davonzulaufen, das mit seiner Familie zu tun hatte. Gable wusste nur zu gut, dass es einfacher war, vor den Dingen im Leben, die zu sehr wehtaten, davonzulaufen, als ihnen geradeaus zu begegnen. Doch er hatte Angst, dass Flynn auch vor ihm weglaufen würde und das konnte er nicht zulassen.

„Die Wahrheit ist, dass ich dich brauche. Ich kann diese Ranch nicht mehr alleine bewirtschaften." Es fühlte sich seltsam an, sich selbst diese Worte sagen zu hören und obwohl sie richtig waren, war es trotzdem schwer, sie anzuhören.

„Ich werde bleiben", sagte Flynn leise und sah Gable dabei nicht an. „Wenn du mich brauchst, dann werde ich bleiben. Nun, es gibt genug Arbeit zu tun." Und damit schob Flynn sich an Gable vorbei aus der Küche.

Gable konnte sehen, wie Flynn auf den Stall zulief und wusste, dass es keinen Sinn hatte, ihm nachzulaufen. Da er wusste, wie sehr Flynn es hasste, wenn seine Küche unordentlich war, spülte Gable zuerst das Geschirr, bevor er selbst nach draußen ging.

FLYNN KONNTE gar nicht schnell genug aus der Küche rauskommen. Er weinte nicht – er hatte nicht mehr geweint, seit sein Vater ihn vom Familienanwesen vertrieben hatte –; aber heute früh war er nah dran gewesen. Als Gable ihm sagte, dass er ihn brauchte, sprang sein Herz vor Freude, das erhebende Gefühl fast zu groß, um es im Zaum zu halten. Doch das Gefühl hatte schnell nachgelassen, als Gable deutlich machte, dass er ihn nur brauchte, um die Ranch zu betreiben. Er wollte ja bleiben, aber unter diesen Voraussetzungen würde es eine Qual werden. Jedes Mal, wenn er Gable nah war, jedes Mal, wenn der Mann ihn berührte, kochte in ihm die Lust hoch, aber irgendwie schien Gable nicht wahrzunehmen, was er ihm antat.

Flynn griff nach Zaumzeug und Sattel und ging in TCs Box. Er musste den Kopf freibekommen, daher wäre es eine gute Entschuldigung auszureiten, um die Zäune zu kontrollieren. Auf dem Rückweg könnte er dann nach einer der älteren Stuten schauen, die ausgesehen hatte, als würde sie lahmen, und damit wäre er sicher erst nach der Mittagszeit wieder zurück. Das Letzte, was er im Augenblick wollte, war, sich mit Gable auf die Veranda zu setzen. Für einen Tag hatten sie genug intimen Austausch gehabt.

Nachdem er etwas über eine Stunde an den Zäunen entlanggeritten war, erreichte Flynn die Herde und sah, dass mit der Stute alles in Ordnung war. Daher entrollte er stattdessen sein Lasso und benutzte es als Halfter für einen der jüngeren Wallache. Hunter hatte ihn kaufen wollen, aber Gable hatte gesagt, dass er noch nicht zum Verkauf bereit wäre. Das Pferd sah alt genug aus, aber möglicherweise fehlte noch das notwendige Training. Flynn war neugierig genug, um es zum Korral mitzunehmen und selbst zu begutachten.

Innerhalb des begrenzten Raumes des Rundkorrals war das Pferd verspielt und leicht abzulenken. Flynn ließ ihn eine Weile laufen, um den Stress abzubauen und das schien ihn zu beruhigen. Er warf ein Seil in den Weg des Pferdes, aber weit genug weg, dass es es nicht berührte. Das reichte aus, um das Tier zu stoppen.

Flynn schnalzte mit der Zunge, um die Aufmerksamkeit des Pferdes zu erregen, aber näherte sich ihm nicht. Stattdessen drehte er dem Tier den Rücken zu, sodass die natürliche Neugier des Pferdes ins Spiel kam. Langsam kam es näher. Obwohl er es nicht sehen konnte, spürte er, wie es seinen Kopf senkte, und dann fühlte er die weichen Nüstern des Tieres an seinem Rücken in der Nähe seiner Schulter.

Flynn ließ seine Hand vorsichtig auf seinen Rücken wandern und ermutigte das Pferd, daran zu schnüffeln, was es auch tat.

„Guter Junge", flüsterte Flynn.

Flynn drehte sich ganz langsam, um das Pferd anzuschauen und versuchte dabei, keine schnellen Bewegungen zu machen. Das Pferd schien jetzt deutlich entspannter, daher nahm Flynn das Zaumzeug und streifte es über den Kopf des Pferdes, was es auch erlaubte. Er wusste, dass dies nicht das erste Mal sein konnte, dass das Pferd so behandelt wurde. Es war zu alt dafür. Vielleicht dachte Gable einfach nur, dass das Pferd nicht zahm genug war?

Ein plötzliches klapperndes Geräusch ließ beide, Flynn und das Pferd, herumschauen. Während Flynn versuchte, die Klapperschlange zu orten, wieherte das erschrockene Pferd und stieg, gefährlich nah bei Flynn, auf die Hinterläufe. Im Bruchteil einer Sekunde entschied sich Flynn dafür, sich auf den Boden und weg von der Klapperschlange zu werfen, wobei er nur knapp den Hufen entging, als das Pferd herunter kam und sich dann erneut aufbäumte.

Ein Schuss zerriss die Luft und aus dem Augenwinkel sah Flynn, wie das Tor an der Seite des Korrals aufschwang. Das Pferd stürmte in Richtung der unteren Weiden davon und bevor Flynn sich vom Boden erheben konnte, landete das Gewehr neben ihm im Sand und Gable lag auf ihm, seine Hände überall gleichzeitig.

6

FLYNN BRAUCHTE ein paar Sekunden, um zu verstehen, dass Gable ihm quasi die Kleider vom Leib riss, weil er dachte, dass er von der Klapperschlange gebissen worden war. Mit einem plötzlichen Anflug von Lust hatte das nichts zu tun. Die Intensität in Gables Augen und die Gründlichkeit, mit der Gable ihn berührte, verbunden mit seinen rauen Händen und der Tatsache, dass er auf ihm saß, ließ Flynn das Blut nach unten rauschen. Sobald er verstand, was Gable tat, ließ Flynn ihn einfach gewähren und hoffte, dass er bald zufrieden wäre, aber nicht zu bald. Gable musste bemerken, wie sehr ihn das anmachte.

„Gable, ich bin okay", sagte er ohne allzu viel Nachdruck. „Gable, hör auf, ich bin okay", wiederholte er, nun etwas energischer.

„Die Schlange", antwortete Gable einfach.

„Es ist okay. Sie war weit genug weg von mir, aber sie hat das Pferd erschreckt. Ich habe versucht, vom Pferd wegzukommen, das ist alles."

Gable atmete schwer, als er aufhörte und Flynn ins Gesicht sah.

Flynn war von Gables Gesichtsausdruck etwas verwundert, aber als er sah, wie dessen eisblaue Augen dunkel wurden, verstand er. Gable hatte Flynns Erregung bemerkt. Flynn erstarrte, voller Angst, dass er alles nur noch schlimmer machen würde, wenn er seinen Instinkten folgen und sich am Gewicht von Gables Körper reiben würde. Oder besser, je nachdem aus welcher Perspektive man es sah.

Aber dann begann Gable, sich zu bewegen.

Flynn musste schlucken. Er konnte nicht herunterschauen, denn er wollte den Augenkontakt nicht abbrechen, aber er war ganz sicher, dass Gable genauso erregt war wie er. Er sorgte sich außerdem, dass er nun wie ein jungfräulicher Schuljunge in seiner Hose kommen würde, sobald er auf ihre Unterleiber schaute. Die Luft zwischen ihnen war elektrisch und Flynn würde unter dem Druck nachgeben.

Plötzlich beugte sich Gable herunter und küsste ihn. Es war ein intensiver Kuss, fast schon aggressiv, und Flynn konnte nicht anders, als ihn zu erwidern. Dieses Mal wollte er, dass seine Taten und nicht nur seine Worte zeigten, dass er es auch wollte. Gable rieb sich immer noch an ihm und durch die veränderte Position konnte Flynn Gables harte Länge neben seiner spüren, nur getrennt durch zwei Lagen groben Stoffes. Er hätte erwartet, dass Gable seine Hände festhalten würde, aber das tat er nicht. Stattdessen stützte er sich auf seine Ellbogen und hielt Flynns Kopf fest. Das gab Flynn mehr Bewegungsfreiheit, was ihm einen weiteren Weg eröffnete, Gable zu zeigen, dass er mehr wollte.

Nachdem Flynn Gables Hintern gepackt hatte und ihn weiter antrieb, begann Gable, in Flynns Mund zu stöhnen. Flynn wusste, wo das enden würde und hoffte, dass nichts passieren würde, um Gable abzulenken. Flynn machte sich keine Gedanken, dass sie draußen waren. Niemand kam unerwartet zu Besuch und selbst wenn es jemand täte, war der Korral ziemlich gut vernagelt und ein Besucher würde auf den Zaun klettern müssen, um etwas zu sehen. Der harte unebene Boden unter ihm begann, ihn etwas zu stören, aber die Tatsache, dass er hart und geil war und einen gleichermaßen erregten Mann auf sich liegen hatte, glich das im Wesentlichen aus. Ihre Zungen kämpften um die Vorherrschaft, keiner von ihnen wollte den leidenschaftlichen Kuss unterbrechen, obwohl sie beide nach Luft rangen.

Gables lange, rhythmische, treibende Bewegungen wurden dringlicher und der Klang seines Stöhnens veränderte sich ebenfalls. Flynn konnte spüren, wie die harten Muskeln in Gables Hintern sich unter seinen Händen an- und wieder entspannten, bis Gable sein Kopf plötzlich von Flynn wegriss. Mit einem weiteren kraftvollen Stoß und einem angespannten Zittern hörten die Bewegungen auf.

Nur wenige Augenblicke später zog Gable sich komplett zurück, ließ Flynn unbefriedigt zurück und stand schneller auf, als Flynn reagieren konnte. Seine Schritte waren noch unsicherer als üblich und er musste sich am Zaun festhalten, um voranzukommen. Flynn stand ebenfalls aus dem Sand auf und nachdem er einiges davon von seiner Kleidung geklopft hatte, folgte er Gable aus dem Korral hinaus. Er hatte kein Problem damit, zu ihm aufzuschließen, aber Gable stieß ihn von sich.

„Gable, lauf nicht weg. Bitte…"

„Was willst du von mir?", schrie Gable ihn an.

„Ein bisschen weniger Aggression jedes Mal wenn wir uns nahekommen, wäre schon mal nett", antwortete Flynn, genauso scharf.

Gable musste sich am Stalltor festhalten, um auf den Beinen zu bleiben. „Was soll ich sagen? Dass du es geschafft hast, dass ich in meiner Hose gekommen bin? Dass ich es vorgezogen hätte, wenn du mich gefickt hättest, statt dieses…", er deutete in die grobe Richtung des Korrals, „dieser Sache, die wir dort getan haben? Ist es das, was du hören willst? Oder wolltest du, dass ich darum bettele? Ich bin nicht wie deine geschniegelten Freunde aus der Stadt, die immer die richtigen Worte parat haben. Ich bin nur…" Gables Stimme änderte sich und wechselte von hart und verletzend in ruhig und niedergeschlagen und Flynn wusste nicht, was er tun sollte, als er sah, wie Gable so aufgab.

„Ich will nicht umworben werden, Gable."

„Ich hatte solche Angst, dass du verletzt wärst", gab Gable zu, seine Augen fest auf einen unbekannten Fleck am Boden gerichtet. „Ich hatte gesagt, dass du die Pferde nicht alleine trainieren sollst. Es hätte alles Mögliche passieren können. Du hättest runterfallen und hinterher geschleift werden können. Dieses Pferd hätte dich ernsthaft verletzen können."

„Es geht mir gut, Gable", wiederholte Flynn seine früheren Worte, als er näher zu Gable trat. Er war immer noch hart und erregt, immer noch unbefriedigt, obwohl er wusste, dass Gable vermutlich nicht mehr in der Stimmung für irgendetwas war. Zu seiner Überraschung zog Gable ihn näher an sich und dieses Mal war der Kuss weniger aggressiv als vielmehr liebevoll.

Gable küsste ihn immer weiter, während er Flynn in den Stall schob.

Flynn mochte die Geradlinigkeit und die Heftigkeit von Gables Küssen, obwohl es ihn an Gables früherer Aussage zweifeln ließ, dass er eher unten liegen würde. Allerdings, vielleicht zog Flynn diese Rückschlüsse basierend auf der Art und Weise, wie sich die Jungs in der Stadt verhielten und Gable hatte klargestellt, dass er eher keine Erfahrung mit diesen Leuten hatte.

Gable schob Flynn so lange rückwärts, bis er mit der Rückseite seiner Beine gegen die Strohballen stieß, die in der Ecke gestapelt waren. Zu Flynns Überraschung drehte Gable sie herum, sodass er sich auf einen Strohballen setzen und Flynn auf sich ziehen konnte, um dann mit schnellen Handgriffen Flynns Jeans zu öffnen und seinen immer noch harten Penis herauszuholen. Flynn stieß einen hörbaren Seufzer aus, als Gables Mund seine Erektion umschloss und es gab auch keinen Zweifel, dass Gable Spaß an dem hatte, was er da tat.

„Oh, fuck", seufzte Flynn. Er wollte nach Gables Kopf greifen, um die Bewegungen des Mannes noch zu unterstützen, ließ es dann aber sein, weil er das Gefühl hatte, es könnte zu viel sein. Das Letzte, was er wollte, war, dass Gable aufhörte. Er behalf sich schließlich damit, seine Hände leicht auf Gables Schultern zu legen. Das half ihm dabei, stehen zu bleiben, und verhinderte, dass er dem Verlangen seines Körpers folgte und in Gables Mund stieß.

Gerade als Flynn dachte, er könnte sich nicht mehr länger zurückhalten, hörte Gable auf und ließ seinen Schwanz los. Er sagte nichts, sondern sah Flynn nur an und zog dann einen weiteren Strohballen herunter, sodass jetzt vier zusammen in einem Quadrat standen. Er stand auf und griff eine Pferdedecke von einem Haken, warf sie über die Strohballen und begann, seine Stiefel und seine Jeans auszuziehen.

Flynn wusste nicht, was Gable von ihm wollte, daher stand er einfach da, unfähig, seine Augen von Gables bandagiertem Fuß, seinen sehnigen, etwas asymmetrischen Beinen und seinem Schwanz, der auf Halbmast stand, abzuwenden.

„Willst du, dass ich...?"

Gable presste seinen Finger gegen Flynns Mund und ersetzte ihn dann mit seinen Lippen.

„Ich werde aufhören, falls du es willst", flüsterte Gable, nachdem er Flynn umgedreht hatte, sodass er wieder mit dem Rücken zu den Strohballen stand.

Flynn schüttelte den Kopf und wurde zurückgeschoben, bis er rückwärts auf das Stroh fiel. Alles, was er tun konnte war, dort zu liegen und zuzuschauen, wie Gable sich wieder rittlings auf ihn setzte. Er wollte das, war allerdings nicht gewöhnt daran, ein so passiver Teilnehmer zu sein. In diesem Fall war es allerdings wie mit scheuen Pferden: Lass sie zu dir kommen und mach keine plötzlichen Bewegungen.

Gable spuckte in seine Hand und befeuchtete Flynns Schwanz, bevor er hinter sich griff, um ihn aufrecht zu halten, während er sich langsam darauf sinken ließ.

Für einen ganz kurzen Moment schoss Flynn der Gedanke durch den Kopf, dass er von Gable benutzt wurde, aber er flog davon als er spürte, wie Gables unglaublich enge Hitze ihn umgab. Ein Teil von ihm machte sich Sorgen darum, dass Gable sich verletzen würde, wenn er sich ohne irgendwelche Vorbereitung und mit schlechtem Gleitmittel quasi aufspießte. Aber auch diese Gedanken verflogen als Gables Mund sich in einem rauen Seufzer des Vergnügens öffnete.

Flynn wusste, dass er nicht sehr lange aushalten würde, aber er versuchte, sich zurückzuhalten, versuchte, Gable eine Chance zu geben, das zu bekommen, was er wollte und was er brauchte. Er hoffte, dass es gut genug sein würde, damit Gable mehr wollen würde. In diesem Moment sollte das Vergnügen ganz für Gable sein, entschied Flynn. Er ließ seinen Blick von Gables leicht schmerzerfülltem, aber auch glücklichem Gesicht zum Rest seines Körpers wandern. Zu seinem Leidwesen verdeckte Gables Hemd, das immer noch zugeknöpft war und weit herunterreichte, ihre Unterkörper und verhinderte damit Flynns visuelle Stimulation. Er traute sich auch nicht, es beiseitezuschieben, da Gable gerade einen komfortablen Rhythmus gefunden hatte. Erst als Gable ihm zufällig einen Blick unter die Hemdschöße gewährte, weil er seinen Bauch auf dem Weg zu seinem schnell härter werdenden Schwanz mit der Hand berührte, wurde Flynn bewusst, wie sehr ihn der Anblick erregte. Deshalb begann er zu stoßen, begegnete Gable auf halbem Wege und ließ ihn laut aufstöhnen.

Gables Augen waren immer noch geschlossen, sein Gesicht entspannte sich. Der Schmerz schien von purer Freude ersetzt und ein ironisches Lächeln breitete sich auf seinem Gesicht aus. Mit seiner rechten Hand wichste er sich selbst passend zu seinen schaukelnden Bewegungen, während seine linke sich auf Flynns legte und ihm damit bewusst machte, dass er Gables Schenkel streichelte.

Die Intimität dieser kleinen Geste und die Verbindung, die sie zu haben schienen, waren genug, um Flynns Leidenschaft wieder anzufachen. Vielleicht gab es ja doch eine Chance, dass es funktionierte? Vielleicht würde sich das wiederholen?

Gables Bewegungen wurden schneller und Flynn fühlte die bekannte Anspannung in seinem Unterkörper, das Signal, dass er nicht mehr fähig war, seinen Höhepunkt aufzuhalten. Was schließlich den Ausschlag gab, war ein Blick in Gables Gesicht. Es sprach von vollkommener Konzentration und absoluter Hingabe an das, was er fühlte. In diesem Moment wusste Flynn, wie sehr Gable das vermisst hatte. Flynn stieß noch einmal hoch und hörte Gables Antwort mit einem tiefen Grunzen, bevor er seinen Samen tief in Gables engen Kanal pumpte. Obwohl er keuchte, war Flynn noch aufmerksam genug, um Gables verzweifelten Versuch zu sehen, ihm zu folgen. Seine Hand wichste hektisch seinen Schwanz, während er weiterhin seine Hüften bewegte. Flynn wagte nicht, mehr von Gable zu berühren, aber er bewegte seine Hände, um Gables Hüften zu unterstützen. Gerade als er dachte, dass er nicht hart genug bleiben würde, um Gable das Vergnügen zu schenken, das dieser so eindeutig suchte, stöhnte Gable laut auf und sein ganzer Körper schien sich zusammenzuziehen als dicke weiße Spritzer aus seinen Schwanz und auf Flynns Hemd schossen.

Gable bewegte sich zur Seite, fiel auf das Heu neben ihm und lag dort keuchend für einige Momente. Dann durchbrach plötzlich ein Blitzschlag den Himmel und erleuchtete den Stall. Gable stand auf und sammelte seine Jeans und Stiefel ein.

„Geh noch nicht", bat Flynn leise und setzte sich neben Gable. Zögernd berührte er Gables Rücken.

„Es wird regnen und das Gewehr liegt noch draußen", antwortete Gable genauso leise. „Außerdem läuft da draußen noch ein verschrecktes Pferd mit einem Trainingshalfter herum, das wir wohl besser wieder zurück zur Herde lassen."

Flynn wusste, dass er Gable nicht würde aufhalten können. „Ich gehe." Er stand auf und stopfte alles wieder in seine Jeans. Er war schon halb zum Stall hinaus, als er seine Meinung nochmal änderte und dahin zurückkehrte, wo Gable noch saß. Er sank auf seine Knie, griff nach Gables Hinterkopf und zog ihn in einen brennend heißen Kuss, bevor er wieder hinauslief.

7

ALS FLYNN zum Stall zurückkehrte, hatte der Regen bereits begonnen herabzuprasseln, sodass er nass bis auf die Haut war. Zu seiner Überraschung war Gable noch nicht ins Haus zurückgekehrt. Er stand genau auf halbem Wege zwischen dem Haus und dem Rest der Ranch, sah zum Himmel hinauf und ließ den Regen auf sich fallen. Seine Haltung war ein bisschen schief und Flynn konnte sehen, dass er möglichst wenig Gewicht auf sein schlimmes Bein legte, daher lief er zu ihm hinüber.

„Alles okay bei dir?", rief Flynn, um sich über den Regen hinweg Gehör zu verschaffen. Er wischte sich das Wasser vom Gesicht und legte seine Hand auf Gables Schulter.

Gable schüttelte den Kopf. „Ich glaube, ich habe es ein bisschen übertrieben."

„Willst du zurück zum Stall und dich hinsetzen?"

Wiederum schüttelte Gable den Kopf. „Wir sind auf halbem Weg zum Haus und ich würde lieber dorthin gehen. Es wird nur noch kälter werden und ich möchte nicht, dass du krank wirst."

Flynn lächelte über Gables Sorgen und die offensichtliche Vernachlässigung seines eigenen Komforts. „Komm her", sagte er, griff nach Gables Hand und legte sie sich über die Schulter, sodass Gable sich auf ihn stützen konnte. „Lass uns zusehen, dass wir dich irgendwo hinbekommen, wo es trocken und warm ist."

Gable stützte sich schwer auf Flynn, als sie zum Haus hoppelten. Das beunruhigte Flynn ziemlich, weil es der schlimmste Zustand war, den er von Gables Fuß kannte. Er half ihm die Treppen hinauf und ins Badezimmer und dieses eine Mal war es ihm egal, dass sie eine nasse Spur durch das ganze Haus zogen.

„Was brauchst du noch?", fragte Flynn, nachdem er Gable geholfen hatte, sich auf den geschlossenen Toilettendeckel zu setzen.

„Es geht mir gut." Gable zuckte mit den Schultern

Flynn kauerte sich vor Gable. „Es macht mir nichts aus. Sag mir einfach, was du brauchst, und ich hole es für dich."

Gable schüttelte den Kopf. „Ich bin nicht besonders gut in solchen Sachen", murmelte er leise.

Flynn legte seine Hand auf Gables Knie. „Ich weiß, aber tu es mir zuliebe. Ich gehe in mein Zimmer und ziehe mir ein paar trockene Sachen an und dann kann ich dir auch welche holen, wenn du mir sagst, wo ich sie finde."

„In meinem Zimmer, erster Schrank auf der linken Seite", antwortete Gable etwas widerstrebend.

Obwohl Flynn gerne geblieben wäre, um sich um Gable zu kümmern, spürte er, dass Gable ihn loswerden wollte. Darum ging er in sein Zimmer, um zu tun, was er gesagt hatte und seine eigenen nassen Klamotten loszuwerden. Danach ging er in Gables Zimmer. Es war das erste Mal überhaupt, dass er ein Fuß in dieses Zimmer setzte, obwohl es nicht das erste Mal war, das er es tun wollte. Er ertappte sich dabei, dass er hoffte, heute Nacht hier zu schlafen, doch er wusste es besser als sich zu große Hoffnungen zu machen. Daher sah er sich gründlich um, bevor er Gables Schrank öffnete und ein sauberes Paar Boxershorts und ein T-Shirt aus einem Regal in der Tür nahm. Während er sich im Schlafzimmer umsah, bemerkte er, dass das Bett nicht gemacht war und dass ein dickes Buch auf dem Nachttisch lag. Ansonsten war der Raum spartanisch eingerichtet. Flynn konnte keinerlei Anzeichen dafür erkennen, dass es vielleicht mal jemanden in Gables Leben gegeben hatte, aber er wollte auch nicht so weit gehen und Schubladen öffnen und darin herumschnüffeln, obwohl er durchaus versucht war, es zu tun.

Als Flynn zum Badezimmer zurückging, sah er, dass die Tür halb offen stand. Als er näher kam, sah er Gable dort sitzen und seinen verletzten Fuß versorgen. Er entfernte die nassen Bandagen und enthüllte das Gemetzel darunter. Flynn konnte nur knapp verhindern, dass er laut nach Luft schnappte. Kein Wunder, dass Gable immer solche Schmerzen hatte. Der Fuß sah rot und empfindlich aus und machte den Eindruck, als würde er noch lange brauchen, um zu verheilen. Es schienen ganze Hautstücken zu fehlen, einige Stellen sahen schlank und kräftig aus, während andere geschwollen schienen. Flynn kannte sich mit großen Verletzungen beim Menschen nicht aus, aber er hatte zahlreiche bei Pferden gesehen und wusste, dass das keine Verletzung war, die über Nacht besser werden würde.

ALS GABLE Flynn an der Tür stehen sah, nahm er ein Handtuch und breitete es möglichst unauffällig über dem Fuß aus. Er wollte nicht, dass Flynn ihn sah, daher streckte er die Hand aus, um die trockenen Kleidungsstücke zu nehmen, die Flynn ihm gebracht hatte. „Vielen Dank dafür. Es wird jedoch ein bisschen kalt. Könntest du mir wohl ein weiteres Handtuch aus dem Schrank im Flur holen, bitte?"

Gable musste erreichen, dass Flynn wieder ging. Der prüfende Blick und die Sorge, die er im Gesicht des Jungen sah, waren im Augenblick einfach zu viel, insbesondere nach dem, was vorher im Stall passiert war. Gable nahm das Handtuch von seinem Fuß und begann damit, die Wunde zu reinigen. Nach all dieser Zeit tat es immer noch weh und sein Sprint zum Korral, bei dem er das Pochen in seinem Unterschenkel komplett ignoriert hatte, hatte es nicht besser gemacht. Immerhin half ihm der Schmerz, seine Gedanken von dem abzulenken, was danach passiert war. Das Letzte, was er wollte war, wieder hart zu werden bei der Erinnerung daran, wie Flynn zugelassen hatte, dass er ihn benutzte. Verdammt, er hatte es gebraucht. Nachdem er einen ersten Geschmack von Flynn bekommen hatte, hatte sich seine eigene Hand als vollkommen unzureichend erwiesen und

37

alles, woran er seit diesem ersten Kuss denken konnte war, wie es sich anfühlen würde von ihm genommen zu werden.

Gable schloss die Augen und holte im gleichen Moment tief Luft als Flynn das Badezimmer wieder betrat. Aufgeschreckt griff Gable nach dem weggeworfenen Handtuch und bedeckte seinen Unterleib damit. Seine Hoffnung, dass er schnell genug gewesen war, um seine Erektion zu verbergen, wurde von Flynns Gesichtsausdruck zerstört, der eine Mischung aus Überraschung und Unsicherheit zeigte. Einen Moment lang sah es so aus, als würde Flynn etwas sagen, aber dann tat er es doch nicht und Gable war dankbar dafür. Die Situation war angespannt genug, so wie sie war.

„Du hast immer noch die nassen Klamotten an", bemerkte Flynn. „Kann ich dir da raus und in die trockenen Sachen rein helfen?"

Gable schüttelte schnell den Kopf. „Ist schon okay. Ich bin daran gewöhnt, das alleine zu tun. Ich bin mir sicher, dass ich es schaffe."

„Ich weiß, dass du es kannst" antwortete Flynn ruhig. „Aber weißt du, du musst es nicht alleine schaffen. Es ist kein Verbrechen, um Hilfe zu bitten, Gable. Ich bin hier und du brauchst mich."

Gable wollte nicht abhängig von Flynn werden. Er hatte es die ganze Zeit alleine geschafft und er würde es wieder alleine schaffen müssen, wenn Flynn wegging. „Ich weiß, aber ich muss das alleine machen", murmelte er schließlich.

Flynn nickte und verließ ihn widerstrebend. Sobald er die Tür hinter sich geschlossen hatte, fühlte Gable sich verlassen. Ja, er hatte Flynn gebeten zu gehen, aber wenn er ehrlich mit sich selbst war, dann wollte er, dass Flynn sich um ihn kümmerte. Er hatte nur das Gefühl, dass er sich das nicht leisten konnte.

Plötzlich durchlief ihn ein starkes Zittern und er wurde daran erinnert, dass die nassen Klamotten ihn rapide auskühlten. Gable schüttelte den Kopf und entschied sich, die Kleidung zu wechseln, bevor er seinen Fuß neu verband, in der Hoffnung, dass das ihm helfen würde, wieder warm zu werden. Er stand von seinem Sitz auf und ging die zwei Schritte zum Medizinschränkchen hinter dem Badezimmerspiegel. Der Schmerz schoss erneut durch seinen Fuß und Gable verfluchte seine eigene Starrköpfigkeit. Er biss die Zähne zusammen und verharrte, während er sich auf das Waschbecken lehnte, sodass er möglichst wenig Gewicht auf sein verletztes Bein verlagern musste. Als er das Schränkchen öffnete, um alles rauszuholen, was er zum Verbinden des Fußes benötigte, sah er die Kondome, die hinter seiner Reservedose mit Rasiercreme versteckt waren. In diesem Moment wurde ihm bewusst, dass das, was im Stall geschehen war, weit mehr als nur Sex gewesen war. Flynn war ohne ein Kondom in ihn eingedrungen und er konnte nur darauf hoffen, dass das keine unschönen Nebenwirkungen haben würde. Gable versuchte die mulmigen Gefühle abzuschütteln: Zum einen die Sorge, dass sie sich mit irgendetwas angesteckt haben könnten, zum anderen die Notwendigkeit, das gegenüber Flynn zur Sprache zu bringen. Verdammt, er war bei dieser Art von Gesprächen nicht besonders gut.

Bekleidet mit den Sachen, die Flynn ihm gebracht hatte, und den Fuß wieder sorgfältig verbunden, humpelte Gable in sein Schlafzimmer. Als er die Tür öffnete, bemerkte er, dass sein Bett gemacht war; die Decke und die Überdecke ordentlich weggefaltet, sodass er direkt hineinschlüpfen konnte. Er seufzte. Flynns Bedürfnis, sich um ihn zu kümmern, war gleichzeitig Segen und Fluch. Gable musste zugeben, dass es sich gut anfühlte. Er hatte nur wenige Beziehungen gehabt, die über One-Night-Stands hinausgegangen waren. In diesen war immer er der Kümmerer gewesen; derjenige, der den Geliebten umsorgt hatte, niemals andersherum. Aber Flynn konnte es scheinbar einfach nicht lassen und das war zu mindestens ermutigend.

Als Gable sich auf das Bett setzte, öffnete er die Schublade des Nachttischs und war erleichtert zu sehen, dass der Inhalt unberührt war. Immerhin war Flynn keine Schnüffelnase. Es hätte Gable sehr unruhig gemacht, wenn Flynn an privaten Orten herumgestöbert und Gott weiß was für peinliche Dinge entdeckt hätte. Immer noch frierend, krabbelte Gable unter die Decken und nahm sein Buch zur Hand in der Hoffnung dass er sich bald aufwärmen würde. Er hatte noch nicht lange gelesen, als ein vorsichtiges Klopfen an der Tür ihn aufblicken ließ. Bevor er antworten konnte, folgte ein etwas energischeres Klopfen.

„Flynn?"

Die Tür öffnete sich und Flynn kam mit einem Tablett in der Hand herein, sodass Gable sich aufsetzte und sich kurzfristig wunderte, ob er aus dem Bett aufstehen sollte. Flynn gab ihm jedoch keine Gelegenheit dazu, sondern ging auf die unbenutzte Seite des Bettes, setzte sich und stellte das Tablett zwischen sie.

„Ich hatte heute keine Zeit zu kochen." Ein scheues und ein bisschen schalkhaftes Lächeln umspielte Flynns Mund. „Aber es gab noch Suppe von gestern, die uns sicherlich aufwärmt. Daher dachte ich, dass ich dir etwas davon hochbringe."

„Ich verdiene dich nicht", sagte Gable fast unhörbar und sah Flynn nicht an, der vollständig bekleidet auf seinem Bett saß.

„Klar tust du das", antwortete Flynn mit dem gleichen neckischen Grinsen. Er reichte Gable eine dampfende Schale mit Gemüsesuppe und einen Löffel, den Gable sofort beiseitelegte, um ein Stück Brot zu nehmen, das er in die Suppe tauchen konnte.

„Vielleicht solltest du mir erklären, warum ich einen großartigen Cowboy verdiene und einen außergewöhnlichen Koch, obwohl ich dich noch nicht einmal für das bezahlt habe, was du hier schon alles geleistet hast", fragte Gable, während er versuchte, das tropfende Brot in seinen Mund zu bugsieren, ohne sich zu blamieren.

„Weil du dich mit mir herumschlägst?", schlug Flynn vor, löffelte etwas Suppe in seinen Mund und verbrannte sich fast die Zunge.

„Da gibt es nichts herumzuschlagen." Gable zuckte mit den Schultern. Ein Teil von ihm hatte Angst davor, sich Flynn zu öffnen, aber andererseits war heute so viel zwischen ihnen passiert. Gable wollte nicht, dass Flynn ihn zu bald wieder verließ. „Ich mag es, wenn du da bist."

Flynn nickte, während er seine Suppe aß, und es entstand eine unangenehme Stille zwischen ihnen. Gable wünschte sich, dass sie wieder draußen auf der Veranda wären. Es schien so, als wenn sie nur dort einfach zusammensitzen und sich gegenseitig an ihrer Gegenwart erfreuen konnten, ohne ein Gespräch führen zu müssen.

Schließlich stand Flynn auf und stellte ihre Schalen zurück auf das Tablett. Er erschien unwillig zu gehen, aber es gab nichts mehr zu tun. Gerade, als er das Tablett vom Bett hochheben wollte, legte Gable seine Hand auf Flynns.

„Hast du noch Hunger? Ich kann Sandwiches mit heißem Käse machen, wenn du möchtest. Bis Calley morgen mit neuen Lebensmitteln kommt, gibt es nichts anderes, so leid es mir tut."

„Ist alles gut. Die Suppe war großartig." Gable zögerte. Könnte er Flynn ganz platt darum bitten, heute Nacht bei ihm zu schlafen? Gott allein wusste, dass er es wollte. Er wollte diesen warmen Körper wieder dicht bei sich spüren. „Wirst du wieder zurückkommen, wenn du unten fertig bist?", fragte Gable zögerlich, etwas angewidert über seine heisere Stimme. „Ich meine, hierher", ergänzte er zur Klarstellung. Er wollte noch ergänzen „falls du magst", aber er hatte zu viel Angst, dass Flynn es nicht wollte, und so blieben die Worte unausgesprochen.

Flynn lächelte ein bisschen und nickte. „Okay, ich brauche nicht lange."

Als Gable sah, wie Flynn das Schlafzimmer verließ, wurde ihm bewusst, dass er noch nie zuvor in seinem Leben so nervös gewesen war. Als er ein gedämpftes „Jawoll!!" draußen im Flur hörte, konnte er nicht anders als schmunzeln. Und sein Schmunzeln verwandelte sich bald in ein unkontrollierbares Kichern.

8

GABLE ZWANG sich dazu, mit dem Zappeln aufzuhören. Meine Güte, er fühlte sich, als würde er erneut seine Jungfräulichkeit verlieren. Andererseits war er nicht daran gewöhnt, darauf zu warten, dass sein Liebhaber die Treppe hochkam, um sich neben ihm ins Bett zu legen. Er konnte sich zwingen, nicht mehr zu zappeln, aber er konnte sein Herz nicht davon abhalten, wild zu schlagen. Flynn brauchte ewig, um wieder hochzukommen. Gable fragte sich, ob er seine Meinung geändert hatte und nun in der Küche herumräumte, um Zeit zu gewinnen bis Gable eingeschlafen war. Nein, das konnte nicht sein. Flynn würde kommen und dann ... Gable wusste nicht, was dann passieren würde. Das war fast genauso schlimm wie das erste Mal als er tatsächlich Sex gehabt hatte, das erste Mal als es mehr wurde als nur herumzualbern und sich hier und da zu berühren. Nur, dass es diesmal nicht irgendein beliebiger Typ war; diesmal war es Flynn und er hatte Gefühle für ihn entwickelt, die er noch nie zuvor gehabt hatte. War es das, was Liebe ausmachte?

Gable hörte ein Klopfen an der Tür und sah auf. „Komm rein", sagte er fast sofort, voller Erwartung daran, was die Nacht bringen würde.

Flynn sah hinein und öffnete die Tür dann weiter, um einzutreten. Er schloss sie vorsichtig, als gäbe es einen Grund, leise zu sein. Für einen Augenblick stand er einfach nur an der Tür und sah Gable an, aber dann folgte er seinen früheren Schritten und ging um das Bett herum auf die gegenüberliegende Seite von Gable.

„Ist das okay, wenn ich mit unter die Decke schlüpfe?", fragte Flynn ein bisschen zögernd.

„Ja, es ist kalt", nickte Gable, der die Gänsehaut auf Flynns Armen bemerkte, nachdem dieser sich umgezogen hatte und nur noch ein T-Shirt und seine Boxershorts trug. „Auf jeden Fall." Das Buch, das Gable gelesen hatte, lag auf seiner Brust und er hielt sich daran fest wie an einem Schild. Plötzlich wurde ihm bewusst, wie albern das aussah und er legte es auf den Nachttisch.

Flynn war unter die Decke gekrabbelt und hatte es sich auf seiner Seite gemütlich gemacht. Er sah zu Gable hin und schien deutlich nervöser als Gable zu sein. Und irgendwie wurde Gable dadurch ruhiger. Vielleicht sollte er Flynn einfach die Führung überlassen. Flynns Blick auf sich zu spüren, half allerdings nicht.

„Soll ich das Licht ausschalten?", schlug Gable nervös vor.

„Das kann ich machen", bot Flynn an und warf die Decke zurück.

„Nein, dafür musst du nicht aufstehen", sagte Gable und stoppte Flynn mit seiner Hand. Er griff nach einer langen Schnur, die am Kopfende herunterhing und zog daran, sodass der Raum dunkel wurde.

„Nettes Spielzeug", grinste Flynn.

„Bill hat es gebaut, als mich nicht bewegen konnte. Es ist eine große Hilfe." Blitze erleuchteten den Raum für den Bruchteil einer Sekunde, bevor er wieder in Dunkelheit gehüllt wurde. Gable drehte sich zu Flynn um, nachdem er sich nun im Dunkeln sicherer fühlte.

„In dieser Gegend gibt es viele Gewitterstürme und Blitze", sagte Flynn und seufzte.

„Die Wolken werden hier von den Bergen festgehalten", antwortete Gable. „Die Pferde sind nicht so begeistert von Blitz und Donner, aber sie lieben den Regen, denn viel Regen bedeutet auch viel weiches Gras. Und mir machen die Wolken und der Regen nichts aus."

„Das glaube ich dir", schmunzelte Flynn.

„Oh?" Gable hatte keine Ahnung, was Flynn damit meinte.

„Wolken und Regen ist ein chinesischer Ausdruck für Sex. Der Lieferant von Wolken und Regen ist eine Dame der Nacht, eine Prostituierte", erklärte Flynn. „Die Wolken vereinen das Männliche und das Weibliche, den Himmel und die Erde, und der Regen ist der Höhepunkt dieser Vereinigung. Das kommt aus einer alten chinesischen Schöpfungsgeschichte, in der der Himmel, der große Vater, und die Erde, die Große Mutter, als Ehepaar betrachtet werden, die in einem niemals endenden Verkehr miteinander verbunden sind."

„Du kennst dich damit aus?", fragte Gable nach, in der Hoffnung, Flynn zum Weiterreden zu bewegen, damit sie nicht wieder in diesem unangenehmen Schweigen endeten.

„Sex?"

Gable schmunzelte. „Chinesen."

Jetzt war es an Flynn zu lächeln. „Damals in der Stadt habe ich eine Weile in Chinatown gelebt und versucht, Chinesisch zu studieren. Ich sah es als einen Ausweg, so weit wie nur möglich von meinem Vater wegzukommen, aber es hat nicht wirklich funktioniert. Obwohl es faszinierend ist, darüber zu lesen, ist die chinesische Kultur nicht sehr offen für jemanden wie mich. Daher beschloss ich, hier zu bleiben und andere Sachen zu studieren."

„Viehzucht und Kochen?", schlug Gable vor.

„Kochen konnte ich ja schon und ich habe es auf meinen Reisen perfektioniert. Teilweise wird es besser bezahlt, als Aushilfskoch zu arbeiten, statt als Helfer auf der Farm oder beim Stapeln von Lebensmitteln im Supermarkt."

„Ich bin froh, dass du dich entschieden hast, hierher zu mir zum Arbeiten zu kommen", sagte Gable leise. Seine Augen passten sich langsam an die Dunkelheit an, aber er wurde erneut von einem Blitz geblendet, während er Flynns Lippen auf seinen spürte.

„Ich bin auch froh, dass ich hergekommen bin."

„Ich ..." Gable zögerte. „Ich bin nicht besonders gut in solch... solchen..."

„Das hast du mir schon ein paarmal erzählt." Flynn unterbrach ihn. „Es macht mir nichts aus." Er schob sich näher zu Gable und Gable konnte die Hitze fühlen, die von Flynns Haut ausging, obwohl ihre Körper sich kaum berührten. Flynns Hand streichelte lediglich über Gables Gesicht.

Flynn küsste ihn noch mal, der Kuss war sanft und unaufdringlich. „Wir können uns gemeinsam daran gewöhnen. Es sei denn, du willst, das ich aufhöre, dann musst du es mir nur sagen", fuhr Flynn fort und benutzte dabei fast die gleichen Worte, die Gable zuvor im Stall verwendet hatte.

„Grant und ich. Wir …" Gable wusste nicht, wie er es Flynn sagen sollte oder ob er Flynn überhaupt etwas von seiner Beziehung zu Grant erzählen wollte.

FLYNN WAR erleichtert zu hören, dass Gable ängstlich und unsicher war. Natürlich war das nicht das Gefühl, das er Gable wünschte, aber es war gut zu wissen, dass sie beide ähnlich fühlten. Es bedeutete, dass sie es gemeinsam schaffen konnten.

Dass Gable von Grant erzählen wollte, gab ihm ebenfalls ein gutes Gefühl. Gable hatte noch nie über sich selbst und erst recht nicht über seine Vergangenheit gesprochen, aber nach Hunters Besuch war Flynn durchaus neugierig geworden und wollte mehr über Gables ehemaligen Geliebten erfahren.

„Wirst du mir von Grant erzählen?", fragte Flynn leise.

Gable zitterte, als wäre ihm kalt.

„Ich weiß. Warum drehst du dich nicht um und ich kann dich warm halten?", schlug Flynn vor.

„Du meinst, dir den Rücken zukehren? Während wir reden?"

Flynn nickte. „Manchmal ist es einfacher, so zu reden."

Gable drehte sich zögernd um und Flynn wartete eine Weile, bis er es sich bequem gemacht hatte, wohl wissend, dass er mit Gables Bein vorsichtig sein musste. Er legte seine Hand auf Gables Rücken und streichelte seine Schulterblätter, dann seine Schulter.

„Nicht erschrecken, okay?", bat Flynn sanft, bevor er sich noch weiter vorschob, bis er Gable komplett berührte. Er legte seine Hand auf Gables Bauch und zog ihn noch enger an seine Brust, wobei er fühlte, wie Gable vor Spannung zitterte. „Entspann dich, Gable. Es wird nichts passieren, was du nicht willst."

„Ich mache mir keine Sorgen über deine Reaktionen; es sind meine, die ich vielleicht nicht kontrollieren kann", gab Gable zu, wobei er sich mitten im Satz räuspern musste.

Langsam bewegte Flynn seine Hand in Richtung Gables Unterleib. Gables T-Shirt verhinderte, dass Flynns Hand Gables Haut berührte, daher war die Berührung zwar intim, aber nicht sehr sexuell. „Ich werde mich um dich kümmern", flüsterte Flynn in Gables Ohr.

Gable holte mehrmals tief Luft und Flynn fühlte, wie er langsam sich in seinen Armen entspannte. Irgendwie fühlte sich das Schweigen zwischen ihnen jetzt etwas einfacher an, daher erschrak Flynn ein bisschen, als Gable schließlich sprach.

„Grant hat nie hier geschlafen."

Flynn war nach diesem Geständnis etwas verwundert, aber er wollte ihn nicht mit Fragen bombardieren. Er hoffte, dass er auch ohne weitere Nachfragen darüber sprechen würde.

„Wir hatten Sex. Eine Menge davon. Und überall, wo du es dir nur vorstellen kannst, aber niemals in einem Bett. Grant hatte einfach ... ich schätze mal, es hätte sich für ihn zu dauerhaft angefüllt, wenn er auch bei mir hätte schlafen müssen."

„'Hätte schlafen müssen'? Ich bin mir sicher, er musste nicht. Ich meine ‚schlafen wollen', würde ich verstehen. Es ist ja nicht wirklich eine große Belastung."

Gable schmunzelte. „Grant war ein ziemlicher Macho. Ich kann gar nicht sagen, wie oft er mit den vielen Frauen angegeben hat, die er in der Stadt angeblich aufgerissen hatte. Wenn andere Leute da waren, dann tat er es sogar vor meinen Augen. Ich denke mal, das Letzte, was er wollte war, dass die anderen Männer ihn für schwul hielten, aber ich weiß ganz sicher, dass er in der Stadt immer nur nach Schwänzen gejagt hat, nie nach Frauen."

Flynn war etwas überrascht von Gables blumiger Wortwahl, aber er wollte mehr über Grant wissen, daher ermutigte er Gable fortzufahren.

„Hat er dich betrogen?"

Gable nickte. „Und er hat sich auch keine Mühe gegeben, es zu verstecken. Seine Entschuldigung war, dass er es brauchte. Und er brauchte mehr, als ich ihm geben konnte."

„Meine Güte, Gable, das hättest du dir nicht gefallen lassen brauchen!" Flynn schrie es beinah. Seine Stimme klang zu laut und er fuhr in leiserer Tonlage fort. „Du verdienst etwas Besseres als das." Flynn küsste Gables Nacken und schmiegte sich enger an ihn, wobei er seine Wange gegen Gables Schulter lehnte.

„Grant hielt nicht viel von Kuscheln oder Küssen. Und ganz sicher hielt er nichts davon, mit mir zusammen zu schlafen. Sein Zimmer war dein Zimmer und wenn er im Haus schlief, dann in diesem Bett. Aber je länger er hier war, desto häufiger verschwand er. Ich hörte, wie er sich spät in der Nacht rausschlich. Manchmal war er am Morgen wieder da und manchmal war er auch drei oder vier Tage weg und wenn er wieder kam, sah er aus, als hätte er in der ganzen Zeit nicht geschlafen."

„War das auch der Fall, als du verletzt wurdest? War Grant nicht da, um dich zum Arzt zu bringen?"

Gable antwortete nicht sofort. Er schluckte und Flynn dachte, dass er Tränen zurückhalten musste, aber schließlich antwortete er.

„Ich war dabei, Pferde zuzureiten. Im Korral. Er war in der Nacht zuvor verschwunden und ich erwartete ihn nicht zurück, aber ich musste die Pferde für die Auktion fertig machen und daher weiterarbeiten. Eines der größeren Pferde warf mich beim Versuch aus dem Korral zu springen ab, und mein Fuß verfing sich im Steigbügel. Es schleifte mich ziemlich lange hinter sich her, bis das Leder vom Steigbügel riss, aber zu dem Zeitpunkt war ich bereits bewusstlos. Als ich aufwachte, konnte ich mich nicht bewegen. Mir tat alles weh, aber ich konnte mir nicht erklären, warum ich mich nicht bewegen konnte. Schließlich wurde es etwas besser, aber ich habe trotzdem drei Tage gebraucht, um zurück zum Stall zu krabbeln."

„Drei Tage? Mein Gott, Gable, und dieser Bastard ist nicht aufgetaucht?"

„Ich habe ihn seit dieser Nacht nicht mehr gesehen. Calley fand mich und rief den Notarzt. Ich denke, er fand irgendwie raus, was geschehen war, und entschied sich, seine Sachen zu holen und endgültig zu verschwinden. Er war nicht der Typ Mann, der sich um einen Krüppel kümmern würde."

Flynn presste Gable enger an sich und hoffte, damit zu vermitteln, dass er nichts mit Grant gemein hatte. „Du bist kein Krüppel."

„Doch, das bin ich. Ich kann kaum laufen, ich kann mich nicht mehr alleine um die Ranch kümmern und …" Gable brach mitten im Satz ab und zog sich von Flynn zurück, weit genug, um seinen Griff zu durchbrechen.

„Ich bin immer noch hier", sagte Flynn leise. „Und ich gehe nirgendwohin, es sei denn, du sagst es mir."

„Naja, vielleicht solltest du gehen. Es gibt hier nichts für dich."

Flynn seufzte. Er wusste nicht, was er sagen sollte, damit Gable verstand, dass er sehr wohl einen Grund zum Bleiben hatte. Und dieser Grund war Gable. „Es gibt hier eine Menge für mich. Es ist eine großartige Ranch, die wir zu zweit doch gut bewirtschaften können. Ich bin mir sicher, dass Hunters Zahlung uns für das nächste Jahr im Geschäft hält, richtig?"

Gable nickte zustimmend.

„Und ich habe etwas, was ich noch nie zuvor hatte. Ein Zuhause und jemanden, dem ich etwas bedeute, auch wenn er es nicht zugeben mag, noch nicht einmal sich selbst gegenüber. Und weißt du, das fühlt sich deutlich besser an, als jemanden zu haben, der zwar sagt, dass er dich liebt, dem du aber tatsächlich vollkommen egal bist."

„Woher weißt du das?", fragte Gable und seine Stimme klang emotional und gebrochen, sodass Flynn sicher war, dass er weinte.

„Woher ich weiß, dass ich dir etwas bedeute?" Flynn lächelte und schmiegte sich wieder enger an Gable. „Dein Gesichtsausdruck, als du dachtest, die Klapperschlange hätte mich gebissen, war ein ziemlich deutliches Zeichen, aber es gab auch noch andere Dinge. Es gibt diese Momente, in denen du scheinbar Angst hast, mich anzusehen. Und dann wieder, wenn du dich unbeobachtet fühlst, scheinst du nicht anders zu können, als mich praktisch mit deinen Augen auszuziehen. Du hast ja keine Ahnung, wie oft ich zu dir rübergehen und dich küssen oder einfach nur berühren wollte und du weißt auch nicht, wie oft ich verstecken musste, was diese Blicke mir antun."

Gable schniefte und seine Stimmung schien sich etwas aufzuhellen. „Wer im Glashaus sitzt, sollte nicht mit Steinen werfen", schnaufte er. „Es gibt gute Gründe, warum ich dich manchmal nicht ansehen kann. Ich habe mich gefühlt, als wäre ich schon wochenlang mit einem Ständer in der Jeans durch die Gegend gelaufen. Direkt neben dir zu arbeiten war nicht immer einfach. Weißt du, wie viele Entschuldigungen ich mir ausdenken musste, um dann im Verborgenen ein bisschen Dampf abzulassen?"

„So wie in der Dusche?". neckte ihn Flynn.

„Ich konnte nicht glauben, dass du mich beobachtet hattest. Und dann wurde mir klar, dass es dich scharf machte." Gable hielt inne, als würde er noch mal vor seinem geistigen Auge Revue passieren lassen, was geschehen war. „Vorher konnte ich mir immer sagen, dass du wahrscheinlich nicht schwul bist und dass es deshalb sinnlos wäre, mich nach dir zu verzehren. Aber nachdem ich dein erhitztes Gesicht gesehen hatte, war es, als hätte ich dich mit deiner Hand direkt in der Hose erwischt…"

„Das hast du. Ich konnte nicht anders", gab Flynn zu. Und da sie so eng zusammen lagen, führte die Erinnerung dazu, dass Flynns Körper wieder reagierte. Er hatte gehofft, die Tatsache, dass sie beide angezogen waren, würde das verhindern, aber die Bilder waren zu lebendig. „Alleine dich nackt zu sehen, war schon sehr erregend. Aber deine Hand an deinem Schwanz und dann zu sehen, wie er direkt vor meinen Augen hart wurde… es war, als wäre ein Traum wahr geworden."

„Ach, komm schon …", sagte Gable leise und zuckte ein wenig mit den Schultern. Es klang, als könne er nicht glauben, was Flynn sagte.

„Was?", flüsterte Flynn. Er presste seine anschwellende Erektion gegen Gables Hintern, sowohl um das Verlangen seines eigenen Körpers zu befriedigen, als auch um Gable fühlen zu lassen, was er ihm antat. Flynn fühlte allerdings auch, wie Gables Bauchmuskeln sich unter seiner Hand anspannten. „Warum tust du dich so schwer damit zu glauben, dass du mich anmachst?"

Gable seufzte. „Ich bin beschädigte Ware. Ganz abgesehen davon, dass ich alt genug bin, um dein Vater zu sein."

Flynn lehnte sich zurück und zog Gable mit sich, sodass sie auf dem Rücken lagen. „Sieh mich an", befahl er mit ernsthaftem Ton. „Ich kann mir nicht aussuchen, wen ich mag. Wenn ich es könnte, dann würde ich mir jemanden suchen, der einfacher und weniger grummelig ist als du. Und lass meinen Vater aus der Sache raus." Flynn wartete nicht auf Gables Antwort. Stattdessen lehnte er sich über ihn und küsste ihn sanft. Seine Hand lag immer noch auf Gables Bauch und er fühlte, wie sein Liebhaber sich langsam entspannte, daher vertiefte er den Kuss. Als sie voneinander abließen, glitt Flynns Hand zu Gables Hüfte.

„Und nun möchte ich Liebe mit dir machen, genauso wie ein Mann Liebe mit dir machen sollte. Und ich will, dass es für uns beide gut wird."

Gable sah weg. „Ich weiß, dass das, was wir heute Nachmittag getan haben, nicht besonders gut für dich war und es tut mir leid."

„Wirst du endlich damit aufhören, dich selbst niederzumachen? Was im Stall passiert ist, ist passiert. Es war nicht der beste Sex meines Lebens, aber es war auch bei weitem nicht der schlechteste. Außerdem hat es dazu geführt, dass wir miteinander reden, richtig?"

Gable nickte, aber der Ausdruck von Zweifel lag immer noch auf seinem Gesicht.

„Gable, ich bin die meiste Zeit meines Erwachsenenlebens unterwegs gewesen. Ich reise mit leichtem Gepäck. Wenn ich nicht hier sein wollte, wäre ich schon vor langer Zeit gegangen."

Ein scheues Lächeln stahl sich auf Gables Gesicht und Flynn konnte nicht widerstehen, sich wieder an ihn zu kuscheln. „Würdest Du nun bitte zulassen, dass ich dich verwöhne?"

„Es sieht so aus, als würdest du das schon die ganze Zeit tun", antwortete Gable fast unhörbar. Er drehte seinen Kopf zu Flynn, bat ohne Worte um einen Kuss, und Flynn liebkoste ihn, bevor er zuließ, dass ihre Lippen sich trafen. Diesmal gab es keine Eile, nur die Freude am Geschmack des jeweils anderen.

Gable lag inzwischen fast vollständig auf dem Rücken, sein Kopf leicht zu Flynn gedreht, sodass sie sich küssen konnten, seine Hüften jedoch weggedreht, sodass Flynn den Zugang hatte, den er brauchte. Sie mussten noch nicht einmal ihren Kuss unterbrechen, um ihre Hosen abzustreifen, und trennten sich nur, um ihre T-Shirts über die Köpfe zu ziehen.

„Wenn du möchtest, dann gibt es im Badezimmer Kondome", flüsterte Gable gegen Flynns Mund, nachdem Flynn ihn fast vollständig vorbereitet hatte.

„Ich hatte vor diesem Nachmittag schon seit einer Ewigkeit keinen ungeschützten Sex mehr", antwortete Flynn. „Ich vermute mal, dass sie dich im Krankenhaus getestet haben?" Gable nickte langsam. „Dann denke ich, wir können darauf verzichten", sagte Flynn resolut. „Es war schön, dich heute Nachmittag zu spüren, egal, wie eilig es war."

Sehr vorsichtig schob sich Flynn in Gables engen Körper, nachdem er sich entsprechend positioniert und seine Erektion mit Gleitcreme eingerieben hatte, die Gable ihm aus dem Nachttisch gegeben hatte. Es war eine entspannte Position, in der Flynn nicht nur sanft rein und raus gleiten konnte, sondern außerdem Gables wechselnde Gesichtsausdrücke sehen konnte … Außerdem konnten sie sich so die ganze Zeit küssen. Flynns Hand wanderte zu Gables langsam härter werdender Erektion und er liebkoste sie, voller Stolz darüber, wie hart er seinen Geliebten machen konnte.

„Mein Gott, du fühlst dich großartig an", flüsterte Gable, seine Stimme etwas rau durch das, was Flynn mit ihm tat, und durch die etwas verdrehte Position, in der er sich befand. Er griff nach Flynn und legte seine Hand auf Flynns Hüfte, um ihn sanft zu führen.

Flynn legte seine Hand auf Gables Bauch und begann, fester zuzustoßen. Sein Körper verlangte danach, dass er auch schneller zustieß, doch er würde sofort kommen, wenn er das täte. Er wollte aber, dass Gable zuerst kam, vor allem nachdem sie sich inzwischen so geschmeidig bewegten: Gable hob sich ihm entgegen, wenn Flynn in ihn eindrang. Für Flynn fühlte es sich einfach nur großartig an, Gables Enge zu spüren, zusammen mit der Art und Weise, wie Gables Muskeln bei jeder Bewegung seinen Schwanz massierten und er wusste nicht, wie lange er noch aushalten würde.

Gable unterbrach den Kuss, weil er Luft schnappen musste. Der Blick seiner halb geschlossenen Augen wurde ziellos und er griff nach unten, um sich selbst zu streicheln.

„Du bringst mich zum Höhepunkt. Es ist so gut", schaffte Gable hervorzubringen. „Schneller", forderte er und erhöhte das Tempo seiner eigenen Berührungen, um sich weiter voranzutreiben. „Oh fuck ... komm mit mir zusammen ... ich will dich fühlen ... komm jetzt!"

Flynn bemühte sich wirklich sehr, noch auszuhalten, denn er wollte Gables Gesicht sehen, wenn dieser kam, aber mit jedem Stoß wurde es schwieriger. Plötzlich spannte Gable seinen Rücken an und stöhnte. Flynn spürte, wie er sich verkrampfte, aber was ihn schließlich über die Klippe stieß, war zu sehen, wie Gable sich auf seinen eigenen Bauch und Flynns Hand ergoss. Ohne Kondom im Körper seines Geliebten zum Höhepunkt zu kommen, war ein unvergleichliches Gefühl.

Sie setzten ihren Kuss fort, sobald sie wieder genug Luft übrig hatten. Dieses Mal ließen sie die Augen offen, als würden sie nicht die kleinste Reaktion des anderen verpassen wollen.

„Wir müssen uns ein bisschen sauber machen", flüsterte Flynn schließlich.

„Es macht mir nichts. Bleibst du bitte hier?"

Flynn stand trotzdem auf, aber er konnte ein Lächeln nicht verbergen. „Oh, ich komme auf jeden Fall zurück, mach dir keine Sorgen." Es war kalt im Flur und im Badezimmer und Flynn lief schnell mit einem Waschlappen zurück.

„Der Sturm ist vorbeigezogen", sagte Flynn als er zurück auf das Bett krabbelte.

„Ich denke, wir haben selbst genug Wolken und Regen gemacht." Gable zitterte, als Flynn seinen Bauch abwischte und zog Flynn zurück in einen Kuss. „Verdammt, ich kann nicht genug von dir bekommen."

Flynn warf den Lappen auf den Boden und kuschelte sich unter der Decke näher heran. „Gut", antwortete er. „Weil ich heute Nacht hier schlafen möchte."

„Ich hatte gehofft, dass du das sagst." Gable zog Flynn in seine Arme und sie machten es sich, nackte Haut an nackter Haut, gemütlich.

„Du kannst ja versuchen, mich fernzuhalten."

Sie brauchten nicht lange, um einzuschlafen, zufrieden und gesättigt. Flynn wachte einmal auf, als er Gable leise fluchen hörte.

„Bist du okay, Liebling?"

Gable zuckte mit den Schultern. „Nur der verdammte Fuß. Es geht schon wieder weg, mach dir keine Sorgen."

Flynn nickte, aber die Sorgen verschwanden nicht. Er würde Gable davon überzeugen müssen, zum Arzt zu gehen und das würde sicherlich nicht einfach werden.

9

DAS MORGENLICHT stahl sich bereits unter den Gardinen durch, als Flynn aufwachte. Einen Moment lang wollte er aus dem Bett springen, voller Sorge, dass er verschlafen hatte, aber dann hörte er Gable neben sich stöhnen und beschloss, noch etwas länger in der Wärme ihres Betts zu bleiben. Ihr Bett. Flynn gefiel die Vorstellung. Neben dem Mann aufzuwachen, in den er sich verliebt hatte, war großartig, und zu wissen, dass diese Gefühle erwidert wurden, machte es noch spezieller.

„Wir sollten aufstehen. Es ist schon nach 8:00 Uhr", stöhnte Gable. Aber tatsächlich regte er sich nicht; stattdessen schien er sich nur noch enger an Flynn zu kuscheln, sodass dieser ihn küsste. Als sie sich trennten und Gable den Kopf schüttelte, befürchtete Flynn für einen Moment, dass Gable sich wieder zurückziehen würde, aber dann schlang er seine Arme um Flynn und drückte ihn eng an sich.

„Ich weiß nicht ..." Gable hielt mitten im Satz inne und brach dann ab. „Vielen Dank", sagte er schließlich.

„Das ist nichts, wofür du mir danken müsstest", sagte Flynn und lehnte sich etwas zurück, um Gables Gesichtsausdruck zu sehen. Er hoffte, alle Zweifel zerstreuen zu können, die Gable noch hatte, aber er war sich nicht sicher, ob er Erfolg hatte.

„Oh, da ist Vieles, für das ich Dir danken muss", antwortete Gable. „Aber wir sollten aufstehen. Die Pferde warten."

Flynn war glücklich, dass Gable lächelte, aber er bemerkte, dass er sich immer noch selber klein machte. Aber Flynn ließ es für den Augenblick gut sein. Nach allem, was Gable mit Grant durchgemacht hatte, würde es Zeit brauchen, bis er wieder vertrauen konnte und der einzige Weg dorthin bestand darin, dass Flynn da blieb und ihm zeigte, dass viel Liebenswertes an ihm war.

Widerstrebend verließ Flynn Gables Umarmung und krabbelte aus dem Bett. Nach einer Katzenwäsche und einem kurzen Besuch in seinem alten Zimmer, um saubere Kleidung zu holen, nahm Flynn Bridget mit nach unten, um Frühstück zu machen. Er wollte Gable die Zeit zu geben, sich ebenfalls fertig zu machen. Er stand an dem alten Herd und machte Rührei, als er spürte, wie Gable von hinten seine Arme um ihn schlang.

„Das wollte ich schon tun, seitdem ich das erste Mal heruntergekommen bin als du mir Frühstück gemacht hast", flüsterte Gable in sein Ohr.

„Du hättest es früher versuchen können", antwortete Flynn und drehte sich in Gables Armen, sodass sie sich küssen konnten.

Die Eier waren an diesem Morgen ein bisschen verbrannt, aber es machte ihnen nichts aus.

Calley kam nach dem Frühstück vorbei und brachte ihnen Nachschub aus dem Laden und wenn man dem Blick glauben konnte, den sie Flynn zuwarf, schien sie die Verwandlung in Gable zu bemerken. Flynn war trotzdem froh, dass sie nichts sagte, zumindest nicht, so lange Gable es hören konnte.

„Was hast du mit meinem Gable gemacht?", fragte sie Flynn mit einem breiten Lächeln, als er ihr folgte, um die leeren Kisten zum Auto zurückzutragen.

„Oh, nichts", antwortete Flynn. Er würde sich wirklich gerne jemandem anvertrauen, aber er glaubte nicht, dass es Gable recht wäre, wenn er Calley so schnell davon erzählen würde, zumal er nach wie vor nicht ganz genau wusste, in welcher Verbindung Calley und Gable standen.

„Nichts, meine Fresse", neckte sie. „Er springt hier herum wie ein liebestolles Hundebaby. Ich habe ihn nicht mehr so glücklich gesehen seit … wenn ich so richtig darüber nachdenke, dann glaube ich, dass ich ihn noch nie so glücklich gesehen habe. Was auch immer du getan hast, es scheint zu funktionieren."

Sie knuffte ihn mit ihrer Schulter in einer eher unweiblichen Geste, legte dann ihre Hand auf Flynns Arm und zwang ihn dazu, sie anzusehen. „Du machst ihn sehr glücklich, Flynn, und das braucht er. Und er verdient es."

Flynn lächelte sie einfach nur an, obwohl er fast platzte vor Verlangen, ihr alles zu erzählen. Gleichzeitig wollte er es für den Moment zwischen ihm und Gable behalten. Flynn war sich ziemlich sicher, dass sie genau wusste, was vorging, und für den Moment war das genug.

Sie berührte kurz sein Gesicht in einer Geste, die sich sehr mütterlich anfühlte und drehte sich dann um, um in ihren Truck zu steigen und loszufahren. Flynn winkte ihr hinterher und wandte sich dann an Bridget. „Komm schon, altes Mädchen, es gibt Arbeit zu tun!"

SIE BEGANNEN mit der Arbeit, wie sie es immer taten – jeder widmete sich seinen täglichen Aufgaben –, aber Flynn spürte fast sofort eine Veränderung. Bisher hatte jeder für sich gearbeitet und Flynn hatte Gable meist nicht vor dem Mittagessen gesehen, aber nun schien Gable nach Aufgaben zu suchen, die ihn in Flynns Nähe führten. Mehrmals bat er Flynn um Hilfe bei Dingen, die er üblicherweise alleine tat und Flynn erhielt immer eine Belohnung in Form eines kurzen Kusses oder einer flüchtigen Berührung. Flynn hatte auch nichts dagegen, dass Gable nach Ausreden suchte, um in seiner Nähe zu sein; er hoffte nur darauf, dass Gable bald keine Ausreden mehr brauchen würde und sie einfach als Team arbeiten würden. Für den Augenblick jedoch genoss Flynn es einfach, umworben zu werden.

Der Tag verging schnell mit einer kurzen Unterbrechung direkt nach dem Mittagessen, als Gable sich von einem brennenden Kuss zurückzog und behauptete, dass sie auf keinen Fall mitten am Tag Sex haben könnten. Flynn musste sich auf die Zunge beißen, als er sich an Gables Geständnis aus der letzten Nacht erinnerte, dass er und Grant überall auf der Ranch und zu jeder Stunde des Tages Sex gehabt hatten, aber er wollte Gables gute Laune nicht gefährden. Es ließ ihn allerdings voller Hunger auf mehr zurück. Viel mehr. Trotzdem war Flynn der Meinung, dass man auf gute Dinge auch manchmal ein bisschen warten konnte und dass er das, was er wollte, bekommen würde, nachdem die Arbeit getan war.

Die Zeit kam, als Flynn gerade den Auflauf abschmeckte.

„Ich nehme kurz eine Dusche", kündigte Gable an und lächelte einladend, als er davonging. Flynn hatte das Gericht für diesen Abend sorgfältig ausgewählt. Es brauchte nur minimale Arbeit und sie mussten für eine Dreiviertelstunde nichts weiter tun als zu warten, während der Auflauf im Ofen brutzelte. Daher beobachtete Flynn Gable ein paar Minuten, nachdem er die Küche verlassen hatte, durch die Hintertür.

Gable hatte sein bandagiertes Bein in Plastik eingewickelt und stand unter der kalten Dusche an der Rückseite des Hauses, genau wie bei dem ersten Mal, als Flynn ihn beobachtet hatte. Nur dieses Mal würde Flynn ihn dort nicht alleine lassen. „Kann ich dir Gesellschaft leisten oder ziehst du es vor, wenn ich aus der Ferne zusehe?"

Gable wischte sich das Wasser aus dem Gesicht und öffnete seine Augen. „Das liegt natürlich bei dir, aber ich würde mich über ein bisschen… Hilfe nicht beschweren."

Flynn konnte seine Kleidung gar nicht schnell genug ausziehen, insbesondere als er an Gables Körper herabsah und bemerkte, wie der Penis seines Liebhabers vor seinen Augen anschwoll.

Allerdings war das Wasser eiskalt. „Verdammt noch mal, das ist kalt!", rief Flynn.

Gable lachte und schlang seine Arme schützend um Flynn. „Du dachtest also, es wäre eine gute Idee, unter der Dusche Sex zu haben?"

„Ich werde überall Sex mit ihr haben, aber ich bezweifle sehr, dass ich ihn jetzt noch hochbekomme", zitterte Flynn.

Gable drehte das Wasser ab und griff nach einem Handtuch, das er um Flynns Schultern legte, um ihn damit gründlich abzurubbeln. Langsam kehrte das Gefühl in Flynns Haut zurück und er bemerkte, dass Gable trotz des kalten Wassers immer noch hart war.

„Du bist ein geiler Bastard, nicht wahr?", neckte Flynn.

Gable nickte mit einem verwegenen Lächeln in seinem Gesicht. „Das ist nicht so schwierig, wenn du in der Nähe bist." Er zog an dem Handtuch und zog damit auch Flynn näher zur Bank, sodass Gable sich setzen konnte.

Gable sah hoch, nahm Flynns Schwanz in den Mund und saugte daran. Flynn wurde schwindlig, als all sein Blut so schnell nach unten rauschte, daher legte er seine Hand leicht auf Gables feuchtes Haar für den Fall, dass er die Balance verlieren würde. Gables Mund fühlte sich großartig an und in Nullkommanichts war er wieder steinhart. Als er außerdem noch sah, wie Gable sich selbst berührte, stieg die Hitze noch schneller an.

„Gable, stop! Gable, bitte hör auf."

Widerstrebend zog Gable sich zurück. „Was ist los?"

Flynn nahm Gables Gesicht in seine Hände und küsste ihn. „Zu schnell", brachte er hervor, nachdem er nach Luft geschnappt hatte. Sie änderten ihre Positionen, bis sie beide im Reitersitz auf der Bank saßen, aber da das bedeutete, dass sie zu weit auseinander saßen, drückte Gable Flynn schließlich zurück, sodass er sich auf ihn setzen konnte.

„Verdammt, ich brauche dich", stöhnte Gable gegen Flynns Mund, als sie lüstern ihre Hüften aneinander rieben.

„Mach einfach langsam, okay?" Flynn wollte keine Wiederholung dessen, was im Stall passiert war. Nicht, weil er selbstsüchtig war und mehr eigenes Vergnügen wollte, sondern weil er hoffte, dass sie inzwischen Liebhaber und Gefährten waren und nicht nur Sexpartner. Aber Gable schien nicht zu verstehen, was er meinte.

Bevor Flynn Widerspruch einlegen konnte, ließ Gable sich auf seine Erektion sinken, um ihn wieder zu reiten, und Flynn fühlte sich benutzt. Schon wieder. Trotz alledem konnte er die Reaktion seines Körpers nicht verhehlen. Gable war eng und weil sie nur Spucke als Gleitmittel benutzt hatten, war die Reibung sehr intensiv. Die pure Freude in Gables Gesicht, die Ekstase verbunden mit einer totalen Freiheit in seinen Bewegungen, ließen keinen Zweifel, dass er einfach nur seinen körperlichen Bedürfnissen folgte und obwohl Flynn sich damit nicht wohlfühlte, hatten alle diese Dinge einen Effekt auf ihn. Er konnte nicht verhehlen, dass Gables Freude durch ihn entstand, durch seinen Körper, auch wenn Gable ihn benutzte. Er war der Grund dafür, dass Gables Schwanz steinhart war und bei jeder rollenden Bewegung seiner Hüften vor und zurück schwenkte und bei jeder Bewegung Ejakulat aus dem kleinen Schlitz austrat. Er war der Grund für die Rötung seines Oberkörpers. Als Gable sich nach oben hob, folgte Flynns Körper mit einem Stoß in die enge Hitze und Gable stöhnte. Er berührte sich selbst mit seiner Hand und umschloss seine Erektion während er zuließ, dass Flynn immer und immer wieder in ihn stieß.

„Verdammt, das ist gut. So gut!", rief Gable aus. Er öffnete seine Augen und sah Flynn an, bevor er sich vorbeugte und ihn küsste.

Flynn konnte nicht anders, als den Kuss zu erwidern, auch wenn in ihm widerstreitende Gefühle um die Vorherrschaft kämpften. Rein körperlich fühlte sich das Ganze gut an, aber Flynn vermisste die emotionale Seite des Liebesaktes, sodass er wusste, dass sein nahender Höhepunkt nicht besonders befriedigend sein würde. Trotzdem war er dicht davor und als er Gables immer noch feuchtes Brusthaar auf seiner haarlosen Brust fühlte, wurden seine Nippel steif.

Gable griff die Bank auf beiden Seiten von Flynns Kopf und drückte sich selbst wieder hoch, bevor er seine Bewegungen beschleunigte. Er stöhnte, als

Flynn seinen Schwanz in die Hand nahm und ihn schnell pumpte, bis sein Samen sich über Flynns Hand und Bauch ergoss.

Zu sehen, wie Gable kam, und den pulsierenden Kanal um seinen Schwanz zu spüren, brachte auch Flynn zum Höhepunkt, während seine Hüften reflexartig nach oben stießen. Er schloss seine Augen, wehrte sich dagegen, Gable anzuschauen und ging sogar so weit, seinen Kopf wegzudrehen, als Gable ihn küssen wollte. Er war daher nicht überrascht, als er fühlte, wie sich das Gewicht von seinen Hüften hob. Flynn setzte sich auf und sah aus dem Augenwinkel, wie Gable einen Waschlappen unter der Dusche befeuchtete.

„Was ist denn los?", fragte Gable unschuldig, als Flynn ihm ruppig den Waschlappen aus den Händen riss, bevor Gable damit beginnen konnte, Flynn zu reinigen.

„Ich muss nach dem Essen sehen", war alles, was Flynn herausbrachte. Er griff seine Klamotten, die er neben der Tür liegen gelassen hatte, und zog sich schnell an, bevor er in die Küche ging und dabei Gable zurückließ. Er wollte seinen Ärger nicht an Gable auslassen, aber er war doch sehr enttäuscht. Nach der vorigen Nacht hatte er so viel mehr erwartet, aber offensichtlich war Gable nicht bereit, dieses Maß an Intimität ins tägliche Leben zu übertragen. Vielleicht würde er nie dazu bereit sein.

Sie aßen schweigend; Flynn zu sauer, um Smalltalk zu machen und Gable zu verwirrt, um etwas zu sagen, das die Mauer um Flynn durchbrechen würde.

„Der Auflauf war super", wagte Gable schließlich zu sagen, während sie den Abwasch machten.

Flynn nickte nur, dachte, dass er das Kompliment wenigstens zur Kenntnis nehmen musste und dass Gable wohl das Gleiche gesagt hätte, wenn die Mahlzeit ungenießbar gewesen wäre. Er kämpfte mit seinen Emotionen, pendelte zwischen Weglaufen und der Konfrontation mit Gable. Er war nicht der Typ, der vor schwierigen Situationen davonlief. Aber er mochte auch seine Optionen für eine Konfrontation nicht, vor allem, weil er Gable nicht einer Sache anklagen wollte, derer sich dieser wahrscheinlich gar nicht bewusst war. Er musste einen Weg finden, das Problem anzuschneiden, aber er hatte keine Ahnung, wie er das Thema ansprechen sollte, insbesondere weil sie bereits am Tag zuvor darüber gesprochen hatten. Daher ließ er es köcheln und ging nach draußen, sobald die Auflaufform abgewaschen war.

Gable folgte ihm ein paar Minuten später auf die Veranda. Er schwieg, aber man hätte die Spannung mit einem Messer schneiden können

„Ich habe es wieder getan, nicht wahr?", sagte Gable leise, nachdem sie minutenlang in die dunkle Nacht gestarrt hatten.

Flynn schluckte. Die Tatsache, dass Gable es irgendwie doch wusste, machte es noch schlimmer. „Ja", gab Flynn ihm recht und biss die Zähne zusammen

„Es tut mir leid", antwortete Gable, noch leiser.

„Aber das hilft mir kein Stück weiter, oder?", antwortete Flynn, während sein Ärger direkt unter der Oberfläche brodelte, obwohl er wirklich mit allen Mitteln versuchte, ihn nicht explodieren zu lassen. „Ich bin keine Gummipuppe, Gable. Ich dachte, dass wir uns letzte Nacht geeinigt hätten, dass wir gleichberechtigt sind? Ich weiß, dass es in deiner Vergangenheit ungeklärte Fragen gibt, aber das kann so nicht weitergehen. Ich kann nicht in einer Beziehung leben, in der ich nie weiß, was als nächstes kommt. Ich brauche einen Partner und nicht … nicht …" Er war so wütend, dass er nicht die richtigen Worte fand.

„Vielleicht sollte ich dich einfach ein bisschen in Ruhe lassen." Gable stand von seinem Stuhl auf der Veranda auf.

„Wir müssen miteinander reden, Gable. Kommunizieren. Dinge erklären, bevor wir die falschen Schlüsse ziehen." Aber Flynns Ton war nicht beruhigend. Seine Wut und Verzweiflung verhinderten, dass er verstecken konnte, wie sehr ihn all das mitnahm.

Flynn sah zu, wie Gable die Treppe hinunterhumpelte und in die Dunkelheit ging. Er wusste, dass Gable in den Stall gehen und sich eine Weile zwischen den Pferden verstecken würde. Er konnte ihm nicht direkt folgen, daher blieb er auf der Veranda. Kurz bevor er das Licht im Stall angehen sah, hörte er eine lauten Schwall von Schimpfwörtern, aber dann wurde die Nacht wieder ruhig. Aber Flynn konnte sich nicht beruhigen. Trotz ihres Streits ließ Gables Fluchen alle Arten von Worst-Case-Szenarien durch seinen Kopf schießen. Er wartete, so lange er konnte und ging dann in Richtung des fernen Lichts.

GABLE SETZTE sich auf einen Heuballen und hielt sich den Fuß. Er fluchte immer noch, allerdings sehr viel leiser als in dem Augenblick, als er gestolpert war und er hoffte, dass der Schmerz nachlassen würde. Er konnte fühlen, wie sein Knöchel im Stiefel anschwoll und hoffte, dass nichts gebrochen war. Er hatte es gerade vollbracht, den Stiefel auszuziehen, als Flynn in der Tür erschien.

Gable sah auf, aber Flynn sprach nicht sofort. Seine Augen wanderten von Gables Gesicht zu seinem Fuß.

„Du blutest."

„Ich weiß. Ich bin mit dem Fuß an einem Heuballen hängen geblieben und ich denke, es ist irgendetwas gerissen", antwortete Gable, ohne Flynn anzusehen. Er war froh, dass Flynn etwas ruhiger erschien.

„Es sieht hässlich aus. Soll ich den Arzt rufen?"

Gable schüttelte den Kopf. „Kein Arzt."

„Gable, das sollte sich jemand ansehen. Es ist doch nicht normal, dass du solche Schmerzen hast, nur weil du über einen Heuballen gestolpert ist."

Einen Moment lang schaute Gable in Flynns Gesicht und sah, welche Sorgen er sich machte. „Ich habe ständig Schmerzen, Flynn. Es gibt keinen Arzt, der das in Ordnung bringen könnte."

Flynn legte seine Hand auf Gables Knie und kauerte sich vor ihm nieder. „Dann lass mich dir wenigstens zurück ins Haus helfen?"

Gable zuckte mit den Schultern. „Es geht mir gut hier. Gib mir einfach ein paar Stunden Ruhe und das wird schon wieder."

„Gable?" Flynn stand auf und streckte seine Hand aus.

Gable schüttelte seinen Kopf. „Geh du zurück ins Haus."

Gable konnte sehen, wie Flynn darüber nachdachte. Schließlich ging er raus und ließ ihn allein. Das war nicht das erste Mal, dass Gable im Stall blieb. Es war sein bevorzugter Platz zum Denken, nur mit den Geräuschen der Pferde und dem gelegentlichen Vogel, der seinen Rückzugsort störte. Sein Fuß pochte, daher legte er ihn etwas höher und lehnte sich mit dem Rücken gegen das Stalltor. Er war aus der Zugluft raus und hatte einen warmen Mantel angezogen, bevor er auf die Veranda ging. Frieren würde er also nicht.

Sobald er es einigermaßen bequem hatte, dachte er zurück an das, was am Abend geschehen war. Er hatte Flynns Zeichen ganz offensichtlich falsch interpretiert. Mit dem Essen im Ofen hatte er vermutet, dass Flynn einfach nur eine schnelle Nummer vor dem Essen wollte. Und er musste zugeben, dass das auch genau das gewesen war, wonach ihm der Sinn gestanden hatte. Die Vorstellung, wieder gemeinsam ins Bett zu gehen, hatte ihm Angst gemacht, denn er wusste nicht, was Flynn von ihm erwartete. Mit Grant war es einfacher gewesen, denn dieser hatte tatsächlich gar nichts von ihm erwartet. Flynn war gut für ihn, aber die Geschwindigkeit, mit der sie sich nahegekommen waren, war, gelinde gesagt, angsteinflößend. Wie lange würde es dauern, bis Flynn sich darüber klar wurde, dass er jemand jüngeren und mobileren wollte?

Gable kuschelte sich tiefer in seinen Mantel. Er war müde und erschöpft. Hoffentlich würde am Morgen alles etwas besser aussehen.

FLYNN KONNTE nicht schlafen.

Widerstrebend hatte er Gable im Stall zurückgelassen, aber nur, weil er nicht daran glaubte, dass er den störrischen Mann dazu bringen konnte, besser auf sich aufzupassen.

Nun war es weit nach Mitternacht und er machte sich immer noch Sorgen.

Nachdem er die letzten zwei Stunden den Wecker auf seinem Nachttisch beobachtet hatte, entschied Flynn, sich wieder anzuziehen und zu versuchen, Gable zu überreden, wieder ins Haus zu kommen.

Draußen waren die Temperaturen deutlich gefallen und obwohl Flynn wusste, dass es im Stall ziemlich warm war, war er immer noch nicht überzeugt, dass es eine gute Idee war, dass Gable dort über Nacht bleiben wollte.

Als er hineinging, sah er, dass das Licht immer noch an war. Gable hatte sich in seinen Mantel gekuschelt und schlief auf einem Heuballen, den Rücken an das Stalltor gelehnt. Flynn sah das getrocknete Blut auf der Bandage um Gables Fuß und berührte vorsichtig seine Zehen, die vollkommen kalt waren und eine hässliche graublaue Farbe hatten.

„Gable, wach auf. Du musst mit nach drinnen kommen und dich aufwärmen."

Flynn griff Gables Arm etwas fester und schüttelte ihn mit etwas mehr Nachdruck. Als Gables Kopf zur Seite kippte, versuchte er ihn abzustützen und bemerkte, dass Gable kochend heiß war.

„Verdammt! Gable! Du musst aufwachen!" Mit Panik in der Stimme versuchte er, seinen Geliebten aufzuwecken, aber hatte keinen Erfolg.

10

FLYNN WAR überraschend ruhig. Er war zurück ins Haus gelaufen und hatte Calley angerufen und dann den Notarzt. Er wusste, dass es eine Weile dauern würde, bis einer von beiden ankam, daher griff er eine Decke, bevor er in den Stall zurückging. Dort fand er Bridget vor, die wachsam neben Gables zusammengekauerter Gestalt saß.

Nachdem Gables Atmung etwas angestrengt klang, war es für Flynn recht einfach, seine Vitalfunktionen zu checken, wie der Operator der Notrufnummer gebeten hatte. Er hatte das schon unzählige Male bei kranken Pferden getan, aber natürlich war die Situation ganz anders mit dem Mann, den er liebte. Immerhin gab es ihm etwas zu tun und es half, die Zeit herumzubringen, während er sich immer wieder versichern konnte, dass Gables Herz noch schlug.

„Wage es ja nicht, mir einfach wegzusterben, Gable", sagte Flynn zu seinem bewusstlosen Liebhaber, nachdem Gable für ein paar Momente aufgehört hatte zu atmen, gerade als Flynn ihn in seine Arme gezogen hatte. Als Gable seufzte, stieß Flynn den Atem aus, den er angehalten hatte. „Der Notarzt kommt und Calley. Wir bringen dich ins Krankenhaus, Liebling."

Flynn saß eine gefühlte Ewigkeit in dem kalten Stall und wiegte Gable, jedes Mal wenn seine Atmung zu stoppen schien, vor und zurück. Schließlich kam Calley auf quietschenden Reifen an. Sie sah sehr besorgt aus.

„Was ist passiert?", fragte sie Flynn, nach einem schnellen Blick auf Gable und dessen Fuß. „Er ist über einen Heuballen gestolpert", erzählte ihr Flynn. „Als er nicht zum Haus zurückkam, bin ich ihm nachgegangen und habe ihn hier gefunden."

„Es ist vermutlich ein Wunder, dass es so lange gedauert hat."

Flynn war sich nicht sicher, was sie meinte. „Du hast damit gerechnet?"

Calley nickte. „Als er sich das erste Mal verletzt hat, waren sie sich nicht sicher, ob sie den Fuß retten könnten. Die Knochen waren gesplittert und es gab scheinbar Probleme mit dem Blutdurchfluss. Ich bin kein Arzt, daher kenne ich die Einzelheiten nicht. Als es ein bisschen besser geworden war, wollte Gable nicht, dass noch etwas daran gemacht wird. Als wir ihn das erste Mal hier alleine ließen, stieß er sich den Fuß an einem Tisch im Haus und er schwoll wieder an. Sie sagten ihm, dass er ihn auf jeden Fall verlieren würde, aber er wollte nicht zuhören. Das ist der Grund, warum er zu keinem Arzt geht."

Flynn zog Gable an sich und umarmte ihn. „Was sagst du da?"

„Jeder Arzt spricht nur von Amputation, Flynn. Und Gable lehnt es kategorisch ab, sich auch nur damit zu befassen. Er hat schon eine dritte und eine vierte Meinung eingeholt. Sie alle stimmen darin überein, dass er eher früher als später keine andere Wahl haben wird."

Flynn sah in Gables schlafendes Gesicht. „Nun hat er noch nicht mal den Luxus zu entscheiden."

„Davor hatte ich die ganze Zeit Angst", antwortete Calley.

Sie sahen beide auf, als sie einen Wagen vor der Scheune anhalten hörten. Die blinkenden Lichter, die damit einhergingen, identifizierten den Wagen und Calley erhob sich aus ihrer Position vor Gable, um nachzuschauen. Kurz darauf musste sie eine laut bellende Bridget davon abhalten, ihren Herrn und Meister zu eifrig zu beschützen, als das Ambulanzteam mit einer Trage und einer Tasche hereinkam.

„Ich habe ihn bewusstlos gefunden", erklärte Flynn ihnen. „Er hat sich vorher den Fuß verletzt. Jetzt hat er Probleme beim Atmen und hört auch manchmal auf, aber beginnt dann wieder, wenn ich ihn wiege."

Einer der Männer sah Flynn teilnahmsvoll an. „Wir übernehmen an der Stelle", sagte er.

Flynn tat sich wirklich schwer damit, Gable loszulassen, aber der strenge Blick, den der Sanitäter ihm zuwarf, sagte ihm, dass er es tun musste. In diesem Augenblick begann sein Herz zu rasen.

„Komm schon, Flynn, steig in mein Auto. Wir folgen ihnen zum Krankenhaus", sagte Calley und legte mitfühlend einen Arm um Flynns Schultern.

Flynn schüttelte den Kopf, als er sah, wie sie Gable vorsichtig auf die Trage legten. „Ich will mit Gable mitfahren." Er deutete auf den Notarztwagen.

„Es tut mir leid, aber die Dame hat recht. Es gibt dort keinen Platz für Sie. Es ist besser, wenn Sie uns folgen."

Flynn schüttelte nachdrücklich den Kopf. „Nein! Ich muss bei ihm sein. Wenn er dort stirbt, dann muss ich bei ihm sein." Flynn war schockiert, als er sich selbst diese Worte sagen hörte, aber es gab nichts, was er tun konnte. Es war das, wovor er am meisten Angst hatte und er hoffte, dass er unrecht hatte.

Calley zog ihn an sich und umarmte ihn fest. Dann nahm sie sein Gesicht in ihre Hände und zwang ihn, sie anzusehen. „Flynn, hör mir zu. Er wird schon wieder. Er ist in guten Händen!"

„Wir werden gut auf ihn aufpassen", sagte der Sanitäter, nachdem sie Gable in den Krankenwagen geladen hatten. „Folgen Sie uns."

Die Fahrt in das lokale Krankenhaus entlang der stockfinsteren Landstraßen machte Flynn auch nicht glücklich, aber Calley war eine gute Fahrerin und trotz ihrer eigenen Anspannung brachte sie sie sicher in die Stadt. Der Arzt am Ort, der herausgeklingelt worden war, gab sofort die Anweisung, Gable in das nächste größere Krankenhaus zu verlegen, sodass sie erneut hinter dem Notarztwagen herfuhren, nur dieses Mal entlang weniger bekannter, aber dafür besser beleuchteter Straßen.

Die Notaufnahme im Stadtkrankenhaus war belebter und wesentlich größer als der behelfsmäßige Empfangsbereich in ihrem Krankenhaus am Ort. Es wurde ihnen gesagt, sie sollten warten und einige Formulare ausfüllen und Flynn wurde bewusst, dass er tatsächlich nicht sehr viel über Gable wusste. Glücklicherweise hatte Calley alles im Griff.

„Das ist nicht das erste Mal, dass ich das tue, Flynn. Direkt nach dem Unfall war er immer wieder im Krankenhaus und immer nur, wenn es absolut notwendig war. Daher habe ich diese Routine schon ein paarmal durchlaufen." Sie legte ihre Hand auf seinen Arm, um ihn zu trösten.

„Ich weiß noch nicht mal, ob er irgendwo Familie hat", murmelte Flynn. „Ich weiß eigentlich gar nichts über ihn."

Calley drückte Flynns Arm. „Er ist wirklich kein großer Redner, nicht wahr?"

Flynn schüttelte den Kopf.

„Gable hat noch ein paar entfernte Verwandte im Osten, aber niemand, mit dem er regelmäßig in Kontakt steht."

Flynn seufzte. „Also hat er niemanden." Es war mehr eine Feststellung als eine Frage.

„Er hat dich, Flynn."

„Hat er das?" Flynn sah Calley an, deren Gesicht voller Mitgefühl war. Er sah in die Richtung, in die sie Gable weggebracht hatten und seufzte erneut. „Wir haben uns gestritten. Deshalb hat es auch so lange gedauert, bis ich ihn gefunden habe." Flynn wusste nicht, wie viel er Calley erzählen sollte. Was passiert war, fühlte sich sehr persönlich an, aber er musste es jemandem erzählen und er hoffte, dass Calley der Sache vielleicht die richtige Dimension geben konnte. „In einem Moment ist er sehr liebevoll und fürsorglich und im nächsten Moment fühlt es sich so an, als wenn er mich für nichts anderes um sich haben will als ..." Flynn verstummte. Er kannte Calley nicht gut genug, um derart ins Detail zu gehen.

Calley lächelte nachsichtig. „Und dabei dachte ich, ihr Männer wärt alle gleich."

Flynn konnte nicht anders, als das Lächeln ein bisschen zu erwidern. Calleys unkomplizierte Art und ihr Mitgefühl gaben ihm das Gefühl, mehr akzeptiert zu sein als er es jemals zuvor gewesen war. Er war sich immer ein bisschen unsicher gewesen, da sie ihre Beziehung ihr gegenüber nie so richtig enthüllt hatten, aber er hatte das Gefühl, dass sie irgendwie verstand. In jedem Fall wusste sie, dass Gable schwul war, da sie auch alles wusste, was mit Grant passiert war. Gable hatte ihm eine Sache gesagt und das war, dass er ihr sein Leben anvertrauen würde.

„Ich hatte immer den Eindruck, dass du anders bist", sagte Calley und durchbrach damit das Schweigen zwischen ihnen. Sie klang jetzt ernst, der neckende Unterton war aus ihrer Stimme verschwunden. Sie lächelte wieder, als Flynn sie ansah, doch ihr Blick war freudlos. „Er wurde tief verletzt, Flynn. Ich habe nicht daran geglaubt, dass er sich jemals erholt, und dabei rede ich nicht über die körperliche Seite des Unfalls. Aus mir komplett unverständlichen Gründen hat er diesen Mann geliebt und es brauchte Monate, bis er verstand, dass er ihn verlassen hatte. Ich würde verstehen, wenn auch dir das alles zu viel ist, aber bitte mach ein ordentliches Ende. Sag es ihm und lass ihn nicht mit einer falschen Hoffnung leben."

„Ich werde ihn nicht verlassen", erwiderte Flynn entschlossen. Aber dann verließ ihn der Mut. „Es sei denn, er will, dass ich es tue."

„Das würde er wahrscheinlich tun, nur um sich selbst zu beschützen", antwortete Calley und sprach damit aus, was Flynn dachte.

Das von Calley zu hören, vergrößerte Flynns Zuversicht wiederum. „Ich bin nicht Grant, weißt du. Was auch immer passiert, ich kann damit umgehen."

„Zum Glück bist du nicht Grant!" Sie drückte nochmal seine Hand und sah ihn kurz an, dann richtete sie ihren Blick auf den Korridor, den sie beide beobachteten, seit sie angekommen waren. Ihr Gespräch verstummte.

Um dem unbehaglichen Schweigen und dem unbequemen Stuhl zu entfliehen, stand Flynn auf. „Ich muss meine Beine bewegen. Möchtest du Kaffee?"

Calley nickte. „Für mich bitte schwarz."

Flynn lief los und hoffte, dass er vielleicht auch Informationen über Gables Zustand bekommen könnte, während er nach etwas Ausschau hielt, was sie warm und wach halten würde. Das Mädchen an der Aufnahme gab ihm die Standardantwort: Dass die Ärzte sich immer noch um Gable kümmerten und bald jemand zu ihnen kommen würde. Also kehrte Flynn zu Calley zurück und reichte ihr einen Pappbecher mit lauwarmer Flüssigkeit, die es kaum noch verdiente, als Kaffee bezeichnet zu werden. Sie tranken schweigend und nach einiger Zeit fühlte Flynn, wie Calley sich an ihn lehnte und eindöste. Er konnte nicht schlafen, obwohl er die letzten 24 Stunden kein Auge zugetan hatte. Er musste wissen, wie es Gable ging und obwohl er nach außen ruhig war, spielte in ihm alles verrückt. Er war sich sicher, dass irgendetwas Schlimmes passierte und er hatte Angst vor dem Augenblick, wenn der Arzt schließlich kommen und ihnen sagen würde, wie schlimm es war.

„Mhm". murmelte Calley, als sie aufwachte. Sie setzte sich auf, wischte sich über die Mundwinkel und öffnete ihre verschlafenen Augen. „Irgendwelche Neuigkeiten?"

„Nein, schlaf weiter", antwortete Flynn und versuchte dabei, beruhigend zu klingen. Calley kam nicht dazu, denn in diesem Moment kam ein ernst dreinblickender Mittvierziger auf sie zu. „Sie sind die Verwandten von Mr Sutton?" Er beugte sich vor, um zuerst Flynns und dann Calleys Hand zu schütteln. „Ich bin Dr. Isaacs. Ich bin zuständig für die Intensivstation."

„Wie geht es ihm?", fragte Flynn, während sich sein Magen derart zusammenzog, dass er glaubte, sich übergeben zu müssen.

„Er ist jetzt stabil, aber es war durchaus ein Kampf und wir sind noch nicht ganz im grünen Bereich", antwortete der Doktor und sprach dabei direkt mit Flynn. „Es war gut, dass Sie ihn zu diesem Zeitpunkt gefunden haben."

„Können wir ihn sehen?", fragte Calley.

„Ich glaube nicht, dass das im Moment eine gute Idee ist." Dr. Isaacs schien zu zögern und suchte nach den richtigen Worten. „Es sind gerade ziemlich viele Maschinen um ihn herum."

„Ich möchte ihn sehen", sagte Flynn mit kaum hörbarer Stimme.

„Er muss ihn sehen", sagte Calley mit mehr Nachdruck. „Ich kann hier warten, aber er muss ihn sehen." Sie nahm Flynns Arm, um ihren Standpunkt zu verdeutlichen und Dr. Isaacs nickte.

„Zuerst muss jemand die Einverständniserklärung für die Operation unterschreiben", sagte Dr. Isaacs, während er ihnen den Weg zum Korridor versperrte.

„Sie können seinen Fuß nicht abnehmen", sagte Flynn flach. „Er will seinen Fuß nicht verlieren!"

Dr. Isaacs streckte seine Hand in einer beruhigenden Geste aus. „Wir haben keine andere Möglichkeit, Sir. Er hat eine Infektion und durch die zusätzliche Verletzung wird sein Fuß nicht mehr mit ausreichend Blut versorgt. Das Gewebe stirbt ab und vergiftet dabei den Blutkreislauf. Er hat einen Schock erlitten. Wir mussten intubieren und ihm Medikamente geben, um seinen Blutdruck und sein Herz zu unterstützen. Er hat hohes Fieber und ich fürchte, wenn wir den Fuß nicht entfernen, sind seine Überlebenschancen gleich Null."

„Aber… Sie können die Blutversorgung wieder aufbauen! Sie können das wieder in Ordnung bringen. Er hat sich doch gar nicht so schwer verletzt!" Flynn wusste, dass er mit dem Doktor schacherte, aber er konnte sich einfach nicht vorstellen, Gable sagen zu müssen, dass er seinen Fuß verloren hatte.

Dr. Isaacs sah Calley an in der Hoffnung, bei ihr Unterstützung zu finden. Doch sie legte nur beruhigend eine Hand in Flynns Rücken. „Beruhige dich, Flynn. Wir müssen darüber nachdenken. Dr. Isaacs, bitte lassen Sie uns zu ihm. Ich verspreche Ihnen, dass wir Ihnen danach eine Antwort geben."

Dr. Isaacs nickte und trat beiseite, um den Weg in den Korridor freizugeben. Er führte sie durch eine Reihe von Fluren und durch eine verschlossene Tür, die er mit seiner ID-Karte öffnete. Sie gingen an mehreren Betten vorbei durch einen langen Raum, bis der Arzt vor einem einzelnen Bett stehen blieb.

Zuerst erkannte Flynn den Mann mit der aschfahlen Haut nicht, der an mehr Maschinen angeschlossen war, als Flynn jemals gesehen hatte. Erst als Dr. Isaacs vorschlug, dass sie näher traten, erkannte Flynn Gable. Schläuche kamen aus Gables Mund und Nase und eine Maschine gab hypnotische Geräusche von sich in demselben Rhythmus, in dem sich Gables Brust hob und senkte.

„Im Moment atmen wir für ihn", erklärte Dr. Isaacs mit gedämpfter Stimme. „Tatsächlich haben wir eine ganze Menge seiner Körperfunktionen übernommen."

Calley nickte, aber Flynn konnte nicht aufhören, Gable anzustarren und zu versuchen, unter all den Geräten und Schläuchen den Mann zu erkennen, der sein Liebhaber war. Zögernd griff er nach Gables Hand, hielt aber abrupt inne, als er bemerkte, dass Gables Hände ans Bett gebunden waren.

„Sie können ihn berühren, wenn Sie wollen", schlug Dr. Isaacs vor. „Selbst, wenn sie sediert sind, soll es einen positiven Effekt auf Patienten haben, wenn sie von geliebten Menschen berührt werden."

„Warum sind seine Hände festgebunden?", fragte Flynn.

„Es ist eine Vorsichtsmaßnahme", antwortete Calley. „Das ist nicht das erste Mal, dass ich ihn so sehe."

Sie sah Dr. Isaacs Hilfe suchend an, doch dieser nickte nur und trat zurück. „Ich lasse sie für ein paar Minuten allein. Bitte treffen sie eine Entscheidung bezüglich der Einverständniserklärung."

Sobald er außer Hörweite war, drehte sich Flynn zu Calley um. „Ich kann das nicht unterschreiben, Calley. Das würde er mir niemals verzeihen!"

Calley seufzte. „Du kannst es nicht unterschreiben, aber ich kann es tun. Ich habe eine Vollmacht. Aber wir müssen diese Entscheidung zusammen treffen. Flynn, wenn wir ablehnen, dann stirbt er und das kann ich nicht zulassen!"

„Aber das wissen wir nicht! Du hast gesagt, er war schon früher hier. Du hast gesagt, du hast ihn schon so gesehen und beim letzten Mal hat er das auch überstanden. Ich kann nicht zulassen, dass sie sein Bein abhacken, Calley!"

Calley zog Flynn in ihre Arme und drückte ihn ganz fest. „Er war noch nie zuvor so krank, Flynn. Das letzte Mal, als ich ihn so gesehen habe, war nach der Operation am Fuß. Er war auch betäubt, denn er hatte sich einige Rippen angebrochen, aber er war bei Weitem nicht so krank wie jetzt." Sie ließ ihn los und blickte in sein verzweifeltes Gesicht. „Wir müssen ihm erklären, dass es um Leben und Tod ging. Dass wir ihn verloren hätten, wenn wir nicht unser Einverständnis gegeben hätten. Er wird es verstehen."

Flynn kannte Gable gut genug, um zu wissen, dass er es nicht verstehen würde und wenn er Calleys Gesichtsausdruck richtig deutete, dann wusste sie es auch. Er wandte sich Gable zu und nahm seine Hand. Sie war kalt und feucht und fühlte sich überhaupt nicht nach Gable an. „Wir müssen es tun, mein Liebling. Ich kann nicht noch einen Geliebten verlieren. Ich kann nicht daneben sitzen und zusehen, wie du stirbst, ohne zu wissen, dass ich alles Menschenmögliche getan habe, um dich zu retten. Vielleicht wirst du uns nie vergeben, aber dann haben wir dir zumindest die Chance gegeben, zu leben."

Flynn drehte sich zu Calley um und wischte sein Gesicht mit dem Handrücken ab. „Lass es uns tun."

11

FLYNN VERBRACHTE die nächsten Tage damit, zwischen der Ranch und dem Krankenhaus hin und her zu fahren, da sie ihn nur zu festgelegten Zeiten am Nachmittag und am Abend auf die Station ließen, um neben Gables Bett zu sitzen.

Nachts lag Flynn in Gables Bett und versuchte, seinen Geruch und seine Gegenwart festzuhalten, aber sie verloren sich schnell, sodass er bereits vor dem Morgengrauen aufstand, um seine Arbeit auf der Ranch zu beginnen, nachdem er sich die ganze Nacht hin und her geworfen hatte. Harte Arbeit hatte ihm in der Vergangenheit immer dabei geholfen, die Zeit schneller rumzubekommen und er sah es als zusätzlichen Anreiz, sicherzustellen, dass Gable eine gut aufgeräumte Ranch vorfinden würde, wenn er wieder nach Hause kam. Am frühen Nachmittag fuhr Flynn dann in die Stadt, um bei Gable zu sein.

Nach der Amputation, zu der sie widerstrebend ihre Zustimmung erteilt hatten, erholte sich Gable nicht so, wie Dr. Isaacs es vorausgesagt hatte. Er war immer noch ruhig gestellt, hatte immer noch Schübe von extrem hohem Fieber, bei denen er manchmal so instabil wurde, dass sie Flynn auffordern mussten, den Raum zu verlassen, damit sie sich um ihn kümmern konnten und er war für seine Freunde kaum noch zu erkennen. Während der Phasen, in denen Gable ruhig und scheinbar schmerzfrei war, band Flynn seine Hand los und hielt sie an sein Gesicht, sprach in beruhigendem Ton mit ihm und hoffte, dass seine Erzählungen über die Pferde und Bridget irgendwie den Weg in Gables Bewusstsein finden würden. Als Flynn die Gepflogenheiten auf der Station immer besser kennenlernte, wusch er manchmal Gables schweißgebadetes Gesicht und die Brust, zumindest die kleinen Hautflächen, die nicht mit Sensoren oder Bandagen für die intravenösen Zugänge verklebt waren. Das Gefühl, sich wenigstens ein bisschen um seinen Geliebten kümmern zu können, half ihm, obwohl er wusste, dass er die meisten Aufgaben den Krankenschwestern überlassen musste. Flynn konnte fühlen, wie Gables Muskeln unter seinen Händen verkümmerten und die Tatsache, dass er jeden Tag ein bisschen bleicher und aufgedunsener aussah, bedeutete, dass Flynn sich zwingen musste, die Hoffnung nicht aufzugeben.

Die Hoffnung aufrechtzuerhalten wurde noch schwieriger, als er eines Nachmittags ankam und feststellte, dass eine weitere Maschine neben Gables Bett aufgebaut worden war. Mit klopfendem Herz machte er sich auf die Suche nach Dr. Isaacs.

„Ich denke, ich muss Ihnen nicht erklären, dass es ihm nicht gut geht", erklärte Dr. Isaacs Flynn voller Mitgefühl. „Seine Nieren hatten die ganze Zeit schon Probleme, mit den Giften klarzukommen, die durch die Infektion entstehen und nun haben sie den Dienst komplett eingestellt, daher müssen wir ein bisschen nachhelfen."

Flynn nickte und versuchte, die Informationen zu verarbeiten. „Also hat die Operation nichts gebracht? Er stirbt trotzdem?"

„Geben Sie die Hoffnung nicht auf, Mr. Tomlinson. Wir müssen seinem Körper die Zeit geben, sich selbst zu heilen. In der Zwischenzeit versuchen wir, ihn nach besten Kräften zu unterstützen."

Obwohl der Arzt durchaus mitfühlend war und zu wissen schien, was er tat, war Flynn nicht überzeugt, dass sie das Richtige getan hatten. Insbesondere, da es jetzt diesen neuen Rückschlag gab. „Was wird als Nächstes geschehen?"

Dr. Isaacs verschränkte seine Finger und holte tief Luft. „Wir hängen ihn an die Dialyse, um seinem Körper zu helfen, die Toxine abzubauen, die sonst zu einem Organversagen führen würden. Wir hoffen, dass uns das die Möglichkeit gibt, die Medikamentendosen zu reduzieren, die er braucht, um am Leben zu bleiben, damit wir ihn langsam entwöhnen können."

Flynn gab nicht vor, alles zu verstehen, aber er wollte sichergehen, dass er wenigstens die Grundlagen begriff. „Es besteht also immer noch die Gefahr, dass wir ihn verlieren?"

Dr. Isaacs nickte.

„Wie groß ist die Gefahr?"

Dr. Isaacs biss sich auf die Innenseite seiner Lippe. „Ich kann das nicht in Zahlen ausdrücken."

„Ich muss es wissen", sagte Flynn ruhig. Er musste es wissen. Schon seit Tagen erwartete er den Anruf, der ihm sagte, dass Gable gestorben war. Er musste wissen, was er zu erwarten hatte.

„Ich würde sagen, fünfzig-fünfzig."

Flynn nickte. Es war nicht die Antwort, die er hören wollte, aber immerhin wusste er nun, dass es auch für den Arzt, der zuverlässig jeden einzelnen Tag da gewesen war, um sich um Gable zu kümmern, ein ungewisses Spiel war.

„Ich danke Ihnen. Ich denke, ich gehe jetzt besser zu ihm", sagte Flynn leise, als er sich aus dem Stuhl erhob und hinausging, ohne Dr. Isaacs Hand zu schütteln. Er musste jetzt bei Gable sein, musste so viel Zeit wie nur irgend möglich mit ihm verbringen, ungeachtet der Frage, ob Gable seine Anwesenheit überhaupt bemerkte oder nicht. Das spielte keine Rolle, denn er tat es nicht für Gable, zumindest nicht nur. Er musste um seiner selbst willen dort sein, damit er sich nicht den Vorwurf machen musste, in seinen vielleicht letzten Stunden nicht bei seinem Geliebten gewesen zu sein.

Flynn begann, auch zwischen den beiden Besuchszeiten dazubleiben und obwohl es einige Tage lang ein Kampf war, gab ihm Dr. Isaacs schließlich die offizielle Erlaubnis.

In den darauffolgenden Tagen verlegten sie Gable aus dem großen Raum in ein Einzelzimmer auf der Intensivstation und obwohl die Alarme, die alle paar Minuten rund um Gables Bett losgingen, Flynn wahnsinnig machten, konnte er sich nicht von der Seite seines Geliebten entfernen. Er ertappte sich dabei, dass er auf der Ranch nur die allernötigsten Arbeiten erledigte, um danach ins Krankenhaus zu rasen und endlose Stunden Wache zu halten. Zuerst zählte er diese Stunden, feierte jeden Augenblick, den Gable überlebte, aber als das Fieber endlich runterging und Gable stabiler wurde, kam auch Langeweile auf und Flynn begann zunächst, eine Zeitung mitzubringen, die er laut vorlas, dann ein Buch. Er freundete sich mit den Krankenschwestern und Pflegern an und half ihnen, sich um Gable zu kümmern, während sie ihn wuschen und ihn immer wieder umdrehten.

Nach drei Wochen fast ohne Schlaf und mit noch weniger Nahrungsaufnahme war Flynn an einem Nachmittag eingedöst, während er am Bett saß. Er wurde geweckt von Gables Hand an seinem Gesicht. Als Flynn aufsah, war er zunächst nicht sicher, ob er es nur geträumt hatte, denn Gable sah aus, als würde er immer noch schlafen, aber dann bewegten sich seine Finger wieder.

„Gable, Liebling, würdest du deine Augen für mich öffnen?", bat Flynn sanft. Zunächst reagierte Gable nicht, aber dann begann seine Beatmungsmaschine zu piepen. Vor drei Wochen hätte dieses Geräusch Flynn in Panik versetzt, aber er war inzwischen viel ruhiger, da dieses Geräusch nicht so ungewöhnlich war und er es schon vorher gehört hatte. Aber dann begann Gable, zu husten und zerrte an seinen festgebundenen Händen.

„Gable, beruhige dich. Du bist im Krankenhaus." Flynn wiederholte die Worte, die er die Krankenschwestern mehr als einmal hatte sagen hören. „Lass die Maschine für dich atmen."

Dieses Mal schienen die Worte keine Wirkung auf Gable zu haben und als die Maschine immer lauter wurde, kamen zwei Krankenschwestern in den Raum gelaufen. Sie änderten einige Einstellungen an der Beatmungsmaschine und wiederholten Flynns Worte, während er einen Schritt zurücktrat. Es fühlte sich hilflos als er sah, wie Gable gegen die Fesseln und gegen die Beatmungsmaschine kämpfte und er wollte einfach nur, dass die Quälerei ein Ende hatte. Als der Alarm immer weiterging, kam auch Dr. Isaacs in den Raum gelaufen.

„Ich denke, es wäre besser, wenn Sie draußen warten, Flynn. Ich verspreche, dass wir uns gut um ihn kümmern werden." Dr. Isaacs nickte in Richtung Flur, aber Flynn zögerte zu gehen. Er hatte Angst, dass irgendetwas Schlimmes passiert war und Gables Zustand sich verschlechtert hatte. „Es geht ihm gut. Ich werde Sie holen, sobald er wieder ruhiger ist."

Flynn hatte keine andere Wahl, als das Zimmer zu verlassen. Er wollte Gables Hand halten und ihm sagen, dass alles wieder gut werden würde, aber er wusste, dass er nur im Weg stehen würde, daher lief er in Richtung des Wartebereichs am Eingang der Intensivstation und traf dort auf Calley.

„Du siehst aus, als hättest du einen Geist gesehen, Flynn. Ist alles in Ordnung?"

Flynn nickte. „Ich denke, er wacht auf, aber er hat gekämpft und versucht, sich loszureißen."

„Dafür sind die Manschetten da. Er würde sich böse verletzen, wenn sie nicht da wären."

„Ich weiß", murmelte Flynn. Er war froh, dass Calley da war, so wie sie es fast jeden Tag gewesen war. Sie sorgte dafür, dass er aß und hatte ihn immer wieder ermutigt, selbst in den dunkelsten Zeiten. Er war dankbar, dass er sich jetzt nicht alleine hinsetzen und auf Neuigkeiten warten musste. Während sie sich aus dem Automaten im Wartebereich einen Kaffee holten, wurde Flynn bewusst, dass er, trotz all der Zeit, die sie in den letzten drei Wochen zusammen verbracht hatten, immer noch nicht wusste, ob an Calleys Beziehung zu Gable mehr dran war, als dass sie ihnen mit Waren aus ihrem Laden versorgte. Er konnte gar nicht glauben, wie egoistisch er gewesen war, immer nur über Gable zu reden und nie echtes Interesse an Calley zu zeigen.

„Du kennst Gable ziemlich gut, nicht wahr?", fragte Flynn Calley. als er die Tasse Kaffee von ihr entgegennahm.

„Oh, die Geschichten, die ich erzählen könnte!" Calley lachte. „Aber das werde ich nicht tun. Ich erzähle nicht die Geheimnisse anderer Leute. Eines Tages wird Gable sie dir erzählen wollen."

„Er ist nicht wirklich ein gesprächiger Mensch", erinnerte Flynn sie.

„Ich weiß", stimmte Calley ihm zu. „Aber ich bin mir ganz sicher, eines Tages wird er dir mehr erzählen. Er braucht nur sehr lange, um jemandem genug zu vertrauen, um sich zu öffnen. Aber er hat dir doch von Grant erzählt, oder?"

Flynn nickte schweigend.

„Er wird dir mehr erzählen. Vielleicht sogar darüber, was wir getan haben, als wir noch jünger waren."

Flynn fand, dass sie in dem Augenblick geradezu spitzbübisch aussah und wollte unbedingt mehr Details wissen, aber er hatte den Eindruck, dass sie rätselhaft bleiben und keine weiteren Geheimnisse enthüllen wollte. Er hoffte, dass er die Chance bekommen würde, Gable dabei zuzuhören, wie er mehr von sich erzählte.

In diesem Moment betrat Dr. Isaacs den Warteraum, wobei sein weißer Kittel hinter ihm her flatterte. „Ich denke, Sie können jetzt wieder reingehen, aber nicht lange. Es tut mir leid, Ihnen sagen zu müssen, dass Sie ab sofort Ihre Besuche eher kürzer halten müssen. Gable ist immer noch sehr schwach und er braucht seine Ruhe, aber ich habe das Gefühl, dass er dafür sterben würde, Sie zu sehen. Bitte verzeihen Sie das Wortspiel."

Flynn sah Calley an und dann den Arzt. „Meinen Sie, er ist wach?"

Dr. Isaacs lächelte. „Ja, das ist er. Wir sind immer noch dabei, ihn von der Beatmungsmaschine abzukoppeln und das könnte ein bisschen dauern, nachdem er drei Wochen davon abhängig war, aber ja, er ist wach. Wir haben ihm etwas gegen die Schmerzen gegeben, aber er wird nicht mehr ruhiggestellt. Er kann nicht sprechen, was ihn vermutlich sehr frustriert, aber bitte versuchen Sie, ihn so ruhig wie möglich zu halten, okay? Er wird immer noch ziemlich benommen sein und wird von Zeit zu Zeit einfach einschlafen. Lassen Sie ihn. Er braucht die Ruhe. Und vielleicht geht immer nur einer von Ihnen?"

Flynn hatte den Eindruck, dass auch Dr. Isaacs über den Gang der Dinge erleichtert war und das gab ihm ein gutes Gefühl.

„Geh schon, Flynn, Dich möchte er sehen", trieb Calley ihn an.

Flynn war nicht ganz so zuversichtlich, obwohl er am liebsten zu Gables Zimmer gerannt und nicht gegangen wäre. „Ich weiß nicht, Calley. Wir haben uns wirklich ziemlich böse gestritten, bevor…"

Calleys schüttelte ihren Kopf. „Das ist lange vorbei. Geh schon."

Flynn folgte Dr. Isaacs den Korridor entlang und überholte ihn, kurz bevor sie Gables Zimmer erreichten. Als er eintrat, sah er Gable auf der Seite liegend, beide Hände auf der gleichen Bettseite angebunden. Seine Haltung war entspannt, seine Augen geschlossen. Er seufzte, der Knoten in seinem Magen hatte sich noch nicht aufgelöst, aber die Vorfreude darauf, seinen Geliebten wach anzutreffen, war etwas verflogen. Er erinnerte sich an die Worte des Arztes und versuchte nicht, Gable zu wecken.

Aber dann öffnete Gable seine Augen. Sie waren immer noch ein bisschen unkoordiniert und er schien Zeit zu brauchen, um zu erkennen, wen er da sah, aber dann reagierte er und versuchte zu sprechen, was die Beatmungsmaschine mit lautem Piepen quittierte.

„Schhhh", versuchte Flynn, Gable zu beruhigen. Er nahm Gables Hände in seine. „Du kannst noch nicht reden. Du hast einen Schlauch im Hals, der dir beim Atmen hilft und ganz viele Dioden am Körper, aber sie haben mir gesagt, dass sie den Schlauch bald entfernen können, wenn du ruhig bleibst und versuchst, dich zu erholen."

Gable versuchte wieder zu sprechen und diesmal piepte die Maschine noch lauter, als er würgte und an den Fesseln zerrte.

Flynn nahm Gables Gesicht in seine Hände und zwang ihn, ihn anzusehen. „Beruhige dich. Atme. Ein und aus. Ein und aus." Flynns Aufmerksamkeit wurde kurz von einer Krankenschwester abgelenkt, die jedoch in einiger Entfernung stehen blieb und damit Flynn die Erlaubnis gab, selbst zu versuchen, seinen Geliebten zu beruhigen. Mit anderen Worten: Er machte einen ganz passablen Job, was sich auch darin zeigte, dass die Maschine ihre nervigen Geräusche einstellte, als Gable versuchte, sich auf Flynns Einflüsterungen einzulassen.

Gable entspannte sich und döste wieder ein, während Flynn seine Wange streichelte. Die Krankenschwester verließ ihren Platz an der Tür. Es wurde für beide ein anstrengender Abend, da Gable sich mit den Gegebenheiten anfreunden musste und Flynn jedes Mal aufsprang, wenn Gable aufwachte und wieder würgte. Aber ganz langsam gewöhnte sich Gable ein und Flynn musste nur noch seine Hand greifen und ihm zunicken, damit er sich daran erinnerte, was er zu tun hatte.

Calley kam kurz vorbei, um Tschüss zu sagen und versprach, am nächsten Tag wiederzukommen. Flynn legte sich auf die Couch neben Gables Bett, bis man ihn höflich aufforderte, nach Hause zu gehen.

Flynn war früh am nächsten Morgen wieder da, nachdem er nur kurz ausgeritten war, um sicherzustellen, dass die Pferde auf den Weiden in Ordnung waren. Zu seiner Enttäuschung hatte Gable immer noch den Schlauch im Hals und es hatte sich nicht viel geändert, aber er war glücklich, einen Anflug von Erkennen in Gables verwirrten Augen zu sehen. Gable saß mehr oder weniger senkrecht und Flynn sah, dass sie den Bogen entfernt hatten, der direkt nach der Operation da gewesen war, um zu verhindern, dass die Decken auf Gables Beine drückten. Er wusste, dass es Gable sehr schwerfallen würde, sich mit der Amputation abzufinden und zog es vor, ihm davon zu erzählen, wenn er wieder reden und Fragen stellen konnte. Für den Augenblick konnten sie einfach ignorieren, was geschehen war, und Flynn war zufrieden damit, ruhig dazusitzen und zu lesen, während Gable sich erholte.

Gables Zimmer lag genau gegenüber dem Tresen der Krankenschwestern und nachdem Calley für einen kurzen Besuch vorbeigekommen war, setzte sich Flynn mit einem Buch hin, während Gable döste. Als Flynn das nächste Mal aufblickte, sah er einen großen Mann mit dunklem lockigem Haar mit dem Pfleger reden, der mit Gables Betreuung betraut war. Er schenkte ihm nicht allzu viel Aufmerksamkeit bis er sah, dass der Besucher Gable anstarrte, während der Pfleger ihm etwas erklärte. Flynn stand aus seinem Stuhl auf, um die Tür zu schließen, damit der aufdringliche Mann seinen Geliebten nicht anstarren konnte, als plötzlich die Beatmungsmaschine anfing, hektisch zu piepen und er die Panik in Gables Augen sah. Der Pfleger kam, um den Alarm abzustellen, aber bis dahin hatte Gable es geschafft, den Beatmungsschlauch rauszuziehen, obwohl er wie üblich festgebunden war.

Obwohl jeder, der jetzt herbeilief, eine ruhige professionelle Aura hatte, fühlte Flynn sein Herz wild schlagen. Er wollte an Gables Seite bleiben, war aber gleichzeitig mehr als neugierig, wer dieser dunkle Fremde war und warum er eine solche Wirkung auf seinen Geliebten hatte.

„Wir werden ihm die Chance geben, für eine Weile alleine zu atmen", informierte Dr. Isaacs Flynn. „Lassen Sie uns hoffen, dass er es gut genug tut, sodass wir den Schlauch nicht wieder einführen müssen."

Flynn nickte, bevor er sich zu Gable umdrehte, der eindeutig erschöpft aussah. Er strich ihm ein paar Haare aus der Stirn und küsste sie. „Wer war der Mann, Gable?"

„Grant", flüsterte Gable tonlos.

Flynn fühlte, wie die Wut in ihm aufstieg und er rannte auf den Flur, in der Hoffnung, dass er Gables Ex noch antreffen würde. Zu seiner Überraschung war Grant immer noch im Wartebereich und Calley sprach mit ihm.

„Grant, sind Sie das?", rief Flynn, um den größeren Mann dazu zu bringen, sich umzudrehen.

Als Grant nickte, trat Flynn vor und versenkte seine Faust im Kiefer des Mannes.

12

FLYNN WAR kein gewalttätiger Mann, aber er konnte einfach nicht glauben, dass nach allem, was Gable mit Grant durchgemacht hatte, er es wagen würde, an Gables Krankenbett aufzutauchen. Und als er sah, wie Calley fast freundschaftlich mit Grant sprach, sah er endgültig rot.

„Wie kannst du es wagen, hierher zu kommen!", schrie Flynn Grant an. Er drehte sich zu Calley und deutete mit dem Finger auf sie. „Und du bist keinen Deut besser!"

„Flynn, bitte", bat Calley und versuchte, Grant von einer Vergeltung abzuhalten und Flynn davor, nochmal zuzuschlagen. „Hör auf damit!"

„Du weißt ganz genau, wie viel Schaden dieser Mann bei Gable angerichtet hat", fuhr Flynn fort. „Wir haben dir vertraut, aber ich vermute mal, dass du ihm gesagt hast, was mit Gable los ist."

Calley schüttelte den Kopf.

„Sie hat mir nichts gesagt", antwortete Grant und rieb sich den Kiefer auf der Seite, wo Flynns Faust ihn getroffen hatte. Er war bei Weitem noch nicht ruhig, aber versuchte ganz offensichtlich, sein Temperament im Zaum zu halten.

„Warum bist du dann nach mehr als einem Jahr wieder hier?"

„Ich kam auf meinem Weg zu… einem neuen Job durch die Stadt und jemand erzählte mir, dass sie Gable mit einem Notarztwagen ins Krankenhaus gebracht haben. Ich wusste, dass es ernst sein musste und kam, um nach ihm zu schauen."

Das brachte Flynns Blut erneut zum Kochen. „Ich glaube dir nicht! Das letzte Mal als er verletzt wurde, warst du weder da, um den Notarzt zu rufen, noch hast du auf Wiedersehen gesagt, als Du wie ein Feigling weggelaufen bist. Warum soll ich dir glauben, dass du plötzlich ein Gewissen hast?"

Grant seufzte und sah geschlagen aus. „Du hast keine Ahnung wie es war."

Flynn warf ihm einen strengen Blick zu.

„Die Leute haben hinter unserem Rücken geredet. Ich hätte nirgendwo mehr Arbeit gefunden, wenn das so weitergegangen wäre."

Flynn biss sich auf die Innenseite seiner Wange, um zu verhindern, dass er erneut seinen Impulsen folgte. „Ein Macho wie du?", spottete er stattdessen. „Ich bin mir sicher, du hättest deine Männlichkeit auf die eine oder andere Art beweisen können." Er warf Calley einen giftigen Blick zu und drehte sich um. „Ich gehe jetzt dorthin zurück, wo ich gebraucht werde."

Flynn holte ein paarmal tief Luft und versuchte, sich auf dem Weg zu Gable zu beruhigen, aber er machte sich Sorgen darüber, welche Auswirkungen dieses Wiedersehen mit Grant auf Gable haben würde. Aber er wusste, dass er kein Feigling war. Er würde niemals davonlaufen, Gable niemals verlassen, solange dieser ihn brauchte. Wenn er ehrlich war, fand er es gut, dass er Grant endlich getroffen hatte. Es half, ein Bild des Mannes in seinem Kopf zu haben; er konnte jetzt die körperliche Anziehung verstehen, aber er konnte sich nicht vorstellen, dass Gable mit Grant so umgegangen war, wie er offenbar mit einem Mann umgehen wollte.

Er konnte sich nicht vorstellen, dass Gable Grant so hätte überwältigen können, wie er es mit ihm im Stall getan hatte und dann noch mal unter der Dusche. Grant war in jeder Hinsicht ein Alphatier, groß und stark, mit gut entwickelten Muskeln, die unter seiner Kleidung deutlich zu erkennen waren. Das in Kombination mit dem, was Gable ihm über Grants Widerstreben, sich mit seinem Schwulsein abzufinden, gesagt hatte, bereitete Flynn ein sehr ungutes Gefühl über ihre Beziehung. Vielleicht war es ja gut gewesen, dass seinerzeit Grant gegangen war. Flynn hoffte, dass der Mann einfach weiterziehen würde.

Als Flynn in Gables Zimmer ankam, schlief Gable. Er atmete ruhig und man hatte es ihm, nach dem vorherigen emotionalen Ausbruch, so bequem wie möglich gemacht.

„Es geht ihm gut", sagte der Pfleger, der hinter Flynn auftauchte, während Flynn auf seinen Geliebten blickte. „Es sieht so aus, als würde er ohne den Beatmungsschlauch auskommen."

„Ich hoffe es", antwortete Flynn. „Wir müssen über sehr viel reden."

MIT GABLE zu reden, stand in den nächsten paar Tagen nicht wirklich auf dem Plan. Obwohl die Pfleger und Dr. Isaacs darin übereinstimmten, dass er sich gut entwickelte und die Intensivstation bald verlassen könnte, schlief er fast die ganze Zeit und wenn er erwachte, dann musste Flynn ihm immer und immer wieder erklären, wo er war und wie er dorthin gekommen war. Obwohl der Pfleger, der sich hauptsächlich um Gable kümmerte, Flynn erzählt hatte, dass Gable gesehen hatte, was von seinem Bein übrig war, als er die Wunden versorgt hatte, hatten sie nicht wirklich darüber gesprochen.

Als Gable schließlich auf eine normale Krankenstation verlegt wurde, wusste Flynn, dass er das Thema endlich ansprechen musste. Aber er hatte noch keine Vorstellung, wie er das tun sollte. Gable wurde immer noch sehr schnell müde. Dann lehnte er sich zurück, schloss mitten im Gespräch die Augen und döste fast sofort ein. Es machte ihre Interaktionen eher einseitig und Flynn fühlte sich extrem einsam, vor allem, weil er nach wie vor nicht mit Calley sprach.

„Ich möchte nach Hause gehen", sagte Gable quasi aus dem Nichts.

Flynn hatte gar nicht mitbekommen, dass er wieder wach war, daher legte er sein Buch beiseite und schob sich näher an Gables Bett heran. „Das kannst du nicht. Es geht dir noch nicht gut genug."

„Aber alles, was ich tue, ist liegen und schlafen. Das kann ich genauso gut auch zu Hause tun."

Flynn seufzte. „Du brauchst immer noch die Dialyse. Die Ärzte denken, dass deine Nieren sich wieder erholen, aber bis sie das tun, wirst du drei Tage in der Woche im Krankenhaus sein." Sie hatten diese Diskussion schon ein paarmal gehabt und üblicherweise ließ Gable sich einfach abbringen. Aber nicht dieses Mal.

„Immerhin könnte ich zwischendurch zu Hause sein. Ich möchte nach Hause gehen, Flynn."

Flynn kaute auf seinen Lippen und versuchte, allen Mut zusammenzunehmen. „Du musst dir noch etwas Zeit geben, Gable. Du warst sehr krank."

Gable schüttelte den Kopf. „Die Wände hier schließen mich immer mehr ein."

„Du musst wieder lernen zu laufen." Flynn sah Gable nicht an, als er es sagte, aber die einzige Antwort, die er erhielt, war Schweigen. Für einen Moment dachte er, dass Gable wieder eingeschlafen war, aber als er es wagte, aufzuschauen, lächelte Gable.

„Ich werde wieder stärker." Um seine Aussage zu unterstreichen, hob Gable die Arme und zeigte, was von seinem Bizeps übrig war. „Ich weiß, ich bin immer müde, aber das wird sich bessern, sobald ich zu Hause bin, Zeit mit den Pferden verbringen und wieder in meinem eigenen Bett schlafen kann."

Flynn schluckte. „Du brauchst Physiotherapie für dein Bein, Gable."

„Es tut gar nicht mehr weh, Flynn. Die ganze Bettruhe hat immerhin etwas Gutes, weißt du."

„Gabe…" Flynns Stimme versagte. Gable wollte es nicht wahrhaben, trotz der Tatsache, dass jeder, der in den Raum kam, sehen konnte, dass da nur ein Fuß die Decke anhob. Gables anderes Bein endete irgendwie… im Nichts. Flynn hatte den Stumpf ein paarmal gesehen, während Gable noch im Koma gelegen hatte. Er hatte sich gezwungen, ihn anzusehen, denn er wusste, wenn es nach ihm ginge, würde er ihn noch sehr lange Zeit sehen. Beim ersten Mal musste er würgen, seine Gefühle überschlugen sich bei dem Gedanken, wie Gable reagieren würde. Inzwischen konnte er ihn ansehen und darüber nachdenken, ohne allzu heftig zu reagieren, aber im tiefsten Inneren beunruhigte ihn die Tatsache, dass Gable es überhaupt nicht wahrhaben wollte. „Gable", wiederholte er und legte seine Hand auf Gables Bein, oberhalb des Knies und weit weg von dem bandagierten Stumpf.

Als Flynn aufsah, füllten sich Gables Augen mit Tränen und er schüttelte seinen Kopf so unmerklich, dass Flynn es fast übersehen hätte.

„Ich kann hier nicht bleiben", murmelte Gable. „Dieses Krankenhaus macht mich krank."

„Ich rede mit dem Arzt und sehe, was ich tun kann, okay?", versicherte Flynn und rückte näher heran, sodass er seinen Arm um Gables Schulter legen konnte. Flynn wagte es nicht, weiterzugehen. Er wollte seinen Geliebten berühren, wollte ihm zeigen, dass er geliebt und begehrt wurde, aber seit dieser grauenvollen Nacht hatten sie sich noch nicht mal geküsst. Als Flynn sich zurücklehnte, griff

Gable nach seiner Hand und hielt ihn zurück. Er sagte nichts, aber in Gables Augen stand eine Bitte, der Flynn nicht widerstehen konnte.

„Rück ein bisschen rüber", sagte er leise zu Gable, dann kletterte er auf das enge Bett neben ihn und schmiegte sich an ihn. Er musste zugeben, dass es sich gut anfühlte, Gable in seinen Armen zu halten, obwohl es die Tatsache noch deutlicher machte, dass Gable nur noch aus Haut und Knochen bestand und das Bett für sie beide eigentlich zu schmal war. „Ich muss dich wieder ein bisschen aufpäppeln", sagte er zu Gable und legte seine Hand vorsichtig auf Gables eingefallenen Bauch.

„Ich vermisse deine Kochkünste", antwortete Gable leise, bevor er in Flynns Armen schwer wurde und einschlief.

Flynn sprach mit Gables Arzt und der Mann war höflich genug, ihm nicht direkt ins Gesicht zu lachen. Stattdessen erklärte er Flynn, warum es sehr schwierig wäre, Gable zu Hause zu betreuen. Keines der Argumente kam unerwartet. Gable war bisher kaum aus dem Bett aufgestanden. Die Pfleger setzten ihn jeden Tag in einen bequemen Stuhl, aber nach kaum einer Stunde war er erschöpft. Er konnte noch nicht einmal auf seinem guten Bein stehen, geschweige denn sich mit einem Rollstuhl oder gar Krücken im Haus bewegen. Dann war da die Dialyse und die Physiotherapie, die er brauchte, um wieder stärker zu werden, sodass ihm eine Prothese angepasst werden konnte. All diese Dinge konnten im Krankenhaus viel einfacher erledigt werden, es sei denn, Flynn wäre in der Lage, eine Pflege rund um die Uhr zu organisieren.

Da er sich der finanziellen Situation bewusst war, in der sich Gable befand, wusste Flynn, dass die Pflege rund um die Uhr auf seinen Schultern liegen würde und er hatte weder die Erfahrung noch die Kraft, das zu tun und gleichzeitig die Ranch am Laufen zu halten. Die Krankenhausrechnungen stapelten sich bereits und obwohl Flynn einige Ideen hatte, wie er an Geld kommen konnte, brauchte er dazu Calleys Mitarbeit, da sie Gables Vollmachten hatte. Rechtlich betrachtet war Flynn nicht mehr als ein temporärer Hilfsarbeiter auf der Ranch und obwohl Calley sichergestellt hatte, dass Flynn für seine Arbeit bezahlt wurde, konnte er keine Pferde verkaufen oder Vorräte für die Ranch kaufen, ohne dass sie zustimmte.

Das bedeutete, dass Flynn zu Calleys Laden fahren musste, um mit ihr zu reden. Sie hatten keinen wirklichen Kontakt mehr gehabt, seit er gesehen hatte, wie sie mit Grant gesprochen hatte. Er wusste, dass er hinter sich lassen musste, was auch immer ihn daran störte, denn im Augenblick stand Gable an erster Stelle. Was nicht hieß, dass er sich darauf freute.

Nachdem Gable nun außer Gefahr war, fuhr Flynn zu Calleys Laden im Ort, bevor er ins Krankenhaus ging.

„Nun sieh mal an, wen wir da haben", spottete Calley statt eines Willkommens. „Was führt dich nach all der Zeit her?"

„Ich denke, wir sollten über die Ranch sprechen", sagte Flynn, zu nervös, um sich mit Smalltalk aufzuhalten. „Und natürlich über Geld."

„Es ist genug da, um dein Gehalt zu zahlen", sagte Calley nüchtern, während sie damit fortfuhr, Äpfel zu stapeln.

Flynn schüttelte seinen Kopf und kämpfte gegen das Bedürfnis an, einfach wieder zu gehen. Er konnte nicht glauben, dass Calley nach all dieser Zeit immer noch dachte, er täte es für Geld. „Ich habe wochenlang für nichts gearbeitet, bevor die Pferde verkauft wurden, Calley. Ich denke, ich vertraue dir und Gable genug, um zu wissen, dass ich bezahlt werde."

Calley lächelte und sah beiseite. „Ich weiß das, Flynn", sagte sie leise. „Es ist nur … ich habe nicht damit gerechnet, dass du für irgendetwas anderes kommst, als Geld für die Ranch. Das ist scheinbar das Einzige, wofür du mich im Augenblick brauchst."

„Wir müssen über die Ranch reden", begann Flynn, aber eigentlich wollte er auch über die anderen Dinge reden: Ob sie ihn dabei unterstützen würde, die Arbeitsweise der Ranch zu ändern und was sie sich dabei gedacht hatte, mit Grant zu reden, als wäre er ein Freund der Familie … Aber er wagte es nicht. Stattdessen begann er, ihr die Orangen aus einer Kiste zu reichen, die neben seinen Füßen stand.

„Ist das dein Finanzplan?", fragte Calley leichthin. Sie lachte, als Flynn die Augenbrauen hob. „Bist du auf der Suche nach einem Job hier im Laden?"

„Nein danke. Mit der Ranch und Gable habe ich wirklich alle Hände voll zu tun."

Calley lachte wieder. „Der Meinung bin ich wohl auch! Übrigens, wie geht es unserem Gable?"

„Er will es nicht wahrhaben", antwortete Flynn traurig. Er zuckte mit den Schultern. „Es geht ihm langsam besser. Seine Nieren erholen sich wieder und sie sprechen darüber, dass es ihm bald gut genug geht, um mit der Reha zu starten, aber er will sich einfach nicht eingestehen, dass die Operation stattgefunden hat. Jedes Mal, wenn ich damit anfange, wechselt er entweder das Thema oder gibt vor einzuschlafen."

Calley hörte damit auf, Orangen zu stapeln. „Er war schon immer stur wie ein Maultier."

„Er sagt mir immer wieder, dass er nach Hause gehen will, aber niemand außer ihm denkt, dass er bereit dafür ist." Flynn verlagerte sein Gewicht von einem Fuß auf den anderen und dann zurück. Er wollte Calley bitten, ihm dabei zu helfen, Gable zu überzeugen, aber er wusste nicht wie.

„Ich denke Gable überschlägt in seinem Kopf die Kosten für all das", schlug Calley vor, während sie die letzten beiden Orangen aus Flynns Händen nahm, sie auf den Stapel legte und die jetzt leere Kiste hochhob. „Er weiß, dass die Ranch geradeso überlebt und hat wohl eine ziemlich gute Vorstellung davon, was für ein großes Loch sein Krankenhausaufenthalt in sein ohnehin schon knappes Budget schlägt. Und daher denkt er, wenn er nach Hause geht, dann wird es schon irgendwie passen. Nach dem ersten Unfall war es nicht anders. Bill sah mich kaum noch in den ersten Wochen, nachdem Gable nach Hause gekommen war. Mit dem Laden und der Unterstützung für Gable …"

Sie beendete den Satz nicht, aber Flynn wusste, was sie meinte. „Es geht nicht darum, dass ich mich nicht um Gable kümmern möchte, Calley, aber …"

„Ich weiß", antwortete Calley und sah Flynn voller Mitgefühl an. „Du bist das genaue Gegenteil von Grant und das macht mich mehr als glücklich."

„Du hattest kein Problem damit, bei seinem Überraschungsbesuch nett zu ihm zu sein. Trotz allem, was er Gable angetan hat", konfrontierte Flynn sie.

Calley holte tief Luft, bevor sie antwortete. „Was zwischen Gable und Grant passiert ist, geht mich nichts an, Flynn. Ich weiß, dass Grant Gable verletzt hat, aber ich werde keine Partei ergreifen. Das musst du verstehen."

„Ich weiß, dass Grant gegangen ist, ohne jemals auf Wiedersehen zu sagen. Wie ein Feigling! Und du bist ein Feigling, wenn du dich da raushältst!" Flynn fühlte wieder die gleiche Wut in sich aufsteigen wie zu dem Zeitpunkt, als er Gables Ex gesehen hatte.

„Vielleicht war Grant nicht der richtige Mann für Gable und er wusste das. Flynn, es war nicht Grants Schuld, dass Gable den Unfall hatte. Ich weiß nicht, was Gable dir erzählt hat, aber ihre Beziehung hatte keinerlei Ähnlichkeit mit der, die du mit Gable hast und Grant ist ein Macho. Er hat der Sache damals ein Ende gemacht, aber das bedeutet nicht, dass ich nicht mehr mit ihm reden kann!"

Flynn kochte vor Wut. Er hörte Calley gar nicht bis zum Ende zu, sondern stapfte nach draußen und warf die Tür hinter sich zu. Wie konnte sie Grant nur so beschützen? Flynn lief auf dem Parkplatz hin und her und versuchte, sich zu beruhigen. Er brauchte Calley. Jedes Mal, wenn er Geld für Vorräte brauchte, sagte Gable, dass er mit Calley sprechen musste, daher konnte er diese Angelegenheit nicht ohne ihre Hilfe regeln. Aber im Augenblick brachte sie ihn einfach auf die Palme.

„Ich weiß, dass du ihn liebst, Flynn."

Flynn hörte Calleys Stimme hinter sich, aber er drehte sich nicht um. Sie klang ruhig und freundlich, aber er war sich unsicher, ob er sich genug in der Gewalt hatte, um nicht Dinge zu sagen, die er später bereuen würde. Darum sah er weiterhin die fast leere Straße entlang.

„Du liebst ihn wahrscheinlich mehr, als er jemals zuvor geliebt wurde, daher ist es so schwer für dich, zu verstehen, dass jemand anders etwas anderes für Gable empfinden könnte. Grant hat Gable nie so geliebt wie du es tust, Flynn."

Flynn seufzte. Calley hatte recht. Er kannte Grants Typ nur zu gut. Für sie ging es nur um Sex und sobald Verantwortung ins Spiel kam waren sie weg. Aber so war Flynn nicht gebaut. Klar, er hatte auch gelegentliche Stelldicheins gehabt, aber Flynn hatte immer mehr gewollt. Er wollte alles. Flynn wollte das Haus und den Gartenzaun und eine Beziehung, auf die er sich verlassen konnte.

Er drehte sich um und blickte Calley an. „Du hast recht. Und vielleicht ist es das, wovor auch Gable zurückschreckt? Vielleicht bin ich ihm zu viel."

Calley trat vorsichtig auf ihn zu. „Ich glaube, er fühlt sich unglaublich stark von dir angezogen und weiß, dass er dir vertrauen kann, aber gleichzeitig weiß er nicht, wie er damit umgehen soll."

Flynn nickte. „Hat er …?"

„Mit mir über dich gesprochen?", unterbrach Calley. „Nicht mit so vielen Worten, aber er hat genug Hinweise fallen lassen, dass ich weiß, wie wichtig du ihm bist."

Flynn dachte, dass sie etwas selbstzufrieden aussah, aber es war immer noch die Calley, die er kannte, immer etwas geheimnisvoll und rätselhaft.

„Er bekommt immer einen ganz speziellen Blick, wenn er über dich spricht", ergänzte Calley. „Jedes Mal, wenn dein Name fällt, wird er wieder zu einem Teenager. Es ist wirklich süß."

Flynn wusste nicht so richtig, wie er damit umgehen sollte, wenn Calley Gable als süß bezeichnete. Aber er war auch nicht mehr wütend auf sie. „Müssen wir damit rechnen, dass Grant demnächst wieder auftaucht?"

Sie schüttelte den Kopf. „Er hat ziemlich in der Nähe einen Job gefunden, aber ich habe ihm gesagt, dass es nicht besonders geschickt wäre, dir noch mal unter die Augen zu kommen. Er sagte, er wäre froh, dass Gable jemanden gefunden hat, der auf seiner Seite steht."

„Ja, das kann ich mir gut vorstellen", erwiderte Flynn trocken. Er hatte plötzlich das unkontrollierbare Bedürfnis, in sein Auto zu steigen und ins Krankenhaus zu fahren, um Gable zu sehen.

Zu FLYNNS Überraschung war Gable nicht in seinem Zimmer, als er dort ankam. Eine kurze Rückfrage bei den Schwestern ergab auch keine Auskunft, daher ging er zurück in Gables Zimmer, wo er einen Fremden in weißer Uniform antraf, der am Türpfosten lehnte.

„Craig", sagte der Fremde und streckte seine Hand aus. „Gable ist auf dem Rückweg. Er ist wild entschlossen, so schnell wie möglich nach Hause zu gehen, daher kommt er jetzt alleine vom Fahrstuhl her."

„Laufend?", fragte Flynn, seine Augenbrauen fast bis zur Haaransatz hochgezogen.

Craig schmunzelte. „Natürlich nicht. Wir arbeiten daran, ihn erst mal mit dem Rollstuhl etwas mobiler zu machen, aber er hat mir erzählt, dass er in seinem Haus auch eine enge Treppe bewältigen muss?"

Flynn nickte. „Ganz zu schweigen von den vier Stufen auf die Veranda und einer nicht besonders ebenen Auffahrt, um überhaupt dorthin zu kommen. Ich habe ihm gesagt, dass er noch nicht bereit ist, nach Hause zu gehen."

Craig lächelte mitfühlend. „Er ist an der Stelle etwas stur."

Flynn lachte. „Wem sagst du das …"

Als Flynn den Flur entlangschaute, sah er, dass Gable mit seinem Rollstuhl etwa auf der Hälfte des Korridors saß, seine Ellbogen auf den Armstützen und den Kopf zwischen seinen Schultern hängend. Er wollte zu ihm gehen, aber Craig hielt ihn zurück. „Lass ihn. Ich möchte, dass ihm bewusst wird, wie viel Kraft die kleinsten Dinge ihn kosten. Es ist die einzige Möglichkeit, ihn zu überzeugen, dass es zu früh ist, um nach Hause zu gehen."

Obwohl Flynn wusste, wie stur Gable war und bezweifelte, dass Craig gewinnen würde, sah er ein, dass das, was der Therapeut ihm sagte, Sinn machte. Das machte es allerdings kein Stück einfacher für Flynn, Gables Kampf um jeden Zentimeter Fortschritt entlang des Korridors zu beobachten. Schließlich trat Flynn in das Zimmer, um dort zu warten und war froh, als Gable endlich durch die Tür kam. Er hielt sich zurück und sah zu, wie Craig Gable dabei half, auf seinem guten Bein zu stehen und ihm dann ins Bett half, wo er sich vollkommen erschöpft hinlegte.

„Es ist noch viel zu tun, mein Freund", sagte Craig zu Gable und tätschelte sein Knie. „Ruh dich jetzt aus."

Gable nickte und sah zu, wie er ging und wandte sich dann an Flynn. „Du bist spät dran. Ich hatte gehofft, du würdest mit mir zur Therapie kommen, damit du sehen kannst, wie gut ich vorankomme."

Flynn ging zum Bett und nahm Gables Hand. „Es tut ihr leid, dass ich es verpasst habe. Ich habe mich wieder mit Calley vertragen." Gable sagte nichts und die Stille war etwas unangenehm.

„Craig sagt, dass ich bald nach Hause gehen kann."

Flynn schüttelte den Kopf. „Craig sagt, Du musst Geduld haben. Es gibt immer noch sehr viel zu tun, zum Beispiel die Prothese anzupassen."

Gable schloss die Augen und Flynn wusste, dass er Schmerzen hatte. Gable antwortete ihm nicht und ignorierte erneut Flynns Bitte zu reden. „Ich kann hier nicht länger bleiben, Flynn. Ich muss in meinem eigenen Haus sein und ich muss die Pferde sehen und dann wird alles wieder gut, das verspreche ich."

„Aber du bist vollkommen erschöpft, nachdem du den Rollstuhl gerade mal hundert Meter vom Aufzug den Flur entlangbewegt hast", argumentierte Flynn.

Gable zog ihn näher an sich. „Aber zu Hause weiß ich, wo alles ist. Es ist mein Haus. Bitte, Flynn." Er rutschte etwas weiter rüber und schaffte damit Platz für Flynn.

Flynn krabbelte in Gables Bett, wie er es in den vergangenen Wochen so oft getan hatte, und kuschelte sich in seine Arme. Er wusste, dass Gable einschlafen würde, sobald sie es sich bequem gemacht hatten, aber er mochte es, dass Gable sich gut fühlte. Es verstärkte ihre Verbindung. Er hatte erwartet, dass Gable wütend auf ihn sein würde, weil er die Erlaubnis zur Operation gegeben hatte, obwohl es Calley gewesen war, die die Papiere unterschrieben hatte. Doch Gable war überraschend liebevoll gewesen und Flynn genoss seine Aufmerksamkeit. Es würde einfach seine Zeit brauchen. „Bist du noch wach?"

„Mmmh", murmelte Gable.

„Gib mir noch ein paar Tage und ich bring dich nach Hause."

13

FLYNN HOLTE Gable aus dem Krankenhaus ab und fuhr ihn zurück zur Ranch. Gable war nervös. Er hatte verzweifelt darauf gewartet, sein Haus wiederzusehen, er wollte auf der Veranda sitzen, über die Weiden blicken und die frische saubere Luft einatmen, aber es würde nicht leicht werden. Er freute sich überhaupt nicht darauf, die Stufen zum Schlafzimmer hochzuklettern und er hasste den Gedanken an die vielen Stunden, in denen er darauf warten würde, dass Flynn mit seiner Arbeit auf der Ranch fertig wurde. Doch alles war besser, als in diesem kalten weißen Krankenhauszimmer zu liegen. Er war überrascht, den vielen Schnee zu sehen und musste sich klarmachen, dass er einige Wochen seines Lebens in diesem Krankenhauszimmer verloren hatte; Zeit, die nie wieder zurückkommen würde.

Gable wusste, dass er Flynn eine große Last aufbürdete, indem er ihn bat, ihn nach Hause zu holen, aber er hatte keine andere Wahl. Er war nicht der Typ, der lange in vier Wänden eingesperrt sein konnte, war es nie gewesen und würde es nie sein. Daher lag die einzige Chance, das alles zu überstehen, auf seiner Ranch. Er wünschte nur, es gäbe einen Weg, es ohne Flynn zu tun. Gable wusste, dass er Flynn im Moment brauchte, damit er sich um ihn kümmerte und all die Dinge erledigte, die er selbst nicht tun konnte. Er war dankbar für alles, was Flynn auf der Ranch getan hatte, aber er hatte auch das Gefühl, dass er den Jungen nicht fest binden sollte. Als er ihn angestellt hatte, hatte er gewusst, dass Flynn rastlos war und früher oder später weiter ziehen würde. Was gab es schon, um ihn zu halten?

Ungeachtet der Tatsache, dass ihn schon der Weg zum Auto ermüdet hatte, genoss Gable die Fahrt über die Landstraßen und den Blick auf die bekannten Bäume und Kurven entlang der Strecke. Er wusste, dass auch Flynn nervös war, weil er besonders langsam fuhr und nicht sprach. Andererseits gab es auch nicht viel zu sagen. Flynn hatte ihn über die Ranch auf dem Laufenden gehalten, während er im Krankenhaus war, daher war das Thema abgehandelt. Er konnte Flynn nicht auffordern zu gehen, denn er wusste, dass er nicht alleine klarkommen würde und er konnte ihn nicht bitten zu bleiben, denn er hatte dem Jungen nichts anzubieten.

„Wir müssen nur kurz bei Calley anhalten, um Lebensmittel mitzunehmen und danach fahren wir nach Hause", kündigte Flynn an.

Gable grummelte. Er war nicht bereit dafür, dass Calley und vielleicht auch Bill um ihn herumsprangen und er wollte wirklich so schnell wie möglich nach Hause.

„Sie hat schon alles für uns zusammengepackt" sagte Flynn. „Wir müssen es nur in den Wagen laden. Und natürlich möchte sie dich kurz sehen. Entweder so oder ich hätte sie bitten müssen, es vorbeizubringen und dann wäre sie sicherlich länger geblieben. Immerhin können wir jetzt gehen, wenn wir es wollen."

Gable schenkte Flynn ein halbes Lächeln. Er hatte recht. So sehr er Calley auch liebte, auf diese Art würden sie nur ein paar Minuten in der Auffahrt stehen und das wäre es dann. Er seufzte, als sie auf den kleinen Parkplatz vor Calleys Laden fuhren, der über und über mit Weihnachtslichtern dekoriert war, und Calley herausgelaufen kam, bevor der Truck angehalten hatte. Sie hatte sich noch nicht einmal damit aufgehalten, ihren dicken Wintermantel anzuziehen.

„Komm her und lass mich einen Blick auf dich werfen!", begrüßte Calley Gable, nachdem sie geduldig gewartet hatte, bis er sein Fenster heruntergelassen hatte. „Bist du in Ordnung? Flynn hat mich auf dem aktuellen Stand gehalten, aber mit dem Laden und deinem Bedürfnis nach Ruhe habe ich in den letzten Wochen nicht sehr viel von dir gesehen." Sie streichelte ihm liebevoll über die Wangen.

Gable nickte. „Es geht mir gut. Es wird gut sein, wieder zu Hause zu sein."

Calley warf Flynn einen besorgten Blick zu und sah dann wieder Gable an. „Lass zu, dass Flynn dir hilft, okay? Und Flynn? Wenn er dir Ärger macht, dann denk dran, dass ich Erfahrung mit ihm habe, wenn er krank ist." Flynn nickte Gable zu und ließ ihn los, um auszusteigen und die Kiste mit den Vorräten zu holen.

Gable war dankbar, als sie reingingen und ihn allein ließen. Er lehnte den Kopf zurück und schloss seine Augen bis er hörte, wie Flynn die Kiste auf die Ladefläche lud.

„Okay, wir sind dann wieder weg", kündigte Flynn an, als er den Truck startete. „Wie klingt Braten mit Kartoffeln und glasierten Mohrrüben?"

Gables Magen knurrte. „Klingt großartig", antwortete er leise.

„Gut", antwortete Flynn, legte seine Hand auf Gables Knie und drückte. „Ich habe es ernst gemeint, als ich sagte, dass ich dich wieder ein bisschen aufpäppeln muss."

Als Flynn ihn ansah, konnte Gable seinem Blick nicht standhalten. Er hatte zu viel Angst, Flynns Erwartungen in dessen großen braunen Augen zu sehen, daher sah er in den Fußraum des Trucks und dann aus dem Fenster, bis Flynn seine Hand wegnahm, um die scharfe Kurve zur Ranch einzuschlagen.

Obwohl das nervöse Gefühl noch größer wurde, als sie sich dem Haus näherten, sprang Gables Herz fast aus seiner Brust, als er sein Heim endlich wiedersah, erst vollständig mit Bridget, die aus ihrem Versteck kam, um sie zu begrüßen. Das war sein Heim, der eine Ort, wo er sich sicher fühlte und wo er er selbst sein konnte und niemand seinen Lebensstil in Frage stellte. In seinem Herzen erinnerte er sich daran, wie gut es sich anfühlte, das mit Flynn zu teilen, aber sein Verstand sagte ihm immer wieder, dass jetzt alles anders sein würde. Flynn blieb nur aus Pflichtgefühl. Gable wusste, dass Flynn ihn verlassen würde, sobald er wieder in der Lage wäre, allein klarzukommen und dann wäre er in dem großen Haus alleine. Der Gedanke verursachte einen scharfen Schmerz in seiner Brust, aber das war nun mal der Lauf der Zeit. Er war den größten Teil seines Lebens allein gewesen, daher wusste er, dass er klarkommen würde.

Flynn hielt den Wagen mit der Beifahrerseite so nah wie möglich an der Veranda an und stieg aus, während Gable noch versuchte, seinen Mut zusammenzunehmen. Bridget sprang an der Tür hoch und leckte voller Aufregung das Fenster, aber Flynn lockte sie ins Haus und versicherte ihr, dass sie etwas später ihre Zeit mit Gable bekommen würde.

„Okay, lass es uns versuchen", sagte Flynn, öffnete Gables Tür und stellte ihm die Krücken hin, deren Gebrauch Craig ihm beigebracht hatte. Gables Arme hatten noch nicht ihre volle Stärke zurückgewonnen und erschienen zu schmal für die massiv aussehenden, aber leichten Metallkrücken, die unter seine Achseln passten.

Gable schwang seine Beine aus dem Auto und nahm die Krücken entgegen, verlagerte langsam Gewicht auf sein Bein und versuchte, seine Balance zu finden, während Flynn um ihn herum lief. Gable sah, dass Flynn versucht hatte, die Auffahrt und die Stufen zur Veranda vom Schnee zu befreien, sodass er nicht ausrutschen würde und er musste zugeben, dass er dankbar dafür war.

„Ich komm schon klar", sagte er Flynn sehr deutlich. „Lass mich einfach einen Augenblick in Ruhe."

„Aber ...", protestierte Flynn.

Gable schüttelte den Kopf. „Nimm mein Koffer mit rein, öffne die Tür, hol die Einkäufe rein. Tu, was du willst, aber komm mir nicht in den Weg", unterbrach er, mit Irritation in der Stimme. Er wusste, dass Flynn diese Tirade nicht verdiente, aber er bedrängte ihn und es würde schwer genug sein, ohne dass Flynn sah, wie er kämpfte. Daher ließ Gable sich auf den Sitz zurücksinken und wartete darauf, dass Flynn verschwand.

Sein Frust wurde größer, als Gable bewusst wurde, wie viel Kraft ihn jede einzelne Bewegung kostete. Alles, woran er denken konnte war, dass er sich hinlegen wollte, aber sein Bett war oben und er hatte Angst, dass er es nicht die vier Stufen zur Veranda hoch schaffen würde, geschweige denn bis ins Schlafzimmer. Die Couch würde für den Augenblick reichen müssen und er erinnerte sich an Craigs Worte: Mach einen Schritt nach dem anderen. Er hatte keine andere Wahl. Als er sich langsam die Verandatreppen hocharbeitete, sah Gable, dass Flynn sich an der Tür herumdrückte. Er gab vor, etwas zu tun zu haben, behielt ihn aber dabei immer im Auge. Es war gleichzeitig beruhigend und nervtötend, aber immerhin tat Flynn, worum Gable ihn gebeten hatte und ließ ihm etwas Raum.

Die Stufen waren schwierig, aber Gable schaffte es bis nach oben, ohne zu stürzen. Er musste allerdings anhalten, um zu Atem zu kommen und als er zur Tür sah, ertappte er Flynn dabei, wie er ihn beobachtete. Gable sah weg und versuchte sich abzulenken, indem er den Rücken durchdrückte und einen weiteren Schritt ging. Als er wieder zur Tür sah, war Flynn verschwunden, aber sobald Gable über die Schwelle trat, war Flynn wieder direkt neben ihm und schloss die Tür hinter ihm.

„Du musst erschöpft sein. Wir haben ein …" Flynn verstummte mitten im Satz als Gable schwankte, als er das Bett im Wohnzimmer sah. Es war ein spartanisch anmutendes Einzelbett, ordentlich hergerichtet mit unbekannten Bettbezügen und es stand direkt an der Wand unter dem Fenster, das auf die Weiden und den Stall hinausblickte. Bridget saß daneben, als hätte man ihr gesagt, dass es wie auf einem Norman Rockwell Gemälde aussehen sollte, aber ihr Schwanz verriet ihre Aufregung.

„Ich hatte Sorge, dass du in den ersten Tagen zu müde sein würdest, um hochzugehen und falls nicht, dann kannst du es tagsüber für ein Schläfchen benutzen oder einfach nur, um dich auszuruhen", sprudelte es aus Flynn heraus. „Es gehört Calley und sie leiht es uns, solange wir es brauchen. Solange du es brauchst", korrigierte sich Flynn.

Gable nickte. Er ärgerte sich, dass seine Behinderung ihm so um die Ohren gehauen wurde. Andererseits sah das Bett gerade sehr einladend aus, daher humpelte er dorthin und sank mit einem lauten Seufzen darauf nieder. Er sah auf, als Flynn ihm die Krücken abnahm, sie gegen die Wand lehnte und dann nach einigen Kissen griff, die er um Gable arrangierte.

„Flynn, bitte", bat er und griff nach Flynns Hand, um den Jungen davon abzuhalten, um ihn herumzuwuseln. „Es geht mir gut. Das Bett ist gut. Gibt mir einfach ein bisschen Zeit, mich zu erholen. Hast du da draußen nicht noch etwas zu tun?" Gable deutete auf den Stall.

„Das habe ich alles schon heute Morgen gemacht", antwortete Flynn, der unsicher herumstand und schließlich entschied, Gables Schuhe auszuziehen.

„Dafür musst du ja schon bei Morgengrauen aufgestanden sein!"

Flynn lächelte. „Tatsächlich war es noch dunkel."

Gable, der immer noch Flynns Handgelenk hielt, zog Flynn heran, sodass diesem nichts anderes übrig blieb, als sich neben ihm auf das Bett zu setzen. „Dann denke ich, dass du auch etwas Erholung gebrauchen könntest."

Flynn zögerte und schmiegte sich dann an ihn, sodass Gable keine andere Wahl hatte, als einen Arm um ihn zu legen. „Ich wollte, dass du dich hier wohlfühlst."

„Das tue ich", flüsterte Gable, sein Gesicht halb in Flynns Locken vergraben, die, wie Gable jetzt auffiel, inzwischen ziemlich lang waren, als wären sie monatelang nicht geschnitten worden. Er atmete Flynns Geruch ein und schloss die Augen, erfreute sich an ihrer Nähe ohne das Risiko, von einem Pfleger oder einem Doktor gestört zu werden, der den Krankenhauskorridor entlangging. Er war extrem müde und fühlte, wie er langsam in den Schlaf glitt.

„Ich fang besser mal mit dem Essen an, dann kannst du dich ausruhen", sagte Flynn und unterbrach damit Gables leichten Schlaf.

„Aber es ist schön, dich bei mir zu haben", versuchte Gable, doch Flynn hatte sich schon aus Gables Umarmung gelöst und stand vom Bett auf.

„Nur schön?", fragte Flynn neckend. Er ging in Richtung Küche und drehte sich dann noch mal um. „Du wirst eingeschlafen sein, bevor ich den Raum verlasse habe. Leg dich hin und ruh dich aus."

Gable konnte nur nicken, denn er wusste, dass Flynn recht hatte. Er hatte kaum seine Beine auf das Bett geschwungen, als Bridget auch schon ihren Kopf neben ihn legte. Er streichelte ihr weiches Fell und fühlte, wie seine Augenlider schwer wurden.

Als er wieder erwachte, bedeckte ihn eine Decke und sein Kopf lag auf einem Kissen. Er war steif und angespannt, aber nicht mehr als üblich nach einem Schläfchen und aus der Küche kamen sehr leckere Gerüche. „Flynn?"

„Bin gleich da", rief Flynn von weiter weg.

Gable ließ seinen Kopf auf das Kissen zurückfallen und lächelte. Er war zu Hause. „Ich bin zu Hause", flüsterte er sich selber zu und horchte, wie Flynn in der Küche herumkramte und stellte fest, dass er das Gefühl so sehr genoss, dass es ihn emotional machte. Er schüttelte den Kopf und streckte sich ein bisschen, bevor er sich im Bett aufsetzte und seine Beine über die Bettkante schwang. In dem Augenblick bemerkte er, dass er nicht an seine Krücken herankam, die Flynn passenderweise so weit vom Bett weggestellt hatte, dass sie ihm nichts nützten. Davon wollte er sich allerdings nicht aufhalten lassen. Sich am Bett festhaltend, zog er sich hoch und drehte sich herum, während er auf seinem guten Bein balancierte. Irgendwie fühlte sich das alles vertraut an; in der bekannten Umgebung erinnerte sich sein Körper daran, was beim letzten Mal zu tun gewesen war, als er sein schlimmes Bein nicht hatte benutzen können. Während er sich weiter am Bett festhielt, hüpfte er in Richtung der Krücken, aber er unterschätzte seine eigene Schwäche und fühlte, wie sein Knie nachgab. Es reichte aus, um ihn die Balance verlieren zu lassen und er schrie, als seine Hüfte auf dem harten Holzfußboden aufkam.

Innerhalb weniger Sekunden beugte sich Flynn über ihn. „Gable! Bist du okay? Kannst du dich bewegen? Ich sagte doch, es wäre nur noch eine Minute! Das Essen ist fast fertig und ich wollte es nicht anbrennen lassen. Ich dachte …"

„Was dachtest du?", stieß Gable hervor. Seine Seite tat weh und er hatte kaum die Kraft, sich zu bewegen, geschweige denn sich vom Boden hochzuziehen, daher blieb er einfach unten. „Lass uns den Krüppel ein bisschen bemuttern? Damit er sich noch hilfloser fühlt, als er sowieso schon ist? Lass uns die Krücken auf die andere Seite des Raums stellen, damit er gar nicht versucht, auch nur einen Finger zu krümmen, wenn ich nicht da bin?"

Flynn beugte sich vor, um Gable aufzuhelfen, aber Gable schlug seine Hand beiseite. „Geh einfach!"

„Aber du brauchst Hilfe …"

„Ja", stieß Gable hervor. „Vielen Dank dafür, dass du mir das ständig unter die Nase reibst. Fühlst du dich toll, wenn ich dich für alles brauche? Dass ich noch nicht mal zum Essen gehen kann, ohne dich um Hilfe zu bitten? Fühlst du dich jetzt wie ein wahrer Mann, weil du mich herumschubsen kannst?"

Gable fühlte, wie die ganze Wut aus ihm herausbrach. Flynn stand über ihn gebeugt und er konnte nicht aufstehen. Flynn hielt immer noch seine Hand ausgestreckt und Gable hätte einfach nur danach greifen müssen, damit ihm geholfen wurde, aber er würde lieber die nächsten Stunden auf dem Boden liegen, als wieder gezeigt zu bekommen, wie hilflos er war. „Hau endlich ab!", brüllte er Flynn an, wobei dieser stimmliche Ausbruch ihn seine letzte Stärke kostete und er danach komplett auf den Boden zurücksank.

Flynn zögerte. Er atmete schwer, trat einen Schritt zurück und richtete sich auf, dann drehte er sich um und ging hinaus.

14

FLYNN LIEF auf der Veranda auf und ab, da er sich nicht traute, weiter weg zu gehen. Er hatte Tränen in den Augen und Knoten im Magen, die zehn Mal schlimmer waren als die, die er heute Morgen gehabt hatte, als er Gable nach Hause geholt hatte. Er hatte gewusst, dass es nicht einfach werden würde, aber er hatte niemals erwartet, dass Gable ihn derart anschreien und von sich stoßen würde. Nicht so bald. Alles was er wollte, war Gable zu helfen und ihn glücklich zu machen, weil er wieder zu Hause war und ja, er hatte Hintergedanken, denn er hoffte, dass es Gable schnell besser gehen würde, damit sie den Rest ihres gemeinsamen Lebens beginnen konnten.

Allerdings hatte die Oberschwester der Station, auf der Gable gelegen hatte, Flynn vor diesem Verhalten gewarnt. Als wäre es nicht schlimm genug, dass Flynn sich extrem schuldig fühlte, weil er Anteil an der Entscheidung hatte, die Zustimmung für die Operation zu unterschreiben, war es nur eine Frage der Zeit, bevor Gable ihm das vorwerfen würde und vielleicht war diese Zeit nun gekommen. Hatte er erwartet, dass es einfacher werden würde? Hatte er die Mauern unterschätzt, die Gable in all den Jahren um sich herum errichtet hatte? Eine Mauer, die durch seine Verletzung nur noch stärker geworden war und durch das, was Grant ihm angetan hatte? Flynn wusste nicht, was er denken sollte. Sein Entschluss zu bleiben kam ins Wanken. Allerdings konnte er jetzt noch nicht gehen. Er würde sich niemals verzeihen, wenn er Gable in diesem Zustand sich selbst überließ.

Flynn verstand auch das Hin und Her nicht. In einem Moment war Gable liebevoll und hilfsbedürftig. Sie kuschelten miteinander und gingen zärtlich miteinander um, auch wenn es nie weiterging. Sie hatten sich seit der Nacht des Streits immer noch nicht richtig geküsst, so wie Liebhaber es taten - auf den Mund. Sie hatten die Art Küsse ausgetauscht, die ein Elternteil einem Kind gibt – auf die Wange, die Schläfe, das Haar – aber es war immer eher liebevoll als leidenschaftlich. Flynn vermisste die Küsse des Geliebten, aber er war geduldig und hoffte, dass sie sich eines Tages, wenn Gable sich wieder besser fühlte, auch wieder küssen würden. Momentan waren ihm die Zärtlichkeiten, die sie austauschten, genug.

Aber was er nicht verstehen konnte, war, wie Gable sich hinterher immer gegen ihn wendete. Im Krankenhaus hatte Gable häufig vorgegeben zu schlafen und sich damit von Flynn abgegrenzt, aber er hatte Flynn noch nie zuvor angeschrien.

Als er fühlte, dass er wieder etwas ruhiger war, setzte sich Flynn auf die oberste Stufe der Veranda, wo er immer gesessen hatte, bevor er und Gable intim miteinander geworden waren. Er sah hinter sich zu dem Stuhl und dem

Fußbänkchen, wo Gable immer gesessen hatte, aber er war leer. Während der langen Tage, als Gable im Krankenhaus um sein Leben gekämpft hatte, war Flynn mitten in der Nacht nach Hause gekommen und hatte ein paar Minuten auf der Veranda gesessen und sich gesagt, dass er die richtige Entscheidung getroffen hatte. Immer, wenn er den leeren Stuhl sah, stiegen Tränen in ihm auf. Er konnte nicht noch einmal einen Geliebten verlieren. Das war seine Motivation gewesen und selbst jetzt noch verkrampfte sich Flynns Herz bei dem Gedanken, dass Gable sterben könnte, obwohl er inzwischen auf dem Weg zur kompletten Genesung war. Sich zu trennen war die eine Sache, aber er konnte den Gedanken nicht ertragen, dass Gable hätte sterben können.

Was Flynn wirklich tun wollte war, ins Haus zurückgehen, Gable vom Boden hochholen und ihm ganz genau sagen, wie sehr er ihn liebte. Doch wenn er eine Sache gelernt hatte, dann, dass Gable sich von der Liebe, die er ihm zeigte, erdrückt fühlte. Calley hatte ihm das deutlich gemacht; Gable wusste nicht, wie es war, so sehr geliebt zu werden und konnte damit nicht umgehen, daher würde Flynn weiterhin tun müssen, was er jetzt tat: Gable zeigen, dass er ihn liebte, statt es ihm zu sagen. Auf Abstand gehen, obwohl er Gable am liebsten 24 Stunden am Tag, sieben Tage die Woche umsorgen würde. Und der einzige Weg, der ihm dazu einfiel war, für ihn zu sorgen, für sein Haus und seine Ranch und für ihn zu kochen und zu putzen und sicherzustellen, dass er alles hatte, was er brauchte. Meine Güte, er klang wie eine gute kleine Hausfrau. War es das, was er war?

Flynn stand schnell auf, als er die Dielen knarren hörte und er sah Gable auf seinen Krücken in der Tür erscheinen. „Brauchst du irgendwas?", fragte Flynn. Erst als er sah, wie Gable die Augenbrauen hob, wischte er sich mit der Hand über das Gesicht und sah, dass sie anschließend ziemlich nass war. Flynn schniefte. „Tut mir leid. Habe zu viel nachgedacht."

„Das Essen wird kalt und das ist eine Schande", antwortete Gable. „Es roch wirklich gut, als du es gekocht hast."

Flynn nickte und ging an Gable vorbei in die Küche. Er war sicher, dass er einiges retten konnte, damit sie immer noch eine anständige Mahlzeit hätten.

Gable folgte ihm langsam, aber Flynn verkniff es sich, ihm zu helfen. Es war nicht einfach, aber er schaffte es, Gables Stuhl nicht zurückzuziehen oder Bridget nicht davon abzuhalten, vor ihm herumzuspringen und er sah ihn fast nicht an.

Während des Essens herrschte Schweigen, das erst von Gable unterbrochen wurde, als er sich zurücklehnte und seinen Teller von sich schob. „Das war ein großartiges Essen, Flynn. Ich kann mich nicht erinnern, dass Essen jemals so gut geschmeckt hat."

Flynn nickte, nahm das Kompliment schweigend entgegen und stand vom Tisch auf, um abzuwaschen. Bridget saß wieder mal sehr damenhaft neben ihm, in der Hoffnung, dass einige Essensreste den Weg zu ihr finden würden, aber dieses Mal gab Flynn ihr nichts. „Geh zu Gable", sagte er ihr, woraufhin sie widerstrebend abdrehte.

Flynn wusste nicht, was er tun sollte und er machte sich immer mehr Sorgen darüber, was die Nacht bringen würde. Er hasste diese Spannung, dieses Laufen wie auf Eierschalen, die ständige Ungewissheit, wann er Gable Zuneigung und Liebe gab, die er brauchte oder ihn damit einengte. Er musste mit ihm darüber sprechen und hoffte, dass Gable mitziehen würde.

Nachdem er den Tisch und die Arbeitsflächen abgewischt hatte, gesellte Flynn sich zu Gable ins Wohnzimmer, wo dieser in einem Polstersessel vor sich hin döste. Vielleicht war das keine gute Zeit, um wieder Staub aufzuwirbeln und Gable erneut wütend zu machen. Sie waren beide müde und sie hatten noch nicht entschieden, wo Gable schlafen würde, daher zog sich Flynn einen Stuhl heran und berührte Gables Hand.

„Zeit um ins Bett zu gehen, Liebling."

Gable öffnete langsam seine Augen und zu Flynns Erleichterung lächelte er ein bisschen. „Ich wollte dir Danke sagen, dass du mich nach Hause gebracht hast und die ganze Zeit für mich da warst … im Krankenhaus. Und dass du dich um die Ranch gekümmert hast."

Flynn zuckte mit den Schultern. „Das ist doch nichts. Es ist einfach das, was man tut, wenn …"

„Es ist das was *du* tust, ja", unterbrach ihn Gable. Er änderte die Position ihrer Hände und drückte Flynns. „Ich weiß, ich bin nicht sehr gut darin …"

Flynn schüttelte den Kopf, eher in einer beruhigenden als einer verneinenden Geste. „Lass uns die schwierigen Gespräche für morgen aufsparen, okay? Es war ein sehr anstrengender Tag."

Gable nickte. „Ich würde gerne oben schlafen. Es wird mich allerdings eine Weile kosten, dorthin zu kommen."

„Ich kann …" Flynn wollte sagen, dass er helfen konnte, aber Gable warf ihm einen warnenden Blick zu, daher schloss er den Mund und lächelte entschuldigend. „Dann gehe ich einfach schon hoch und sehe zu, dass dort alles bereit ist." Er wurde mit einem Lächeln von Gable belohnt.

Es war nicht einfach für Flynn, oben zu sitzen und darauf zu warten, dass Gable sich die enge Treppe hochquälte. Craig hatte Gable beigebracht, dass, solange seine Arme nicht stark genug für kurze Krücken waren, der einfachste Weg darin bestand, sich hinzusetzen und sich eine Stufe nach der anderen hochzustützen. Aber Flynn hatte den Eindruck, dass es ewig dauerte. Er hatte bereits zweimal einen kurzen Blick auf Gables Fortschritt geworfen, nachdem er sich gewaschen und seinen Pyjama angezogen hatte. Er hatte Gables Krücken mit nach oben genommen, sodass er sie dort ebenfalls benutzen konnte und Flynn sah sie an, wie sie zwischen dem Nachttisch und dem Bett standen als Gable, auf einem Fuß balancierend, in der Tür erschien.

„Die wären jetzt echt hilfreich, wenn es dir nichts ausmacht?"

Flynn sprang auf, um sie Gable zu bringen und trat dann zurück, um ihn vorbeizulassen. „Dein Pyjama ist schön warm. Ich hab ihn auf die Heizung gelegt, als ich hochkam."

Gable nickte nur und ein amüsiertes Lächeln spielte um seine Lippen. Flynn war dankbar dafür, dass er ihn nicht wieder anfuhr, denn als er so darüber nachdachte, wurde ihm klar, dass er doch sehr viel von einer Glucke hatte. Da er es nun mal einfach nicht lassen konnte, entschuldigte er sich und verließ das Zimmer, sobald Gable sicher auf dem Bettrand saß, um Gable Raum zu geben, damit er sich selbst ausziehen konnte.

Als er zurückkehrte, lag Gable schon unter den Decken.

„Ich dachte, du wärst ins Bett gegangen?"

Flynn nickte schweigend. „Ich denke, ich sollte hier schlafen, falls du während der Nacht irgendetwas brauchst."

Gable warf Flynn wieder einen warnenden Blick zu, sodass Flynn fortfuhr. „Gable, bitte! Ich kann in dem anderen Zimmer nicht schlafen, wenn ich mir die ganze Nacht Gedanken über dich mache. Was ist, wenn du stürzt und nicht wieder aufstehen kannst?"

„Dann ruf ich nach dir."

„Aber vielleicht höre ich dich nicht. Bitte lass mich das tun, mir zuliebe, okay? Ich verspreche, dass du alles tun kannst, was du möchtest."

Gable seufzte und stimmte dann zu, sodass Flynn mit in das große Bett krabbeln konnte.

„Ich bleibe auf meiner Seite und du auf deiner", scherzte Flynn und zog eine unsichtbare Linie zwischen ihnen, was wiederum ein Schmunzeln von Gable hervorrief. Flynn lag auf der Seite, als Gable das Licht ausschaltete. Er wusste, dass sie beide müde waren, aber er dachte, dass er nicht in der Lage wäre einzuschlafen, bis Gables Atmung sich so weit beruhigt hatte, dass Flynn annehmen konnte, er würde schlafen. Deshalb lagen sie beide noch einige Zeit wach. Dann fühlte Flynn, wie Gables Hand näher kam bis sie seine ergriff. Er drückte ebenfalls zu und zufrieden mit Gables Berührung schlief er ein.

Flynn erwachte einige Zeit später, als er Bewegung spürte. Er öffnete seine Augen und nach einigen Momenten der Orientierung hörte er, wie Gable aufstand, aus dem Raum hoppelte und dann wieder zurückkehrte. „Ist alles in Ordnung?", fragte er.

Gable nickte und antwortet dann. „Musste auf die Toilette. Konnte nicht schlafen."

Flynn wartete, bis Gable wieder unter der Decke lag und schob sich dann etwas dichter heran. „Ich könnte dich so festhalten, wie ich es im Krankenhaus getan habe. Falls du magst. Es hat dich immer einschlafen lassen, erinnerst du dich?"

Nach kurzem Zögern schob Gable sich näher heran und Flynn hielt ihn fest, bis er in seinen Armen schwer wurde. Sie beide wachten in dieser Nacht noch ein paar Mal auf und obwohl es nicht in jeder Hinsicht erholsam war, fand Flynn, dass ihre erste Nacht zu Hause ein Erfolg war.

AM NÄCHSTEN Morgen kamen sie beide früh nach unten und nahmen ein recht schweigsames Frühstück ein, was sich nicht sehr von denen vor Gables Operation unterschied. Flynn ging danach raus, um sich um die Pferde zu kümmern, und obwohl er der Meinung war, dass es richtig war, Gable allein zu lassen, damit er selbst klarkommen musste, war seine Aufmerksamkeit nicht wirklich bei der Arbeit. Es gab zu viel, das zwischen ihnen ungesagt geblieben war und das machte Flynn nervös und unsicher. Die Tatsache, dass Gable ihn in der letzten Nacht nicht in seinem Bett hatte haben wollen, bereitete ihm immer noch Herzschmerzen. Ihm war klar, dass an Liebesspiele noch für einige Zeit nicht zu denken sein würde, zumindest bis Gable wieder ein bisschen mehr Kraft erlangt hatte. Die Tatsache jedoch, dass Gable nicht mal auf die Idee kam, dass Flynn sein Bett auch ohne Sex teilen wollte, machte Flynn Sorgen. Wo stand er damit? Was waren Gables Gefühle ihm gegenüber im Augenblick?

Während er zum Haupthaus zurückging, entschied Flynn, dass er versuchen würde, das Thema bei Gable anzusprechen, obwohl er keine Ahnung hatte, wo er anfangen sollte. Als er durch die Tür trat, stand Gable nah am Fenster und lächelte breit. „Es ist ein langer Morgen, wenn man hier alleine rumsitzt."

Flynn schloss die Tür. „Ich bin den ganzen Nachmittag für dich da, wenn du möchtest. Ich muss nur irgendwann das Abendessen vorbereiten, aber selbst das kann bis nach dem Mittagessen warten." Er dachte, dass Gable aussah, als wäre er in guter Stimmung. „Warum setzt du dich nicht hin und ich mache uns ein paar Sandwiches. Ich würde dich ja auf die Veranda locken, aber es ist noch ein bisschen zu kalt, um schon draußen zu essen." Er lächelte und erinnerte sich an die vielen Wochen, die sie diesen Sommer dort verbracht und schweigend ihr Mittagessen verzehrt hatten, bevor sie weitergearbeitet hatten.

Als er zurückkehrte, war Flynn nicht überrascht, dass er Gable wieder wecken musste. „Hey, Schlafmütze", sagte er und berührte Gables Hand.

Gable lächelte ihn an und schob Bridget auf die andere Seite, damit Flynn sich setzen konnte. Dann nahm er Flynn seinen Teller ab.

Flynn hoffte, dass Gables gute Laune es einfacher machen würde, das schwierige Gespräch zu beginnen. „Wir müssen reden, Gable."

„Okay", antwortete Gable und nahm einen großen Bissen von seinem Sandwich. „Das ist gut!"

Wie konnte er Gable erklären, was er empfand, ohne seine Gefühle zu verletzen? Er seufzte tief und holte dann noch tiefer Luft. „Ich will ehrlich zu dir sein, Gable."

Gables Lächeln verschwand und er blickte auf seinen Teller herunter. „Ich weiß, dass du gehen willst, und das ist okay."

Flynn wollte seinen Ohren nicht trauen. Wollte Gable vielleicht, dass er ging?

Bevor Flynn eine Antwort formulieren konnte, stellte Gable seinen Teller beiseite und machte Anstalten, vom Sofa aufzustehen. „Sorry, ich muss auf die

Toilette", sagte er als Entschuldigung. Flynn trat zurück und hielt die Krücken, sodass Gable sich darauf konzentrieren konnte, auf einem Bein seine Balance zu finden. Dann entriss Gable sie Flynn mit so viel Kraft, dass er fast vornüber gestürzt wäre. Er schaffte es, gerade so aufrecht stehen zu bleiben und machte sich schnell auf den Weg ins Hausinnere. Flynn hörte ihn fluchen und Dinge umwerfen, aber er ging nicht näher heran bis er sah, wie eine Krücke in den Flur geworfen wurde.

„Gable?"

Keine Antwort, nur ein lautes Krachen, das so klang, als wäre eine Tür zugeworfen worden. Bridget brachte sich unter dem Gästebett in Sicherheit.

Flynn ging vorsichtig auf das Badezimmer zu, das tatsächlich nur ein langer enger Schlauch mit einer Toilette am hinteren Ende und einem Waschbecken in der Nähe der Tür war und sah, dass die Tür immer noch etwas offen stand. Er drückte sie langsam etwas weiter auf.

„HAU AB! VERSCHWINDE VON HIER!"

Flynn war überrascht über die Lautstärke und den Kommandoton in Gables üblicherweise sehr ruhiger und zurückhaltender Stimme.

„Gable, ich möchte nicht gehen. Ich bin für dich da." Flynn versuchte, seine Stimme ruhig zu halten, war dabei aber nur teilweise erfolgreich.

Plötzlich wurde Flynn die Tür aus der Hand gerissen und Gable erschien, lehnte sich auf die eine Krücke und hielt sich für die Balance an der Tür fest. Seine Augen blickten wild, er hatte ein rotes Gesicht und atmete schwer. „Warum verschwindest du nicht gleich? Ich bin mir sicher, du kannst für eine Nacht bei Calley bleiben. Es war nie ein Problem für dich, irgendwo eine Unterkunft für die Nacht zu finden, nicht wahr?"

„Gable, ich …"

„Du was?", stieß Gable hervor und musste dann innehalten, um zu Atem zu kommen. „Fühlst du dich schon schuldig? Ich war schon mit meinem kaputten Fuß nicht gut genug für dich, nicht wahr? Nun, jetzt ist es noch schlimmer. Du und Calley, ihr habt euren Willen bekommen und jetzt habt ihr mich da, wo ihr mich haben wolltet. Aber ich werde mich von euch nicht einspannen lassen. Es ist schon schlimm genug, dass sie jeden Mann um den Finger wickeln kann. Ich hätte nicht gedacht, dass sie dich dazu bringen könnte, ihr zu helfen."

Flynn konnte Gables Gedankengang nicht wirklich folgen; tatsächlich hatte er den Eindruck, dass seine Worte überhaupt keinen Sinn mehr ergaben. „Gable, bitte beruhige dich doch."

„Verschwinde einfach", verlangte Gable. „Sei ein guter Junge, geh hoch und hol den ranzigen Rucksack, mit dem du gekommen bist, und schließ die Tür hinter dir, wenn du gehst. Du kannst den alten Truck nehmen, da ich ihn wohl in absehbarer Zeit sowieso nicht fahren werde." Er versuchte, die Tür zu schließen, aber dafür hätte er zurücktreten müssen und das gelang ihm nicht wirklich. „Verdammte Scheiße!" In seinem Frust schlug Gable seine Faust in die Wand, an der allerdings ein Spiegel hing. Die Scheibe fiel auf den Boden und zerbarst in eine Million Teile.

Flynn wollte hineingehen, um Gable aus den Scherben rauszuhelfen, doch Gable schloss die Tür mit einem lauten Knall und sperrte Flynn damit aus.

„Gable, du wirst dir wehtun."

„*Hau ab.* Ich will dich nie wieder sehen."Gables Worte verletzten Flynn. Selbst wenn er gewollt hätte, er konnte nicht gehen, er konnte es einfach nicht. „Gable …"

„*Hau ab!*"

Flynn sank zu Boden und wagte es nicht, Gables Namen zu wiederholen. Er wusste, dass Gable sich beruhigen musste, und dass er früher oder später zur Besinnung kommen würde. Er konnte nur hoffen, dass Gable sich nicht vorher verletzen würde.

15

FLYNN WUSSTE nicht, wie lange er dort auf dem Boden vor dem Badezimmer saß, während er auf Geräusche von innen lauschte. Er hörte Gable fluchen und gegen Dinge stoßen und mit sich selbst reden und dann wieder fluchen. Dann hörten die Geräusche auf, was ihm noch mehr Angst machte.

Schließlich klopfte er an die Tür.

Als Gable nicht antwortete, öffnete Flynn sie langsam und sah hinein. Es war schummrig, der Raum wurde nur von dem Licht erleuchtet, das aus dem Flur kam, und er sah Gable, der vom anderen Ende des Raumes zu ihm aufsah. Das zerbrochene Glas knirschte unter Flynns Schuhen und er war dankbar dafür, dass er dieses eine Mal nicht durch den Vorraum ins Haus gekommen war, wo er seine Stiefel ausgezogen hätte.

„Darf ich reinkommen?"

Gable sah benommen und verwirrt aus und antwortete nicht.

Als Flynn näher kam, sah er das Blut an Gables Hand, doch als er versuchte, das Licht einzuschalten, bemerkte er, dass die Glühbirne ebenfalls zerbrochen war. Flynn befeuchtete schnell einen Waschlappen und ging langsam auf Gable zu. Als Gable nicht reagierte, setzte er sich neben ihn, hielt jedoch einen minimalen Abstand, sodass ihre Körper sich nicht berührten.

„Kann ich deine Hand sauber machen?", fragte Flynn behutsam. „Darf ich schauen, ob sie okay ist?"

Gable nickte nicht, aber er streckte seine verletzte Hand aus und ließ zu, dass Flynn vorsichtig das getrocknete Blut abwischte. Von ein paar oberflächlichen Schnitten abgesehen, sah es in Flynns Augen nicht allzu schlimm aus und er hielt Gables Hand fest. Gables Position war ziemlich unbequem. Sein schlimmes Bein war unter ihm gefaltet und mit der Seite lehnte er an der Wand. Flynn wollte versuchen, ihn vom Boden hoch und ins Wohnzimmer zu bekommen, wo es auch wärmer wäre.

„Fühlst du dich jetzt ein bisschen besser?"

„Warum bist du noch hier?", fragte Gable. Obwohl die Frage schroff klang, schwang in Gables Stimme keine Schuldzuweisung mehr mit. Er klang eher, als erwarte er lediglich die Antwort auf eine weniger bedeutsame Frage.

„Weil ich dich nicht verlassen kann. Nicht als du krank warst und ganz sicher nicht jetzt", antwortete Flynn ehrlich. „Ich will, dass wir zusammen sind, Gable, und ich denke, du weißt, dass es klappen könnte. Tief in dir drinnen weißt du es." Flynn war nicht ganz so überzeugt wie er klang, aber er wollte sicherstellen, dass Gable verstand, dass er sich darüber schon vor langer Zeit klar geworden war.

„Du hättest mich sterben lassen sollen."

Flynn schloss für einen kurzen Moment die Augen und versuchte, sich nicht von den Emotionen überwältigen zu lassen, die Gables flach ausgesprochene Worte in ihm weckten. „Das hätte ich nicht tun können." Er rieb seinen Daumen über den fleischigen Teil von Gables Handfläche. „Ich hätte nicht mehr mit mir selbst leben können."

„Nun, ich kann hiermit nicht leben."

Obwohl Gable die Worte nicht wirklich ausgesprochen hatte, wusste Flynn, dass er zum ersten Mal die Amputation anerkannt hatte. „Ich weiß, dass es jetzt noch schwer ist, aber es wird besser werden. Sobald du wieder stärker bist und gelernt hast, mit der Prothese zu laufen, gibt es keinen Grund, warum du nicht wieder reiten solltest und auf der Ranch arbeiten und mit dem Truck in die Stadt fahren, um Lebensmittel zu besorgen und all diese Dinge. Es wird harte Arbeit sein, aber davor hattest du doch noch nie Angst, Gabe. Sieh es als Herausforderung. Etwas, das du überwinden musst, nachdem du schon so viel überwunden hast. Es ist einfach nur eine weitere Hürde."

Gables Gesicht war immer noch leer, aber immerhin sprachen sie miteinander. Flynn legte leicht seine Hand auf Gables Schenkel und wurde nicht weggestoßen, was ihn weiter beruhigte. „Lass uns von diesem kalten Boden aufstehen und ins Wohnzimmer gehen, damit ich dieses Chaos hier aufräumen kann, okay?"

Es bedurfte einigen Ziehens und Schiebens, aber schließlich hatte Flynn Gable zum Gästebett im Wohnzimmer gebracht, indem er Gable auf der einen Krücke balancieren ließ und sich den zweiten Arm über seine Schulter legte. Bridget kam aus ihrem Versteck hervor und gesellte sich neben dem Bett zu ihnen.

„Und was denkst du, mein Mädchen?", fragte Flynn Bridget. Ihre Ohren stellten sich sofort auf. „Bleibst Du bei Gable, während ich das Badezimmer aufräume?"

Es dauerte nicht lange bis Flynn zurückkam. Zu seiner Überraschung war Gable immer noch wach, daher setzte er sich neben ihn.

„Weißt du, du bist für mich lebend einfach viel wertvoller als tot. Kann ich dir eine Geschichte erzählen?"

Gable nickte nur kurz.

„Ich hatte erzählt, dass ich ziemlich jung von zu Hause weg bin, richtig? Ich habe alle möglichen Jobs auf anderen Ranches angenommen, aber mein Dad fand Mittel und Wege, meinen Arbeitgebern zu sagen, dass sie mich nicht anstellen sollten, daher musste ich immer weiter weg gehen und endete schließlich in der Stadt. Ich fand einen Job als Koch in einem Imbiss und es war schön, auf eigenen Füßen zu stehen, weg von meiner Familie. Dort traf ich Lee. Er war Chinese, aus einer sehr konservativen chinesischen Familie …"

„Wolken und Regen", unterbrach ihn Gable.

Flynn nickte. „Ja, Lee erzählte mir von Wolken und Regen."

„Und er zeigte sie dir auch?"

„Ja, er hat sie mir auch gezeigt", gestand Flynn mit einem Lächeln. „Seine Eltern wollten, dass er ein nettes chinesisches Mädchen heiratet, aber das machte uns nichts aus. Wir waren glücklich zusammen und das war alles, was zählte. Das dachten wir zumindest."

Flynn sank neben Gable auf das Bett und versuchte, eine Position zu finden, die bequem war, ohne Gable zu sehr zu bedrängen. Das war auf einem Einzelbett gar nicht so einfach.

„Was ist passiert? Haben seine Eltern es rausgefunden?"

„Oh, sie wussten es. Lee hatte ihnen erzählt, dass ich mit ihm zusammenlebte."

„Das ist nicht ganz das Gleiche, oder?"

Flynn drehte sich ein bisschen, sodass er Gables Gesichtsausdruck sehen konnte. „Nein, ist es nicht. Sie verkuppelten ihn trotzdem immer wieder mit netten chinesischen Mädchen."

Gable legte seine Hand auf Flynns Hüfte und zog ihn näher heran, sodass Flynn sich in Gables warmer Umarmung vergrub. „Er wurde krank. Leukämie. Es ging alles sehr schnell und wir hatten nicht viel Zeit zu reden. Er wusste, dass er eine aufwändige Chemotherapie brauchen würde und dass er für eine Weile im Krankenhaus bleiben müsste und in dem Augenblick übernahm seine Mutter. Sie ließ nicht zu, dass ich ihn besuchte und ich ließ es geschehen. Ich dachte, wir hätten Zeit. Dass er nach Hause kommen würde, wenn es ihm besser ginge und dass wir dann wieder zusammen sein würden, aber er wurde immer kränker." Flynn sah zu Gable auf. „Ich erfuhr erst, dass er gestorben war, als sein Vater mich aus der Wohnung warf."

Gable zog ihn in eine enge Umarmung und wiegte ihn hin und her.

„Du siehst also, ich musste bei dir bleiben, Gable. Ich konnte das nicht noch mal durchstehen. Ich musste um dich kämpfen, weil ich nicht um Lee gekämpft hatte."

Gable liebkoste ihn und als Flynn aufsah, spürte er, wie Gables Lippen sanft die seinen berührten. Flynn wollte das so sehr, wollte wieder von Gable geliebt werden. Er küsste ihn zurück, zuerst sanft und vorsichtig, aber sehr bald wurde ihr Kuss leidenschaftlicher und Flynns Hände streiften überall über Gable, bis sich Gable plötzlich zurückzog.

„Ich kann nicht, es tut mir leid."

Flynn streichelte Gables Gesicht. „Schon in Ordnung, ich verstehe, wenn das alles ein bisschen zu schnell geht. Du musst immer noch zu Kräften kommen."

Gable rollte sich auf den Rücken, so gut es auf dem schmalen Bett ging und bedeckte seine Augen mit der Hand. Flynn versuchte, geduldig zu sein, aber Gables Schweigen verunsicherte ihn und er hatte Angst, dass Gable sich wieder in sein Schneckenhaus zurückziehen würde.

„Es ist mehr als nur die Kraft", sagte Gable schließlich.

„Du willst nichts mehr mit mir zu tun haben?", fragte Flynn und räusperte sich, als er merkte, wie zittrig seine Stimme klang.

Gable holte tief Luft. „Ich will nichts mehr, als mit dir schlafen, Flynn. Ich träume in der Nacht sogar davon, aber … Ich vermute, es ist für den, der unten liegt, nicht so wichtig …", Gable zuckte mit den Schultern.

Es war eine Erleichterung, dass Gable ihn immer noch wollte, aber Gables Zögern, ihm zu sagen, wo das Problem lag, verunsicherte Flynn. Andererseits war Reden über die wirklich wichtigen Dinge noch nie Gables Stärke gewesen.

Aber dann dämmerte es Flynn und er verstand auch, warum es ein schwieriges Thema war. „Du meinst, du kannst nicht …?" Er gestikulierte vage in Richtung von Gables Unterleib.

„Ich kann nicht", antwortete Gable ruhig. „Funktioniert nicht mehr."

„Gabe…" Flynn wusste nicht, wie er reagieren sollte. Gable sah traurig aus, aber nicht am Boden zerstört, was der Zustand wäre, in dem Flynn sich befinden würde, wenn es ihn beträfe. „Ich weiß nicht, was ich sagen soll."

Gable zuckte mit den Schultern, aber Flynn konnte sehen, wie sehr er versuchte zu verstecken, wie es ihn schmerzte.

„Es macht mir nichts aus, Gable."

„Aber es macht mir etwas aus, Flynn", erwiderte Gable leise. „Wenn ich dich nicht so dringend bräuchte, würde ich dich rausschmeißen."

„Wenn ich mich recht entsinne, hast du das getan und ich habe abgelehnt", antwortete Flynn, ohne nachzudenken. Natürlich war es die Wahrheit, aber als er sich selbst die Worte aussprechen hörte, dachte er, dass es vielleicht keine so gute Idee war, Gable an seinen Zusammenbruch zu erinnern. „Lass es mich anders formulieren." Er versuchte, Gables Kopf zu heben, um ihn anzusehen, aber Gable verweigerte sich. „Es machte mir nichts aus. Weil ich es hasse zu sehen, dass du unglücklich bist und ja, ich kann mir nicht vorstellen, den Rest meines Lebens ohne Sex zu verbringen, aber dazu gehört noch mehr, Gable. Du warst wirklich sehr krank. Dein Körper braucht Zeit, um zu heilen und Sex hat im Augenblick wirklich keine hohe Priorität."

Gable zuckte wieder mit den Schultern und Flynn schreckte zurück, als er ihn so niedergeschlagen sah.

„Wir sollten uns darauf konzentrieren, dass es dir besser geht. Kämpfe darum, fit zu werden und zu laufen und dann können wir wieder reiten gehen und du weißt, dass du dich dann besser fühlen wirst."

Gable nickte und Flynn zog ihn wieder näher an sich.

„Ich werde für dich da sein. Das solltest du inzwischen wissen", flüsterte Flynn und küsste Gables Schläfe.

„Aber was ist, wenn es niemals …"

„Damit gehen wir um, wenn es soweit ist", antwortete Flynn entschieden. Er musste sich eingestehen, dass der Gedanke ihm auch Angst machte und er war sich nicht ganz sicher, ob er mit einem Mann zusammenleben konnte, ohne die Intimitäten einer Beziehung zu teilen. „Wenn es eine Sache gibt, die das Leben mir beigebracht hat, dann die, dass wir nicht in die Zukunft sehen können und nie wissen, was geschehen wird. Lass uns einfach im Hier und Jetzt leben, okay?

Gable stimmte zu, aber Flynn sah, dass es nicht mit ganzem Herzen geschah. Aber immerhin stieß Gable ihn nicht wieder weg.

„Aber ich will dich nicht zurückhalten."

Flynn warf Gable einen teilnahmsvollen Blick zu. „Ich bin ein erwachsener Mann. Ich kann gehen, wenn ich das will."

Flynn wusste, dass Gable erschöpft war, daher lagen sie eine Weile zusammen bis Gable einschlief. Es bedurfte einiger vorsichtiger Manöver, aber schließlich gelang es Flynn, vom Bett aufzustehen, ohne Gable zu wecken, und nachdem er ihm eine Decke übergeworfen hatte, um ihn warm zu halten, bereitete Flynn alles für das Abendessen vor, bevor er zu den Ställen zurückkehrte.

Er mistete TCs Stall aus, wie er es am Morgen auch mit Brenners getan hatte, und sattelte anschließend das gescheckte Pferd für einen Austritt entlang der Grenzen, um die Zäune zu prüfen. Diese Arbeite hatte er in den letzten Wochen zu sehr vernachlässigt. Nach drei Vierteln des Weges entdeckte Flynn einen Teil des Zauns, der aussah, als wäre er erst kürzlich repariert worden. Er versuchte, sich zu erinnern, ob das etwas gewesen war, dass Gable noch getan hatte, bevor er krank wurde und zuckte mit den Schultern. Das Einzige, was er wusste war, dass er es nicht getan hatte, aber es sah ziemlich stabil aus, und das war alles, was zählte. Fast am Ende des Austritts lenkte er TC zu dem Unterstand, wo die Pferde sich während eines Sturms in Sicherheit brachten und auch dort sah er, dass ein Loch an der Seite mit einem nicht passenden Brett und ein paar Nägeln gestopft worden war. Es sah nicht nach viel aus, aber es machte die Wand eindeutig stabiler und weniger durchlässig für den Wind, daher erfüllte es seinen Zweck. Die letzte Sache, die ihm auffiel, war ein glänzendes neues Schnappschloss an einem Tor zwischen Gables und Hunters Ranch. Auf dem Rückweg überlegte Flynn, ob er sein Pferd gegen den Truck austauschen sollte, um einen kurzen Ausflug zum Laden zu machen und Calley zu fragen, ob sie Bill geschickt hatte, um auszuhelfen. Schlussendlich entschied er, dass sie es vermutlich abstreiten würde, selbst wenn es wahr wäre, daher ging er auf geradem Weg zum Haus zurück.

Zu Flynns Überraschung war Gable wach, aber er lag immer noch auf dem Gästebett und starrte ins Nichts. Flynn zog seine Stiefel aus und ließ sie im Vorraum stehen, bevor er sich neben Gable setzte.

„Hast du gut geschlafen?"

Gable nickte abwesend.

„Ich gehe und mache das Abendessen." Flynn tätschelte Gables Schenkel und stand vom Bett auf.

„Ich habe keinen Hunger."

Flynn drehte sich um und setzte sich wieder hin. „Du hast schon kein Mittag gegessen und heute Nachmittag eine ganze Menge Energie verbraucht.

Ich mache Spaghetti, so wie du sie magst, mit viel Fleisch und frischen Tomaten aus Calleys Laden."

Gable nickte, aber Flynn hatte den Eindruck, dass er nur zustimmte, damit Flynn ihn in Ruhe ließ. Es gab allerdings nicht viel, dass er dagegen tun konnte. Er gab sich selbst einen kleinen Tritt in den mentalen Hintern und ging in die Küche, um die Spaghetti zu machen. Das war scheinbar alles, was er tun konnte; weiterhin positiv in die Zukunft schauen und darauf hoffen, dass alles bald in Ordnung käme. Allerdings hatte er das Geschrei nicht vergessen und auch nicht die Überzeugung in Gables Stimme, als dieser ihm gesagt hatte, dass er ihn nie wieder sehen wollte. Vielleicht bildete er sich nur ein, dass Gable ihn liebte und vielleicht war es gar nicht so. Was wäre, wenn er einfach nur eine nette Affäre gewesen war?

Flynn fluchte, als er sich schnitt und fühlte, wie die Säure der Tomate in die Wunde lief. Als er seine verletzte Hand unter das fließende Wasser hielt beschloss er, im Augenblick keine weitreichenden Entscheidung zu treffen. Er arbeitete gerne auf der Ranch und auch die Arbeit im Haus machte ihm nichts aus. Sich um Gable zu kümmern, gab ihm das Gefühl, gebraucht zu werden und für den Augenblick musste das eben genügen. Gable erschien ihm deutlich ruhiger und wenn das bedeutete, dass er Flynn nicht mehr anschreien würde, war das schon mal eine gute Sache. Vielleicht würde die Liebe, die er für Gable empfand, irgendwann in der Zukunft wieder zurückkehren und wenn nicht, dann würde er noch genug Zeit haben, Gable zu verlassen, wenn es ihm besser ging. Immerhin würde die Zeit bis dahin einige der emotionalen Wunden geheilt haben.

Als die Soße vor sich hin köchelte, ging Flynn in den Lagerraum im hinteren Teil des Hauses und holte einen Betttisch hervor, von dem Calley ihm erzählt hatte. Er musste gründlich gereinigt werden, würde sich aber als nützlich erweisen.

Als Flynn mit den beiden Tellern und dem Betttisch im Wohnzimmer erschien, lag Gable auf seiner Seite im Gästebett. Er war wach, aber so tief in Gedanken, dass er Flynn nicht bemerkte.

„Ich weiß, dass du gesagt hast, dass du kein Hunger hast, aber ich hätte gerne Gesellschaft während ich esse, okay?"

Gable setzte sich im Bett auf. „Okay."

Flynn war etwas überrascht, als Gable sich nicht gegen den Betttisch aussprach oder dagegen, dass Flynn einen Teller mit Essen vor ihn hinstellte. Flynn versuchte, guten Mutes zu bleiben, lehnte sich mit dem Rücken an die Wand neben Gable und aß von seinem Schoß. Es entging ihm nicht, dass Gable im Essen nur herumstocherte und sehr wenig aß, aber er wollte ihn nicht zu sehr triezen, nachdem sie gerade erst einen Waffenstillstand erreicht hatten. Als Flynn sich noch einen Nachschlag holte, ertappte er Gable dabei, dass er nach ihm Ausschau hielt, als er aus der Küche zurückkam und das machte ihn glücklich. Er würde sich eine Weile an diesen kleinen Dingen erfreuen müssen.

Die nächsten Tage vergingen ziemlich ähnlich. Flynn ließ Gable jeden Morgen und Teile des Nachmittages allein, um auf der Ranch zu arbeiten und jedes

Mal, wenn er zurückkam, fand er Gable wieder mit starrem Blick auf die Wand vor. Es beunruhigte ihn, Gable so traurig zu sehen, aber er wusste, dass Gable Zeit brauchte, um sich anzupassen. Gable konnte sich im Haus schon recht gut bewegen und kam abends auch besser die Treppen nach oben.

An einem Nachmittag, nachdem Calley ihre Wochenration an Lebensmitteln dagelassen hatte, setzte sich Flynn zu Gable. „Ich weiß, dass du mich für eine Glucke hältst, aber ich würde dir gern dabei helfen, eine Dusche zu nehmen, wenn du magst."

„Willst du mir damit sagen, dass ich stinke?", fragte Gable, wobei seine Augen das erste Mal seit Wochen eher verschmitzt als traurig dreinschauten.

„Nein", antwortete Flynn. „Ich will damit sagen, dass es sich gut anfühlen würde, unter der Dusche zu stehen, aber ich weiß, dass es dich wahrscheinlich sehr anstrengen wird, daher wollte ich dir eine helfende Hand anbieten …"

„Ich krieg das schon hin", antwortete Gable. Auf seinem Gesicht lag immer noch ein leichtes Lächeln und Flynn drückte Gables Schenkel, bevor er mit einem deutlich breiteren Grinsen in seinem eigenen Gesicht in die Küche ging.

Kurze Zeit später hörte Flynn, wie die Bank draußen über den Asphalt gezogen wurde und dann Wasser, das auf den Boden klatschte. Er holte schnell ein frisches Badelaken aus dem Flurschrank und legte es in den Ofen, um es anzuwärmen. Als die Dusche abgedreht wurde, brauchte er nur wenige Momente, um das warme Handtuch nach draußen zu tragen.

Als Flynn Gable sah, saß dieser auf der Bank und sah aus wie ein begossener Pudel. Er bedeckte sich schnell mit dem Handtuch, das er selbst mit rausgenommen hatte, und stellte sicher, dass besonders sein verletztes Bein bedeckt war. Flynn warf das warme Handtuch über Gables Schultern und rubbelte ihn trocken. „Ich dachte, das könnte dir gefallen."

„Sehr angenehm. Danke", antwortete Gable leise und klang, als wäre er bei etwas ertappt worden, dass er nicht tun sollte.

Flynn zitterte in der kühlen Abendluft und konnte nur erahnen, wie kalt Gable war. „Ich hätte wohl eher nicht die Außendusche empfohlen …"

„Ja, ich weiß. Mir war nicht klar, wie kalt es ist, bis ich meine Sachen ausgezogen hatte." Gable schmunzelte, als er Flynn kurz an und dann wieder wegsah.

„Kommst du allein wieder rein? Vielleicht solltest du sogar reinkommen, um dich abzutrocknen und anzuziehen. Es ist wirklich eiskalt draußen!"

Gable nickte und widerstrebend ließ Flynn ihn draußen alleine. Ein paar Minuten später hörte Flynn das inzwischen bekannte Tick-Tock-Schritt-Geräusch von Gables Krücken und wartete, so lange er konnte in der Küche, bevor er ins Wohnzimmer zurückging. Bis dahin war Gable bereits halb angezogen und obwohl er es unauffällig tat, konnte Flynn nicht umhin zu bemerken, wie er das Bein seiner Hose über den Stumpf zog, als er Flynn sah.

„Weißt du, es macht mir nichts aus, es zu sehen. Dein Bein", ergänzte Flynn, als er sich neben Gable auf das Bett setzte.

„Naja, mir schon", erwiderte Gable kurz.

„Ich denke, ich hatte einfach mehr Zeit, mich daran zu gewöhnen." Flynn zuckte mit den Schultern und versuchte, die Situation herunterzuspielen. „Ich habe es direkt nach der Operation gesehen und während es heilte …"

Gable schob sich auf dem Bett etwas weiter nach oben, weg von Flynn, aber Flynn legte seine Hand auf den Stumpf, der nun mit Stoff bedeckt war. Er sah Gable ganz bewusst nicht an, denn er wusste, dass er irgendetwas zwischen Überraschung und Widerwillen sehen würde. Doch als Gable nicht zurückzog, schob Flynn seine Hand in das Hosenbein und sah Gable ins Gesicht. Den Stumpf zu fühlen war seltsam, aber er hoffte, dass er alle Gefühle aus seinem Gesicht heraushalten konnte.

„Es ist ein Teil von dir, Gable."

Gables Augen füllten sich mit Tränen und er sah beiseite. „Nun, ich kann mit diesem Teil von mir gerade nicht umgehen."

„Willst du denn nicht wieder laufen? Endlich in der Lage sein, diese sperrigen Krücken hinter dir zu lassen?"

Gable antwortete nicht.

„Wir müssen Craig bald Bescheid sagen, denn je länger du wartest, desto schwerer wird es."

Gable nickte und Flynn wusste, dass er mit seinen Gefühlen haderte.

„Du musst das nicht alleine durchstehen, Gable. Ich bin für dich da." Flynn ließ Gables Bein los und schob sich auf dem Bett nach oben, sodass er seine Arme um Gable legen konnte. Obwohl es ihn zu jeder anderen Zeit erdrückt hätte, genoss Flynn das Gefühl, als Gable sich nun an ihn klammerte.

16

AM NÄCHSTEN Morgen gab Gable vor, noch zu schlafen. Wie üblich stand Flynn früh auf, um mit der Arbeit zu beginnen und sehr häufig in diesen Tagen leistete ihm Gable beim Frühstück Gesellschaft, aber heute war Gable nicht bereit für die Begegnung.

Es war ein emotionaler Abend gewesen und eigentlich wollte er nicht über das nachdenken, was passiert war, aber er konnte es auch nicht aus seinem Kopf verbannen. Flynns Enthüllung, dass er einen Fehler seiner Jugend wiedergutmachte, indem er sich jetzt um ihn kümmerte, war keine einfache Neuigkeit gewesen, aber Gable musste zugeben, dass Flynns Pflege so ziemlich der einzige Grund gewesen war, der ihn davon abgehalten hatte, sich selbst umzubringen.

Flynn war bei ihm geblieben, hielt ihn eng an seiner Brust und Gable hatte sich langsam soweit beruhigt, dass sie reden konnten. Es war eindeutig, dass sie die wirklich wichtigen Themen vermieden hatten. Sie sprachen über die Ranch und darüber, wie alles lief, und dass Flynn nun, nachdem der Winter beinahe vorbei war, noch mehr würde arbeiten müssen, um die Ranch am Laufen zu halten. Später, nachdem Flynn ihm die Treppen hochgeholfen hatte und sie ins Bett gegangen waren hatte Flynn ihn erneut an sich gezogen, dieses Mal mit dem Ziel, ihn zu überreden, Craig anzurufen. Aber Gable war noch nicht bereit dazu. Er hatte Flynn recht gegeben, nur damit dieser ihn in Ruhe ließ, aber sein Bein tat immer noch zu weh, um wieder gehen zu lernen. Es war für ihn in Ordnung, mit den Krücken unterwegs zu sein; er hatte es nach dem ersten Unfall wochenlang getan und nachdem er nun spürte, wie die Kraft in seine Muskeln zurückkehrte, wurde es noch einfacher.

Aber die Morgenstunden waren lang und am Fenster zu sitzen und zu versuchen, immer mal einen Blick auf Flynn zu erhaschen und auf das, was er in der Nähe des Stalls und der unteren Weide tat, hielt ihn nur für eine gewisse Zeit beschäftigt. Er wusste, dass er mit seinen Krücken in der Scheune nutzlos wäre, aber er hatte Sehnsucht danach, Brenner und TC wiederzusehen und Stallduft zu schnuppern. Der Schnee war geschmolzen und er schätzte, dass er es bis in den Stall schaffen würde. Dort könnte er eine Weile ausruhen, bevor er wieder zurücklaufen würde. Es war immer noch ziemlich kalt draußen, daher zog Gable seine dicke Regenjacke an und machte sich auf den Weg zur Scheune. Trotz seines anfänglichen Muts, musste er auf halbem Wege anhalten, um zu Atem zu kommen. Er wollte jedoch nicht aufgeben, vor allem nicht, als es begann zu regnen. Gable schaute in den dunklen Himmel und sah, dass er von Blitzen zerrissen wurde, daher holte er tief Luft und beschleunigte seine humpelnden Schritte in Richtung des warmen und trockenen Stalls.

Gable bereute es nicht, hierhergekommen zu sein. Der Geruch der Pferde, das Heu, das an der Seite aufgestapelt war, alles zusammen gab ihm das Gefühl von Heimat. Nach einem besonders lauten Donnerknall hörte er Brenner wiehern, daher machte er sich auf den Weg zur Box seines Pferdes.

„Hier, mein Junge, es ist alles in Ordnung."

Das Pferd kam näher, erkannte seinen Besitzer und schnupperte an seiner Hand. „Tut mir leid, mein Junge, ich hab dir keine Mohrrüben oder Äpfel mitgebracht", entschuldigte sich Gable. Er streichelte die weichen Nüstern des Tieres. „Hat Flynn sich gut um dich gekümmert?" Brenner kam als Antwort noch ein bisschen näher auf ihn zu. „Ich kann dich momentan nicht reiten, mein Junge."

Plötzlich sah Gable zum Stalltor, als er draußen Lärm hörte, und sah eine klitschnasse Figur auf TCs Rücken in den Stall stürmen. Sie trug keinerlei Regenkleidung und Gable konnte nur dass Karomuster von Flynns Vliesjacke ausmachen.

Als Flynn abstieg und das Regenwasser aus seinen langen Locken schüttelte, blickte er auf und erschrak, als er noch jemanden im Stall stehen sah.

Gable lächelte, als er Flynns scheinbar übertriebene Reaktion sah. „Hast du was getan, was du nicht tun solltest?"

Flynns Augen waren immer noch geschlossen, weil er versuchte, seinen Herzschlag zu beruhigen. „Ich habe nur nicht erwartet, hier jemanden zu sehen", antwortete er, als er Gable verlegen ansah.

„Ist verständlich", antwortete Gable neckend.

„Der Regen hat mich draußen erwischt", fuhr Flynn fort, in dem Versuch, das Thema zu wechseln. „Damit hatte ich nicht gerechnet."

„Du solltest inzwischen wissen, dass das Wetter hier etwas unberechenbar ist", sagte Gable und drehte sich um, bis er vor einem Heuballen stand, auf den er sich setzen konnte.

„Der Wetterfrosch hat fünf Prozent Wahrscheinlichkeit für Regen vorhergesagt und der Himmel war klar und blau, als ich losgeritten bin."

Gable schmunzelte. „Den Wetterfrosch, der dieses Wetter vorhersagen kann, würde ich wirklich gerne treffen."

Flynn setzte sich neben ihn und zog seine klitschnasse Jacke aus. „Und was machst du hier?"

Gable zuckte mit den Schultern. „Ich war es leid, drinnen zu sitzen und dachte mir, dass ich mal den Stall besuche."

„Gut", lächelte Flynn zurück. „Willst du reiten gehen, wenn der Regen aufhört?"

Gables Gesicht verdunkelte sich und er schüttelte den Kopf.

„Brenner vermisst dich", versuchte Flynn es weiter. „Aber vielleicht solltest du beim ersten Ausritt besser TC nehmen, weil er einfacher zu reiten ist?"

Gable schüttelte wieder seinen Kopf.

Flynn legte seine Hand auf Gables Knie. „Du bist ein erfahrener Reiter. Du brauchst die Steigbügel doch gar nicht. Wir können sie abnehmen oder sie hoch binden, damit sie dich nicht stören. Ich bin mir sicher, dass du es schaffen kannst."

„Flynn, ich muss überhaupt erst auf das Pferd raufkommen."

„Ah, da habe ich mir schon was überlegt!", rief Flynn, als er von seinem Platz aufstand und eine Handvoll Stroh nahm, das er in einem Ball zusammenknüllte. Er ging zu TC hinüber, der etwas unruhig war, da immer noch das Regenwasser von ihm herabtropfte, und begann damit, das Wasser vom Fell des Pferdes abzureiben. „Wir holen uns zwei Heuballen und stellen uns drauf und dann kann ich dich hochheben."

Gable dachte darüber nach. „Ich weiß nicht, Flynn."

„Wir müssen es ja nicht heute tun, aber vielleicht morgen? Ich kann eine Seite des Verandageländers abbauen und TC hinbringen und dann kannst du direkt am Haus aufsteigen", schlug Flynn vor. „Ich denke, die Veranda hätte genau die richtige Höhe."

„Du hast dir wirklich schon ein paar Gedanken darüber gemacht, nicht wahr?"

Flynn nickte. „Ich habe eine Menge Zeit nachzudenken, wenn ich arbeite. Außerdem würde mir das die Chance geben, Brenner mehr zu reiten. Er braucht die Bewegung genauso wie TC es tut, aber ich ertappe mich dabei, dass ich meistens TC sattle, weil er einfach das bessere Arbeitspferd ist. Brenner langweilt sich schnell, wenn wir den Zaun prüfen, und dann fallen ihm immer alle möglichen Dummheiten ein." Flynn nahm den Sattel von TCs Rücken und brachte ihn an seinen Platz an der Seitenwand. Dann fuhr er damit fort, TC trockenzureiben.

Während er Flynn zusah, konnte Gable nachdenken. Er wollte nichts mehr, als wieder zu reiten, aber könnte er es? Er wusste, dass er ohne Steigbügel reiten konnte; er war TC vor dem ersten Unfall mehr als einmal ohne Sattel geritten und sogar noch danach, aber er musste immer noch auf das Pferd drauf und er konnte sich noch erinnern, wie schwer ihm das gefallen war, nachdem er seinen Fuß das erste Mal verletzt hatte. Und viel wichtiger war die Frage, konnte er vor Flynn versagen?

Flynn führte das Pferd in seine Box und schloss die Halbtür, bevor er dahin zurückkam, wo Gable saß. Mit einem tiefen Seufzer ließ er sich neben ihn fallen.

„Bist du mit der Arbeit fertig?", fragte Gable und schob sich ein bisschen näher an Flynn heran.

Flynn schüttelte den Kopf. „Ich sollte das Leder einschmieren. Ich habe einen Steigbügel von einem der Trainingssättel abgerissen und sollte das reparieren. Ich fürchte, ich habe die Reparaturarbeiten ein bisschen vernachlässigt", ergänzte er leise.

„Und das, nachdem du die Ranch erst wieder auf Kurs gebracht hast", beruhigte ihn Gable, voller Anerkennung dafür, wie abgehalftert alles gewesen war, bevor Flynn gekommen war und vieles wieder in Schuss gebracht hatte. Gable hob seinen Arm und legte ihn um Flynns Schultern. „Ich kann mich um die

Reparatur der Sättel kümmern. Das sind alles Dinge, die man im Sitzen tun kann." Dann wurde ihm etwas bewusst. „Ich weiß, das bedeutet, dass du all die Beinarbeit machen musst, aber momentan ist das mein bestes Angebot."

Flynn nickte und lächelte sogar ein bisschen.

Gable war froh, dass Flynn den Anruf bei Craig oder das Laufenlernen nicht wieder ansprach. Er wusste, die Themen waren unvermeidlich, aber sein innerer Schweinehund hielt ihn im Augenblick davon ab.

„Du bist nass", sagte Gable und strubbelte spielerisch durch Flynns Haare.

Flynn kuschelte sich enger in Gables Umarmung. „Das bist du auch. Ich bin froh, dass es hier drinnen warm ist, denn draußen schüttet es immer noch wie aus Eimern."

Flynn drehte sein Gesicht in Gables Richtung und Gable lehnte sich vor, sodass ihre Lippen sich berührten. Er wagte es nicht, den Druck zu erhöhen, da er wusste, wie schnell aus diesen harmlosen Anfängen immer mehr wurde. Und das war etwas, das er Flynn jetzt noch nicht geben konnte. Zunächst vertiefte auch Flynn den Kuss nicht, aber Gable spürte, wie er plötzlich seinen Mund öffnete und hineinstieß. Gable wollte es auch, aber er zog sich trotzdem zurück. Um die Geste etwas abzumildern, drückte er Flynn enger in seine Arme.

„Es tut mir leid."

Flynn zuckte mit den Schultern und befeuchtete seine Lippen. „Ist schon okay."

„Warum stehen zwei der Stuten im Stall, Flynn?", fragte Gable in der Hoffnung, die angespannte Situation zu zerstreuen. „Es sind Pferde, die immer draußen sind. Sie sind das schlechte Wetter gewöhnt. Es ist nicht notwendig, sie zu verhätscheln."

Flynn sah beiseite. „Ich weiß."

„Also warum sind sie hier? Sind sie lahm? Krank? Müssen wir Bill anrufen, damit er sie sich ansieht?"

Flynn schüttelte den Kopf. „Bill hat sie bereits angesehen und er hat vorgeschlagen, sie drinnen zu lassen, solange es so kalt ist."

Gable wurde ein bisschen misstrauisch, denn er hatte den Eindruck, dass Flynn es vermied, seine Frage zu beantworten. „Da draußen sind mehr als 50 Pferde. Warum sind diese beiden anders?"

„Sie sind trächtig."

„Wie ist ein Hengst in die Nähe der Stuten gelangt?" Gable begann sich etwas unwohl zu fühlen.

Flynn seufzte. Er entzog sich aus Gables Umarmung und lehnte seine Ellbogen auf seine Knie. „Hör zu, ich weiß, dass du gesagt hast, dass du keine Pferde züchten möchtest, aber Hunter wollte ein Fohlen von Brenner und ich dachte, wir könnten es einfach versuchen."

„Brenner ist der Vater dieser Fohlen?"

Flynn nickte. „Ich weiß, ich hätte fragen sollen …"

„Ich habe eindeutig gesagt, dass ich keine Pferde züchten möchte", unterbrach ihn Gable. „Das ist nicht deine Ranch, Flynn!"

Flynn stand auf, um etwas Abstand zwischen sie zu bringen. „Ich weiß, aber ich war der Einzige, der hier Entscheidungen getroffen hat. Und es gab kein Geld, um neue Pferde zu kaufen und ich konnte die, die wir hatten, nicht alleine für die Auktionen fertigmachen."

„Aber ich weiß nichts über Pferdezucht, Flynn", antwortete Gable aufgebracht. „Und wir haben auch kein Geld für die Tierarztrechnungen, so wie es steht."

Flynn drehte sich um. „Aber ich kenne mich aus. Ich bin auf einer Zuchtfarm aufgewachsen."

„Du hast gesagt, du durftest nicht auf der Ranch mitarbeiten!"

„Nichts hätte mich fernhalten können, Gable. Und meinen Brüdern hat es nichts ausgemacht, wenn ich ihre Aufgaben übernommen habe. Was denkst du, wie ich darin so gut geworden bin? Sie haben lieber Zeit mit ihren Freundinnen auf dem Heuschober verbracht, während ich die Ställe ausgemistet habe. Und Bill tut dir damit einen Gefallen. Es sind nur zwei Pferde, Gabe. Es ist ein Experiment."

Flynn setzte sich wieder neben Gable und Gable gab nach. Als Flynn seine Hand nahm, seufzte Gable und lehnte sich dichter an Flynn. „Es tut mir leid. Das war nicht fair."

„Natürlich was es das", antwortete Flynn leise. „Du hast ja recht: Du hattest gesagt, dass du keine Pferde züchten willst und ich bin mit meiner Idee einfach weiter gestürmt. Ich hätte dich zuerst fragen sollen."

„Dann hätte ich wahrscheinlich nein gesagt."

„Ich weiß", gab Flynn zu. „Und ich wollte nicht, dass du dir Gedanken über das Geld machst."

„Wie schlimm ist es?", fragte Gable, obwohl er die Antwort nicht wirklich hören wollte.

Flynn zuckte unbestimmt mit den Schultern und schüttelte den Kopf. „Ich denke, du solltest besser Calley danach fragen."

„Flynn …", wies Gable ihn zurecht. „Was hast du mir verschwiegen?"

Flynn zögerte und entschied dann, dass es keinen Sinn machte, weiter um den heißen Brei herumzureden. „Deine Krankenhausrechnungen waren ziemlich hoch."

„Willst du mir sagen, dass wir bankrott sind?"

Flynn schüttelte den Kopf. „Nein, aber wir schulden Calley und Bill eine ganz nette Summe und diese Fohlen gehören Hunter."

„Damit ist er ein großes Risiko eingegangen."

Flynn nickte. „Es hat auch etwas Überredung gekostet. Ich musste ihn bequatschen, aber sollten wir die Ranch verlieren, wollte ich sicher sein, dass ich alles getan habe, um es zu verhindern. Ja, das bedeutet, dass wir für Geld arbeiten, das bereits ausgegeben ist, aber die Bank hatte gedroht, uns zu zwingen, alle Pferde zu verkaufen und das konnte ich nicht zulassen. Einige dieser Pferde werden nächstes Jahr auf den Auktionen gutes Geld bringen und einige brauchen noch etwas mehr Zeit, aber wenn wir sie jetzt einfach so verkaufen müssten, dann wären sie nur Teil einer großen Gruppe und wir würden noch nicht mal die Hälfte von dem bekommen, was sie wert sind!"

Gable konnte sehen, wie Flynn sich ereiferte und es wärmte sein Herz. Er sprach über eine Zukunft, darüber, auch nächstes Jahr zusammenzuarbeiten und vielleicht noch länger, und er schien gar nicht mehr darüber nachzudenken, wegzugehen. Zum ersten Mal hatte Gable das Gefühl, dass Flynn die Dinge nicht nur sagte, um sich um ihn zu kümmern; die Leidenschaft, mit der Flynn seine Entscheidungen verteidigte, machte deutlich, dass er das auch für sich tat.

„Dann magst du es hier wohl wirklich, oder?", fragte Gable leise.

„Natürlich tue ich das", antwortete Flynn ohne Zögern. „Du hast keine Ahnung, was mir das alles bedeutet, Gabe. Ich liebe es, hier zu arbeiten. Ich liebe die Pferde und die Tatsache, dass die meiste Arbeit draußen stattfindet …"

„… im strömenden Regen", unterbrach ihn Gable mit einem Grinsen.

„Der Regen macht mir nichts aus. Ich mag es natürlich auch lieber, wenn ich in etwa so gekleidet bin wie du, aber wenn es so kalt ist wie jetzt und du sattelst ein Pferd und reitest hoch auf die Weide und siehst sie alle dort stehen, zusammengedrängt für etwas Wärme, dann ist das einfach großartig."

„Ja, ich weiß", stimmte Gable ihm leise zu.

Flynn lehnte sich näher heran und drehte sich, bis er Gable küssen konnte. Wiederum war es ein eher unschuldiger Kuss, voller Zärtlichkeit, und Gable ließ seine Hände an Flynns Schultern hinabwandern, bis sie schließlich auf seinem Kreuz zu liegen kamen. Es fühlte sich gut an, Flynn so nah zu haben, seinen leichten Moschusgeruch wahrzunehmen, obwohl auch ein bisschen „nasser Hund" dabei war, da er aus dem Regen hereingekommen war. Aus irgendeinem Grund brachte dieser Gedanke Gable zum Lächeln und Flynn zog sich zurück und schaute etwas verwirrt.

„Ich dachte nur gerade, dass sich das gut anfühlt", erklärte Gable etwas schüchtern.

Flynn lächelte ihn an und Gable konnte sehen, wie seine Augen leuchteten. „Ich würde alles dafür tun, dich zum Lächeln zu bringen", flüsterte er und kuschelte sich an Gable.

„Tu das nicht", antwortete Gable. Um die Unsicherheit in Flynns Gesicht zu vertreiben, fuhr er fort. „Du bist ein eigenständiger Mensch. Ich möchte nicht, dass dein Glück von mir abhängt. Ich bin zu weiten Teilen ein übellauniger Hurensohn, Flynn."

„Und trotzdem liebe ich dich", antwortete Flynn. „Da soll mal einer schlau draus werden."

Gable seufzte. „Es tut mir leid, dass ich mich über die trächtigen Stuten so aufgeregt habe."

„Es tut mir leid, dass ich dich nicht gefragt habe." Flynn begann plötzlich, heftig zu zittern.

„Du bist ganz kalt." Gable öffnete seine Regenjacke und schloss Flynn darin ein, zog ihn näher an sich und genoss das Gefühl von Flynns Armen, die sich darunter schlängelten und ihn umfassten.

Flynn atmete tief ein. „Ich könnte mich daran gewöhnen, aber ich habe Hunger. Ich denke, wir sollten rübergehen."

Der Moment war zu kurz. Flynn zog sich von Gable zurück, sodass Gable die Kälte spürte. In diesem Moment hörten sie Bridgets Pfoten auf dem Scheunenboden und dann, wie sie ihr Fell ausschüttelte.

„Hallo, mein Mädchen, bist du gekommen, um uns zu holen?", fragte Flynn sie. Er kraulte ihren Kopf. „Du bist fast trocken. Hat es aufgehört zu regnen?" Sie legte ihren Kopf auf die Seite, als wollte sie sagen: „Natürlich hat es das. Würde ich herkommen, wenn es draußen nass wäre?"

Flynn kam wieder näher und gab Gable einen schnellen Kuss. „Du, wir sollten wahrscheinlich die Tatsache ausnutzen, dass es aufgehört hat zu regnen und zurück ins Haus gehen. Ganz zu schweigen davon, dass ich dir was zu essen machen muss." Er knuffte Gable in die Rippen. „Du bist immer noch viel zu dünn."

Nachdem sich Flynn wieder von ihm losgemacht hatte, stand Gable auf und bekam seine Krücken gereicht. Gerade als Flynn sich umdrehte, um zu gehen, musste Gable noch etwas sagen. „Flynn." Er zögerte, vor allem als Flynn sich zu ihm umdrehte, immer noch lächelnd, während er Bridget streichelte. „Was hält dich hier?"

„Gable!", sagte Flynn, als wäre die Antwort so einfach.

„Es tut mir leid, aber ich muss es wissen."

„Ich bleibe, weil es das ist, was ich immer gewollt habe." Flynn trat einen Schritt auf ihn zu und blieb dann stehen. „Eine Ranch mit Pferden, die klein genug ist, dass wir sie zu zweit bewältigen können. Wir arbeiten hart, aber letztendlich ist es das wert, richtig? Gable, ich möchte hier alt werden. Wenn ich ein langes Leben lebe und sie mich am Ende in dieser Erde vergraben, dann wird es ein großartiges Leben gewesen sein."

Gable sah auf das Stroh auf dem Boden.

„Aber die eine Sache, die mich hier hält, bist du, Gable. Die Tatsache, dass ich das mit dir teilen kann. Und ich weiß, dass es anmaßend ist. Das ist deine Ranch und es wird immer deine Ranch sein, aber ich hoffe, dass du mir erlaubst, sie mit dir gemeinsam zu führen."

„Du machst sowieso all die Arbeit." Gable konnte Flynn noch immer nicht ansehen. Er war nicht bereit, diesen Blick in Flynns Augen zu sehen. Dieser Blick, der ihm sagte, wie sehr Flynn ihn liebte. Er konnte nicht aufschauen, weil er sich dann schuldig fühlte. Denn er wusste nur zu gut, wie wenig er Flynn zurückgab.

„Du weißt, dass mir das nichts ausmacht. Ich weiß, dass es nicht immer so sein wird. Eines Tages wird es dir gut genug gehen, dass du wieder mit mir zusammenarbeiten kannst."

Gable schluckte, um seine Emotionen zurückzuhalten, aber Flynn stand zu dicht bei ihm. Er konnte ihn riechen und die Wärme spüren, die von ihm ausging und dann fühlte er Flynns Lippen an seiner Stirn.

Flynn brachte ihn zum Schweigen und küsste ihn noch mal. „Lass uns reingehen, bevor die Pforten des Himmels sich wieder öffnen, okay?" Flynn trat zurück und ging in Richtung Stalltor. „Ich liebe dich, Gable. Das ist alles, was zählt." Und damit verschwand er um die Ecke, nahm Bridget mit sich und ließ Gable allein in der Scheune zurück.

Gable wartete einen Moment und sprach dann mit den Pferden. „Jungs, habt ihr das gehört? Er liebt mich. Er muss verrückt sein, aber hey, ich nehme es, wie's kommt."

17

FLYNN GING mit zügigen Schritten und einem deutlich leichteren Herz zurück zum Haus. Es fühlte sich gut an, zu wissen, dass Gable ganz genau wusste, wo sie standen und Flynn wusste auch, dass er durch das Aussprechen der Worte selbst noch mehr an sie glaubte. Ja, er liebte Gable von ganzem Herzen. Sie waren durch die Hölle gegangen und es mussten noch viele Wunden heilen, aber immerhin hatte Gable sich nicht zurückgezogen oder Flynns Gefühle abgestritten und er war nur halb so sauer über das Pferdezuchtexperiment gewesen, wie Flynn befürchtet hatte.

Bridget sprang um ihn herum, weil sie seine gute Laune spürte. Erst in diesem Moment wurde ihm bewusst, wie zurückhaltend die Hündin in den letzten Wochen gewesen war. „Bist du glücklich, mein Mädchen?" Die Hündin sprang an ihm hoch und er nahm ihren Kopf zwischen seine Hände und kraulte sie hinter den Ohren. „Denkst du, dass Gable auch glücklich ist?" Sie versuchte, ihn abzulecken. „Ja, ich denke, ab jetzt wird er auch glücklich sein."

Sie gingen ins Haus und Flynn entschied sich für eine schnelle Dusche, bevor er mit dem Abendessen beginnen würde. Als er wieder nach unten kam, bekleidet mit sauberer, warmer und vor allem trockener Kleidung, saß Gable am Küchentisch und kümmerte sich um Bridgets Futter. Flynn konnte gar nicht aufhören zu lächeln, als ihm bewusst wurde, welchen Unterschied er in Gable sah. War es der Ausflug zu den Pferden gewesen oder seine Liebeserklärung, die diesen Wandel hervorgebracht hatte? In jedem Fall war Flynn froh darüber zu sehen, dass Gable die Initiative ergriff, andere Dinge zu tun als in seinem Bett zu sitzen und ins Nichts zu starren.

„Du wirst ein Fünf-Sterne-Abendessen bekommen, mein Mädchen", sagte Flynn zu Bridget, die neben Gable saß, mit hängender Zunge und einem erwartungsvollen Blick auf ihr Herrchen. Sie wendete den Blick kaum von dem Fleisch ab, das Gable für sie abschnitt, um Flynns Worte zu quittieren, aber Flynn sah sie ja auch nicht an. Er sah Gable an, der lächelte. Flynn konnte der Versuchung nicht widerstehen, hinter ihn zu treten und seine Hand auf Gables Schulter zu legen.

„Ich fange mit dem Abendessen an, okay?" Flynn sagte es eher, als dass er Gable fragte.

„Die Kartoffeln sind schon geschält", sagte Gable, als wäre das die natürlichste Sache der Welt.

„Ich danke dir", antwortete Flynn leise, unfähig, eine eloquentere Antwort zu geben. Er ging zum Herd, wo er den Topf mit den Kartoffeln sah und war froh, dass Gable zu sehr mit Bridgets Futter beschäftigt war, um den Mix von Emotionen auf seinem Gesicht zu sehen. Flynn konnte sich nicht erklären, was diesen Wandel in seinem Geliebten bewirkt hatte, aber er war sehr glücklich darüber. Es bedeutete, dass Gable sich endlich vorwärts bewegte, statt immer nur über der Vergangenheit zu brüten und das war in jedem Fall eine gute Sache. Vielleicht würde das Vorspiel in der Scheune auch dazu führen, dass Flynns verstohlene Berührungen in Zukunft erwidert würden. Er hasste es zwar, es sich selbst einzugestehen, aber er brauchte mehr von Gable, als Gable ihm in der letzten Zeit gegeben hatte und Sex war nur ein kleiner Teil davon. Er wagte allerdings nicht, es anzusprechen, aus Angst, dass Gable sich dann wieder in sein Schneckenhaus zurückziehen würde. Er würde ihn auf anderem Wege dazu bewegen müssen.

Als Flynn so vor den brodelnden Töpfen stand, begann seine Nase zu kribbeln und zu laufen, daher putzte er sie sich mit einem Küchentuch.

„Bekommst du eine Erkältung?", fragte Gable und schaute besorgt.

„Ach was." Flynn zuckte mit den Schultern. „Ich bin in Ordnung."

Gable lächelte ihn an und Flynn wusste, dass das alles besser machen würde, obwohl das Herumlaufen mit nassen Klamotten an einem kalten Tag sicherlich die Ursache war.

Das Abendessen ging schnell vorbei und sie sprachen über nichts Wichtiges, sondern tauschten einfach nur Ideen über die Ranch aus, sprachen über das Geld, das sie schuldeten und Flynn genoss die Offenheit und die positive Haltung, die er jetzt spürte. Nachdem das Geschirr abgeräumt war, ging Flynn noch mal in den Stall, um sicherzustellen, dass die Pferde für die Nacht versorgt waren.

Auf dem Weg nach draußen, nachdem er das Licht im Stall abgeschaltet hatte, stolperte er über einen Eimer, von dem er sich nicht erinnern konnte, ihn dort gelassen zu haben und fühlte sich sofort unbehaglich. Einen unbekannten Wohltäter zu haben, der ein Tor reparierte und einen Unterstand, das war eine Sache. Es könnte einfach einer der Nachbarn gewesen sein, der von Gables Krankheit wusste und entschieden hatte auszuhelfen. Aber Dinge an falscher Stelle im Stall vorzufinden, so dicht bei ihren trächtigen Stuten und so dicht am Haus, fühlte sich für Flynn nicht gut an. Solange er es nicht besser wusste, konnte dieser Fremde böse Absichten haben und obwohl bisher nichts fehlte, wünschte Flynn sich, dass es einen besseren Weg gebe, das Haus und die Tiere zu schützen. Andererseits gab es für Gables Haus noch nicht einmal einen Schlüssel, um die Haustür abzuschließen, daher wäre es vermutlich übertrieben, den Stall abzuschließen.

Flynn stellte den Eimer dort ab, wo er hingehörte und schloss die Tür zum Stall, bevor er zum Haus zurückging.

„Stimmt irgendwas nicht mit den Pferden?", fragte Gable vom Bett, als Flynn das Haus betrat.

„Nein, sie sind in Ordnung. Warum?"

„Du siehst besorgt aus."

Flynn setzte sich neben Gable und legte eine Hand auf sein Knie. „Ich hoffe einfach, dass nichts passiert. Diese Fohlen sind eine Menge Geld wert."

„Ich bin sicher, es wird alles gutgehen", antwortete Gable und legte beruhigend seinen Arm um Flynns Schultern.

Flynn drehte sich in der Umarmung und küsste Gable zögernd. Zu seiner Überraschung wurde der Kuss nicht nur erwidert, sondern sofort vertieft. Flynn überließ Gable gerne die Führung. Es fühlte sich wie eine natürliche Fortsetzung dessen an, was sie zuvor im Stall getan hatten und Flynn musste sich wirklich zurückhalten, um es nicht weiter voranzutreiben. Nach so langer Zeit, in der er Gables Berührungen nicht gespürt hatte, verlangte Flynns Körper nach mehr und Gable schien das zu spüren. Die Hitze stieg zu schnell an, sodass Flynn sich zurückzog.

„Mach langsam, Gable."

Gable zog ihn enger an sich. „Warum gehen wir nicht nach oben? Oder ist es noch zu früh fürs Bett?"

Flynn verstand die Doppeldeutigkeit, entschied aber, den Ball für den Augenblick flach zu halten. „Es ist dunkel draußen, daher wüsste ich nicht, warum es zu früh sein sollte."

Gable lächelte, stand auf und brauchte zur Treppe natürlich etwas länger als Flynn. Flynn wartete auf ihn und räumte währenddessen den Raum auf, damit es nicht zu offensichtlich war. Gable konnte die Treppe inzwischen recht gut mit seinen Krücken bewältigen, daher dauerte es nicht lange.

Aber die Anspannung war immer noch da, die gleiche Spannung, die jede Nacht da war, wenn sie ins Bett gingen. Sie hatte nach den Malen, bei denen Gable Flynn davon abgehalten hatte, ihm in der Nacht näherzukommen, etwas nachgelassen. Inzwischen schlief jeder einfach auf seiner Seite des Bettes und sie berührten sich kaum noch, aber Flynn hoffte, dass sich das jetzt ändern würde. Er beschloss, das Ganze ein bisschen voranzutreiben, indem er nur mit seinen Boxershorts durch das Schlafzimmer lief, während er seine Kleidung wegräumte. Er musste Gable nicht ansehen, um zu wissen, dass die Augen seines Liebhabers ihm folgten, als Gable seine langen Pyjamahosen anzog, die er seit der Operation trug.

Da Gable keine Anstalten machte, ihn einzuladen, hatte Flynn keine andere Wahl, als auf seiner Seite ins Bett zu krabbeln. Allerdings zitterte er fast vor Erwartung.

„Möchtest du …?", fragte Flynn zögernd.

„Ja", antwortete Gable so schnell und mit so viel Überzeugung, dass sie sich quasi aufeinander warfen, ohne sich darum zu kümmern, welche Auswirkungen dieser Aufprall hätte. Ihre Küsse waren von Anfang an leidenschaftlich, intensiv, mit offenem Mund und Flynn konnte nicht verhindern, dass seine Hände wanderten. Als er Gables Hintern umfasste, ihn an sich zog und ihre Körper aneinanderrieb, zog Gable sich zurück.

„Es tut mir leid. Ich habe mich hinreißen lassen", entschuldigte sich Flynn und lockerte sofort sein Griff.

Gable lehnte seine Stirn gegen Flynns. Er atmete schwer. „Entschuldige dich nicht. Ich will das du mich fickst." Sofort begann Gable, Flynn wieder zu küssen, als ob er Flynn davon abhalten wollte zu protestieren, aber jetzt war es an Flynn, sich zurückzuziehen.

„Gabe?" Flynn versuchte, Gable in die Augen zu schauen, aber Gable wandte seinen Blick ab. Es war ja nicht so, dass er nicht mit Gable schlafen wollte; tatsächlich war er unglaublich erregt und wusste, dass sein Körper auch alle Anzeichen dafür zeigte. Aber Flynn sah bei Gable nicht die gleichen Reaktionen und das ließ ihn stutzen, warum Gable ihn darum gebeten hatte.

„Flynn, bitte. Lass mich nicht darum betteln. Ich muss dich spüren", murmelte Gable, bevor er Flynn erneut küsste.

Flynn ließ sich nicht zweimal bitten. Er wollte Gable ebenfalls spüren, wollte diese eine Nacht wiedererwecken, in der sie sich körperlich wirklich verbunden gefühlt hatten. Es war in diesem Bett gewesen und Flynn erinnerte sich lebhaft daran, trotz der Tatsache, dass es schon Monate her und umgeben von zwei nicht so gelungenen Liebesakten war.

Die Enthaltsamkeit der letzten Wochen ließ seinen Widerstand gegenüber Gable schwinden und Gables Hände auf ihm ließen das quälende Gefühl verstummen, dass Gable das nur tat, um ihm einen Gefallen zu tun.

„Okay", flüsterte Flynn schließlich, weil er auch die Dringlichkeit seines Körpers spürte.

Gable drehte sich um und legte sich auf die Seite, mit seinem Rücken zu Flynn. Auch wenn es nicht Flynns bevorzugte Position war, so entsprach sie doch der, in der sie auch beim letzten Mal hier Liebe gemacht hatten, daher nahm Flynn die Gleitcreme aus der Nachttischschublade und schmiegte sich an Gables Rücken. Er küsste seinen Nacken und fühlte, wie Gable seine Pyjamahosen nach unten zog.

„Du weißt, dass ich nicht viel Vorbereitung brauche. Tu es einfach, bitte."

Gables Hand zwischen ihren Körpern machte es Flynn sehr deutlich, dass er es verzweifelt wollte und Flynn wollte nicht mehr protestieren. Er verteilte die Gleitcreme auf seiner Erektion und rieb sie über Gables Öffnung.

„Ja, genau so", stöhnte Gable.

Es war keine Überraschung für Flynn, dass er einfach eindringen konnte. Er versuchte verzweifelt, seinen Körper zurückzuhalten, der verlangte, dass er tiefer hineinstieß. Gable drehte seinen Oberkörper zu Flynn, küsste ihn und fachte das Feuer damit noch mehr an. Flynn ließ seine Hand über Gables Brust zu seinem Bauch wandern, wurde dann aber weggeschoben.

„Nein", flüsterte Gable, seine Stimme irgendwie gepresst, während er gleichzeitig seinen Hintern nach hinten drückte, um Flynn anzutreiben.

Ihre Stellung war ein bisschen unbequem, aber machte sie besser für Flynn, der in dieser Stellung sonst immer die Möglichkeit zum Küssen vermisste.

Gable schob sein oberes Bein weiter nach vorne. „Komm schon, Flynn. Zeig mir, was du hast."

110

Flynn stieß ein paarmal zu. Gable stöhnte als Antwort und Flynn gab seine Zurückhaltung auf. Sein Körper verlangte nach irgendeiner Erlösung, aber als Gable erneut seine Hand wegschob, begann Flynn, sich wie bei einem One-Night-Stand zu fühlen. Er horchte in seinen Körper hinein, wusste aber bereits, dass dieser Höhepunkt ihn nicht befriedigen würde. Er war allerdings über den Punkt hinaus, an dem er hätte aufhören können und hoffte, dass er es wenigstens für Gable gut machen konnte. Wenn Gable ihn nur lassen würde.

„Bitte sag mir, dass du auch kurz davor bist?", murmelte Flynn, als sie sich aus ihrem Kuss lösten, um nach Luft zu schnappen.

Gable antwortete nicht sofort, aber Flynn konnte seinem Gesichtsausdruck entnehmen, dass die Antwort Nein lautete. Trotzdem zog Gable ihn näher an sich und Flynn war bereits zu erregt, um den Höhepunkt noch aufhalten zu können. Als seine Hüften reflexartig ein paarmal vorstießen, fühlte er, wie sich die bekannte Anspannung in seinem Inneren aufbaute und obwohl es sich selbstsüchtig anfühlte, kam er zum Höhepunkt.

Wie Flynn es vorhergesehen hatte, war es nicht sehr befriedigend. Er keuchte von der Anstrengung, aber war weit entfernt davon, auf der wohligen Wolke zu schweben, die er angepeilt hatte. Als er den eher traurigen und niedergeschlagenen Ausdruck in Gables Gesicht sah, vervollständigte das nur das Bild und plötzlich schien alle Luft aus dem Raum hinausgesaugt worden zu sein. Flynn konnte nicht atmen. Alles was er tun konnte, war sich zurückziehen und laufen. Raus hier.

Flynn sprang aus dem Bett und griff sich einige Klamotten vom Stuhl. Er lief aus dem Zimmer und die Treppen runter und dann aus der Haustür hinaus. Es war kalt draußen und dunkel, aber das machte ihm nichts aus. Er brauchte Luft und er brauchte die Einsamkeit.

„Flynn, komm wieder rein. Du hast schon eine Erkältung und ich will nicht, dass du krank wirst."

„Geh wieder hoch. Mir geht es gut."

„Ich bin extra runtergekommen und ich werde jetzt nicht wieder hochklettern, ohne mich zu entschuldigen. Aber ich will, dass du zuerst reinkommst."

„Gib mir nur eine Minute. Ich brauche ein bisschen Zeit zum Nachdenken." Flynn nieste, was ihm verdeutlichte, dass Gable recht hatte und er auf ihn hören sollte. Er war nach unten gegangen, um von Gable wegzukommen, weil er gedacht hatte, dass Gable sich nicht extra mit den Krücken die enge Treppe herunterquälen würde, aber er hatte sich geirrt. Allerdings war es verdammt kalt und er zitterte, was nicht überraschend war, da er quasi nichts anhatte.

Die Tür hinter ihm öffnete sich wieder.

„Kommst du rein, wenn ich wieder hochgehe?"

Flynn wendete sich Gable zu und nickte. „Aber bleib hier. Wir müssen reden."

111

Gable schaute besorgt und Flynn wusste, dass seine Worte das nur verstärken würden, aber er hatte keine Wahl. Zu viel war ungesagt geblieben und diese Nacht war ein weiteres wunderbares Beispiel dafür. Er ging nach drinnen, während Gable ihm die Tür aufhielt, so gut er eben konnte, während er auf seinen Krücken lehnte. Als Flynn die warme Luft im Haus spürte, zitterte er heftig. Er wollte sich in Gables Arme werfen, aber abgesehen davon, dass das nicht sehr praktikabel war, würde es außerdem den Zweck verfehlen. Sie mussten reden und das bedeutete, dass sie besser nicht zu eng beieinander sitzen sollten.

Erst als er an Gable vorbeiging, bemerkte Flynn, dass Gable seinen Regenmantel in der Hand hatte. Er warf Gable einen kurzen dankbaren Blick zu und nahm ihn, bevor er ihn anzog und nach drinnen ging.

„Ich dachte mir, weil deiner noch trocknet …", sagte Gable mit deutlichem Zögern in der Stimme. „Wir sollten dir wirklich auch einen kaufen. Der Regen perlt wirklich gut ab und sie sind sehr warm."

Flynn kuschelte sich in den Mantel und setzte sich auf den Stuhl neben dem Bett während er spürte, wie die Wärme in ihn eindrang. Es schadete auch nicht, dass die Jacke nach Gable roch.

„Sie sind ziemlich teuer", antwortete Flynn, der wusste, dass er nur nach etwas suchte, was er sagen könnte, dass nicht so bedeutsam war wie das, worüber er mit Gable sprechen musste.

Gable zuckte mit den Schultern, als er sich auf das Bett setzte, aber Flynn erkannte, dass er nervös war und alles versuchte, um das nicht zu zeigen. Dann änderte sich Gables Gesichtsausdruck.

„Du hast geweint."

Flynn schüttelte den Kopf und wischte sich das Gesicht mit der Hand übers Gesicht. „Es ist einfach tierisch kalt draußen", antwortete er, im vollen Bewusstsein, dass er log und dass Gable recht hatte.

„Es tut mir leid, dass ich dich zum Weinen gebracht habe."

Nun war es an Flynn, mit den Schultern zu zucken. Er konnte Gable allerdings nicht in die Augen schauen, auch nicht als Gable sich etwas näher zu ihm schob. Flynn wusste, dass es Gable schwerfallen würde, die Balance zu halten, wenn er sich vom Bett zu ihm rüber lehnte, um ihn zu berühren. Schließlich hatte er nur ein Bein, das ihn davon abhielt, nach vorn zu fallen. Flynn erlaubte Gable, seine Hand zu nehmen, aber er drückte sie nicht.

„Es tut mir leid, dass ich dich dazu gebracht habe, etwas zu tun, das du nicht tun wolltest."

Flynn schüttelte den Kopf. „Ich wollte es so sehr, Gable. Ich wollte so gerne mit dir zusammen sein, aber ich wollte, dass es auch für dich gut ist. Nicht so. Nicht so wie es eben war." Er deutete vage nach oben.

Gable zog ihre vereinten Hände zu sich und zuerst wehrte sich Flynn, aber das konnte er nicht lange aufrechterhalten. Er wollte, dass Gable ihn in den Arm nahm und ihm sagte, dass alles gut werden würde, selbst wenn er wusste, dass es nicht wahr war. Er erlaubte, dass Gable ihn auf die Füße und neben sich auf das enge Bett zog. Er ließ auch zu, dass Gable ihn küsste, keine leidenschaftlich hungrigen Küsse, die oben zur Katastrophe geführt hatten, sondern langsame, zärtliche und unschuldige Küsse.

„Ich wünschte, ich hätte dir mehr geben können, aber ich wollte es auch. Ich wollte dich in mir spüren, habe gehofft, dass es irgendwas da unten aufwecken würde, aber das tat es nicht. Die Ärzte haben mir gesagt, dass es sich vielleicht erholt, aber sie haben mich auch davor gewarnt, dass es vielleicht nicht klappt."

Als Flynn schließlich wagte, Gable in die Augen zu schauen, sah er, dass sie ebenfalls nass waren. Er fuhr mit seiner Hand über Gables Wangen, obwohl noch keine Tränen heruntergekullert waren.

„Ich stehe zu dem, was ich gesagt habe, Gabe. Ich werde dich nicht verlassen."

„Aber du verdienst einen richtigen Mann", protestierte Gable.

„Du bist ein richtiger Mann", erwiderte Flynn eindeutig. „Wir werden einen Weg finden, damit es funktioniert."

„Du hast etwas Besseres verdient."

„Nein, das habe ich nicht." Flynn schüttelte entschieden den Kopf. „Ich kann ohne Sex leben, Gable, aber ich kann nicht ohne das hier leben. Ich muss dir nah sein dürfen. Ich muss dich halten dürfen und dich berühren und dich küssen, ohne das Gefühl, dass du es gar nicht abwarten kannst, von mir wegzukommen. Und ich brauche auch die kleinen Dinge, die kleinen Gesten zwischen Geliebten. Ich brauche es, dass du mich berührst. Ich brauche das Gefühl, dass du mich berühren willst und dass ich nicht den Eindruck bekomme, dass du es nur tust aus irgendeinem ..." Flynn fand nicht sofort die richtigen Worte.

„Ich brauche das auch, Flynn."

„Ich weiß", nickte Flynn und küsste Gable erneut. „Denkst du, ich habe die vielen Male nicht bemerkt, wo du mitten in der Nacht meine Hand gegriffen hast, wenn du dachtest, ich schlafe?"

Es war eine Erleichterung, sich einfach an der Intimität zu erfreuen und nicht die Spannung zu spüren, die durch ihre gegenseitige sexuelle Frustration entstanden war. Gable hatte seine Arme unter den schweren Mantel geschoben, den Flynn immer noch trug, und Flynn liebkoste Gables nackten Rücken unter dem T-Shirt, das Gable hastig übergeworfen hatte, bevor er runtergekommen war. Das war genau das, was Flynn mehr brauchte als Sex. Trotzdem war er überrascht, dass er wieder hart wurde. Aber er konnte jetzt nicht zurückziehen. Nicht nachdem er Gable gestanden hatte, dass ihn das am meisten verletzt hatte. Darum blieb er einfach liegen und versuchte, die Bedürfnisse seines Körpers zu ignorieren.

Natürlich bemerkte es auch Gable.

Sie mussten Luft schnappen, unterbrachen ihren Kuss, aber bewegten sich nicht voneinander weg.

„Darf ich mich darum kümmern?", flüsterte Gable gegen Flynns Schläfe, als er seine Hand zwischen Flynns Beine wandern ließ.

„Nein, es ist schon in Ordnung. Es geht auch wieder weg." Flynn zog Gables Hand sanft weg.

„Ich will es, Flynn. Nimm mir das nicht auch noch weg."

Flynn blickte in Gables Augen und sah keinen Grund zu glauben, dass Gable nicht meinte, was er sagte. Seine widerstreitenden Gefühle kehrten zurück, weil er in der Lage sein wollte, Gable etwas zurückzugeben, aber dann wurde ihm bewusst, dass Gable vielleicht das Gleiche fühlte. Vielleicht wollte auch Gable Flynn ganz selbstlos etwas geben?

Sobald Flynn den Widerstand aufgab, unterbrach Gable den Augenkontakt, zog Flynns T-Shirt nach oben und begann damit, sich küssend nach unten vorzuarbeiten. Nachdem Gable Flynns Nippel geleckt hatte, bis diese sich aufstellten, und sich dann weiter nach unten zum Bauchnabel und Hüftknochen bewegt hatte, war Flynn steinhart und musste sich sehr zurückhalten, um Gables Kopf nicht in Richtung seines bereits nassen Penis zu lenken. Er hatte versucht, sich einfach zurückzulehnen und das Gefühl zu genießen, als Gable ihn verwöhnte. Doch er konnte nicht anders als zuzusehen, was Gable mit seinem Körper tat, als Gables schließlich Flynns Boxershorts nach unten zog. Flynn war glücklich, Gable lächeln zu sehen, kurz bevor er seinen Schwanz in den Mund nahm und konnte ein Stöhnen nicht unterdrücken, als Gable an ihm zu saugen begann. Gables eindeutige Freude an dem, was er tat, steigerte nur noch Flynns Vergnügen und erstickte schließlich das Gefühl, dass er selbstsüchtig war, wenn er Gable erlaubte, ihn auf diesem Wege zu befriedigen. Gable wusste eindeutig, was er tat und Flynn war sich ganz sicher, dass er nicht lange durchhalten würde. Flynn spreizte instinktiv seine Beine ein bisschen weiter und Gable nutzte das aus, indem er seine Hoden in die Hand nahm und dann langsam die empfindsame Haut hinter Flynns Sack massierte. Flynn vergrub seine Finger in der Matratze, seine Knöchel weiß von der Kraft, die er aufwendete. Er wusste, dass er ziemlich viel Krach machte, aber es war ihm egal. Das fühlte sich so gut an, er hatte keine Absicht, das alles in sich aufzustauen. Als Gables Finger sich schließlich in seinen Eingang schob, schrie Flynn und bäumte sich auf, unfähig, dem Bedürfnis zu widerstehen, in Gables Mund zu stoßen und heftig zu kommen.

Das Nächste, woran Flynn sich erinnern konnte, war die Schwere von Gables Körper neben seinem und eine Decke, die über ihn gebreitet wurde. Als er sich instinktiv in die warme Umarmung hineindrängte, wurde sein Mund von Gables eingefangen und er konnte den Geschmack seiner Gabe in Gables Mund schmecken.

„Ich glaube nicht, dass es mir jemals zuvor gelungen ist, dass ein Liebhaber bewusstlos wurde."

Flynn öffnete seine Augen ein bisschen und sah direkt in Gables selbstsicheres Grinsen.

„Ich war nicht bewusstlos", verteidigte Flynn sich selbst. „Es war nur einfach ... sehr intensiv."

Gable zog Flynn näher an sich und Flynn fühlte, wie sich die Wärme von Gables Liebe in ihm ausbreitete. Er wäre gern für alle Ewigkeit so zusammen geblieben.

„Ich danke dir", murmelte er.

„Wofür? Denk ja nicht, dass ich nicht auch meinen Spaß dabei hatte."

Obwohl Flynn nicht ganz sicher war, ob er Gable das glauben sollte, war er müde und es war mitten in der Nacht, daher kuschelte er sich noch enger in Gables warme Umarmung und gestattete sich einzuschlafen.

18

"Du solltest hier bleiben, Flynn", sagte Gable, nachdem Flynn zum vierten Mal geniest hatte, seitdem sie sich in der Küche zum Frühstück hingesetzt hatten.

„Nein, es geht mir gut", antwortete Flynn, wobei seine Nase wirklich verstopft klang. „Es ist nur eine Erkältung. Die Pferde brauchen mich."

Gable hob die Augenbrauen, aber sagte nichts mehr. Er wusste, dass er nicht gewinnen konnte, wenn Flynn sich etwas in den Kopf gesetzt hatte. Wenn Flynn wirklich so krank war, wie seine roten Augen es vermuten ließen, dann würde er wieder im Haus sein, sobald die nötigsten Arbeiten erledigt waren und er sich vergewissert hatte, dass es den Pferden auf der Weide gut ging. Und was sprach schon dagegen? Es waren keine verwöhnten Reitpferde, sondern robuste Arbeitstiere für draußen. „Würdest du dann wenigstens meine Regenjacke anziehen? Sie ist deutlich wärmer als dein Mantel und da es schon wieder regnet ..." Gable führte seinen Satz nicht zu Ende.

„Okay", lenkte Flynn ein.

Gable lächelte. Wenn Flynn aus dem Haus war, dann hatte das auch sein Gutes. Er versuchte, etwas Kraft aufzubauen, bevor er Graig anrufen würde, weil er wusste, dass der Physiotherapeut ihn rundmachen würde, weil er mit dem Anruf so lange gewartet hatte. Er fühlte sich endlich bereit, den nächsten Schritt zu tun, aber er wusste, dass er ihn nicht alleine würde tun können. Er wollte nur, dass Flynn sich keine zu großen Hoffnungen machte. Zumindest jetzt noch nicht.

„Ich kann den Abwasch machen", bot Gable an, als Flynn fast aufgegessen hatte.

„Bist du sicher?", fragte Flynn skeptisch.

„Klar", Gable zuckte mit den Schultern und versuchte, überzeugend zu klingen. „Du weißt doch, dass ich mich inzwischen ganz gut mit den Krücken bewegen kann. Wenn ich damit bis zur Scheune laufen kann, dann kann ich auch in der Küche herumräumen."

Flynn sah aus, als wäre er immer noch nicht ganz überzeugt, stand aber trotzdem auf und zog Gables Regenjacke an, bevor er nach draußen ging. Gable stand auf, sobald Flynn die Tür hinter sich geschlossen hatte und beobachtete ihn, bis er im Stall verschwand. Dann stellte er sich zwischen den Küchentisch und das Waschbecken und begann mit dem Abwasch.

Er brauchte etwas länger als vor der Operation, da Flynn einige Dinge umgeräumt hatte, wie zum Beispiel das Spülmittel und die frischen Handtücher, aber trotzdem benötigte Gable nicht allzu lange. Nach einem weiteren kurzen Blick nach draußen, um sich zu vergewissern, dass Flynn nicht in der Nähe des Hauses war, legte sich Gable auf das Bett und begann damit, Bauchpressen und Situps zu machen. Er hatte vor einigen Tagen damit angefangen und es wurde jeden Tag einfacher. Gable machte außerdem Liegestütze, um seinen Rücken und seine Arme zu kräftigen, und fand auch dafür langsam die richtige Balance. Er war sich sicher, dass Craig im diesbezüglich noch ein paar Hinweise geben könnte, wenn er ihn später anrufen würde.

Am ersten Tag, als er mit den Übungen begonnen hatte, hatte Bridget ihn angesehen, als wäre sie von seinen seltsamen Aktionen verwundert, aber inzwischen sah sie nur noch kurz auf, wenn er anfing, und legte dann ihren Kopf wieder auf die Vorderpfoten.

Nachdem er nun endlich die Entscheidung getroffen hatte, mit dem Leben weiterzumachen, konnte es Gable gar nicht schnell genug gehen. Er wollte wieder draußen arbeiten, auf einem Pferd reiten und Zeit auf den Weiden mit der Herde verbringen. Außerdem wollte er Flynn dabei helfen, die Pferde zu trainieren. Er wusste, dass es Zeit brauchen würde, bis er alle seine Fähigkeiten wieder hätte, bis er wieder fähig war, sich auf ein schreckhaftes, nervöses, junges Pferd zu setzen und es allein durch seine eigene Körperbeherrschung und innere Ruhe dazu zu bringen, ihn auf seinem Rücken zu akzeptieren. Bis er das wieder tun konnte, wollte er draußen bei Flynn sein, und ihm bei allem helfen, was sonst noch getan werden musste. Gable hoffte, dass Flynn Ratschläge von ihm annehmen würde. Immerhin war er der Ältere und hatte Pferde ausgebildet, seit er alt genug zum Reiten war, was, in reinen Jahren ausgedrückt, deutlich länger war als Flynn.

Gables plötzliche Ungeduld wurde allerdings nicht belohnt. Als er Craig anrief, lachte der Therapeut ihn aus und machte Späße, dass es ja Zeit wäre, dass er zur Besinnung kam. Er bestand darauf, dass Gable in die Stadt kam, damit die temporäre Prothese angepasst werden konnte, bevor er mit der Reha beginnen konnte. Es gab keine Möglichkeit, dass Craig das alles auf der Ranch machen konnte. Das Problem war, dass Gable es Flynn noch nicht erzählen wollte.

Gable musste also einen Weg finden, Flynn von der Ranch wegzubekommen, sodass er Calley bitten konnte, ihn in die Stadt zu fahren. Er mochte es nicht, dass er jemanden um Hilfe bitten musste, aber für den Augenblick würde er seinen Stolz runterschlucken müssen.

GABLE HATTE bereits Vorbereitungen für das Abendessen getroffen, als Flynn schließlich zurück ins Haus kam. Gable sah ihn vom Stall herüberlaufen. Wasser lief von seiner Hutkrempe herunter und tropfte von der Unterseite des Mantels und Gable ging, um ihn im Vorraum zu treffen. Als Gable die Tür öffnete, sah er, dass Flynn zitterte.

„Komm rein. Der Kamin ist an, aber du springst wohl besser unter die heiße Dusche, bevor du noch kränker wirst als du es sowieso schon bist", ermahnte Gable ihn.

Flynn nieste, bevor er antworten konnte, daher schüttelte Gable den Kopf und ließ ihn zurück, um die nassen Klamotten auszuziehen und reinzukommen.

„Es riecht lecker hier drinnen", bemerkte Flynn, als er Gable in der Küche Gesellschaft leistete.

„Ich kann Kartoffeln schälen und sie kochen. Das Gleiche gilt für Gemüse. Ich kann ein Steak braten, aber so leid es mir tut, du wirst die leckeren Soßen beisteuern müssen", sagte Gable lächelnd. Er nahm einen schnellen Kuss von Flynn entgegen. „Nun geh schon hoch und wärm dich auf. Du bist ja völlig durchgefroren."

Als Flynn zehn Minuten später zurückkam, trug er trockene Sachen und seine nassen Locken ringelten sich in alle Richtungen. Er sah außerdem etwas erhitzt aus. Gable war sich nicht sicher, ob das etwas damit zu tun hatte, dass er eine heiße Dusche genommen hatte oder ob Flynn die Gelegenheit auch dazu genutzt hatte, ein gewisses Bedürfnis zu befriedigen. Obwohl Gable versucht war, darüber einen Scherz zu machen, tat er es nicht. Im Stillen hoffte er, dass das Wetter bald wärmer werden würde, sodass Flynn seine Dusche unten nehmen und er zusehen konnte. Andererseits wäre es vielleicht eine bessere Idee für ihn, mobiler zu werden, damit er Flynn nach oben folgen konnte sobald er hörte, dass die Dusche angestellt wurde.

Flynn stellte sich hinter Gable und zog ihn dicht an sich. „Tu ein bisschen Salz und Pfeffer dazu", schlug er vor und blickte über Gables Schulter auf den Kohl, der in einer Pfanne schmorte. „Ich hole ein bisschen Zitronensaft."

„Nein, bleib noch", bat Gable spielerisch und griff nach Flynns Händen an seiner Taille, um ihn festzuhalten.

Zuerst gab Flynn nach, dann drückte er Gable noch ein bisschen enger an sich, bevor er ihn losließ. „Ich komme ja zurück. Ich mag deinen Kochstil."

Flynn griff sich eine Zitrone aus dem Kühlschrank und schnitt sie, mit der Leichtigkeit einer Person, die damit schon ihren Lebensunterhalt verdient hatte, in zwei Hälften. Er presste sie dann über dem Kohl aus, während er eine Hand darunterhielt, um Kerne aufzufangen, die vielleicht aus der Frucht fielen. Die Pfanne dampfte und spritzte, aber das Aroma war großartig. Flynn nahm außerdem eine Knoblauchzehe und begann damit, sie aufzuschneiden.

„Weißt du, bevor du kamst, gab es in meiner Küche nicht so viel verrücktes Zeug", bemerkte Gable.

Flynn grinste. „Ich erinnere mich recht gut daran, wie die Küche an dem Tag aussah, als ich hier ankam." Er schüttelte sich theatralisch. „Das war kein Ort, an dem ich Essen zubereiten wollte. Ich bin immer noch überrascht, dass du es nicht geschafft hast, dich selbst zu vergiften."

„Nun, das ist nicht die einzige Sache, die du in meinem Leben geändert hast", sagte Gable und drehte sich zu Flynn.

118

Flynn sah ihm in die Augen und schob sich in Gables unmittelbare Nähe. Gable dachte, dass er einen Kuss bekommen würde, aber Flynn schien zu zögern. „Ich mache schon noch eine gute Ehefrau aus dir."

Gable hob eine Augenbraue und lehnte sich zurück, ohne einen Schritt zu machen. „Soll heißen?"

Flynn lächelte, unfähig ein ernstes Gesicht zu machen. „Immerhin kochst du schon. Bald putzt du noch und machst die Wäsche."

„Ich hab schon immer die Wäsche gemacht", verteidigte Gable sich.

„Okay, damit hast du recht", gestand Flynn ein. „Also fehlt nur noch das Putzen?", neckte er.

Gable grummelte und ließ eine seiner Krücken los, um Flynns Hinterkopf zu umfassen und ihn zu küssen.

„Mmmh, ich liebe es, wenn du dich aufregst", gab Flynn mit einem Stöhnen zu, als Gable ihn wieder losließ. „So muss ich es also anfangen, wenn ich will, dass du mich dominierst?"

Für einen Moment war Gable befremdet, insbesondere als er an das Fiasko der letzten Nacht zurückdachte, aber Flynn zuckte nicht mal, daher setzte auch er ein neutrales Gesicht auf. „Wer muss schon dominieren wenn er dich hat?", sagte er schnippisch.

Flynn schmiegte sich an Gable. „Manchmal habe ich nichts dagegen, wenn die Rollen vertauscht sind."

„Das werde ich mir merken", antwortete Gable und lehnte sich zu Flynn, um ihn wieder zu küssen.

Plötzlich unterbrach Flynn den Kuss. Er stieß Gable beiseite und brachte ihn dabei fast zu Fall.

„Verdammt, wir haben den Kohl ruiniert. Ich wusste, dass das passieren würde." Er lachte, nahm die angebrannte Pfanne vom Herd und warf sie ins Waschbecken, während er den Wasserhahn aufdrehte, um sie abzukühlen.

„Wir können immer noch eine Dose Bohnen aufmachen", schlug Gable vor.

„Wir sind hoffnungslos, nicht wahr?", erwiderte Flynn.

Gable schob sich näher zu ihm und war glücklich, ein breites Lächeln auf seinem Gesicht zu sehen. „Vielleicht sind wir das, aber immerhin sind wir gemeinsam hoffnungslos?"

Flynn nickte. „Ja, immerhin sind wir zusammen."

AUFGRUND DES kleinen Missgeschicks in der Küche passte das Abendessen dieses Mal eindeutig in eine Junggesellenbude, aber es machte ihnen nichts aus.

„Ich habe mit Hunter gesprochen", sagte Gable beiläufig und biss in einen schönes Stück Steak. „Er hat einen Cowboy zu wenig, um eine große Pferdegruppe zu sortieren. Ich denke, er will einige verkaufen und ich habe vorgeschlagen, dass er dich fragt. Es sei denn natürlich, du bist zu krank."

„Ich bin nicht zu krank", antwortete Flynn schnell. „Diese Erkältung wird in ein oder zwei Tagen verschwunden sein. Ich kann arbeiten. Wann braucht er mich denn?"

Gable war froh, dass Flynn so eifrig schien. Er versuchte allerdings, nicht allzu erfreut zu auszusehen. „Übermorgen. Er wird dich den größten Teil des Tages brauchen. Er hat vorgeschlagen, dass er eine seiner Aushilfen rüberschickt, um dir zu helfen, aber ich habe gesagt, dass wir schon klarkommen. Im Moment ist sowieso nicht viel zu tun. Außerdem werden wir seine Aushilfen vermutlich später mal brauchen. Er wird dich für die Arbeit natürlich auch bezahlen." Gable sah Flynn von der Seite an, um die Reaktion seines Liebhabers zu beobachten, aber Flynn hatte nichts gemerkt. Natürlich hatte er Hunter angerufen und ihn gefragt, ob er ihm einen Gefallen tun könnte. Er wusste, dass Hunter auf seiner großen Ranch immer zu wenige fähige Hände hatte und nachdem der Winter fast vorbei war und sie ihre Herden auf höher gelegene Weiden trieben, war es besonders eng. Es war eine kleine Notlüge, aber Gable wollte sein Geheimnis noch eine Weile länger behalten

ZWEI TAGE später rief Gable Calley an, sobald Flynn gegangen war. Es war der eine Tag in der Woche, an dem sie Hilfe im Laden hatte und sich für ein paar Stunden loseisen konnte.

„Ich bin froh, dass du wieder im Land der Lebenden bist", bemerkte Calley, als sie in die Stadt fuhren. „Immerhin siehst du gut aus. Flynn kümmert sich gut um dich."

„Ich kann mich um mich selbst kümmern, vielen Dank", antwortete Gable schnell. Dann wurde ihm bewusst, dass das recht grob klang. „Es geht uns gut", versicherte er Calley. „Er kümmert sich wirklich gut um mich, aber jetzt ist die Zeit gekommen, wo ich damit anfangen muss, mich wieder um mich selbst zu kümmern."

Calley hob eine Augenbraue und sah Gable von der Seite an, konzentrierte sich dann jedoch wieder auf die Straße. Sie verfielen wieder in das übliche Schweigen, während Gable die Straße entlangschaute. Die Fahrt dauerte einige Zeit, aber keiner von ihnen hatte das Bedürfnis, die Zeit mit Smalltalk zu füllen.

„Ich komme schon klar", behauptete Gable, als Calley ihn am Eingang des Krankenhauses absetzte. „Ich bin mir sicher, dass du lieber einkaufen gehst oder irgendwas anderes tust, statt hier auf mich zu warten." Diese Aussage wäre für die meisten Frauen korrekt gewesen, aber Gable wusste, dass Calley nicht zu ihnen gehörte; trotzdem wusste er, dass sie nicht mit ihm streiten würde. „Holst du mich einfach in zwei Stunden ab?"

Sie warf ihm einen missmutigen Blick zu, aber nickte und fuhr dann fort. Gable wusste, dass er sie irgendwie dafür entschädigen würde müssen, aber sie würde es ihm nicht lange vorhalten. Dafür kannten sie sich schon zu lange.

Sobald Calleys Auto außer Sichtweite war, drehte sich Gable um und ging ins Krankenhaus. Es war ein ziemlich großes Gebäude und er musste bald anhalten, um zu Atem zu kommen und um den Schmerz in seinem Bein abklingen zu lassen. Er fluchte leise, wie er es immer tat, wenn ihm die Grenzen seiner körperlichen Leistungsfähigkeit bewusst wurden und als ihm klar wurde, dass er irgendwo in dem großen Labyrinth eine falsche Abbiegung genommen hatte, gab er auf und setzte sich in einem der Wartebereiche für einen Moment hin. Er war für seinen Termin mit Craig bereits zu spät dran, aber er brauchte tatsächlich ein paar Augenblicke, um sich zu erholen. Von der anderen Seite des Raums lächelte ihn ein ausgemergeltes Kind in einem Rollstuhl an, dem die Haare fehlten und seine Laune bessert sich. Warum fühlte er sich schlecht? Er hatte einen Fuß verloren und würde wieder lernen müssen, zu gehen, aber ansonsten war er ziemlich gesund. Dieses Kind starb vermutlich an einer wirklich schlimmen Krankheit und würde vielleicht nie wieder aus diesem Krankenhaus herauskommen und trotzdem lächelte es und suchte Kontakt mit einem Fremden. Gable lächelte zurück und die Augen des Mädchens begannen zu strahlen. Er winkte ihr zu und sie zupfte am Arm ihrer Mutter, um ihr von dem fremden Mann zu erzählen, der ihr von der anderen Seite des Raums zuwinkte.

Gable stand wieder auf und zwinkerte ihr zu. Er humpelte zum Empfangstresen und bat um eine Wegbeschreibung zur Reha-Abteilung, nur um festzustellen, dass sie direkt um die Ecke war.

CRAIG FREUTE sich, ihn zu sehen, aber wie Gable vorhergesehen hatte, bekam er erst mal eine Gardinenpredigt darüber zu hören, warum er früher hätte kommen sollen.

„Deine Muskeln verschwinden, Mann", wies Craig ihn zurecht. „Hat dein Freund sich noch nicht beschwert? Ich wette, dein schön symmetrischer Hintern ist im Eimer."

Gable verdrehte die Augen, aber reagierte ansonsten nicht. Craig war schon immer ziemlich direkt gewesen, aber er war ein guter Therapeut und wusste genau, wie er ihn wütend genug machen konnte, um seinen Ehrgeiz anzustacheln. Außerdem stand Gable in dem Augenblick zwischen zwei Stangen und Craig stand hinter ihm und drückte ihn an allen angemessenen und einigen nicht so angemessenen Stellen.

„Aber du hast schon trainiert, oder?", fragte Craig, als er wieder vor Gable stand. Er wackelte mit den Augenbrauen und Gable rollte mit den Augen.

„Ja", antwortete Gable und konnte nicht verbergen, wie sehr er sich darüber freute, dass Craig es bemerkt hatte. Obwohl er vollständig bekleidet war, fühlte sich Gable sehr unsicher, als Craig seinen Körper so gründlich betrachtete. Es führte außerdem dazu, dass er sich des Physiotherapeuten seltsam bewusst wurde. Er schüttelte den Kopf. Der Mann war noch nicht mal sein Typ. In seinen wilden Jahren, als er in die Stadt gefahren war, um eine gute Zeit und Sex zu haben, hätte er einen Typen wie Craig vielleicht mitgenommen. Aber jetzt würde er das nicht tun, selbst wenn sein Körper schon wieder vollständig funktionieren würde.

„Du musst härter arbeiten", sagte Craig mit ausdruckslosem Gesicht und holte Gable wieder auf den Boden der Tatsachen zurück. „Lass uns den Abdruck machen, damit wir dir eine temporäre Prothese bauen können und dann werden wir einen Zeitplan für deine Übungen aufstellen."

Gable nickte. Er hatte nicht wirklich Lust darauf, aber er war nicht der Typ, der sich vor den harten Realitäten des Lebens versteckte. Zumindest nicht, wenn er sich einmal entschieden hatte, alles Notwendige zu tun.

GABLE KEHRTE erst am späten Nachmittag nach Hause zurück. Er hatte Calley zum Essen ausgeführt, um ihre Freundschaft ein bisschen wiederzubeleben und um seinen Kopf von den Ereignissen des Morgens abzulenken. Die Erstellung des Abdrucks war eine einzige große Konfrontation gewesen. Craig hatte den Stumpf sorgfältig untersucht und hatte Gable dazu gebracht, ihn zusammen mit ihm anzusehen. Danach hatte er ihm erklärt, wonach er Ausschau halten musste, sobald er die Prothese trug. Er hatte ihn darauf eingeschworen, es nicht zu übertreiben, und die Amputationsstelle immer wieder auf kleine Wunden zu untersuchen, um sicherzustellen, dass sein Bein so beweglich wie möglich blieb. Obwohl Craig sehr zufrieden damit war, wie alles verheilt war, tat sich Gable sehr schwer damit anzusehen, was von seinem Unterschenkel übrig geblieben war. Er hatte Flynn und Calley schon lange vergeben, dass sie der Operation zugestimmt hatten, aber das bedeutete nicht, dass es dadurch leichter war, mit dem Ergebnis konfrontiert zu werden.

Als er wieder zu Hause war, wurde ihm bewusst, wie ausgelaugt er war. Er wusste, dass er mit dem Abendessen beginnen sollte, denn Flynn würde ebenfalls ziemlich müde nach Hause kommen, aber er hatte einfach keine Energie, daher legte er sich aufs Bett und döste bald ein.

Als ihn Geräusche aufschreckten, wurde es draußen bereits dunkel und er wischte sich den Schlaf aus den Augen, als Flynn aus dem Vorraum reinkam. Er sah nicht aus, als hätte er gute Laune.

„Ist alles in Ordnung?", fragte Gable vorsichtig.

„Ja, alles klar", antwortete Flynn flach. „Was gibt's zum Abendessen?" Er wartete nicht auf eine Antwort und lief nach oben. Gable dachte sich, dass er eine Dusche nehmen würde, daher stand er vom Bett auf und humpelte mit seinen Krücken in die Küche.

Als Flynn die Treppe wieder herunterkam, lagen die restlichen Kartoffeln vom Vortag zum Braten in der Pfanne und Gable fügte gerade etwas Gemüse hinzu und wollte noch ein paar Eier dazugeben. „Ist Omelette okay für dich?", fragte er Flynn, der nickte. „Dann kümmerst du dich am besten um die Gewürze", ergänzte Gable, der versuchte, besser drauf zu sein als Flynn aussah.

Flynn lächelte immer noch nicht, aber er stellte sich neben Gable an den Herd. Gable sah ihn an, während er Salz und Pfeffer und außerdem noch ein bisschen Cayennepfeffer hinzufügte, aber entweder ignorierte ihn Flynn oder seine Gedanken waren meilenweit weg.

„Wie war's bei Hunter?"

Flynn warf ihm einen finsteren Blick zu.

„War es schön, mal wieder auf einer großen Ranch zu arbeiten?", fragte Gable und versuchte Flynn damit aufzulockern.

Flynn seufzte und wandte sich dann Gable zu. „Warum hast du mich hingeschickt?"

Gable schüttelte den Kopf, als hätte er keine Ahnung, was Flynn meinte. Tief im Inneren machte er sich jedoch Sorgen, dass Flynn etwas wusste.

„Sie haben mich angesehen, als wären sie überrascht, mich zu sehen. Sie mussten sich wirklich Mühe geben, Arbeit für mich zu finden, als wäre ich nur irgendein Hilfsarbeiter, den Hunter an einer Ampel aufgelesen hat. Wir haben ein paar Pferde hin und her getrieben, ich habe ein paar Zaumzeuge repariert und Ställe ausgemistet. Bist du jetzt glücklich?"

Gable konnte nicht anders, als die Wut in Flynns Worten zu spüren. Verdammter Hunter! Andererseits konnte er Hunter dafür keinen Vorwurf machen. Er würde die Sache mit Flynn in Ordnung bringen müssen.

„Es tut mir leid, ich …"

„Warum wolltest du mich von der Ranch weghaben, Gable?", unterbrach Flynn ihn. „Ich bin dein Partner, Gable. Immerhin dachte ich das, nach allem, was wir zusammen durchgemacht haben. Was ist los? Holst du dir jetzt Grant zurück?"

Gable war vollkommen entgeistert. „Wovon sprichst du? Was hat Grant damit zu tun?

„Grant arbeitet auf Hunters Ranch!", stieß Flynn aus. Gable konnte sehen, dass Flynn langsam die Kontrolle verlor, daher trat er näher zu ihm. „Er arbeitet manchmal auch hier, obwohl ich ihn bisher noch nicht direkt ertappt habe. Nun ja, ich hatte viel Zeit zum Nachdenken, während ich bei Hunter ausgemistet habe und ich habe mir überlegt, dass das der Grund sein könnte, warum du mich weghaben wolltest. Grant war hier, oder nicht?"

„Flynn?", rief Gable ihm nach, aber Flynn war schon zur Tür hinaus, bevor er reagieren konnte.

„Ich habe Grant nicht gesehen, seitdem er mich verlassen hat, Flynn", sagte Gable, der in der Tür stand und Flynn ansah, der auf der Veranda stand. Flynns Haar waren immer noch feucht von der Dusche und es war kalt draußen. „Komm zum Reden rein, bevor du wieder krank wirst."

Flynn bewegte sich nicht.

„Ich weiß, dass er im Krankenhaus war, weil du es mir erzählt hast, aber ich kann mich nicht erinnern. Ich habe ihn seither nicht gesehen."

Flynn schluckte, schien aber bereits ruhiger. Gable hoffte, dass er bald wieder reinkommen würde.

„Warum sollte ich heute nicht auf der Ranch sein?"

Flynns Stimme war ruhig, aber er sah immer noch direkt auf den Stall.

Gable wusste, dass er Flynn die Wahrheit sagen und seine kleine Notlüge aufdecken musste. „Ich war heute im Krankenhaus."

„Warum?", fragte Flynn und drehte sich um, um Gable anzusehen. Plötzlich war sein Gesicht voller Sorge. „Ist alles in Ordnung?" Flynn trat näher und musterte Gable einmal von oben nach unten.

„Es ist alles in Ordnung. Ich musste Craig für die Physiotherapie treffen."

Flynns Gesicht begann zu leuchten und ein sanftes Lächeln erschien. „Und er wird dir eine Prothese für deinen Fuß machen? Damit du wieder laufen kannst?"

Gable nickte.

„Warum hast du mir das nicht gesagt? Ich hätte dich hinfahren können und ..." Flynns Lächeln verschwand. „Ich bin dein Partner, Gable. Warum konntest du es mir nicht sagen?"

Gable musste zugeben, dass er es nicht wusste. Flynn hatte recht. Er hätte es mit ihm teilen sollen. „Ich weiß es nicht", gab er leise zu. „Du hattest jedes Recht der Welt, es zu wissen. Ich dachte nur ..."

„Was?", fragte Flynn, als Gable ein bisschen zu lange zögerte.

Gable sah zur Seite. „Ich wollte dich überraschen."

„Zu hören, wie du mir sagst, dass du zurück ins Krankenhaus gehst, wäre Überraschung genug gewesen, Gable. Ich bin froh, dass du weitermachst. Ich würde mir nur wünschen, dass du mich von Zeit zu Zeit in deine Pläne einweihst. Ich wollte das mit dir teilen, Gable. Das ist es, was Partner tun."

Zu diesem Zeitpunkt stand Flynn schon sehr dicht bei Gable und es war keine wirkliche Überraschung, als Flynns Lippen sich sanft auf Gables legten.

„Lass uns wieder reingehen, okay?" Flynn schubste Gable vorsichtig.

Als sie ins Haus traten, begrüßte sie der Geruch nach Verbranntem.

„So viel dazu", seufzte Flynn und warf das verbrannte Omelette in den Müll. „Ich esse nicht wieder Bohnen. Wir fahren in die Stadt zum Chinesen."

19

GANZ DICHT neben Gable aufzuwachen war immer ein besonderes Vergnügen. Da war etwas so männliches in seinem Geruch, das, in Verbindung mit den feinen Haaren, die den größten Teil seines Körpers bedeckten, und den sehnigen Muskeln eines Mannes, der harte Arbeit gewöhnt war, immer dazu führte, dass er hart wurde. Monatelang hatte sich Flynn dieser körperlichen Reaktion fast geschämt, hatte Angst gehabt, dass es Gables Unzulänglichkeit in diesem Bereich verhöhnen würde. Flynn hatte sich daran gewöhnt, sich unter der Dusche Erleichterung zu verschaffen, an dem einen Ort, wo er genug Privatsphäre hatte, aber das bedeutete nicht, dass er ganz ohne Gables Berührungen auskommen konnte.

Langsam entdeckten sie sich wieder gegenseitig. In den letzten Tagen hatten sie sich angewöhnt, eng beieinander zu schlafen, etwas, was sie noch nicht einmal am Anfang ihrer Beziehung getan hatten. Trotzdem hatte es Gable etwas Zeit gekostet, Flynn davon zu überzeugen, dass auch er den Sex brauchte, die Intimität, die Zärtlichkeit, obwohl er nicht hart werden konnte und keinen Höhepunkt erreichte. Flynn hatte manchmal Angst, die Frustration in Gables Augen zu sehen, daher versuchte er es mit vielen Küssen und Liebkosungen zu kompensieren. Wenn er sah, dass Gable sich entspannte und sich in seiner Umarmung wohlfühlte, dann war das im Augenblick Belohnung genug. Flynn überließ es weiterhin Gable, die meisten ihrer intimen Momente zu beginnen, aber er hörte damit auf, sich für seine eigene Erregung schuldig zu fühlen und begann, die Blowjobs zu genießen, die er von seinem Geliebten bekam, wohl wissend, dass auch Gable seinen Spaß daran hatte.

Im Gegenzug versuchte Flynn, alle erogenen Zonen bei Gable zu finden. Seine Nippel und die Innenseiten seiner Schenkel waren noch recht offensichtlich. Die Grübchen direkt über seinem Hintern und eine spezielle Stelle zwischen seine Schulterblättern waren weniger eindeutig, aber Flynns bevorzugter Ort war Gables Nacken. Er liebte es, hinter ihm zu liegen, Gable enger an sich zu ziehen und die Stelle, wo Gables Schultermuskeln sich mit denen am oberen Ende seiner Wirbelsäule verbanden, zu küssen und zu lecken, genau da, wo der Haaransatz aufhörte. Flynn liebte seinen Geruch dort und war fasziniert von der Art und Weise, in der Gable versuchte, ihm immer noch näher zu kommen, wenn er es tat.

In der letzten Nacht war Flynn dadurch zum Höhepunkt gekommen: Sein schmerzender Schwanz erhielt die notwendige Reibung zwischen Gables Arschbacken, während sich Gable zurückdrängte, und Flynn ihn im Gegenzug küsste und mit seinen Nippeln spielte. Gable stöhnte und war sich vollkommen bewusst, was er Flynn antat. Einen Moment lang dachte Flynn, dass Gable seine Reaktion übertrieb, weil er wusste, dass es ihn weiter erregen würde. Doch dann brach sein Höhepunkt so heftig über ihn hinein, dass jeder zusammenhängende Gedanke sein Gehirn verließ und in Bereiche mit mehr Action abwanderte. Sie waren dann auch so eingeschlafen: eng zusammen, Flynn schwebend auf befriedigtem Glück und Gable mit einem stolzen Lächeln im Gesicht.

Nun ließ Flynn langsam die frühe Morgensonne in sein Bewusstsein eindringen. Gable lag immer noch in seinen Armen, sein Rücken gegen Flynns Brust gepresst und atmete gleichmäßig. Flynn wollte diesen Moment für immer festhalten, aber sobald er sich bewegte, erwachte Gable ebenfalls.

„Mmmh", murmelte Gable und bewegte seine Hand nach hinten um Flynns nackte Haut zu berühren. „Zeit zum Aufstehen?"

„Gib uns einfach noch ein oder zwei Minuten." Flynn schmiegte sich enger an ihn und war sich bewusst, dass sein Morgenlatte gegen Gables Hintern stieß.

„Fick mich!"

„Was?", fragte Flynn, nun völlig wach.

„Fick mich, mach Liebe mit mir", antwortete Gable, seine Augen immer noch geschlossen, als er sich zurücklehnte. „Du bist steinhart. Das solltest du nicht verkommen lassen." Er griff hinter sich, um Flynn enger an sich zu ziehen, sodass er ihn küssen konnte.

„Das hat beim letzten Mal nicht so gut geklappt, erinnerst du dich?", wandte Flynn ein.

Gable drehte seine Schulter, sodass er seinen Arm um Flynn legen konnte. Erst dann öffnete er die Augen. „Ich weiß, dass es für dich nicht so gut war, aber ich mochte es, Flynn. Es fühlte sich gut an, dich wieder in mir zu spüren. Und letzte Nacht, als wir uns geliebt haben und du zum Höhepunkt kamst, während du dich an mir gerieben hast, konnte ich nur daran denken, dass ich wollte, dass du in mir kommst."

„Aber … das muss für dich doch frustrierend sein", antwortete Flynn leise.

Gable küsste ihn wieder. „Ich habe diesmal nicht die gleichen Erwartungen wie beim letzten Mal. Vielleicht kommt es niemals wieder, Flynn, aber ich möchte nicht damit aufhören, mit dir zu schlafen. Es sei denn natürlich, du willst das."

Die Unsicherheit, die Flynn an Gable wahrnahm, ließ ihn einlenken. „Ich möchte nichts lieber als das, aber es fühlt sich immer so an, als würde ich dich ausnutzen. Selbst letzte Nacht …"

„Sssh", unterbrach ihn Gable. „Wirst du mich das beurteilen lassen?"

„Aber ich weiß, du … liebst mich", sagte Flynn zögernd. „Und das bedeutet, dass du bereit wärst, es zu ertragen, weil es mir … Vergnügen bereitet."

Gable drehte sich nun vollständig herum, sodass er Flynn ansehen konnte. „So sehr liebe ich dich nun auch wieder nicht."

Die Strenge von Gables Worten ließ Flynn schließlich den Augenkontakt suchen und er bemerkte, dass Gables Gesicht nicht zu seinen Worten passte. Sein Blick war sanft und liebevoll, wenn auch ein bisschen spöttisch.

„Es ist beängstigend, Flynn", fuhr Gable fort. „Warum solltest du bei mir bleiben wollen, wenn ich nie mehr …?" Gable beendete den Satz nicht. Sie wussten beide, was er meinte, und die Worte auszusprechen, würde sie im Augenblick zu real machen. „Aber ich würde dich nicht bitten, mich zu nehmen, wenn ich es nicht wollte. Ich weiß, dass du dich … in der Dusche selbst befriedigst." Gable legte den Kopf auf die Seite und wandte den Blick ab. „Aber ich fände es viel schöner, wenn du dir vor mir einen runterholen würdest."

„Gable!"

„Aber es ist so", gestand Gable. „Warum es verstecken? Es ist etwas, worüber ich manchmal fantasiere, also warum solltest du nicht?"

„Weil es peinlich ist!", schmunzelte Flynn.

„Selbstbefriedigung?"

„Ja", gab Flynn zu.

Gable versuchte Flynn dazu zu bringen, ihn wieder anzusehen. „Nur weil ich es selber nicht tun kann, heißt nicht, dass es mich nicht erregt. Wenn ich dir zusehen könnte, wie du dich selbst befriedigst, wäre das deutlich weniger frustrierend als zu wissen, dass du es kaum erwarten kannst, in die Dusche zu springen, damit du's dort tun kannst."

Gable griff in Richtung des Nachttischs und holte die Gleitcreme aus der Schublade. Er öffnete den Deckel und bot an, etwas davon auf Flynns Hand zu geben.

Flynn zögerte, bevor er die Hand ausstreckte. Es war eine ungewöhnliche Idee, sich vor seinem Geliebten selbst zu befriedigen. Sex war die eine Sache, aber sich selbst Vergnügen bereiten? Das fühlte sich wieder an wie in der Schule. Flynn erinnerte sich mit heißen Ohren daran, wie er damals nach Erledigung seiner Aufgaben ganze Nachmittage mit seinem besten Freund Davy auf dem Heuboden verbracht hatte. Sie hatten masturbiert und einen Wettbewerb daraus gemacht, wie schnell sie kommen und wie weit sie spritzen könnten. Schon damals wollte er Davys Schwanz halten und verzehrte sich danach, dass Davy seinen berührte, aber er tat es nie. Sie küssten sich noch nicht mal. Das Letzte, was er von seinem Freund gehört hatte, war, dass er verheiratet war und einen ganzen Haufen Kinder hatte. Es war eben so gewesen. Kinderzeug. Nichts, was man mit einem Liebhaber tun würde.

Gable nickte ihm ermutigend zu. „Los, versuch es. Wenn es dir keinen Spaß macht, dann werden wir es nicht wieder tun."

Flynn nahm das klare Gel entgegen und rieb seine Finger aneinander, um es anzuwärmen. Dann umfasste er mit der Hand seinen halb harten Schwanz und rieb ihn sanft. Er musste zugeben, dass es sich gut anfühlte, und obwohl er sich an seine Hand inzwischen ziemlich gewöhnt hatte, verlieh die Tatsache, dass Gables Augen auf ihm ruhten, der Sache ein seltsamen Kick. Als er gerade begann, zu sehr darüber nachzudenken, lehnte sich Gable dichter zu ihm und küsste ihn zärtlich, neckte ihn.

„Du siehst gut aus, wenn du dich so selbst berührst", murmelte Gable gegen Flynns Lippen und ermutigte ihn. „Lass dir Zeit. Zeig mir, was du magst."

„Du weißt, was ich mag", antwortete Flynn.

„Mmmh", stimmte Gable ihm zu. „Trotzdem ist eine Demonstration viel praktischer."

Flynn schloss die Augen und versuchte, das, was er tat zu genießen, ohne die ganze Zeit mit Gables Blicken konfrontiert zu werden. Das war momentan zu viel Ablenkung, obwohl er Gables Mund permanent auf sich spürte, ebenso wie seinen Atem, der über Flynns Haut strich. Dann hörte Flynn, wie der Deckel der Gleitcreme aufging. Als er es schließlich wagte, seine Augen zu öffnen, sah er, dass Gable seine Hand hinter sich hatte.

„Bereitest du dich für mich vor?", fragte Flynn zögernd.

„Ich hab dir gesagt, dass ich möchte, dass du mich fickst. Nur weil ich nicht mehr … du weißt schon … bedeutet nicht, dass ich nicht erregt bin und zuzusehen, wie du dich selber berührst, macht mich so sehr an."

Flynns Atem ging schneller. Meine Güte, natürlich wollte er Gable ficken! Das war doch klar. Immer. Er hatte sich nach dem letzten Desaster zurückgehalten, aber als Gable ihn nun so direkt darum bat, ließ sein Widerstand schnell nach. Er fuhr damit fort, seinen Schwanz zu streicheln, während er Gable zu verstehen gab, dass er sich auf den Rücken legen sollte.

Gable änderte sofort die Position seiner Hand und spreizte seine Knie, damit Flynn zwischen ihnen liegen konnte. „Tu es einfach. Komm einfach in mich hinein. Ich bin bereit für dich."

Flynn versuchte, Gables schlaffen Penis zu ignorieren und entschied stattdessen, sich auf die schwere Atmung und die ermunternden Worte seines Liebhabers zu konzentrieren.

„Ich will dich in mir spüren. Ich bin bereit für dich, Flynn. Bitte?"

Zu hören, wie Gable darum bettelte, brach Flynns letzten Widerstand. Er positionierte seinen Schwanz an Gables Eingang und stieß ganz einfach in die enge Hitze.

„Nnnguh", stöhnte Gable. „Verdammt, ja, das fühlt sich … so gut an!"

Flynn nickte und beugte sich nach unten, um Gable zu küssen, während er begann, sich langsam vor und zurück zu bewegen. Es fühlte sich gut an, sich so nah zu sein, sich zu umarmen, einander anzusehen und sich zu küssen, wenn sie sich liebten. Er fühlte sich geborgen und sicher und Gables rhythmisches Stöhnen und seine ermutigenden Worte vertrieben das Gefühl, ihn einfach nur auszunutzen.

„Das fühlt sich so gut an", murmelte Gable. „Ich bin so dicht dran. Hör nicht auf."

Diese Worte zu hören, ließ Flynn trotzdem innehalten. „Was?" Er stützte sich auf und sah zwischen ihren Körpern herab.

Gable umschlang seinen Hals und zog ihn wieder nach unten. „Hör bloß nicht auf. Fick mich härter. Mach das … ich … Bitte!"

Gable küsste ihn fast gewalttätig und Flynn konnte nicht anders als zu gehorchen. Zu hören, wie Gable ihn so darum bat, trieb seine Lust sehr schnell nach oben und er musste einfach nur seinem Körper folgen und immer wieder wie ein Verrückter in Gable eindringen. Er hatte keine Vorstellung, wie lange er durchhalten würde, aber es fühlte sich gut an, die letzte Kontrolle aufzugeben. Plötzlich verzerrte sich Gables Gesicht und sein Rücken bog sich mit erstaunlicher Kraft vom Bett hoch. Flynn spürte Gables Erguss klebrig zwischen ihren Körpern und konnte es nicht anders, als zu schauen.

„Du bist gekommen?"

Gable war zu sehr außer Atem, um zu antworten, aber er nickte.

„Aber du bist noch nicht mal hart."

Gable schüttelte langsam den Kopf. „Aber es hat sich trotzdem großartig angefüllt."

Als Flynn sich vorsichtig zurückzog, hielt Gable den Atem an und sein Geschlecht zuckte immer noch. „Du bist noch nicht gekommen?"

Flynn schüttelte den Kopf und mit einem neckenden Lächeln nahm noch etwas mehr Gleitcreme auf die Hand und krabbelte an Gables Körper hoch, bis er schließlich rittlings auf ihm saß. „Du hast mich irgendwie überrascht und außerdem dachte ich, dass du mich gebeten hast, mir vor dir einen runterzuholen. Möchtest du das immer noch?"

„Ja, klar", antwortete Gable mit offensichtlichem Vergnügen in der Stimme.

Flynn begann, seine steinharte Erektion zu streicheln. Es war üblicherweise nicht sein Stil, sich in dieser Form zu präsentieren. Doch wie Gable sich auf die Lippen biss, während er Flynn zusah und das Vergnügen nicht verbarg, das es ihm bereitete; all das wurde Teil des Zurückgebens und Flynn war sogar versucht, es noch ein bisschen weiter hinauszuzögern. Es wurde immer schwieriger, es langsam anzugehen. Er rollte mit den Hüften und fickte dadurch quasi seine eigene Faust und dann umfasste Gable seinen Hintern und begann, ihn passend zu Flynns Bewegungen zu massieren. Flynn spürte, wie er die Kontrolle verlor. Er wollte verzweifelt kommen, also erhöhte er das Tempo noch ein bisschen, als er das Prickeln am unteren Ende seiner Wirbelsäule spürte. Er spannte die Muskeln in seinem Unterleib an, bis die Welle über ihm zusammenschlug und er in Gables Armen zusammenbrach.

Flynn wusste nicht, wie lange sie so zusammen lagen. Flynn rang nach Luft und Gable beruhigte und wiegte ihn. Er bekam am Rande mit, dass Gable sie säuberte, aber Flynn fühlte sich so sicher und warm, dass er schließlich einschlief. Als er wieder erwachte, stahl sich schon das helle Sonnenlicht um die Vorhänge herum und er blickte in Gables strahlend blaue Augen.

„Hey, Schlafmütze."

„Es tut mir leid", entschuldigte sich Flynn.

„Warum? Wir haben eine ganz großartige Erfahrung gemacht, dann bist du eingeschlafen und ich auch und jetzt sind wir wieder wach."

„Wie spät ist es?", fragte Flynn, mit etwas Angst vor der Antwort, obwohl es keine wirkliche Rolle spielte. Sie mussten in jedem Fall aufstehen und er wollte ihren sicheren Kokon einfach noch nicht verlassen.

„Oh, so gegen 11:00 Uhr?", antwortete Gable beiläufig.

„Was?", rief Flynn aus und war plötzlich hellwach. Er sprang aus dem Bett und begann, in seinen Klamotten zu wühlen. „Verdammte Scheiße, wir müssen aufstehen und arbeiten!"

Gable ließ sich nicht aus der Ruhe bringen. Er saß im Bett mit einem breiten Grinsen auf seinem Gesicht und sah zu, wie Flynn sich aufregte. „Komm zurück ins Bett, Flynn."

„Da sind Pferde, um die wir uns kümmern müssen und Ställe, die ausgemistet werden müssen und Leder, das geölt werden muss und Zäune, die repariert werden müssen und … und …"

Gable schmunzelte. „Den Pferden ist die Zeit egal, mein Schatz. Es kümmert sie nicht, wann du kommst. Und solange sie Wasser und saftiges Gras haben, ist es ihnen sogar egal, ob du überhaupt kommst." Er lehnte sich aus dem Bett und griff nach Flynns Hand, um ihn näher zu sich zu ziehen. „Ich jedoch …"

Flynn ließ sich widerstrebend zurück ins Bett ziehen. Gables gnadenloser Kuss brach seinen Widerstand.

„Ich habe irgendwas in dir losgetreten, oder?", fragte Flynn, sobald sie nach Luft schnappten.

„Oh, ich weiß nicht", antwortete Gable unschuldig. „Ich hatte gehofft, dass du es nach ein bisschen Ruhe einfach nochmal tun könntest?"

Flynn rollte die Augen und lächelte, bevor er das T-Shirt, das er sich hastig gegriffen hatte, beiseite warf und wieder unter die Decken krabbelte.

20

"WENN ICH gewusst hätte, dass es so einfach ist, dann hätte ich dich schon vor Wochen angerufen", schmunzelte Gable, als er mit kurzen Krücken in beiden Händen auf der Veranda stand und auf Craig heruntersah.

„Nun gib nicht so an. Du legst ja fast kein Gewicht auf die Prothese", antwortete der Therapeut aus seiner gebückten Position und richtete Gables Füße aus.

„Ich ... verdammt noch mal!"

„Habe ich doch gesagt." Craig konnte sich ein Schmunzeln nicht verkneifen.

„Du wirst es langsam angehen müssen. Jetzt beug dein Knie ein bisschen."

„Wie soll ich das denn anstellen?", fragte Gable mürrisch.

„Befiehl deinem Bein, sich zu entspannen und dann ziehst du dein Knie ein bisschen an."

Gable wackelte etwas und hatte alle Hände voll zu tun, seine Balance zu halten.

„Komm schon, Gable", trieb Craig ihn an. „Konzentrier dich. Du bist jetzt inzwischen seit Monaten mit den Krücken unterwegs. Das kann nicht so viel schwieriger sein."

In diesem Augenblick sah Gable auf, weil er ein Geräusch hörte, und sah Flynn auf das Haus zulaufen.

„Ist alles ... in Ordnung?"

Flynn stürzte an ihm vorbei ins Haus. Nur wenige Augenblicke später kam er wieder heraus und hatte Gables Gewehr in der Hand.

Bevor einer der Männer auf der Veranda reagieren konnten, lief Flynn auch schon wieder zurück zum Stall.

„Was zum Teufel?", murmelte Gable, bevor er ihm nachsetzte, hoppelnderweise mit seinen neuen Krücken.

„Hey!", rief Craig. „Sei vorsichtig mit deinem Bein!" Schnell wurde er die dritte Person, die sich zügig die Auffahrt entlangbewegte.

„Flynn?", rief Gable, sobald er keuchend in der Scheune ankam. „Flynn?"

„Hier hinten", sagte Flynn mit flacher Stimme.

Gable trat hinter die letzte Box, wo sich die Leiter zum Heuboden befand und sah, dass Flynn das Gewehr auf zwei bekannte Männer richtete, die wie in einem Western mit erhobenen Händen dastanden.

„Hunter." Gable nickte. „Grant", sagte er mit einem durchaus anderen Ton in der Stimme. „Würde es euch etwas ausmachen, zu erklären, was ihr hier macht?"

„Kannst du ihn erst mal dazu bringen, dass er das Gewehr runternimmt?", fragte Hunter an Gable gewandt, während er auf Flynn deutete.

„Ihr befindet euch widerrechtlich hier", antwortete Gable und klang dabei immer noch sehr ruhig.

„Hör zu, ich kann das erklären, sag ihm nur, dass er …"

„Ich kann ihm nicht befehlen, irgendwas zu tun", unterbrach ihn Gable mit einer gewissen Belustigung in der Stimme.

„Er ist dein Stallbursche, natürlich kannst Du das", mischte sich Grant ein.

„Oh, er ist viel mehr als nur mein Stallbursche, Grant. Du solltest das wohl am besten verstehen."

Gable konnte sehen, dass Grant zu kochen begann, aber er stellte fest, dass es ihm nichts mehr ausmachte.

„Hört zu", sagte Hunter und übernahm wieder, indem er Grant kurz zunickte. „Flynn, wir sind unbewaffnet, deshalb hör bitte auf, mit diesem Ding auf uns zu zielen. Dann werde ich versuchen, es zu erklären."

Flynn warf Gable einen kurzen Blick zu, dann sicherte er das Gewehr und nahm es runter. Er sah allerdings immer noch nicht sehr entspannt aus.

Hunter und Grant ließen die Hände sinken. Gable hatte nach wie vor Mühe, nicht über die Situation zu lachen und tat sein Bestes, um ernst zu bleiben.

„Also erkläre", sagte Gable und versuchte, streng zu klingen.

„Wir sind nur hier, um unsere Investition zu schützen. Hunters Investition", korrigierte Grant sich selbst.

„Warum schickst du nicht deinen Stallburschen zum Wagen oder was auch immer du als Transportmittel benutzt hast, Hunter?", ermahnte Gable. Aus dem Augenwinkel sah er Grant die Stirn runzeln. Es bereitete ihm ein perverses Vergnügen.

„Grant ist nicht mein …" Hunter brach mitten im Satz ab und wechselte dann das Thema. „Wir … ich wollte nur sichergehen, dass die Stuten und ihre ungeborenen Fohlen in Ordnung sind."

„Ach, komm schon, Hunter", sagte Gable und versuchte, die Angelegenheit zu klären. „Du hättest einfach anrufen und danach fragen können, sie zu sehen. Obwohl ich für deine Investition dankbar bin, sind das im Augenblick immer noch meine Stuten und sie befinden sich auf meinem Gelände und in meinem Stall und fressen mein Gras und mein Heu und mein Getreide. Ich dachte, alles worüber du und Flynn euch geeinigt hattet war, dass die Fohlen dir gehören würden? Nachdem sie geboren sind."

Hunter nickte.

„Nun, dann werden wir uns für den Augenblick weiter um sie kümmern und ich verspreche, dass ich dich anrufe, sobald eines von ihnen seine unmittelbare Ankunft ankündigt."

Hunter tippte sich mit der Hand an den Hut und bedeutete Grant, ihm aus dem Stall zu folgen.

Zum ersten Mal an diesem Nachmittag stahl sich ein Lächeln auf Flynns Gesicht. Er und Gable tauschten einen Blick aus, aber Flynn war eindeutig nicht dazu bereit, mehr zu erklären, solange Craig dabei war.

„Ich denke, ich mache dann mal weiter mit meinen Übungen", schlug Gable vor.

„Ja, ich habe auch noch zu tun", stimmte Flynn zu, wobei immer noch ein Hauch von Übermut auf seinem Gesicht lag. „Kannst du das Gewehr mitnehmen?"

Gable hob die Krücken an und warf Flynn einen entschuldigenden Blick zu. „Craig?"

„Oh, nein", antwortete der Therapeut und winkte mit seinen Händen ab. „Ich bin ein Stadtjunge. Ich fasse das nicht an."

Flynn schmunzelte und legte sich das Gewehr in einer Position über die Schulter, die James Dean zu Ehren gereicht hätte. „Ja nun, ich bin damit aufgewachsen, Hasen zu erschießen. Zwei wilde Jungs wären mir gerade recht gekommen."

Gable schmunzelte und schüttelte den Kopf. „Lass uns gehen, Craig, bevor Dirty Harry hier noch auf irgendwelche komischen Ideen kommt."

Als sie den Stall verließen, trat ziemlich schnell wieder Craigs professionelle Haltung in den Vordergrund. „Leg etwas mehr Gewicht auf dein Bein, Gable."

Gable setzte vorsichtig den Fuß ab und schlug hart auf dem Boden auf, sodass er ihn wieder anhob. „Es ist schwer zu sagen, wo mein Fuß ist. Ich habe Angst, dass ich darüber stolpere."

Craig legte eine beruhigende Hand auf Gables Schulter. „Das kommt mit der Zeit. Es dauert eine Weile, um sich daran zu gewöhnen, Gable. Du musst ganz neu lernen, es zu fühlen. Im Moment fühlt es sich an, als wenn alle Nervenenden falsch verdrahtet sind, weil du so lange kein Gewicht mehr auf das Bein gelegt hast. Aber das wird sich mit der Zeit legen."

Gable war sich da nicht so sicher, aber er wollte nicht streiten. Stattdessen ging er mit zügigen Schritten zurück zum Haus und versuchte, so wie Craig ihn gebeten hatte, den Fuß zumindest auf den Boden zu bringen. Es fühlte sich immer noch fremd an, als wäre es nicht sein Bein, aber tatsächlich war es das ja auch nicht.

Später am Abend, nachdem sie ins Bett gegangen waren, schlief Flynn quasi unmittelbar ein. Gable dagegen lag noch immer wach. Endlich einmal wälzte er keine Probleme, denn heute Abend taten ihm einfach die Muskeln weh. Der Muskel am Hintern fühlte sich an, als wäre er überanstrengt und auch Reiben half nicht. Vielleicht hatte Craig recht und er hatte zu lange gewartet. Aber der Therapeut war sich ganz sicher gewesen, dass er sich wieder erholen würde. Es würde nur etwas länger dauern als bei einem durchschnittlichen Amputationsfall. Er musste alle Muskeln wieder aufbauen.

Gable drehte sich auf die Seite, vorsichtig, um Flynn nicht aufzuwecken. Das fühlte sich für seinen Rücken und seinen Hintern besser an, führte aber dazu, dass sein schlechtes Bein zwickte. Er verzog sein Gesicht und versuchte, nicht dem unkontrollierbaren Verlangen nachzugeben, es zu schütteln, um dieses Kitzeln an der Fußsohle loszuwerden - einer Fußsohle, die er nicht länger kratzen konnte.

„Ist alles in Ordnung, Liebling?", fragte Flynn.

Gable zuckte die Schultern. „Ich wollte dich nicht wecken. Du hast hart gearbeitet. Du bist müde."

Flynn schmiegte sich dichter an ihn. „Das macht nichts." Er schlang seine Arme um Gable und Gable nahm es dankbar an. „Tut dein Bein weh?"

Gable zuckte die Schultern.

„Ist es denn so hart, das zuzugeben?"

Gable zuckte erneut mit den Schultern. Natürlich war es schwer, das zuzugeben.

„Treibt Craig dich zu sehr an?"

Gable schüttelte den Kopf. „Wenn überhaupt, dann versucht er mich zurückzuhalten. Sagt mir, dass ich die Dinge langsam angehen soll."

„Ja, aber langsam ist nicht so dein Ding, nicht wahr?" Flynn strich die Haare aus Gables Gesicht. „An der Art und Weise, wie du mich verführt hast, war auch nichts Langsames." Er schmunzelte.

„Ich verdiene dich einfach nicht." Gable konnte Flynn nicht direkt ansehen. Er konnte noch nicht einmal zugeben, wie sehr er seinen Geliebten im Augenblick brauchte.

„Nun fang nicht wieder damit an. Ich denke, wir haben inzwischen festgestellt, dass wir uns absolut gegenseitig verdienen."

Gable ließ sich wieder auf den Rücken rollen und starrte an die Decke. Zu seiner Überraschung warf Flynn die Decke zurück und schaltete das Licht an.

„Darf ich mir dein Bein ansehen?"

Gable setzte einen gequälten Gesichtsausdruck auf und schüttelte den Kopf.

„Gable", begann Flynn, und machte dabei ein Gesicht wie ein Lehrerin aus Gables Kindheit. Jedes Mal wenn sie ihn so angesehen hatte, hatte er um sein Leben gefürchtet und obwohl er wusste, dass er von Flynn nichts zu befürchten hatte, wusste er auch, dass Protest nichts bringen würde.

Flynn setzte sich im Bett auf und ließ seine Hand an Gables schlimmem Bein herunter bis zum Stumpf wandern. Als er die Socke auszog, sah der Stumpf rot aus und es gab eine kleine Abschürfung auf der Seite in der Nähe der Operationswunde. „Das ist es", erklärte Flynn. Er stand aus dem Bett auf und holte den Erste-Hilfe-Kasten aus dem Badezimmer. Dann setzte er sich wieder hin und begann, die kleine Wunde mit einem Antiseptikum zu behandeln.

Gable lehnte sich zurück und machte noch nicht mal ein Geräusch, als Flynn die Abschürfung mit der kalten Flüssigkeit abtupfte. Er sah auch nicht auf, als Flynn aus dem Badezimmer zurückkam, nachdem er den Erste-Hilfe-Kasten weggeräumt hatte. Flynn brachte eine Handcreme mit, die er im Schrank gefunden hatte.

Flynn gab vor, es nicht zu bemerken. Er erwärmte einfach nur die Creme in seinen Händen und begann dann, Gables Knie und den Stumpf damit einzureiben, immer darauf bedacht, von der kleinen Wunde wegzubleiben. Ganz langsam begann Gable, sich zu entspannen. Flynn sprach nicht. Er ließ seine Hände höher wandern, massierte Gables Schenkel und stahl sich unter Gables Boxershorts, um auch seinen Hintern zu reiben. Als er fertig war, zog er die elastische Socke wieder über Gables Stumpf, krabbelte ins Bett und wickelte die Decken um sie, bevor er das Licht löschte und Gable wieder in seine Arme zog.

„Du bist so starrköpfig wie ein Maultier. Das weißt du auch, nicht wahr?", fragte Flynn.

Gable antwortete nicht.

„Du musst dich nicht bedanken. Ich bin dein Geliebter, das gehört dazu", neckte ihn Flynn.

„Ich danke dir", murmelte Gable, fast unhörbar. „Woher wusstest du es?"

„Ich hab mir den Knöchel gebrochen, kurz nachdem ich die Ranch meines Vaters verlassen hatte. Konnte eine Weile nicht darauf laufen und als ich es schließlich konnte, hat mein Hintern am ersten Tag wirklich böse weh getan. Außerdem schlafe ich jetzt seit ein paar Monaten neben dir, Gabe. Ich kenne deine Schmerzen, auch wenn du behauptest, dass alles prima ist."

„Ich bin einfach nicht gut darin …"

„Ja, ich weiß", sagte Flynn und rieb Gables Rücken. „Denkst du, dass du jetzt schlafen kannst?"

„Willst du mir noch von heute Nachmittag erzählen?", fragte Gable, statt auf Flynns Frage zu antworten.

„Heute Nachmittag? Oh, du meinst, wie ich Hunter und Grant dabei erwischt habe, wie sie vom Heuboden runtergeklettert sind?"

„Vom Heuboden runter …?" Gable entzog sich Flynns Umarmung und setzte sich auf. „Was haben sie denn da oben gemacht?"

Flynn schmunzelte. „Keine Ahnung, aber sie waren ziemlich aufgelöst und ich denke nicht, dass das viel damit zu tun hatte, dass ich eine Waffe auf sie gerichtet hatte."

„Was meinst du?", fragte Gable, als Flynn ihn wieder aufs Bett zog.

„Ich denke, sie haben etwas mehr getan, als nur nach ihrer Investition zu schauen." Flynn machte eine effektvolle Pause. „Ich denke, sie taten, was zwei Leute eben auf einem Heuboden tun und ich rede nicht über das Stapeln von Heuballen."

„Aber das ist lächerlich", sagte Gable und verwarf Flynns Andeutung. „Grant würde niemals zugeben, dass er mit Männern schläft und Hunter ist nicht schwul."

„Da wär ich mir nicht so sicher."

„Flynn, Hunter ist vielleicht der einzige Mann auf einer Ranch voll mit Frauen, da seine Mutter und seine drei Schwestern immer noch dort leben, aber das bedeutet lediglich, dass er schon genug Frauen um sich herum hat, denen er es recht machen muss, ohne dass er auch noch eine Ehefrau hinzufügt. Es bedeutet nicht, dass er schwul ist."

Flynn sah seinen Geliebten an, seine Augen hatten sich inzwischen gut genug an die Dunkelheit angepasst, um sein Gesicht zu sehen. „Warum erwarte ich jetzt fast, dass du mir sagst, dass du das aus erster Hand weißt?"

„Ich weiß es einfach."

„Ja, klar", antwortete Flynn. „Dann erkläre mir das mal. Grant hat eine Klappe, die groß genug ist, um auch noch für Hunter zu reden und Hunter, der eigentlich sein Chef ist, lässt es ihm durchgehen. Sie kommunizieren schweigend, mit Blicken und

Gesten. Wir können das auch, Gabe, aber mir fällt kein anderer Rancher ein, der das mit einem Angestellten kann, den er kaum kennt."

„Wenn du Pferde oder Vieh zusammentreibst, dann gestikulierst du ständig miteinander. Man lernt sich während der Arbeit schon ziemlich gut kennen. Was denkst du denn, wie Grant und ich … na, du weißt schon …? Da Grant nie zugeben würde, dass er gerne mit Männern schläft, war er sicherlich nicht derjenige, der mich angemacht hat, zumindest nicht direkt. Aber sag mal, warum würden sie denn herkommen, um …?"

Flynn wartete, dass Gable den Satz vervollständigte, aber die Tatsache, dass Grant involviert war, machte es für ihn sicherlich nicht einfach. „Ich weiß es nicht. Vielleicht fanden sie die Vorstellung spannend, dass sie erwischt werden könnten?"

„Die Chancen dafür stünden wohl auf Hunters Ranch besser und dann wäre es der Chef und einer seiner Angestellten, die rummachen", schlug Gable vor. „Ganz zu schweigen von den Frauen, die ihre Augen überall haben."

„Ich gebe es auf", kicherte Flynn.

21

GABLES LAUFEN verbesserte sich stetig bis zu dem Punkt, wo er jeden Tag mit nur einer Krücke als Unterstützung den Weg bis zur Scheune gehen konnte. Obwohl er immer mehr Arbeiten übernahm, vom Reinigen und Reparieren der Sättel und Zaumzeuge bis zum Ausmisten der Ställe und dem Fegen der Böden, hatte er bisher noch nicht wieder auf einem Pferd gesessen.

Von Zeit zu Zeit schlug Flynn vor, es zu probieren, aber Gable fand immer wieder Ausreden, um es nicht zu tun. Als der Sommer dem Ende zuging und das Wetter wieder schlechter wurde, wusste Flynn, dass es besser wäre, die Pferde auf die unteren Weiden zu treiben, wo es wärmer war. Aber das konnte er nicht alleine tun. Auch wenn ihre Herde viel kleiner war als die von Hunter oder die der Nachbarn, so brauchte man doch mindestens zwei Personen, um mehr als ein paar Pferde zu treiben.

„Also soll ich Hunter wegen eines Cowboys fragen, der mir helfen kann oder wirst du es tun?", fragte Flynn eines Morgens beim Frühstück.

„Es ist noch zu früh", antwortete Gable. „Wir haben nicht genug Heu zum Zufüttern und auf den höheren Weiden gibt es immer noch gutes Gras."

Flynn wusste, dass es nur wieder eine neue Ausrede war, aber er argumentierte nicht. Er hatte unter Schmerzen gelernt, dass er Gable nur bis zu einem bestimmten Punkt bedrängen konnte, bevor er aufhörte, mit ihm zu reden und da eigentlich gerade alles sehr gut lief, ließ er das Thema kurz vor Gables Rückzugspunkt ruhen.

Am nächsten Morgen wachte Flynn alleine auf und bemerkte sofort, dass irgendetwas Ungewöhnliches vorging. Er beeilte sich, sich anzuziehen und rannte die Stufen nach unten. Der Küchentisch war leer und es stand auch kein Geschirr in der Spüle, daher dachte er sich, dass Gable, wo auch immer er jetzt war, kein Frühstück gegessen hatte. Das Haus war extrem ruhig. Ein schneller Blick aus dem Fenster bestätigte Flynn, dass der Truck immer noch vor der Tür stand. Also hatte Gable die Ranch nicht verlassen. Er war auch nirgendwo im Haus, also schmierte Flynn schnell ein Paar Sandwiches und machte sich dann auf den Weg zum Stall.

Die Sättel waren alle da, wo sie hingehörten, aber TCs Zaumzeug fehlte, genauso wie TC selbst. Ein paar Heuballen waren an der Seite aufgestapelt und direkt vor ihnen lehnte Gables Prothese. Flynn konnte nicht anders, als bei dem Blick auf das verwaiste Körperteil zu schmunzeln. Er lächelte, als er Brenner sattelte, packte die Sandwiches in die Satteltasche und schnallte die Prothese hinter den Sattel, bevor er losritt.

Es war immer noch früh und schon ganz schön kalt für die Jahreszeit und ein niedriger Nebel hing über den Weiden. Alles, was Flynn sehen konnte, waren Pferderücken ohne Beine, die aus einer grauen Nebeldecke herausragten. Dann und wann würde ein Kopf hochkommen, nur um sich dann wieder zu senken, aber eines der Pferde hatte einen Reiter. Flynn ließ Brenner langsam zu der Stelle hinüberlaufen, wo er Gable auf dem Rücken des Schecken sah. Das Bild erinnerte ihn an den Moment, in dem er sich in Gable verliebt hatte: Als der Mann sich langsam in der Herde bewegt hatte und die Pferde sich um ihn drängten, als würden sie einen verloren geglaubten Sohn willkommen heißen. Gable begrüßte jedes Pferd mit einem sanften Klopfen auf den Rücken, einem Streicheln über die Flanke und einem Schnalzen mit der Zunge. Einige der Pferde kamen heran, um an Gable zu schnuppern, als wenn sie sich wieder mit ihm vertraut machen mussten, und Flynn blieb zurück, um die Szene zu beobachten und ihnen Zeit zu geben, um genau das zu tun.

Plötzlich entdeckte Gable Flynn und lächelte. Flynn fühlte, wie ihm ganz warm wurde. *Er ist zurück im Sattel, sprichwörtlich aber auch tatsächlich,* dachte er.

„Also wolltest du ausprobieren, ob du mir dabei helfen kannst, die Pferde auf die untere Weide zu bringen?", fragte Flynn.

„Ich hatte doch gesagt, dass wir noch Zeit haben, sie haben hier oben mehr Gras als unten", antwortete Gable. „Lass uns noch ein paar Tage warten."

Flynn wusste, dass Gable nicht um ein paar mehr Tage bat, damit das Wetter kälter wurde; er brauchte ein paar Tage mehr, um sich wieder daran zu gewöhnen, im Sattel zu sitzen. Flynn stimmte zu, während er Brenner so lenkte, dass er neben TC stand. Er legte seine Hand auf Gables Rücken. „Es muss sich gut anfühlen, wieder im Sattel zu sitzen, sozusagen?" Er grinste, denn Gable ritt TC ohne Sattel.

Gable nickte nur und sein Blick wanderte über die Felder. „Es fühlt sich seltsam an, aber ich bin mir sicher, dass ich mich wieder daran gewöhnen werde." Er sah auf seine Hände hinunter, die die Zügel hielten und dann zu Flynn. Flynn benutzte seine Knie, um Brenner noch etwas näher heranzulenken, sodass er sich zu Gable lehnen konnte, um ihn zu küssen. Gable erwiderte den Kuss, aber gerade als ihre Lippen sich berührten, wurde Brenner plötzlich zappelig und schob Flynn nach vorne.

„Du Bastard", schimpfte Flynn mit Brenner, was nur dazu führte, dass sich das Pferd noch störrischer verhielt.

Gable schmunzelte. „Hey, das ist mein Pferd, mit dem du da sprichst. Er ist sehr empfindlich!"

„Ich denke, er ist ein eifersüchtiger Bastard", antwortete Flynn, nur halb im Scherz, als er Brenner wieder an TCs Seite lenkte.

„Naja, wenn du ein bisschen netter zu ihm wärst, dann wäre er vielleicht auch ein bisschen netter zu dir", nickte Gable. Dieses Mal blieben beide Pferde ruhig und die Männer konnten sich ihren Guten-Morgen-Kuss geben.

„Warum hast du das mitgebracht?", fragte Gable, als er sah, dass das künstliche Bein hinter Flynns Sattel festgebunden war.

„Ich dachte, das wäre vielleicht ganz praktisch. Ich habe außerdem Frühstück mitgebracht."

„Mmmh." Gable legte den Kopf schief. „Als ich heute Morgen wach wurde, hatte ich das dringende Bedürfnis, hierher zu kommen und einen Blick auf die Pferde zu werfen. Ich denke, wenn mein Magen protestiert hätte, dann hätte ich wohl bemerkt, dass ich noch gar nichts gegessen hatte, aber zu dem Zeitpunkt war es noch nicht mal hell."

Flynn schüttelte den Kopf, lächelte aber trotzdem weiter. Tatsächlich war er über Gables plötzliche Bedürfnisse durchaus glücklich.

Langsam lichtete sich der Nebel und die Pferde begannen zu grasen.

„Also protestiert dein Magen immer noch nicht?"

Gable zog ein Gesicht, als würde er in seinen Bauch hineinhören und nachfragen, nur um sicherzugehen. „Ein Sandwich könnte ich mir wahrscheinlich gefallen lassen."

Sie fanden eine Stelle in der Nähe des Zauns, wo der Boden etwas anstieg und es ein paar Bäume gab, gegen die sie sich lehnen konnten. Flynn stieg ab und ließ Brenner frei, sodass er herumlaufen konnte, und hielt dann TC am Zaumzeug, damit Gable ebenfalls absteigen konnte. Nicht dass das notwendig gewesen wäre. Wie Flynn bereits vor langer Zeit vorhergesagt hatte, war TC sich der Tatsache sehr bewusst, dass er einen etwas eingeschränkten Reiter an Bord hatte, und war extrem ruhig und geduldig. Als Gable absaß, sah sein Pferd sich sogar um, um zu schauen, ob er okay war. Gable landete auf seinem guten Bein und hielt sich noch einen Moment an TC fest, um seine Balance zu finden. Dann hüpfte er zu Flynn hinüber.

„Ich würde die jetzt nicht anlegen, es sei denn du möchtest einen Spaziergang machen?", sagte Gable und deutete auf die Prothese, die Flynn gerade vom Sattel löste.

„Vielleicht später", antwortete Flynn, der Gables Unsicherheit spürte.

Sie setzten sich auf den etwas feuchten Boden und teilten sich schweigend das Frühstück.

„Es fühlt sich immer noch nicht an, als wenn sie zu mir gehört", bemerkte Gable schließlich.

„Aber das wird es mit der Zeit", antwortete Flynn und machte damit deutlich, dass er wusste, worüber Gable sprach. „Wenn du erst mal damit laufen kannst, ohne darüber nachzudenken, dann wird es so sein, als wenn du niemals ohne gelebt hättest."

Gable warf Flynn einen fragenden Blick zu, biss dann aber in sein Sandwich und sagte nichts. Nach einer langen Pause sprach er wieder. „Es macht dir wirklich nichts aus?"

„Nein", sagte Flynn bestimmt. „Es ist ein Teil von dir, Gable. Genauso wie dein ruinierter Knöchel am Anfang, nur dass ich mir damals Sorgen gemacht habe, dass du nicht auf dich aufpassen würdest."

„Tja, ich denke, dass du das weiterhin für mich tun musst", antwortete Gable und bezog sich damit auf die vielen Male, als Flynn sich am Abend um seinen wunden Stumpf gekümmert hatte, wenn er mal wieder die Zeit überschritten hatte, die Craig ihm vorgegeben hatte.

„Es macht mir nichts aus." Flynn zuckte mit den Schultern.

„Also findest du es schön, wenn ich so bedürftig bin?"

Flynn sah ihn von der Seite an. „Nein, aber ich finde es schön, gebraucht und gewollt zu werden. Das ist ein Unterschied."

Gable spannte den Kiefer an. „Ja, das ist es wohl." Er lehnte sich zurück, zog seinen Hut über die Augen und streckte die Arme hoch, sodass er seinen Kopf auf seinen Händen ablegen konnte.

„Hey", protestierte Flynn. „Nun gibst du mir das Gefühl, so gar nicht gewollt zu werden!" Er legte den letzten Rest seines Sandwiches beiseite und bewegte sich nach vorne, sodass er sich rittlings auf Gables Schenkel setzen konnte, während er seine Hände unter Gables warmen Mantel schob. Als er sie etwas weiter hochschob, konnte er spüren, wie Gables Bauchmuskeln sich anspannten und dann sah er, wie der Hut sich bewegte, als Gable versuchte, nicht zu lachen.

Schließlich hob Gable den Hut an, um sein breites Grinsen zu zeigen. „Es hat doch geklappt, oder nicht?" Gable ließ Flynn nicht antworten. Stattdessen zog er ihn nach vorne und küsste ihn leidenschaftlich. Als sie schließlich nach Luft schnappten, stand Verwunderung in Flynns Gesicht geschrieben, als er die Beule in seiner Hose gegen Gables Unterleib rieb. „Du bist hart, Gable. Ich kann es fühlen."

Gable nickte fast unmerklich. „Ich bin heute Morgen schon hart aufgewacht."

„Und warum hast du mich nicht geweckt?"

„Es war um 4:00 Uhr nachts, Flynn."

„Meine Güte, dafür kannst du mich jederzeit aufwecken! Und das meine ich wörtlich."

Gable schien zurückzuweichen. „Ich hatte keine Ahnung, wie lange es anhalten würde. Ob es anhalten *würde*."

Flynn küsste ihn wieder. „Das ist mir egal. Ich werde es auf jeden Fall nicht verkommen lassen."

„Flynn, wir sind draußen, auf einem Feld."

Flynn kicherte. „Wir können kaum weit genug sehen, um unsere Pferde zu entdecken. Selbst wenn auf Hunters Seite des Zauns jemand vorbeikommen würde, dann müssten wir schon sehr viel Lärm machen, um bemerkt zu werden."

Gable gab nach, weil er keine Wahl hatte. Flynn würde sich von nichts und niemandem stoppen lassen, während er Gables Reißverschluss öffnete und seinen eindeutig erregten Schwanz freilegte. „Lassen wir dem Vogel mal ein bisschen Luft zukommen, okay?"

Bevor Gable sich wehren konnte, nahm Flynn ihn in den Mund, leckte und saugte, als wenn er die einzige Wasserquelle in der Wüste wäre. Gable konnte nichts tun, sondern es nur geschehen lassen. Der beharrliche Zweifel in seinem Hinterkopf

– dass es nicht anhalten würde und er vor dem Höhepunkt wahrscheinlich wieder erschlaffen würde – verhinderte, dass er es in vollen Zügen genoss. Andererseits war das Gefühl eines steifen Schwanzes etwas, an das er sich fast nicht mehr erinnern konnte, daher schloss er seine Augen und versuchte, an schöne Dinge zu denken. Flynns heißer Mund fühlte sich gut an und was sollte schon passieren, wenn er seine Erektion wieder verlor? In den letzten Wochen war er sehr häufig zum Höhepunkt gekommen, ohne überhaupt eine Erektion zu haben.

Plötzlich hörten die Liebkosungen auf und Gable fühlte die Kälte. Als er seine Augen öffnete, stand Flynn gerade auf und versuchte eilig, seine Jeans loszuwerden. Er zog sie zusammen mit den Stiefeln aus, bevor er sich wieder auf Gable setzte.

„Lässt Du mich bitte? Nur dieses eine Mal?", bat Flynn und atmete dabei schwer.

Gable war zunächst nicht ganz klar, was Flynn meinte, bis er sah, wie Flynn auf seine Finger spuckte und zwischen seine Beine griff, um sich dann mit einem tiefen Seufzer auf Gables aufgerichteten Penis zu setzen. Flynn fühlte sich unglaublich eng an, was nicht sehr überraschend war, und der etwas schmerzverzerrte Gesichtsausdruck gab Gable Anlass zur Sorge. Er verwarf den Gedanken aber bald wieder, als Flynn damit begann, ihn zu reiten und sein Gesicht sich von angespannt zu glücklich wandelte. Gable hielt Flynns Hüften fest, um ihn zu stabilisieren und spürte Flynns vollen Penis jedes Mal gegen seinen Bauch schlagen, wenn er unten ankam, nur um sich wieder nach oben zu heben, wenn Flynn es tat. Flynns Bewegungen wurden flüssiger und Gable wagte es, mit einer Hand loszulassen, um stattdessen Flynns Schwanz zu umfassen.

„Oh Gott, ja", seufzte Flynn. „Es ist so lange her."

Obwohl es sich großartig anfühlte, auf diese Art geritten zu werden, während Flynns enge Passage seinen Schwanz mit jeder Bewegung massierte, war es trotzdem seltsam, dass ihre Stellungen so vertauscht waren. Gable hatte sich noch nie vorgestellt, Flynn zu dominieren – noch nicht einmal in der Position, in der sie sich gerade befanden – und er hätte sich ganz sicher nicht vorstellen können, dass Flynn so viel Spaß haben würde. Auf der anderen Seite mochte auch Gable genau diese Position, daher war es keine totale Überraschung.

„Verdammt, du bringst mich gleich zum Höhepunkt, Gable", keuchte Flynn, der sich zwischen Gables Schwanz und seiner Hand bewegte.

Gable begann zusätzlich, nach oben zu stoßen, und Flynn beendete seine Bewegungen und schob Gables Hand beiseite, um seinen eigenen Schwanz zu streicheln.

„Ich muss kommen! Das fühlt sich so gut an."

Flynn warf seinen Kopf zurück, als er sich mit seiner Hand wichste und die kleinen glänzenden Perlen, die sich auf der Spitze gesammelt hatten, verwandelten sich in dicke weiße Streifen, die sich über Gables Regenmantel verteilten. Gable fühlte, wie sich Flynns Kanal um ihn zusammenzog und dann brach Flynn auf ihm zusammen. Er keuchte und alles was Gable tun konnte war, seine Arme um ihn zu legen, um ihn warm zu halten.

Es schien eine Ewigkeit zu dauern, bevor Flynn wieder zu ihm aufsah. Er konnte sich ein Lächeln nicht verkneifen und biss sich auf die Unterlippe. „Du bist immer noch hart, du Hengst."

Gable schmunzelte. „Und dein Hintern wird kalt."

Trotzdem bewegte Flynn sich nicht. Wenn überhaupt, schmiegte er sich nur noch enger an ihn. Dann wurde ihm etwas bewusst. „Du hattest noch gar keinen Höhepunkt, oder?"

Gable schüttelte ruhig mit dem Kopf. Er kam so gut wie nie vom Rein und Raus, was auch der Grund war, warum er in einer Beziehung oder auch bei One-Night-Stands selten oben war.

„Dagegen müssen wir aber was tun", sagte Flynn, als er langsam aufstand und Gable aus seinem Körper gleiten ließ.

Obwohl Gable sehen konnte, dass Flynns Penis immer noch auf Halbmast stand, konnte er sich nicht vorstellen, dass er gleich wieder bereit wäre, ihn zu ficken.

Aber Flynn hatte eine andere Idee. „Komm schon, zieh sie aus", sagte er mit einem Zwinkern und deutete auf Gables Jeans.

Gable öffnete seinen Gürtel und hob seinen Hintern vom Boden, als Flynn seine Jeans nach unten zog.

Flynn leckte seine Finger, lächelte Gable an und schob sie dann zwischen Gables Beine, was ihn ein bisschen zusammenzucken ließ. „Du? Bist du etwa empfindlich, wenn ich deinen bevorzugten Körperteilen nahe komme? Was habe ich nur mit dir gemacht?"

Gable seufzte und zog Flynn zu sich herunter, sodass er ihn küssen konnte. „Hör ja nicht auf", flüsterte er gegen Flynns Mund. Er schnappte nach Luft, als Flynns Finger in ihn eindrangen. „Wirst du mich ficken?", bat er.

Flynn lächelte während ihre Lippen nur einen Atemzug getrennt waren. „Ich hasse es, das zuzugeben, aber das kann ich gerade nicht. Das bedeutet nicht, dass ich es nicht trotzdem versuchen werde." Er verdrehte seine Finger und Gable keuchte wieder. „Genau da? Diese Stelle, die du so magst?" Gable konnte nur nicken, als er die Bewegung wiederholte. „Natürlich weiß ich ganz genau, wo deine Stelle ist." Gables Atmung beschleunigte sich zusammen mit Flynns Bemühungen, bis sich alle Muskeln in seinem Körper verkrampften und er sich über den Rand seines hochgeschobenen Mantels ergoss.

„ICH LIEBE dich", sagte Gable als sie sich langsam wieder auf den Weg zum Haus machten. Sie saßen beide auf TCs Rücken, während Brenner hinter ihnen herlief. Gables Prothese war immer noch an Brenners Sattel festgebunden.

„Ich weiß", antwortete Flynn, drückte Gables Brust und zog ihn noch etwas enger an sich. „Ich liebe dich auch", flüsterte er. „Wollen wir hochgehen und …"

„Rummachen?", antwortete Gable und schmunzelte.

Flynn rollte mit den Augen. „Manchmal bist du ein solches Kind."

22

"Du bist wieder wie ein Kind und dadurch fühle ich mich alt", schmollte Flynn, obwohl er es natürlich nicht so meinte.

Gable zog ihn an sich und sie küssten sich wieder, so wie sie es den ganzen Nachmittag getan hatten. Sie waren am Morgen ausgeritten, hatten die Pferde ausgesucht, die für das Training bereit waren und hatten sie von der Herde getrennt, aber nach dem Mittagessen landeten sie aus ungeklärten Gründen wieder in ihrem Schlafzimmer. Flynn vermutete, dass Gable es die ganze Zeit so geplant hatte, aber er würde sich nicht beschweren. Immerhin mussten sie verlorene Zeit aufholen.

„Also genießt du unseren Jahrestag?"

„Jahrestag?", fragte Flynn, tatsächlich verwirrt. Er kramte in seinem Gedächtnis, zuerst, um sich zu erinnern, welcher Tag gerade war, danach, um herauszufinden, was ihn so besonders machte.

„Genau vor einem Jahr kamst du in meinen Stall und fragtest nach einem Job."

„Es fühlt sich gar nicht so lange an. Es erscheint …"

„Länger?"

Flynn schmunzelte. „Es fühlt sich an, als hätte ich dich erst gestern getroffen. Ich kann mich nicht erinnern, ob du in dieser ersten Woche ein einziges Mal gelächelt hast."

Aber Gable lächelte jetzt. „Ich hatte mich so sehr daran gewöhnt, alleine zu sein und ganz ehrlich, nach Grant dachte ich, dass ich mein Leben so verbringen würde."

„Aber jetzt kommst du mit Grant klar?"

Gable zuckte mit den Schultern. „Ich denke, dass ich ihm verziehen habe. Und Hunter ist ein guter Freund. Wenn du recht hast, mit dem was du neulich gesagt hast, dann werde ich in Zukunft öfter mit Grant zu tun haben. Zu dumm, dass ich das mit Hunter nicht früher gewusst habe. Ich glaube, ich hätte …"

Flynn knuffte ihn in die Brust. Hart. „Deshalb habe ich dir das nicht erzählt!"

Gable fiel mit einem Lachanfall zurück auf das Bett. Jedes Mal, wenn er Flynns ernstes Gesicht ansah, musste er nur noch mehr lachen, bis Flynn sich irgendwann auch nicht mehr zurückhalten konnte.

„Du willst ja nur wieder mit Grant anbandeln", neckte ihn Flynn.

Da wurde Gable ernst. „Nein, das will ich nicht. Grant ist Vergangenheit. Wenn er und Hunter zusammen glücklich sind, dann kann ich damit gut leben, aber ich vertraue ihm nicht genug, um ihn zurück haben zu wollen."

„Gut", antwortete Flynn und schmiegte sich dichter an ihn. Er ließ seine Hand an Gables Brust hinabgleiten und versuchte herauszufinden, ob sein Geliebter für eine nächste Runde bereit war. Er lächelte, als er entdeckte, dass Gable es war. „Wenn ich gewusst hätte, dass all die Enthaltsamkeit diese Resultate ans Licht bringen würde …" Er beendete den Satz nicht, sondern küsste Gable stattdessen leidenschaftlich. Sein Körper reagierte entsprechend und innerhalb kürzester Zeit war er wieder hart und bereit für eine neue Runde.

Gable stöhnte bereits unter Flynns Liebkosungen, als sie hörten, wie die Haustür zugeschlagen wurde.

Flynn blickte sofort auf. „Haben wir sie offen gelassen?"

„Bridget würde bellen, wenn es Eindringlinge wären", sagte Gable, der gleichermaßen besorgt war.

„Aber sie würde nicht bellen, wenn es Calley wäre", bemerkte Flynn.

„Verdammt!", fluchte Gable. „Sie darf uns auf keinen Fall mitten am Tag im Bett erwischen. Das würde sie uns immer und immer wieder aufs Brot schmieren!" Er sprang aus dem Bett, bevor er bemerkte, dass ihm ein Bein fehlte und setzte sich wieder hin, um seine Prothese anzulegen. Als er seine Jeans hochzog, stellte er fest, dass es nicht ganz einfach war, sich darin unterzubringen.

Flynn schmunzelte, denn er hatte die gleichen Probleme, aber seine Jeans waren noch deutlich enger als Gables, der noch nicht wieder das Gewicht erreicht hatte, dass er vor der Operation gehabt hatte.

Gable war inzwischen ziemlich gut darin, schnell die Treppe runterzukommen, indem er sich auf dem Geländer abstützte und sich dann quasi hinuntergleiten ließ, anstatt zu laufen. Flynn war dicht hinter ihm. Sie fanden Calley in der Küche mit Bridget neben ihr. Die Hündin wedelte so enthusiastisch mit dem Schwanz, dass ihre Hinterbeine gerade noch auf dem Boden blieben.

„Hey Calley. Oh, wunderbar, frisches Gemüse!" Gable begrüßte Calley mit einem schnellen Kuss auf die Wange und tauchte dann direkt in ihre Kiste mit Lebensmitteln ab, wobei er ihren neugierigen und etwas amüsierten Blick verpasste.

Flynn dagegen verpasste ihn nicht. „Wir waren oben und … haben Möbel geräumt."

„… haben Vorhänge aufgehängt", sagte Gable fast im gleichen Atemzug.

„Naja, ich würde mir wünschen, dass Bill mir auch öfters Vorhänge aufhängen würde. Ihr beide solltet ihm bei Gelegenheit erklären, wie man das macht", antwortete Calley und half Gable dabei, die Dinge wegzuräumen, um sich selbst vom Lachen abzuhalten. „Nun, tatsächlich hängt er nie Vorhänge für mich auf", ergänzte sie, um deutlich zu machen, wie dumm die beiden Männer waren, dass sie dachten, sie könnten sie hinters Licht führen.

Flynn sah Gable an und Gable musste wegschauen. Er wurde rot.

„Wie geht es Bill?", fragte Gable halb ernst. „Wir sehen ihn kaum noch."

„Im Frühling sind es die Lämmer und Kälber, im Sommer sind es die Fohlen. Es hört einfach nie auf. Aber der Storch hat unsere Adresse leider immer noch nicht. Das oder ich habe ihn verjagt." Sie schien plötzlich ernst, ihre übliche lebhafte Stimmung verschwunden.

Gable nahm ihre Hand und drückte sie und das schien ihr Lächeln zurückzubringen. „Ach, na ja." Sie seufzte. „Wir wissen, dass es nicht sein soll. Ich muss wieder los, meine Lieben." Sie gab Flynn einen kurzen Schmatzer auf die Wange und drehte sich dann zu Gable um. Sie versuchte, dasselbe bei ihm zu machen, aber er ließ es nicht zu. Stattdessen zog er sie in eine enge Umarmung und hielt sie einen Moment lang fest. Sie ließ es zu und hielt sich an ihm fest. Als sie sich schließlich zurückzog, standen Tränen in ihren Augen, aber trotzdem lächelte sie. „Ich geh mal besser, bevor ich ganz zusammenbreche und nicht mehr aufhören kann. Es wird schon wieder, Gable. Danke." Sie drückte seine Hand und nahm dann die leere Kiste mit raus zu ihrem Auto.

Gable und Flynn traten auf die Veranda, um ihr hinterher zu winken und sicherzustellen, dass Bridget ihr nicht zu weit die Auffahrt entlang folgte.

„Ich will ja nicht neugierig sein und vermutlich geht es mich auch nichts an, aber ..." Flynn wartete und hoffte, dass Gable seine Frage erahnen würde. Stattdessen zog Gable Flynn in eine Umarmung und hielt ihn fest, so wie er es zuvor mit Calley getan hatte.

„Es ist schon in Ordnung, ich bin nicht eifersüchtig auf Calley", sagte Flynn, als Gable seine Umarmung löste.

„Ich weiß", antwortete Gable leise.

Flynn konnte sehen, dass auch Gable mit seinen Gefühlen kämpfte und er drängte ihn nicht, mehr zu sagen. Das hieß jedoch nicht, dass er nicht neugierig war. Seitdem er Calley zum ersten Mal getroffen hatte, hatte er das Gefühl gehabt, dass an ihrer Freundschaft mehr dran war, insbesondere nachdem er herausgefunden hatte, dass da auch ein Gefühl von Betrug mitspielte, dessen Tiefe er jedoch immer noch nicht kannte. Wie schon damals im Krankenhaus hatte er nicht das Gefühl, dass jetzt ein guter Moment wäre, um der Sache auf den Grund zu gehen.

Gable blieb auch während des Essens in sich gekehrt. Nachdem der Abwasch erledigt war, saßen sie das erste Mal in diesem Herbst draußen auf der Terrasse. Flynn bemerkte, dass Gable immer noch seinen Fuß auf der Fußbank ablegte. Der einzelne Stuhl hingegen war von einer Holzbank ersetzt worden, an deren Wiederherstellung Gable fast den ganzen Sommer gearbeitet hatte. Auf diese Art und Weise konnte Flynn neben Gable sitzen und sie saßen eng beieinander und sahen zu, wie die Sonne versank.

„Calley und Bill versuchen schon seit mindestens zehn Jahren, Kinder zu bekommen", sagte Gable ganz unvermittelt. „Es ist eine lange Geschichte."

„Ich habe Zeit", ermutigte ihn Flynn. Er schmiegte sich näher an ihn und stellte seinen Fuß auf die Seite der Bank, während er sich mit dem Rücken an Gable lehnte.

„Es ist wirklich eine lange Geschichte. Vielleicht erzähle ich sie dir eines Tages."

„Wenn es solch ein tiefes dunkles Geheimnis ist, dann will ich es vielleicht gar nicht wissen", antwortete Flynn und sah von der Seite zu Gable.

„Ja, vielleicht ist das am besten", antwortete Gable sehr zu Flynns Enttäuschung.

Flynn war gar nicht glücklich damit, wie sehr Calleys Besuch Gables gute Laune in etwas verändert hatte, das an seine Haltung vor der Operation erinnerte: grob, schwierig und launenhaft. Dieses Mal schien der Schmerz, den er spürte, jedoch eher emotionaler Natur zu sein. Vielleicht waren da doch versteckte Gefühle im Spiel? Warum fiel es Gable so schwer, ihm davon zu erzählen? Er fühlte sich außen vor und auch wenn es ihn nichts anging – oder gerade, weil es ihn nichts anging – konnte er den Stachel der Eifersucht spüren. Gable noch weiter damit zu nerven, wäre sinnlos, aber auch dieses Wissen ließ das Gefühl nicht verschwinden. Er konnte nur darauf hoffen, dass Gable mit der Zeit einige Dinge erklären würde.

IN DEN nächsten Tagen schien sich Gables Stimmung wieder aufzuhellen, während sie damit begannen, die älteren Pferde auszubilden. Gables Reitkünste hatten sich in den letzten Wochen verbessert, sodass er mittlerweile sowohl mit Sattel als auch mit Prothese ritt. Er war auch ein paar Mal mit Brenner draußen gewesen und da dieses Pferd viele Schenkelhilfen brauchte, war Flynn im Stillen sehr stolz auf seinen Geliebten.

Die meisten Pferde, die sie ausgewählt hatten, waren bereits eingeritten, entweder noch von Gable vor seiner Operation oder danach von Flynn, und sie mussten lediglich daran gewöhnt werden, regelmäßig zu arbeiten. Das bedeutete, dass sie immer wieder geritten werden mussten, damit zuverlässige Arbeitspferde aus ihnen wurden, die ihren Reitern nicht allzu viele Schwierigkeiten bereiteten. Das Ganze hielt sie mehrere Wochen sehr gut beschäftigt, wobei sie ungefähr jede Stunde zurückkehrten, um die Pferde zu wechseln, mit denen sie dann die Zäune abritten oder die Unterstände prüften, die über die Ranch verteilt waren.

Gelegentlich trafen sie einen von Hunters Cowboys am gemeinsamen Zaun. Einmal sahen sie auch Hunter und Grant zusammen reiten, ebenfalls bei der Prüfung der Zäune. Sie hielten nicht an, sondern tippten sich nur grüßend an den Hut und kümmerten sich dann wieder um ihre eigenen Angelegenheiten. Flynn konnte nicht anders, als Gable einen „Habe ich dir doch gesagt"-Blick zuzuwerfen, aber Gable schüttelte nur den Kopf. Allerdings lächelte er und Flynn war sich relativ sicher, dass Gable Flynns Eindruck über die beiden Männer nicht mehr komplett von der Hand wies.

Eines Abends, als die Nächte bereits kälter wurden, ging Flynn in den Stall, um einmal mehr nach dem Rechten zu sehen, bevor er ihn für die Nacht schloss. Er wusste, dass die Stuten jetzt kurz davor waren, ihre Fohlen zur Welt zu bringen und wollte sicherstellen, dass es ihnen gut ging. Er hoffte, dass Hunter mit den neuen Pferden glücklich sein würde. Obwohl sie nur so lange auf ihrer Ranch bleiben würden, bis sie von den Müttern entwöhnt waren, freute sich Flynn schon auf die

Kleinen. Er war auf der Ranch seines Vaters mit Fohlen aufgewachsen und obwohl sein Vater ihn immer dafür ermahnt hatte, konnte er sich nie von ihnen fernhalten. Er hatte dabei geholfen, ein paar von ihnen mit der Flasche aufzuziehen und hatte seinen Brüdern dabei geholfen, die Fohlen daran zu gewöhnen, von Menschen berührt zu werden. Er konnte es kaum erwarten.

Heute Abend wurde deutlich, dass er nicht sehr viel länger warten musste. „Gable!", rief er. „Ruf Bill an! Eine der Stuten bekommt ihr Fohlen!"

23

BILL SAH müde aus, als er ankam.

Flynn wusste, dass er einer der erfahrensten Tierärzte im Landkreis war und daher von den meisten großen Pferderanches in der Gegend beschäftigt wurde. Gelegentlich half er sogar auf den kleineren Viehranches aus. Flynn konnte sich sehr gut vorstellen, dass Calley den Laden fast für sich alleine hatte. Und vermutlich auch ihr Haus.

„Weshalb denkst du, dass sie bereit ist, abzufohlen?", fragte Bill Flynn etwas mürrisch.

„Die Milch schießt ein", antwortete Flynn, sehr stolz auf sich. „Da sie zum ersten Mal Mama wird, habe ich ihre Zitzen mit warmem Wasser gewaschen, damit sie sich daran gewöhnt, dass sie berührt werden und sie haben sich in den letzten Tagen ausgefüllt. Und als ich dann heute Abend noch mal nach ihr gesehen habe, war sie rastlos und angespannt."

„Du hast also mit ihren Nippeln gespielt?", fragte Bill amüsiert. „Das hätte ich nicht von dir gedacht."

Flynn ignorierte die Anspielung. „Ich habe genug trächtige Stuten gesehen, um das zu wissen."

„Dann solltest du außerdem wissen, dass die meisten Stuten ihre Fohlen ohne Schwierigkeiten zur Welt bringen."

Flynn nickte. „Aber es ist für beide das erste Mal und die Fohlen sind sehr wertvoll. Wir wissen noch nicht, wie sie mit der Geburt umgehen und wir können es uns nicht leisten, auch nur ein Tier davon zu verlieren."

Bill stimmte ihm zu. „Ich denke, du hast recht." Er seufzte tief und ging dann in die Box, um sich die Stute genauer anzusehen.

In diesem Moment richtete sich Flynns Aufmerksamkeit auf das Stalltor, denn dieses wurde von starken Händen aufgedrückt. Gable betrat als Erster den Stall, gefolgt von Hunter und schließlich erschien der Eigentümer der Hände: Grant. Sofort stieg die Spannung an.

„Ist das Fohlen schon da?", fragte Hunter nervös.

„Du klingst beinahe so, als wäre es dein erstes, Hunter." Gable lächelte. „Und ich weiß aus sicherer Quelle, dass die Geburt deines ersten Fohlens mehr als 20 Jahre her ist, weil ich dir, direkt an unserem äußeren Zaun, dabei geholfen habe, es auf die Welt zu bringen."

Flynn dachte, dass er sehen könnte, wie Hunter rot wurde, wenn es im Stall nur etwas mehr Licht gäbe. Stattdessen konnte er nur hören, wie der große Mann leise schmunzelte.

„Du weißt, dass ich es bevorzuge, die Kontrolle zu haben", antwortete Hunter.

Gable sah kurz zu Grant und dann zu Flynn, wandte den Blick dann jedoch sofort wieder ab und verkniff sich ein Lachen.

„Sieht so aus, als wenn der Junge recht hat", unterbrach Bill. „Sie wird ihr Fohlen bekommen, also geben wir ihr ein bisschen Privatsphäre." Er scheuchte die Männer zurück zum Eingang des Stalls. „Nachdem ich nun sowieso schon da bin, behalte ich sie im Auge, für den Fall, dass sie nicht alleine klarkommt."

„Auf keinen Fall", sagte Hunter schnell. „Das ist mein Fohlen und ich will sehen, wie es geboren wird."

„Und das ist meine Stute, mein Hengst ist der Vater und daher wirst du mich auch nicht abhalten", sagte Gable und stellte sich neben Hunter.

Grant blieb verdächtig ruhig. Er tauschte Blicke mit Hunter aus, aber sprach nicht und blieb im Hintergrund, während Hunter und Gable sich über die Seite der Box lehnten, um die ruhelose Stute zu beobachten.

Flynn wusste, was zu tun war, und er dachte sich, dass drei neugierige Männer mehr als genug für die junge Mutter waren. Er hatte die Heizung an der Hinterseite des Stalls hochgedreht, sodass sie warmes Wasser hatten und er hatte eine Fohlbox zusammengestellt, sobald er wusste, dass die Stuten trächtig waren. Er hatte einige antiseptische Mittel darin und Angelsehne, die er benutzen würde, falls die Geburt zu schnell ging und die Nabelschnur vor der Zeit riss. Er hatte ein scharfes Messer, um die Fruchtblase zu öffnen, falls sie die Vorderläufe fassen mussten, um bei der Geburt zu helfen, und ein Stück weichen sauberen Stoff, um das schlüpfrige Fohlen besser zu greifen. Mit etwas Glück würden sie nichts davon brauchen.

Flynn schaffte es, sich von der Stute fernzuhalten, bis er hörte, wie Hunter sagte, dass das Pferd sich hinlegte und er sehen könne, dass das Fruchtwasser herauskam. Gerade als er sich zwischen all den breitschultrigen Männern hindurchquetschen wollte, öffnete sich das Stalltor erneut und Calley kam mit einer großen Thermoskanne Kaffee herein.

„Wie geht's, Jungs?" Sie warf einen kurzen Blick in die Box und stellte sich dann an die Seite, wo Bill gegen die Wand gelehnt stand.

„Es dauert nicht mehr lange. Sie macht das sehr gut", brachte Bill sie auf den neuesten Stand.

„Ich dachte, ihr könntet alle einen Kaffee gebrauchen. Aber dann warten wir damit bis zur Feier danach, okay?", schlug Calley vor.

In diesem Moment tauchte ein erster wohlgeformter Huf auf.

„Verdammt", fluchte Bill. „Das ist eine Steißlage. Nichts, was wir bei einer ersten Geburt brauchen."

Hunter wurde nervös und Flynn sah die flüchtige, aber trotzdem beruhigende Berührung, die Grant Hunter schenkte. Und er verpasste auch nicht Hunters dankbaren Blick.

Flynn legte seinen Arm um Gables Taille und ließ seine Hand besitzergreifend auf Gables Hüfte liegen, direkt in Grants Blicklinie. „Es wird alles gut werden", versicherte Flynn den anderen. Er musste allerdings zugeben, dass er um Bills Anwesenheit froh war, da dieser eingreifen konnte, wenn etwas nicht nach Plan verlief. Er hatte schon vorher Steißlagen gesehen, sowohl welche, die auf natürlichem Wege abgelaufen waren als auch einige, die Unterstützung gebraucht hatten. Er wusste, dass eine ruhige Stute in diesen Situationen ein Gottesgeschenk war. Für den Augenblick machte die kleine Lady ihren Job ganz großartig.

„Wir können nichts sehen", sagte Hunter. „Können wir von der anderen Seite gucken?"

„Auf keinen Fall", winkte Bill ab. „Wir können uns nicht aussuchen, wie sie sich hinlegt und wir werden sie auf *keinen* Fall bewegen. Gebt ihr ein bisschen Raum, Jungs. Man soll eine Lady nicht bedrängen, aber ich kann euch wohl keinen Vorwurf machen, wenn ihr das alle nicht wisst."

Gable lächelte, aber weder Hunter noch Grant taten es ihm gleich. Die Anspannung im Stall war groß genug, dass man sie mit einem Messer schneiden konnte und niemand sprach. Die Stute grunzte von Zeit zu Zeit, lag aber ziemlich ruhig auf dem frischen Stroh, das Flynn in ihre Box getan hatte.

„Es dauert zu lange", sagte Bill plötzlich und ging nach draußen, um seine Tasche aus dem Auto zu holen. Er kam fast sofort zurück und ging nach hinten, um sich die Hände zu waschen. Danach ging er in die Box, wobei er die Halbtür hinter sich schloss und damit alle anderen effektiv ausschloss.

„Kann ich etwas tun?", wagte Flynn zu fragen.

„Jetzt nicht", blaffte Bill. „Du würdest nur im Weg stehen."

Flynn war unruhig, widerstand aber dem Drang, reinzugehen und „im Weg zu stehen".

Sie sahen zu, wie Bill die Fruchtblase weiter aufschnitt und seine Hand mit etwas Fruchtwasser befeuchtete, bevor er sie in das Pferd schob, um den anderen Huf rauszuziehen. „Tuch?", fragte er kurz und Calley war am dichtesten dran, um es ihm zu geben. Er wickelte es um die Hufe, um einen besseren Griff zu bekommen und begann, vorsichtig zu ziehen. Das Fohlen bewegte sich nicht. Bill murmelte etwas, das nach „verdammt" klang und zog dann wieder.

Dieses Mal bat Flynn nicht um Erlaubnis. Er öffnete die Stalltür und trat ein, kauerte sich neben Bill und benutzte sein eigenes Tuch, um eines der Beine zu fassen.

„Wir müssen den Winkel etwas ändern. Könntest du vorsichtig ziehen, während ich versuche, zu ertasten, wo es klemmt?", fragte Bill.

Flynn nickte nur und hielt die Spannung auf den Hinterbeinen des Fohlens, während Bill den Winkel anpasste und in der Stute herumtastete. Plötzlich schien etwas nachzugeben und Flynn fiel ins Stroh zurück, als die Spannung nachließ. Die Stute wieherte und das Fohlen wurde zum Teil herausgepresst. Bill wartete einen Moment, um zu sehen, ob der Rest der Geburt natürlich ablaufen würde. Schließlich half er doch noch etwas nach bis das Fohlen ganz draußen war und er die Fruchtblase wegziehen konnte.

Keines der Pferde bewegte sich und jeder schien den Atem anzuhalten. Flynn griff sich etwas Stroh und begann, das nasse Fohlen sanft damit abzureiben.

„Sei ganz vorsichtig", wies ihn Bill in einer sehr viel sanfteren Stimme als zuvor an. „Gib ihm Zeit." Er trat zurück und beobachtete die neue Mutter und ihr vollkommen stilles Fohlen intensiv, bevor er sich über die Halbtür lehnte.

„Es ist ein großer Junge", sagte Bill zu Gable.

„Komm schon, mein Junge, atme", sagte Flynn in einer beruhigenden Stimme. „Zeig uns, voraus du gemacht bist."

Nach ein paar angespannten Minuten zitterte das Fohlen plötzlich und hob dann den Kopf.

„Meine Güte!", rief Hunter. „Ich dachte, er würde diesen ersten Atemzug gar nicht mehr nehmen."

Auch Grant lächelte und Flynn konnte nicht anders, als sich etwas dichter zu Gable zu stellen, als die Stute aufstand und die Nachgeburt aus ihr herausfiel. Sie alle wussten, dass sie der Stute Raum geben mussten, damit sie ihr Fohlen annehmen konnte.

„Eins geschafft, noch eins vor uns", sagte Flynn zu Gable. „Die andere Stute zeigt allerdings noch keine Anzeichen, daher kann es noch ein paar Wochen dauern."

Gable zog Flynn über die Halbtür in eine Umarmung und küsste ihn auf die Stirn. „Wir bezahlen den Tierarzt sowieso nicht", sagte er mit einem Schmunzeln.

„Erinnere mich bloß nicht", unterbrach Bill. „Calley", rief er, als er die Box verließ. „Gib mir einen Kaffee."

„Du stehst doch direkt daneben", wies Grant in hin. Das waren die ersten Worte, die er an diesem Abend sagte.

Bill warf ihm einen gemeinen Blick zu. „Falls du irgendwann eine Frau findest, dann verstehst du vielleicht, was es bedeutet, wenn gut für dich gesorgt wird." Ein Lächeln brach auf Bills Gesicht aus, als er Hunter ansah. Flynn war sich sicher, dass Bill sehr gerne noch etwas deutlicher geworden wäre, aber er war froh, dass er dann doch den Mund hielt.

„Lasst uns alle eine Tasse trinken, oder?", griff Flynn ein.

Als Grant wieder sprach, wusste Flynn, dass die Dinge aus dem Ruder laufen würden. „Das ist keine Art und Weise, mit Calley zu sprechen, Bill. Sie hat es nicht verdient, so rumkommandiert zu werden."

Bevor irgendeiner der anderen Männer reagieren konnte, hatte Bill seine Faust in das Gesicht des viel größeren und breiteren Cowboys gerammt. Grant wankte, aber stürzte nicht. Er wurde von Hunter gestützt, gewann sein Gleichgewicht zurück und erwiderte den Schlag.

Es brauchte ein deutliches und erstaunlich lautes „HÖRT AUF!" von Calley, um die Männer auf ihrer Mission zu stoppen. „Das war's dann", fasste sie zusammen. „Seid ihr fertig? Dann tut eure Dinger wieder in die Hose und hört auf." Danach ging sie mit schnellen Schritten raus, gefolgt von Bill, der seinen wunden Kiefer rieb.

„Was war denn da los?", fragte Flynn Gable, aber Gable verweigerte die Antwort mit einem kurzen Kopfschütteln, um Flynn mitzuteilen, dass er es ihm hier und jetzt nicht erklären konnte.

Grant saß auf einem der Heuballen und schlug Hunters Hand beiseite, als dieser prüfen wollte, ob Grants aufgeplatzte Lippe nur genau das und nichts anderes verletzt war.

Gable ging zu ihnen hinüber. „Ganz schön angespannter Abend."

Hunter streckte den Rücken durch, als wäre er bei etwas ertappt worden, das er nicht tun sollte, und sah Gable an. „Ja das war es wohl. Hör zu, wir machen uns dann mal auf den Weg. Vielen Dank für den Anruf. Wir werden immer mal zu Besuch kommen, wenn das für dich in Ordnung ist. Und natürlich wäre es nett, wenn du bei der zweiten Stute auch anrufen würdest." Er blickte in die andere Box und sein Gesicht erhellte sich. „Ich denke, du wirst uns nicht noch mal anrufen müssen!"

Sofort stürmten alle zur anderen Stalltür und versuchten, einen Blick zu erhaschen.

„Soll ich Bill zurückrufen?", fragte Gable langsam, als würde er einen Unfall in Zeitlupe beobachten.

„Nein", antwortete Hunter. „Das Mädchen macht es wunderbar."

Die Stute machte so ziemlich die gleichen Geräusche wie die erste, aber sie war sehr viel ruheloser und sah immer wieder hoch. Sie hatte sich mit ihrem Hintern direkt zur Stalltür niedergelassen, sodass sie für das zweite Wunder des Tages Plätze in der ersten Reihe hatten. Dieses Mal gab es keine nervöse Spannung und nicht das Schieben und Ziehen der ersten Geburt.

Zuerst erschien ein kleiner Huf und dann ein zweiter, immer noch bedeckt von der silbrigen Fruchtblase. Ein paar Momente später erschien auch eine Nase, die sich für einen Augenblick zurück zog und dann stöhnte die Stute und Flynn konnte tatsächlich sehen, wie sie den Rest des Fohlens herauspresste. Es erschien so natürlich, dass er beinahe vergaß, wie schwierig die Geburt des kleinen Hengstfohlens in der Nachbarbox gewesen war.

Flynn tat einen Schritt in die Box, um die Fruchtblase vom Gesicht des Fohlens zu ziehen, sodass es seinen ersten Atemzug nehmen konnte. Beide Pferde brauchten etwas Zeit, um sich zu erholen, aber ziemlich bald stand die frisch gebackene Mama auf, um ihr Baby zu untersuchen und das Fohlen stand ebenfalls schnell auf. In den ersten paar Minuten war es zwar sehr wackelig, machte sich aber bereits auf die Suche nach der Muttermilch.

Als Gable seinen Arm um Flynn legte und ihn dicht heranzog, sodass er an seinem Hals knabbern konnte, blickte Flynn zur Seite und sah, dass Grant fast das Gleiche mit Hunter tat. Ihre Umarmung hatte etwas sehr männliches und trotzdem zeigte Grant eine besondere Zärtlichkeit, die er in dem großen Mann noch nie zuvor gesehen oder auch nur erwartet hatte. Es war ganz offensichtlich ein unbewachter Moment für das andere Paar und etwas, das sie normalerweise nicht vor Publikum taten. Gerade als Flynn Gable diskret auf das Schauspiel aufmerksam machen wollte, erinnerte sich Grant daran, dass sie nicht allein waren und ließ Hunter sofort los.

„Hey, vor uns braucht ihr euch nicht zu verstecken, Jungs" sagte Gable. „Wir wussten das mit euch beiden schon eine ganze Weile."

Grant und Hunter sahen sich an, aber konnten den intimen Moment nicht wieder aufnehmen, was die Sache noch etwas peinlicher machte. Um die Aussage zu unterstreichen, zog Gable Flynn noch etwas enger an seine Brust.

24

"MÜDE?", FRAGTE Flynn, als sie zum Haus zurückgingen. Er hatte bemerkt, dass Gables Humpeln ausgeprägter war, daher legte er Gables Arm auf seine Schultern und stützte ihn, als sie unter dem Sternenhimmel entlangliefen. Gable nickte. „Bin ich froh, dass du so romantisch bist", feixte er. „Aber es war ein langer Tag."

Sie hatten gewartet, bis die beiden Hengstfohlen zufrieden saugten und waren erleichtert, dass die Mütter sich gut um sie kümmerten, bevor sie sich von Grant und Hunter verabschiedeten und das Stalltor schlossen.

„Sie sehen aus wie gute kleine Pferde", fuhr Gable fort, als sie die Verandastufen hochgingen, ohne einander loszulassen. „Das zweite Fohlen sieht genauso aus wie Brenner, als er klein war."

„Zu schade, dass wir sie Hunter geben müssen."

„Hunter wird sich auf jeden Fall gut um sie kümmern", antwortete Gable, als sie mit etwas mehr Schwierigkeiten als üblich nach oben gingen.

Als sie oben waren, holte Flynn den Erste-Hilfe-Kasten und die Handcreme aus dem Badezimmer. Als er ins Schlafzimmer kam, lag Gable flach auf dem Rücken auf dem Bett, immer noch vollständig bekleidet.

„Komm her", neckte ihn Flynn, zog Gables Stiefel aus und öffnete seinen Gürtel.

„Dafür bin ich zu müde, Flynn", seufzte Gable.

„Aber doch wohl nicht zu müde für ein paar Streicheleinheiten, hoffe ich?"

Gable sah auf und lächelte Flynn an. „Vielleicht ein paar."

Flynn wusste, dass Gable todmüde war, denn normalerweise protestierte er, wenn er seinen Stumpf anschauen wollte.

„Dein Bein sieht gut aus. Ich hatte erwartet, dass es etwas abgeschürft wäre, aber es ist nur ein bisschen rot."

Gable grunzte als Antwort und ließ Flynn etwas Creme in seine Haut einmassieren. „Das fühlt sich gut an, Liebling."

Flynn lächelte nur und freute sich darüber, dass Gable inzwischen recht selbstverständlich mit seinem Bein umging. Er beendete die Behandlung und machte sich auch fertig fürs Bett, wobei er seine Klamotten im Wäschekorb an der Schlafzimmertür zurückließ.

„Und kannst du mir jetzt sagen, was los war?", fragte Flynn, als er sich in Gables Arme kuschelte.

„Nichts ist los", behauptete Gable.

„Warum hat Bill Grant eine reingehauen?"

Gable atmete ein und seufzte dann tief. „Es ist wirklich eine lange Geschichte und wir müssen früh aufstehen, um uns um die Fohlen zu kümmern."

„Dann gib mir die kurze Version", verlangte Flynn.

Gable grummelte, aber dann schob er sich etwas hoch, sodass er sich gegen das Kopfende lehnen konnte. „Bill und Grant verstehen sich einfach nicht."

„Hat das etwas mit dem zu tun, was er dir angetan hat?"

Gable schüttelte den Kopf. „Nein, das hat mit Calley zu tun."

„Oh?"

„Ich hab dir gesagt, dass es eine lange Geschichte ist."

Flynn setzte sich ebenfalls auf. „Aber ich will es immer noch wissen. War es was Anrüchiges?"

Gable schmunzelte. „Nicht wirklich." Gable spannte den Kiefer an und seufzte noch mal, bevor er fortfuhr. „Calley und Bill haben versucht, ein Kind zu bekommen seit sie verheiratet sind."

„Deshalb auch Calleys Tränen neulich nach dem Kommentar über den Storch?"

Gable nickte. „Sie waren schon bei verschiedenen Ärzten und haben versucht herauszufinden, warum sie nicht schwanger wird, aber außer der Tatsache, dass Bills Spermien nicht unbedingt die höchste Qualität haben, scheint es keinen Grund zu geben. Zumindest hat Calley mir das so gesagt. Also hat sie mich vor ungefähr vier Jahren gefragt, ob ich eine Samenspende in Betracht ziehen würde."

Flynn nickte, wollte Gables Gedankengang nicht unterbrechen, nachdem er ihn endlich zum Reden gebracht hatte. Es beantwortete ein paar von Flynns Fragen, insbesondere, warum er immer den Eindruck gehabt hatte, dass es eine Geschichte zwischen Gable und Calley gab.

„Ich lehnte ab, habe aber versucht, es wirklich nett zu sagen", gab Gable zu. „Es ist nicht so, dass ich nicht schon mal darüber nachgedacht hätte, Vater zu werden oder dass ich dachte, Calley wäre keine gute Mutter. Aber ich muss zugeben, dass, wenn ich schon dabei helfen würde, ein Kind zu bekommen, ich auch der Vater sein wollte und nicht nur der Spender."

„Das kann ich verstehen", nickte Flynn.

„Ich wollte ihr helfen und hätte alles getan, damit sie Mutter werden kann, aber nicht das."

Flynn kuschelte sich wieder in Gables Arme. „Ich bin mir sicher, das hat sie verstanden, oder?"

„Das hat sie. Aber dann kam Grant ins Bild. Ich hatte immer gewusst, dass er auch mit Frauen schlief. Er ging Samstagsabends in den Ort zum Tanzen oder in die Stadt in die Clubs und ich wusste, dass er mir nicht treu war."

Es war immer noch Schmerz in Gables Stimme, aber bei weitem nicht mehr so viel wie bei früheren Gesprächen über Grant, was Flynn beruhigte.

„Was ich nie erwartet hätte war, dass er sich mit Calley einließ."

Das überraschte auch Flynn. „Grant und Calley?"

„Zu der Zeit lebten Calley und Bill quasi getrennt. Calley hat mir erzählt, der Stress der Arztbesuche und die Hormone, die sie nehmen musste, wurden irgendwann zu viel und Bill war in seine Praxis im Ort gezogen."

„Haben sie sich geliebt? Calley und Grant?"

„Oh, nein", antwortete Gable. „Calley war einsam und sie dachte, dass es ein netter Nebeneffekt wäre, wenn sie schwanger würde. Bei Grant war ich mir nicht so sicher. Ich denke, er empfindet immer noch sehr viel für sie."

„Und das geschah alles direkt vor deinen Augen?"

„Nicht direkt", sagte Gable. „Ich bin mir sicher, dass es so war und vielleicht wollte ich es nicht sehen, aber in meiner Gegenwart waren sie immer sehr diskret. Ich denke, dass vor allem Calley sich sehr schuldig fühlte. Ich weiß, dass sie mich eine Zeit lang gemieden hat."

„Aber auch Grant hat es nicht geschafft, dass sie schwanger wurde?"

Gable lächelte, aber ohne Freude. „Tatsächlich hat er es geschafft."

„Aber Calley ..."

„Calleys Wehen begannen zu früh und ihr Baby war eine Totgeburt. Zu dem Zeitpunkt hat sie mir alles gestanden. Sie hat es scheinbar auch Bill erzählt, aber das kam erst viel später."

„Oh, mein Gott, arme Calley."

„Nun weißt du, weshalb sie eine Geschichte mit Grant hat und warum Grant Bill auf die Palme bringt. Ich kann mir vorstellen, dass es für Bill nicht einfach ist, zu wissen, dass der ehemalige Geliebte seiner Frau sich immer noch hier rumtreibt."

Flynn stimmte zu. „Und wir können davon ausgehen, dass er noch eine lange Zeit hier sein wird. Mit Hunter scheint er es ernst zu meinen."

„Oh, ja", seufzte Gable.

„Bist du eifersüchtig?", fragte Flynn nur halb im Spaß.

„Eifersüchtig? Ich?", protestierte Gable schnell. „Nein. Grant und ich waren nicht gut füreinander. Außerdem habe ich ja jetzt dich."

Flynn knuffte ihn. „Das ist hoffentlich klar."

„Aber ich bin immer noch überrascht über Hunter."

„Ich kann einfach nicht glauben, dass du nicht wusstest, dass Hunter schwul ist", kicherte Flynn.

„Ach, komm schon, Flynn. Es steht ihm nicht auf der Stirn geschrieben", antwortete Gable. „Ich wusste, dass er nie eine feste Freundin gehabt hatte, aber ich dachte, er wäre einfach nur zu beschäftigt auf der Ranch. Außerdem könnte ich mir vorstellen, dass du bei drei Schwestern und einer Mutter im Haus kein Interesse daran hast, ein armes ahnungsloses Mädchen da reinzubringen."

„Oder einen Typen."

„Ganz sicher keinen Typen", stimmte Gable zu. „Ich bezweifle doch sehr, dass Hunters Mutter und seine Schwestern über Grant Bescheid wissen. Sie sind nette Mädchen, aber ich denke, sie wären ziemlich enttäuscht."

„Würden sie ihn rausschmeißen?", fragte Flynn und hatte Mitleid mit Hunter.

Gable lächelte. „Er ist immer noch der Mann im Haus. Sie arbeiten alle auf der Ranch, aber er ist der Chef und obwohl er nie die Schule beendet hat, hat er einen wirklich guten Kopf für Zahlen. Er führt die Ranch sogar noch besser als sein Vater es tat."

„Du kennst ihn ziemlich gut, nicht wahr?"

Gable nickte. „Wir waren schon immer Nachbarn. Mein Vater und sein Vater schlossen ein Abkommen, dass er meinen Vater nicht aufkaufen würde, wie er es mit den anderen kleinen Ranchern in der Gegend getan hatte. Hunter ist natürlich ein bisschen jünger als ich, aber ich sah, wie er aufwuchs. Und dann starb sein Vater, als er vierzehn war und er musste übernehmen."

„Das war bestimmt nicht einfach für ihn", überlegte Flynn.

„Nein, ganz sicher nicht. Unsere Väter starben im gleichen Jahr. Natürlich war ich älter und sowieso schon weitgehend für unsere Ranch verantwortlich, aber Hunter war noch ein Kind. Er verbrachte einige Nächte in meinem Stall und heulte sich die Augen aus, weil er die Verantwortung nicht übernehmen wollte."

„Also warst du so was wie ein großer Bruder für ihn?"

„Ich denke schon", antwortete Gable leise.

„Vielleicht tust du dich deshalb so schwer damit, zu glauben, dass er schwul ist?"

Gable zuckte mit den Schultern.

„Oder hast du ihn mal angemacht und er hat dich weggeschickt?"

„Auf keinen Fall! Er war ein Freund und außerdem war er viel zu jung!"

Flynn schmunzelte über die Art und Weise, wie Gable sich so vehement verteidigte. „Aber du hast es getan?"

„Was?"

„Du hattest eine Schwäche für Hunter?"

Gable lächelte scheu. „Das weißt du doch."

„Auch schon, als er vierzehn war?"

„Sechzehn", gab Gable zu. „Immer noch viel zu jung, um ihn anzusprechen und außerdem hatte er nie Interesse an mir signalisiert und ich war damals auch noch nicht so offensiv."

„Also habt ihr nie …?"

„Flynn!", warnte Gable.

Flynn kuschelte sich zurück in Gables Arme. „Ich hör schon auf."

„Schlaf jetzt."

„Ja, Papa."

„Hör auf damit", antwortete Gable, unfähig ein Grinsen zu unterdrücken. „Ich bin nicht dein Vater und werde es auch nie sein."

„Es hätte mir nichts ausgemacht, wenn Hunter deinen Heuboden von dir kennen würde statt von Grant."

„Ich weiß", sagte Gable leise. „Das würde es allerdings noch ein bisschen seltsamer machen. Wo doch Hunter und Grant jetzt zusammen sind."

„Ich bin gespannt, was seine Mutter und seine Schwestern sagen werden", sagte Flynn schläfrig.

„Ich bezweifle, dass er es ihnen bald sagen wird. Andererseits sieht es aus, als wäre es ihm ernst damit, daher ist es wohl nur noch eine Frage der Zeit, bevor sie es mit ihren eigenen Augen sehen. Ich bin mir nicht sicher, ob es für ihn besser ist, sich selbst zu outen, bevor das passiert oder nicht."

„Hast du es deinen Eltern jemals gesagt?", fragte Flynn wieder etwas wacher.

„Nein", antwortete Gable leise. „Dad war derjenige, der mich aufwachsen sah und er starb, bevor ich etwas sagen konnte. Ich weiß nicht, ob ich es getan hätte, aber ich denke, er wusste, dass ich mit Mädchen nicht viel anfangen konnte. Allerdings war es nichts, worüber wir sprachen. Ich wusste, dass er etwas enttäuscht war, dass Bill Calley vor mir bekommen hatte, aber ansonsten ... Lass uns schlafen, okay?"

Flynn drehte sich um und zog Gables Arme eng um sich, sodass sie in Löffelstellung dalagen. Innerhalb weniger Minuten waren sie eingeschlafen.

25

Es WAR ein kalter Frühlingsmorgen, als Calley bei Gable anrief.

„Darling, kann ich heute Mittag vorbeikommen, damit wir reden? Privat?"

Gable nickte. „Klar, es ist sowieso der Tag, an dem du die Lebensmittel vorbeibringst, oder?"

„Ja", antwortete sie etwas zögernd. „Aber ich möchte mit dir alleine reden. Ich weiß, dass das komisch klingt, aber ich denke, es ist besser, wenn Flynn das nicht hört."

Gable spannte den Kiefer an. Er hatte keine Ahnung, worüber Calley mit ihm reden wollte, aber er vertraute ihr. Er musste nur einen netten Weg finden, Flynn mitzuteilen, dass er sich für ein oder zwei Stunden rar machen sollte.

„Ich überleg mir was", versicherte er ihr. „Bleibst du zum Essen?"

„Ja, klar", antwortete sie.

Gable legte das Telefon auf und starrte darauf.

„Gibt's Ärger?", fragte Flynn, der in die Küche kam und direkt zum Kühlschrank lief, um sich ein kaltes Getränk zu herauszunehmen.

Gable dachte einen Moment darüber nach und entschied dann, Flynn einfach die Wahrheit zu sagen. „Calley kommt zum Essen und sie möchte mit mir alleine sprechen."

Flynn hob die Augenbrauen. „Ich hoffe, es geht ihr gut?"

Gable zuckte mit den Schultern. „Ich denke, sie wird es mir schon sagen. Ist es okay für dich, wenn du uns alleine reden lässt?"

Flynn lächelte. „Natürlich. Sie wird dir wahrscheinlich nicht sagen, dass sie Bill für dich verlassen wird, oder?"

Gable schmunzelte. „Wenn sie es tut, dann braucht sie einen Psychiater."

ALS DIE beiden Männer zum Haus zurückkamen, war Calley schon da und machte Sandwiches.

„Hey, du bist unser Gast, du musst dir kein Essen machen!", schimpfte Flynn mit ihr, während er sie breit anlächelte. Er stieß sie mit seiner Hüfte vom Waschbecken weg, damit er sich die Hände waschen konnte. „Ich kann uns allen Sandwiches machen."

Calley küsste ihn auf die Wange. „Ich war etwas früher dran und ihr wart gerade noch beim Aufräumen, daher dachte ich, dass ich schon mal anfange. Ich hab nicht so viel Zeit und wollte nicht einfach nur rumsitzen und warten."

Als sie sich umdrehte, endete sie direkt in Gables Armen.

„Ganz langsam, mein Mädchen", schmunzelte Gable und drückte sie dicht an sich, bevor er sie wieder losließ.

„Jedenfalls …", sagte Flynn und lehnte sich über die Essensplatte, mit der Calley schon angefangen hatte, „… nehme ich mir zwei von denen und Bridget und gehe nach draußen unter den Baum. Dann könnt ihr beide reden."

Er gab ihnen keine Chance zu antworten, sondern nahm einfach zwei von den großzügig belegten Sandwiches, wickelte sie in ein Küchentuch und rief nach Bridget, die angesprungen kam, nur um Flynn dann sofort nach draußen zu folgen.

„Du hast gesagt, dass ich ihn nicht hier haben will?", fragte Calley.

„Nicht mit diesen Worten, aber ja. Ich habe ihm gesagt, dass du mit mir alleine sprechen willst."

Calley nickte, nahm zwei Teller aus dem Schrank und stellte sie auf den Tisch.

„Und das hat ihm nichts ausgemacht?"

Gable lachte. „Nein, warum sollte es? Er weiß, dass wir uns schon lange kennen und ganz ehrlich, du bist keine Bedrohung für ihn."

Obwohl sie zustimmend nickte, konnte Gable sehen, dass sie immer noch verschlossen war und sie hatte seine Neugier schon geweckt, als sie ihn vorhin angerufen hatte. Jetzt konnte er sich kaum zurückhalten, sie zu fragen. Aber er wusste, dass sie eine eher geradlinige Frau war, daher war er sich ziemlich sicher, dass er es schnell herausfinden würde.

„Kaffee?", bot er an

Nachdem sie zehn Minuten gegessen und über das geredet hatten, was alles im Ort und auf den benachbarten Ranches geschehen war, hatte Calley immer noch kein Wort darüber verloren, warum sie eigentlich da war.

Gable war kurz davor zu platzen. Er schenkte ihr eine weitere Tasse ein. „Bist du nun langsam bereit, mir zu sagen, warum wir Flynn zum Essen unter den Baum verbannt haben?"

„Aber das haben wir nicht …!", seufzte Calley. „Es tut mir leid, aber das ist nicht so einfach."

Gable nickte geduldig.

„Erinnerst du dich, als ich vor einigen Jahren danach fragte, ob du … Samen spenden würdest."

Gable schmunzelte. „Lustig, dass du das ansprichst, weil ich Flynn gerade letzte Nacht davon erzählt habe."

„Das hast du getan?" Ihre Augen wurden groß und sie lächelte. „Wie hat er es aufgenommen?"

Gable wedelte ihr mit der Hand zu. „Wechsel nicht das Thema. Sag es mir endlich!"

Calley biss sich auf die Lippe. „Ich weiß, dass du Nein gesagt hast, aber ich habe mich gefragt, ob du noch mal darüber nachdenken würdest."

Gable sagte diesmal nicht sofort Nein. Ein Teil von ihm wollte es, aber er konnte die Hoffnung in Calleys Augen sehen und brachte es nicht übers Herz. Er würde allerdings auch nicht einfach so Ja sagen.

„Wollen Bill und du es noch mal versuchen?"

„Ich will es, ja", antwortete sie.

Gable zog die Augenbrauen zusammen. „Bill und du, ihr trennt euch?"

Sie lächelte vage. „Nein, das tun wir nicht. Es war nicht einfach in der letzten Zeit, aber ich liebe ihn immer noch und ich bin mir ganz sicher, dass er mich auch noch liebt. Wir haben nur einen weiteren Rückschlag erlitten und uns wurde gesagt, dass wir nie Kinder zusammen haben würden."

Gable schob sich näher zu Calley und nahm ihre Hand. „Es tut mir leid, das zu hören."

„Die Ärzte haben herausgefunden, dass es eine genetische Sache ist, sodass meine einzige Chance in einer Samenspende bestünde. Ich hatte einige sehr schwierige Gespräche mit Bill und deshalb bin ich hier. Bill möchte nicht, dass irgendein Fremder der Vater unseres Kindes ist, aber auf der anderen Seite will er auch nicht wissen, wer der Vater ist. Er möchte die Details in einem Umschlag verwahren für den Fall, dass wir sie aus irgendeinem Grund mal brauchen, falls das Kind krank wird oder eine Niere braucht oder so was in der Art."

„Damit ihr wisst, wem ihr die Schuld geben könnt?", schmunzelte Gable, um seine Unsicherheit zu verbergen.

„Das klingt doof, Gable. Nein, aber wenn das Kind fragt, wer sein Vater ist, nachdem es erwachsen ist, möchte ich ihm nicht sagen müssen, dass wir vom Arzt irgendeine Spende bekommen haben und nicht wissen, wer der Vater ist."

„Stattdessen möchtest du ihm dann sagen, dass ich der Vater bin?"

Calley seufzte. „Da Bill sowieso nicht wissen will, wer es ist, brauche ich mehr Möglichkeiten, daher habe ich auch Hunter und Grant gefragt. Und da Flynn es sowieso schon weiß, kann ich ihn vielleicht auch fragen? Auf diese Art und Weise gäbe es vier Möglichkeiten?"

Gable schmunzelte und schüttelte den Kopf. „Du und Bill, ihr seid beide blond. Das heißt, wenn du eine der drei anderen Optionen wählst, wirst du ein Kind mit dunklen Haaren bekommen. Ich bin deine einzige Option für ein Kind mit hellen Haaren, Calley. Zumindest wenn ich mich an meine Biologiestunden in der Schule richtig erinnere. Es ist eine Weile her, ich könnte mich irren."

Calley nickte. „Wir würden es dem Zufall überlassen. Und wenn wir ein Kind mit dunklen lockigen Haaren bekommen, dann würden wir es immer noch bis zum Umfallen lieben."

Gable legte Calley seinen Arm um die Schulter. „Lass mich mit Flynn darüber reden, okay?"

Calley nickte. „Bill hat zugestimmt, dass ihr alle das Baby von Anfang an kennenlernen sollt. Das heißt, wenn es es irgendwann wissen will, dann wird es euch gut genug kennen, um einfach zu euch zu gehen und mit euch zu sprechen."

Gable zwickte sie spielerisch. „Du willst doch nur kostenlose Babysitter."

Calley lächelte. „Ich bin mir sicher, Bill hat das auch mit in die Überlegungen einbezogen, ja."

„Falls es mein Sperma wird, dann wirst du auf jeden Fall einen Jungen bekommen. In meiner ganzen Familie gibt es keine Frauen."

„Aber deine Mutter war eine Frau!", neckte ihn Calley.

„Ja, das war sie. Aber sie war das einzige Mädchen, mit sechs Brüdern und mein Vater hatte vier Brüder und keine Schwester. Also, vergiss die Sache mit dem Mädchen."

Calley stand auf und drückte Gable eng an sich. „Ich danke dir", flüsterte sie ihm ins Ohr. „Ich ruf dich später an."

Sie gingen zusammen raus, Calley zu ihrem Auto und Gable in Richtung des Baums, wo Bridget ihn begrüßte.

„Also, wo brennt's?", fragte Flynn und streichelte Bridget, sodass Gable sich neben ihn setzen konnte.

„Sie und Bill können keine Kinder bekommen. Anscheinend sind sie genetisch nicht kompatibel."

„Und sie will, dass du Samenspender wirst?"

Gable sah Flynn sehr intensiv an. „Woher weißt du das?"

„Du hast mir erzählt, dass sie dich schon mal gefragt hat."

„Und damals habe ich Nein gesagt. Das habe ich dir auch erzählt."

Flynn nickte. „Hast du diesmal Ja gesagt?"

„Ich habe ihr gesagt, dass ich zuerst mit dir reden muss."

Flynn umarmte Bridget ganz fest und sie ließ ihn auch für einen Augenblick, dann rollte sie sich auf den Rücken und bat Flynn darum, ihren Bauch zu kraulen. „Ich denke, du solltest es tun. Wenn du willst. Sie ist deine beste Freundin, Gabe. Du liebst sie ohne Ende."

„Das tue ich", konnte Gable ohne Probleme zugeben. „Sie hat mich auch gebeten, dich zu fragen."

„Was du gerade getan hast."

„Dich zu fragen, ob du auch Samenspender wirst", führte Gable aus. „Sie will es dem Zufall überlassen. Außerdem möchte Bill nicht wissen, wer seine Kinder gezeugt hat, daher hat sie jetzt vier Optionen."

„Vier?"

Gable nickte. „Sie hat außerdem noch Hunter und Grant gefragt."

„Bill wird es trotzdem wissen. Wenn es nicht gerade ein Kind mit lockigem schwarzem Haar wird, dann kann es entweder von Grant oder von mir sein. Wenn es blonde Haare hat, dann ist es von dir und wenn es glatte braune Haare hat, dann ist es von Hunter. Und wenn ich so recht darüber nachdenke … wenn es ein großes Kind mit dunklen Locken wird, dann wäre es Grants und wenn es eher nicht so groß ist, dann wäre es von mir."

„Ich weiß", Gable zuckte mit den Schultern. „Genau das habe ich Calley auch gesagt."

„Es würde mir nichts ausmachen", überlegte Flynn. „Es ist sehr unwahrscheinlich, dass ich Kinder haben werde und auf diese Art und Weise würde wenigstens ein kleiner Teil von mir immer noch herumlaufen, wenn ich nicht mehr bin."

„Auch wenn du nicht der Vater sein kannst?"

Flynn zuckte mit den Schultern. „Bill wird das bestimmt sehr gut machen."

Gable strubbelte durch Flynns Haare. „Warum bin ich nicht überzeugt?"

„Weil du etwas projizierst, Gable", antwortete Flynn. „Ich bin nicht derjenige, der Probleme mit dem Elternsein hat."

„Denkst du, dass du keine guten Vorbilder hattest und deshalb ein schlechter Vater wärst?"

Flynn schluckte. „Vielleicht."

Gable konnte Flynns Antwort fast nicht hören und deshalb zog er seinen Geliebten enger an seine Brust. „Nur damit das klar ist, ich denke, du wärst ein großartiger Dad."

Als wollte sie seine Aussage bestätigen, legte Bridget ihren Kopf auf Flynns Oberschenkel und bat um mehr Streicheleinheiten.

„Mach dir keine Sorgen, meine Süße", beruhigte Flynn sie und kraulte hinter ihren Ohren. „Du wirst immer mein Baby sein."

26

EIN PAAR Wochen später trafen sie Hunter und Grant in einer Klinik, die etwa eine Stunde Fahrt von ihren jeweiligen Ranches entfernt war. Gable konnte erkennen, dass sowohl Hunter als auch Grant nervös waren, obwohl er vermutete, dass sie es aus unterschiedlichen Gründen waren. Gable wusste, dass Hunter keine Krankenhäuser mochte. Er hatte gesehen, wie sein Vater innerhalb weniger Tage dahingesiecht war. Er bevorzugte es daher, sie gar nicht mehr zu betreten. Der Grund, aus dem Grant nervös war, war wahrscheinlich derselbe, weshalb er selbst nicht ganz entspannt war.

Grant stand auf, unfähig noch länger still zu sitzen. „Ich werde mal schauen, ob ich Kaffee auftreiben kann", kündigte er an. „Ich komme mit", antwortete Hunter schnell und ließ Gable und Flynn alleine im Warteraum zurück.

Gable beobachtete, wie sie gingen. Grant und er hatten seit ihrer Trennung keine Zeit mehr zusammen im gleichen Raum verbracht, wenn man die Nacht im Stall, als die beiden Fohlen geboren worden waren, nicht mitzählte. Es war eindeutig, dass Grant ihn mied, aber das machte Gable nichts aus. Nun würden sie voraussichtlich aufhören müssen, sich gegenseitig die kalte Schulter zu zeigen. Auch das war für Gable in Ordnung. Er würde irgendwann wieder mit ihm reden müssen. Grant und Hunter sahen inzwischen wie ein festes Paar aus und er wollte Hunter nicht als Freund verlieren. Außerdem würde ein netterer Umgang mit Grant auch Flynn zeigen, dass er über die Sache hinweg war und hoffentlich würde Flynn verstehen, dass er der Grund für diese neuen Gefühle war. Gable glaubte nicht, dass er das letzte Jahr ohne Flynn überlebt hätte, aber außer ihm das zu sagen, gab es keine Möglichkeit für Gable, seinem Geliebten das zu zeigen. Vielleicht wenn Flynn sah, dass er ganz normal mit Grant umgehen konnte, würde Flynn es als das erkennen, was es war: ein Beweis ihrer Liebe und der Zuneigung, die sie teilten.

„Was ist so lustig?", fragte Flynn und riss Gable damit aus seinen Gedanken.

Gable bemerkte, dass er breit grinste. „Nun, ich dachte nur gerade, dass wir Zeit mit Hunter und Grant verbringen könnten. Vielleicht können wir nachher zusammen zu Abend essen?"

Flynn schnaufte. „Nur wenn Calley bezahlt!"

„Ich denke, es wäre eine gute Idee. Es würde uns die Möglichkeit geben, die Dinge zwischen uns ein bisschen auszubügeln. Immerhin sind wir Nachbarn und Hunter war in den letzten Jahren immer sehr hilfsbereit. Ich kann ihm keinen Vorwurf machen, dass er sich in Grant verliebt hat."

Flynn warf ihm einen fragenden Blick zu. „Bist du eifersüchtig?"

Gable schmunzelte. „Überhaupt nicht. Ich hab dir schon mal gesagt, dass es okay ist, wenn Grant jetzt zu Hunter gehört. Ich denke nur, dass wir normal miteinander umgehen sollten. Grant ist kein schlechter Kerl. Vielleicht können wir sogar Freunde sein." Flynns Stirn kräuselte sich noch etwas mehr. „Vielleicht", ergänzte Gable, um seinen Geliebten zu beruhigen. Gable sah sich in dem leeren Warteraum um und zog Flynn dann näher an sich, um sein weiches, lockiges Haar zu küssen. „Ich liebe dich von ganzem Herzen. Vertrau mir, ich habe nur anständige Absichten mit Grant."

Obwohl Flynn sich zurückzog, lächelte er wieder und das war alles, was Gable wollte. Als er aufsah, wurde ihm klar, warum sich Flynn zurückgezogen hatte. Hunter und Grant liefen auf sie zu, jeder von ihnen trug zwei Tassen dampfenden Kaffee.

„Ich wusste nicht, ob du Milch in den Kaffee nimmst", sagte Hunter und reichte Gable und Flynn jeweils eine Tasse, bevor er seine eigene von Grant nahm.

„Aber immerhin habe ich uns eine Menge Zucker mitgebracht", ergänzte Grant, steckte seine Hand in die Jacke und brachte jede Menge Zuckerpäckchen zum Vorschein, die er auf den Tisch vor ihnen fallen ließ.

Gable lächelte Grant an. „Du kennst den Weg zum Herzen eines Mannes. Flynn ist tatsächlich ein ziemlich Süßer." Er nahm drei Päckchen und Flynn hielt ihm seine Tasse hin, sodass Gable den Zucker in die schwarze Flüssigkeit streuen konnte.

„Es schmeckt irgendwie gruselig ohne das", stimmte Flynn zu, nahm einen Schluck und streckte Gable seine Tasse entgegen, damit er noch ein bisschen mehr hinzufügen konnte.

Grant lächelte und Gable entspannte sich. Er konnte das. Es war gar nicht so schwer.

„Mr. Jarreau? Mr. Tomlinson?", rief eine Schwester.

Grant stand auf und Gable konnte nicht umhin, das kurze Händedrücken zwischen Hunter und Grant zu beobachten, als der lockige Mann seinen Partner zurückließ, um der Schwester zu folgen. Gable hatte die kleinen Gesten der Zuneigung schon vorher gesehen, aber bemerkte erst jetzt, dass er sie gut fand. Er freute sich für Hunter und wenn er ehrlich mit sich war, freute er sich auch für Grant. Als er zu Flynn hinübersah, bemerkte er ein Grinsen auf Flynns Gesicht.

„Du hast Grant nachgestarrt", sagte Flynn neckend, als er ebenfalls von seinem Sitz aufstand.

Gable zuckte mit den Schultern und warf Flynn einen „und wenn schon"-Blick zu. Zu seiner Überraschung grinste Flynn breit, was dazu führte, dass Gable Schmetterlinge im Bauch bekam. Er sah zu, wie sein Geliebter den Wartebereich verließ und Grant folgte.

„Und, denkst du, wir sind die nächsten?", fragte Hunter und wechselte den Sitz, um sich neben Gable niederzulassen.

„Das klingt ja, als würde man ein Lamm zur Schlachtbank führen", schnaufte Gable.

„Na ja, so schlimm ist es nun auch wieder nicht, aber die Vorstellung sich einen runterzuholen in so einen Becher, erscheint mir irgendwie …" Hunter beendete seinen Satz nicht.

„Denk einfach an das große Ganze. Wir tun das für Calley. Und wenn man es noch ein bisschen weiter fasst, dann denke ich, wir tun es auch für Bill."

Hunter spitzte seine Lippen. „Ja, ich denke schon."

„Und was sind es? Fünf Minuten deiner Zeit?"

„Hey!" Hunter stieß ihn mit der Schulter an. „Schließ nicht von dir auf andere!"

„Und du bist jung", ergänzte Gable. „Wenn du nach Hause fährst und Grant noch ein paar gute Einfälle hat, dann bekommst du ihn auch noch mal hoch. Ich auf der anderen Seite …"

Hunter warf Gable einen besorgten Blick zu, aber das neckende Lächeln auf Gables Gesicht ließ diesen Ausdruck fast genauso schnell verschwinden, wie er erschienen war.

„Flynn hält mich jung", gab Gable zu, deutlich leiser als vorher.

„Gut", antwortete Hunter. „Ich bin froh. Ich weiß wie es ist, jemanden zu lieben. Vorher dachte ich nur, dass ich es weiß, aber jetzt tue ich es wirklich." Er blickte in die Richtung, in die Grant verschwunden war.

Gable sah ihn von der Seite an. „Dann bin ich auch froh." Er tätschelte Hunters Knie, aber zog seine Hand schnell wieder zurück, um keine Aufmerksamkeit auf sich zu ziehen. „Als ihr unterwegs wart, um den Kaffee zu holen, haben Flynn und ich überlegt, ob wir zusammen zum Abendessen fahren sollten, wenn wir hier fertig sind."

„Bist du sicher? Ich meine …"

„Du meinst Grant und ich im gleichen Raum, während wir versuchen, höfliche Konversation zu treiben?"

Hunter nickte.

„Ich denke, ich kriege das hin. Wenn es für Grant okay ist, dann ist es das auch für mich."

Hunter sah Gable sehr intensiv an und versuchte herauszufinden, ob Gable lediglich eine coole Fassade vorschob. „Ich bin mir sicher, dass es Grant nichts ausmacht. Ich muss es natürlich mit ihm klären, aber ich denke, er macht sich mehr Sorgen über deine Reaktion als über seine eigene. Warum hast du deine Meinung geändert?"

Gable schmunzelte. „Es geht mir wie dir. Ich dachte, ich wüsste, wie es wäre, in jemanden verliebt zu sein. Jetzt bin ich mir sicher."

Hunter klopfte Gable auf die Schulter. „Wo sollen wir hingehen?"

Gable kam nicht mehr zum Antworten, da Flynn mit einem triumphierenden Gesichtsausdruck in den Warteraum zurückkam.

„Bin ich der Erste?"

„Jawohl", antwortete Gable. „Grant ist noch nicht wieder da. Ich dachte immer, dass du mehr Ausdauer hättest." Er zwinkerte Flynn zu.

„Ich habe sie, wenn es darauf ankommt", antwortete Flynn selbstzufrieden. „Hier war das Ziel … etwas zu produzieren und ich denke immer an das gewünschte Endprodukt!"

Grant kam wenig später zurück, gefolgt von der Schwester. „Mr. Sutton? Mr. Krause?"

„Jetzt sind wir dran", sagte Hunter, als er aufstand.

Gable folgte ihm einen steril aussehenden Gang hinunter, wo sie an einem Tresen ein Formular unterschreiben mussten, um dann einen Plastikbecher und eine Raumnummer zu erhalten. Gable betrachtete den Becher misstrauisch und betrat den kleinen Raum. Es gab einen Sessel, der halbwegs komfortabel aussah und ein Fenster mit bunten Gardinen. Auf einem kleinen Schrank stand ein Fernseher und eine der Schubladen war offen. Er schaute hinein und sah, dass sie voll mit Pornos war. Sowohl DVDs als auch Magazine. Er zuckte die Schultern, als er all die nackten Brüste sah, aber als er ein bisschen herumkramte, war er überrascht, auch eine DVD zu finden, die sich eindeutig an schwule Männer richtete. Er entschied sich jedoch dagegen, sie in den DVD-Player einzulegen, da er dachte, dass er in der Lage wäre, sich genug Bilder vor sein geistiges Auge zu holen, um zum Höhepunkt zu kommen. Er war sich allerdings sicher, dass er nicht in der Lage sein würde, Flynns Rekord zu unterbieten.

Auf dem Tisch neben dem Sessel stand eine Box mit Papiertüchern und Gable stellte den Plastikbehälter daneben, bevor er sich umdrehte, um sich die Hände zu waschen, wie die Schwester es ihnen sehr geschäftsmäßig erklärt hatte.

Gable sah sich selbst im Spiegel über dem Waschbecken an. Er hatte ein paar mehr Fältchen um die Augen herum, als er es gewohnt war und er war trotz Flynns exzellenten Kochkünsten immer noch ziemlich dünn. Was ihm jedoch am meisten auffiel, war, dass sein Haar, das immer schmutzig blond gewesen war, inzwischen mit viel Grau durchsetzt war. Er schüttelte den Kopf, während er seine Hände an einem Papiertuch abtrocknete. Er hatte keine Ahnung, warum ein lebenslustiger junger Mann wie Flynn sich einen alten Cowboy wie ihn wählen sollte, aber mittlerweile stellte er das nicht mehr zu sehr in Frage. Dafür fühlte sich Flynns Liebe einfach zu gut an.

Gable öffnete seine Hose, ließ sich in den Sessel fallen und nahm seinen schlaffen Penis heraus. Ihm wurde bewusst, dass ihn das Thema immer noch nervös machte. Monate der Impotenz, nachdem er dem Tod von der Schippe gesprungen war, hatten Spuren hinterlassen. Er war inzwischen weitestgehend geheilt, obwohl er sich immer noch nicht vollständig an sein verletztes Bein oder gar die Prothese gewöhnt hatte. Er begann, sich selbst zu streicheln und versuchte, ein Bild von Flynn vor sein inneres Auge zu holen. Flynn fand immer Wege, ihn abzulenken und zu entspannen. Es waren seine unendliche Geduld und seine Fürsorge gewesen, die Gables Glauben in seine eigenen Fähigkeiten wiederhergestellt und schließlich

167

ein intensives Sexleben hervorgebracht hatten. Er zweifelte auch nicht mehr daran, dass Flynn ebenfalls seinen Spaß hatte. Er musste sich nur ein Bild von Flynn vorstellen, der sich über ihn lehnte und in ihn hineinstieß - die Entschlossenheit und die Ekstase in seinem Gesicht, als er hart und präzise zustieß - und Gable fühlte, wie sein Penis anschwoll. Ja, so sollte es sein.

Das Bild wechselte schnell zu dem, wenn Gable auf Flynn saß und ihn ritt. Gable mochte es, die Kontrolle zu haben. Tatsächlich mochte er es manchmal ein bisschen zu sehr, aber er hatte gelernt, auch Flynn von Zeit zu Zeit die Initiative zu überlassen und seither ließ Flynn ihn die Arbeit tun. Er würde dort liegen, zu ihm hochlächeln und mit seinen Händen über Gables schlanke Schenkel streicheln. Flynn würde ihn ermutigen und erst dann anfangen zu stoßen, wenn Gable fast verzweifelt nach dem Höhepunkt suchte und quasi darum bat. Verdammt, der Mann machte ihn heiß.

Trotzdem war Gable noch weit von einem Höhepunkt entfernt. Er hörte mit den Bemühungen auf und seufzte tief. Er war noch nicht einmal vollständig hart. Das funktionierte so nicht. Einen Moment lang überlegte Gable, ob er den Schwulenporno einlegen sollte, aber er dachte sich, dass ihn das zumindest in der Zeit noch weiter zurückwerfen würde.

In diesem Moment wurde die Tür aufgerissen und Gables erste Reaktion bestand darin, sich zu bedecken und aufzustehen. Es brauchte einen Moment, um zu registrieren, wer eingetreten war.

„Sieht aus, als könntest du eine … helfende Hand gebrauchen?", sagte Flynn neckend.

Gable ließ sich wieder in den Sessel fallen.

„Hunter ist schon seit einer Ewigkeit fertig!"

Gable schmunzelte. „Amateure."

Flynn kam näher, setzte sich auf Gables Schenkel und strich mit seiner Hand durch Gables langes Haar. „Ich meine es ernst. Die Schwester sagte, es wäre okay, dass ich dir helfe, wenn du das brauchst."

„Die Schwester sagte … was?"

Flynn lachte. „Dein Gesicht ist unbezahlbar. Ich habe es ihr nicht gesagt, Liebling. Ich habe mich hier reingestohlen, als sie gerade nicht geschaut hat."

„Woher wusstest du, wo ich bin?"

„Es ist die einzige Tür, an der immer noch ‚besetzt' steht."

Gable wollte gar nicht daran denken, was passiert wäre, wenn es zwei gegeben hätte. Er zog Flynns Kopf näher, um ihn zu küssen und fühlte den bekannten Anflug von Lust. „Ich denke, du hast recht. Du weißt immer, was ich brauche."

Flynn lehnte sich zurück und biss sich auf die Lippe. „Ich dachte an dich, als ich hier drin war. Ich dachte an deinen engen kleinen Hintern und deinen wunderschönen Schwanz und wie eng du dich anfühlst, wenn ich in dich eindringe." Er blickte auf Gables Unterleib und Gable fühlte sofort, wie sein Blut sich dort unten sammelte. Gable nahm seinen Schwanz in die Hand und begann sich langsam zu massieren.

Flynn sah ihn verführerisch an. „Vielleicht solltest du deine Jeans und die Boxershorts ausziehen und dann könnte ich deinen Hintern mit dem Finger ficken. Würdest du das wollen?"

„Fuck", seufzte Gable. „Ja, natürlich würde ich das wollen." Er konnte beinahe zusehen, wie er größer wurde.

„Das Problem ist, ich hätte keine Hand frei, um den Becher zu halten und du bist zu abgelenkt, wenn du einen Finger dort drin hast, um daran zu denken, zu zielen." Er schmunzelte amüsiert, als er den Becher nahm und den Deckel abschraubte. „Also musst du es doch selber tun und dann, wenn du mir die Belohnung bringst, werde ich sie auffangen. Wie klingt das?"

Gable nickte und seine Atmung beschleunigte sich bereits, weil er in Fahrt kam.

„Denk einfach an das Geschenk, das du Calley machen wirst", fuhr Flynn mit tiefer Stimme fort.

Gable hielt inne „Du weißt auf jeden Fall, wie man eine gute Stimmung zunichtemacht."

„Wieso?", fragte Flynn unschuldig.

„Als wäre es schon immer das Ziel meines Lebens gewesen, eine wunderschöne Blondine zu schwängern."

Flynn schmunzelte und lehnte sich über Gable, um ihn zu küssen. „Tut mir leid. Du mochtest Blondinen noch nie?"

Gable wusste, wann er geneckt wurde. „Nein, ich bevorzuge meine Männer eher dunkel. Mit lockigen Haaren."

„Soll ich dann besser Grant für dich holen?"

Gable zog Flynn zu sich herunter und küsste ihn fast brutal. „Ich will nur dich", sagte er keuchend, als er Flynn losließ.

Flynn blickte auf den mittlerweile fast lilafarbenen Schwanz herunter, den Gable inzwischen sehr schnell wichste. „Ich denke, ich werde dich lang und hart rannehmen müssen, wenn wir nach Hause kommen." Flynn schaffte es gerade noch, den Plastikbecher zu positionieren, als Gables Schwanz auch schon explodierte und Streifen aus Ejakulat aus dem Schlitz schossen. „Guter Junge", sagte er, als würde er mit einem der Pferde reden. Flynn stellte den Becher auf den Beistelltisch und küsste Gable leidenschaftlich, als dieser von seinem Höhepunkt herunterkam.

„Ich habe Hunter und Grant eingeladen, mit uns zu Abend zu essen", brachte Gable schließlich hervor.

„Also muss ich warten?"

Gable nickte gemächlich.

Flynn schmiegte sich enger an ihn. „Was ist, wenn du derjenige bist, der Calleys Baby zeugt?"

Gable zuckte mit den Schultern und erfreute sich daran, wie Flynn seine immer noch bekleidete Brust streichelte. „Ich sehe da kein Problem."

„Du hast gesagt, wenn du Vater würdest, dann wolltest du mehr sein als nur ein Samenspender."

„Wie werden sehen, wie Calley damit umgeht, aber ich denke nicht, dass ich sehr viel Vater sein werde. Zum einen denke ich nicht, dass Bill das zulassen wird. Zum anderen wird es ihr Kind sein. Darauf haben wir uns geeinigt, als wir ja gesagt haben."

Gable sah Flynn an und versuchte, den Grund für Flynns Frage herauszufinden. Wollte Flynn auch ein Kind? Er wagte nicht, ihn zu fragen, obwohl er sicher war, dass es eines Tages auf die Tagesordnung kommen würde. Er musste nur daran zurückdenken, wie beschützend Flynn sich um die Stuten und Fohlen gekümmert hatte und sehen, wie gut er für Bridget sorgte und wie gluckenhaft er sich während seiner Krankheit aufgeführt hatte, um zu wissen, dass Flynn ein großartiger Vater wäre.

Plötzlich zog sich Flynn aus Gables Umarmung zurück und stand vom Stuhl auf. „Wir bringen der Schwester besser die Probe und gehen zu Hunter und Grant zurück oder sie werden denken, dass wir das Gebäude durch die Hintertür verlassen haben!"

„Wenn die Schwester uns zusammen aus diesem Raum kommen sieht, dann wird sie denken, dass wir hier drinnen so richtig Sex hatten", antwortete Gable, während er sich selbst wieder in seine Jeans sortierte, nachdem er sich mit einem Papiertuch gereinigt hatte.

„Wäre das ein Problem?", fragte Flynn herausfordernd.

„Nein", Gable lachte. „Lass uns gehen und etwas zu essen finden."

27

ZU SAGEN, das Abendessen begann etwas angespannt, wäre die Untertreibung des Jahrhunderts. Hunter hatte ein typisches Familienlokal ausgewählt, mit robusten Holzmöbeln, rotweißkarierten Tischdecken und Steaks, die kaum auf die sowieso schon übergroßen Teller passten. Die Tische standen dicht zusammen und die meisten Leute hatten die Familie dabei, sodass die ganze Zeit Kinder herumliefen.

Flynn beäugte sie etwas unbehaglich, da er nicht wirklich an Kinder gewöhnt war und er ertappte sich dabei, bedeutsame Blicke mit Gable auszutauschen. Sie mussten gar nichts sagen. Flynn konnte Gable wie ein Buch lesen.

„Und du bist dir sicher, dass du für die Kinder, die du gezeugt hast, auch ein Vater sein willst?", fragte Flynn leise und hob die Augenbrauen, als ein kleiner Junge an ihnen vorbeirannte, der mit seiner Gabel wie mit einer Waffe herumfuchtelte, während er seiner größeren Schwester hinterherlief.

„Auf keinen Fall", war deutlich aus Grants Lächeln und seinem Kopfschütteln zu entnehmen, als sie sich um den Tisch setzten. Flynn versuchte, so viel Abstand wie möglich zwischen Grant und Gable herzustellen, aber da sie einen runden Tisch hatten, bedeutete das zuerst, dass Gable direkt gegenüber von Grant saß und die Spannung stieg in dem Moment merklich an, als sie bemerkten, dass sie sich während des gesamten Essens anstarren würden.

„Lass uns tauschen", schlug Flynn Gable vor. „Dann hast du mehr Raum für deinen Fuß", erklärte er so beiläufig wie möglich. Glücklicherweise verstand Gable sofort und stand auf. Damit saß Gable zwar direkt neben Grant, aber es machte es ihm leichter, Grant zu ignorieren, während er gegenüber von Hunter und neben Flynn saß.

Während sie die Karte studierten, wurde Flynn bewusst, dass sowohl Grant als auch Hunter mit den herumstreunenden Kindern recht entspannt umgingen. Eine müde und überarbeitet aussehende Mutter rief „Jackson!" quer durch das Restaurant, als ein Junge, der eindeutig Unsinn im Kopf hatte, an ihrem Tisch vorbeilief. Hunter war schnell dabei, ihn mit seinem kräftigen Arm aufzufangen und sein Fortkommen damit abrupt zu stoppen. Er hob den Jungen hoch und setzte ihn vor Grant, der seine Karte beiseitegelegt hatte.

„Bist du Jackson?", fragte Grant mit einem breiten Lächeln, das zu der Unternehmungslust des kleinen Jungen passte.

Das Kind nickte.

Grant verwuschelte seine Haare. „Denkst du nicht, dass du auf deine Mutter hören solltest, wenn sie nach dir ruft?"

„Aber sie schreit mich ständig an, Sir", antwortete das Kind.

„Vielleicht weil du nicht zuhörst?", entgegnete Hunter und tauschte einen wissenden Blick mit Grant.

„Geh schon, geh zu ihr und sag ihr, dass es dir leid tut, dass du weggelaufen bist. Vielleicht, wenn du artig bist, lässt sie dich zum Ponyreiten auf die Blue River Ranch kommen?"

„Ich bin groß genug für ein Pferd!", protestierte Jackson.

„Wir haben wirklich sehr große Pferde auf unserer Ranch, weißt du", ergänzte Hunter Grants Einladung.

„Danke euch, Jungs", sagte die Mutter, als sie bei ihnen ankam. „Aber bringt ihn nicht auf dumme Gedanken. Er ist so schon pferdefanatisch genug."

Hunter stand auf und schüttelte die Hand der Frau. „Nun ja, mein Partner hier hat recht. Wir bieten jeden Samstagvormittag Ponyreiten an und wir zeigen Kindern in seinem Alter, was man wissen muss, um ein Pferd zu versorgen. In anderen Worten, sie lernen Ställe ausmisten genauso wie reiten. Und wir passen gut auf sie auf. Sie können mitkommen, wenn Sie möchten."

Sie musterte ihn von oben bis unten und sah dann prüfend die anderen Personen am Tisch an. Dabei war ihr Blick eher interessiert als misstrauisch.

Hunter holte etwas aus seiner Tasche. „Hier ist unsere Karte. Meine kleine Schwester ist großartig mit Kindern und sie ist die Reitlehrerin. Warum rufen Sie sie nicht einfach an?"

„Können wir, Mama?", fragte Jacksons ungeduldig.

„Wir werden sehen, Jack", antwortete seine Mutter. „Nochmal danke. Er ist ein Wirbelwind", sagte sie und wandte sich wieder an Hunter.

Flynn beobachtete die Interaktion und blickte dann zu Gable. Er war froh, seinen Geliebten weniger angespannt zu sehen, aber noch mehr überraschte ihn, dass Grant so entspannt war. Er hätte niemals erwartet, dass Grant so gut mit Kindern umgehen konnte.

„Also bietet ihr Ponyreiten auf der Ranch an?", fragte Gable, nachdem die Bedienung ihre Bestellungen aufgenommen hatte.

Hunter nickte. „Bernie bringt den Kindern das Reiten bei und sie hat sich überlegt, dass sie ein bisschen zusätzliches Geld verdienen könnte, indem sie die Kinder aus dem Ort ebenfalls im Reiten unterrichtet. Du weißt schon, Klassenkameraden von Danny. Sie möchte zu einigen dreitägigen Veranstaltungen fahren, aber braucht dazu noch etwas Geld. Wir haben ihr ein gutes Pferd gekauft, aber die ganze Ausstattung und die Reisekosten sind ganz schön teuer."

„Ach, deshalb hast du all die kleineren Pferde gekauft", sagte Gable, als wenn ihm das erst in diesem Moment bewusst wurde.

„Ja", sagte Hunter schlicht. Flynn bemerkte den Blick, den er Grant zuwarf und er wurde das Gefühl nicht los, dass sie etwas verbargen. Andererseits war die Stimmung zwischen ihnen nicht entspannt genug, als dass er den Eindruck gehabt

172

hätte, nachfragen zu können. Daher war er sich relativ sicher, dass er mit seinen aufgestauten Fragen würde leben müssen.

„Die Ranch entwickelt sich gut?", fragte Gable.

„Ziemlich gut", antwortete Hunter. „Wir haben während des Sommers einige Fohlen verloren. Und haben auch noch nicht herausgefunden, ob es Pferdediebe waren oder ein Panther, aber so oder so wird er früher oder später gefasst werden."

„Danke für die Warnung" sagte Gable. „Ich werde die Kleinen einfach dicht am Haus halten."

Die Bedienung brachte ihre Steaks und sie aßen fast schweigend. Von Zeit zu Zeit sprachen Hunter und Gable übers Geschäft und Flynn war froh, dass Grant sich aus der Konversation heraushielt, da Gable inzwischen recht entspannt wirkte. Außerdem gab es Flynn Zeit, seine Gesellschaft beim Abendessen zu beobachten. Er musste zugeben, dass Grant ein attraktiver Mann war. Nicht sein Typ, aber er hatte das Gefühl, dass sie Freunde sein könnten, wenn es da nicht die Geschichte zwischen Gable und ihm gegeben hätte. Hunter war ebenfalls ein Hingucker. Flynn hatte das schon beim ersten Mal bemerkt, als er ihn gesehen hatte, als Hunter zur Ranch gekommen war, um Pferde zu kaufen. Die durchdringenden Augen waren wahrscheinlich sein größtes Plus, aber Flynn mochte auch sein Lächeln. Es war warm und verbindlich und nicht nur, wenn er Grant ansah. Dieses Lächeln galt jedem: der Aushilfe, die die Teller abräumte, der Bedienung, die ihnen die Dessertkarte anbot und sogar Gable kam in den Genuss dieses Lächel Nur einen Moment lang fühlte Flynn einen Funken Eifersucht. Hunter und Gable hatten offensichtlich eine lange Geschichte und Gable hatte zugegeben, dass er auf den jüngeren Hunter gestanden hatte, aber würde er jemals ein Konkurrent sein, nun wo Gable sicher wusste, dass Hunter schwul war?

Flynn wurde von Gables warmer Hand auf seinem Schenkel zurück ins Hier und Jetzt geholt. „Bin gleich wieder da", sagte Gable, bevor er aufstand und in Richtung der Toiletten verschwand.

„Ja, da müsste ich auch mal hin", sagte Grant und folgte in die gleiche Richtung.

Hunter hatte scheinbar Flynns panischen Ausdruck gesehen. „Es wird schon gut gehen", versicherte Hunter ihm, aber Flynn konnte sehen, dass er auch nicht hundertprozentig überzeugt war. „Grant ist inzwischen viel ruhiger geworden. Ich denke, er möchte einfach nur mal einen Moment mit Gable alleine reden."

„Naja, das hoffe ich mal", sagte Flynn, wendete seinen Blick von der Toilettentür ab und richtete ihn auf die laminierte Karte in seinen Händen. Aber er konnte die Karte nicht lesen. Er machte sich zu große Sorgen darüber, was auf der anderen Seite des Restaurants gesagt oder getan wurde. Er wusste, dass er Gable nicht retten konnte. Er musste seinem Geliebten seine Würde lassen und den Eindruck vermeiden, dass er ein übereifriger oder eifersüchtiger Liebhaber war. Aber trotzdem verlangsamte sich sein Herzschlag erst wieder, als Gable zum Tisch zurückkehrte.

Gables Lächeln entspannte Flynn. „Bestellst du noch was?"

Flynn zuckte mit den Schultern. „Wahrscheinlich nicht."

„Ich nehme die Eiscreme", sagte Hunter, der offensichtlich auch noch nicht ganz überzeugt war.

„Ja, ich auch", stimmte Gable zu. „Irgendeine Idee, was Grant will? Denn ich sehe, dass die Bedienung in unsere Richtung unterwegs ist. Er mag Nüsse und Karamell", sagte Gable so beiläufig, dass sowohl Flynn als auch Hunter ihn anstarrten, obwohl Gable nicht erkennen ließ, ob ihm das bewusst war.

Hunter bestellte für Grant und sich und Gable orderte nur seinen eigenen Nachtisch, nachdem Flynn nochmal abgelehnt hatte.

„Was hast du für mich bestellt?", fragte Grant, als er an den Tisch zurückkam.

„Vanilleeiscreme mit Karamellstücken und Nüssen", sagte Hunter.

„Oh, super", erwiderte Grant, rieb sich die Hände und lächelte Gable an.

„Grant hat mir erzählt, dass ihr beide darüber nachdenkt, ein weiteres Haus zu bauen?", fragte Gable beiläufig.

„Ja", antwortete Hunter und warf Grant einen kurzen Blick zu, bevor er wieder Gable ansah. „Wir haben uns überlegt, dass es einfacher wäre, unser eigenes Haus zu haben, nachdem es im Haupthaus doch ziemlich ... voll ist." Gable schmunzelte, während Flynn den Austausch mit Erstaunen beobachtete.

„Wir wollten dich und Flynn fragen, ob ihr uns gelegentlich unterstützen würdet."

Gable warf Grant wieder einen fragenden Blick zu und drehte sich zu Flynn, bevor er antwortete. „Ich denke schon, dass wir das können, natürlich immer erst, wenn die Aufgaben auf der Ranch erledigt sind. Es ist das Mindeste, das wir für euch tun können, nach all der Hilfe, die wir von euch beiden bekommen haben."

Flynn nickte beinahe automatisch, aber er wusste nicht, wie er die plötzlich so einfache Interaktion zwischen Gable und Grant bewerten sollte. Es gab keine Chance, Gable zu fragen, bis sie wieder in ihrem Truck und auf dem Weg nach Hause waren. Da das Autofahren nach der Amputation für Gable noch relativ ungewohnt war, wollte er ihn nicht mit so tiefgründigen Fragen belasten und biss sich auf die Zunge.

„Du bist furchtbar still", sagte Gable schließlich. Sie waren auf dem letzten Stück vor der Ranch.

„Es war nur seltsam, dich in einem Moment so angespannt zu sehen und dann im nächsten so locker. Als du von der Toilette zurückkamst ... als ich sah, dass Grant dir folgte, dachte ich ... Selbst Hunter sah besorgt aus, Gable", stammelte Flynn. Er versuchte, all seine Gefühle in die Worte zu legen, hatte aber nicht den Eindruck, dass er erfolgreich war.

„Es ist alles gut, Flynn", versicherte Gable ihm. „Ich gestehe, dass ich zuerst auch nicht wusste, was ich tun sollte, als ich sah, dass er mir folgte, aber er wollte nur reden."

Flynn rollte seine Augen, denn er fühlte die Tränen aufsteigen und wollte nicht weinen. Er hoffte, dass er seine Emotionen unter Kontrolle halten konnte bis sie zu Hause waren, daher war er gar nicht glücklich, als Gable den Wagen auf dem Seitenstreifen zum Stehen brachte und den Motor abstellte.

„Wir behindern den Verkehr, Gable."

Gable lachte. „Das ist unsere Straße. Niemand kommt hierher." Er nahm Flynns Hand. „Er hat sich entschuldigt, Flynn. Er sagte, dass er nicht gewusst hätte, was mir zugestoßen war. Er entschuldigte sich auch für all die Lügen und die Verdrängung. Er gab zu, dass er schwul ist", sagte Gable mit einem Grinsen. „Ich denke, Hunter ist wirklich der Richtige für ihn."

„Ja, sie passen gut zueinander", sagte Flynn, drückte Gables Hand als Antwort und fühlte sich wieder etwas ruhiger.

„Das tun wir auch."

Flynn lächelte und fühlte, wie er sich bei Gables liebevollen Worten vollständig entspannte. „Heißt das, du verzeihst Grant?"

„Es gibt keinen Grund, nachtragend zu sein. Es ist eine Verschwendung von Energie. Ich würde diese Energie lieber auf etwas anderes verwenden. Auf jemand anderen."

Gable entwand seine Hand, umfasste Flynns Hinterkopf und zog ihn sanft in einen Kuss. Als sie sich wieder trennten, griff Gable nach dem Schlüssel, um den Truck wieder zu starten, aber Flynn stoppte ihn.

„Können wir einfach noch ein bisschen hier stehen bleiben?"

„Klar", antwortete Gable, legte seinen Arm um Flynns Schultern und zog ihnen enger an sich.

„Wer ist Danny?"

„Danny? Oh, Danny ist Hughs Sohn. Hugh ist Hunters Vorarbeiter und mit Lisa verheiratet, die Hunters älteste Schwester ist, daher denke ich, dass Danny Hunters Neffe ist. Oh, und sein Patenkind auch noch, glaube ich."

„Hat Danny Brüder oder Schwestern?"

„Ich glaube nicht." Gable warf Flynn einen fragenden Blick zu. „Warum?"

„Als Hunter davon sprach, dass Bernie den Kindern beibringt, zu reiten, sprach er definitiv im Plural. Kinder. Mehr als eins. Hat Hunter noch mehr Neffen?"

Gable schüttelte den Kopf. „Nicht, soweit ich weiß. Er hat drei Schwestern, aber nur Lisa hat einen Sohn. Bernie ist die Jüngste. Sie ist gerade aus der Oberstufe raus. Die mittlere Schwester ist Izzie, sie arbeitet mit auf der Ranch. Alles liebe Mädchen, obwohl Izzie ein bisschen ein Wildfang ist. Nimm bloß nie eine Herausforderung von ihr zum Armdrücken an. Ich hab noch keinen Mann getroffen, der nicht mit schmerzendem Arm und ramponiertem Ego weggegangen wäre."

„Dich eingeschlossen?"

Gable biss sich auf die Lippe. „Sie hat mir fast den Bizeps zerrissen und war zu der Zeit gerade mal zwölf."

„Weichei", sagte Flynn und knuffte Gable in die Rippen. „Was denkst du also, wer die anderen Kinder sind?"

Gable zuckte mit den Schultern. „Vermutlich Klassenkameraden von Danny. Kinder aus dem Ort. Es gibt viele dort, die ein Pferd noch nie aus der Nähe gesehen haben."

Flynn war sich nicht sicher, ob Gable recht hatte. Er war sich sicher, dass Hunter sich verplappert und dann versucht hatte, es zu überspielen, indem er den Kommentar über Dannys Schulfreunde nachgeschoben hatte. Schließlich schüttelte er den Kopf und entschied, dass es nicht lohnte, länger darüber nachzudenken.

Als Flynn zitterte, zog Gable seinen Arm zurück und startete den Wagen. „Lass uns nach Hause fahren. Ich glaube, du hast mir etwas versprochen?"

„Versprochen?", wiederholte Flynn.

„Irgendwas darüber, das zu beenden, was wir in dem Samenspenderraum im Krankenhaus begonnen haben?"

„Aaah", sagte Flynn mit einem verwegenen Lächeln. „Nun, das ist natürlich ein unwiderstehliches Angebot."

28

DAS ABENDESSEN mit Hunter und Grant war mehr als nur ein guter Start. Mindestens einmal in der Woche schien Hunter eine Ausrede zu finden, um die Nachbar-Ranch zu besuchen und üblicherweise begleitete Grant ihn. Es begann damit, dass die beiden die heranwachsenden Fohlen besuchten und endete unweigerlich damit, dass sie über das Geschäft redeten. Schließlich ging es so weit, dass Hunter Gable in seine Einkäufe von Heu und Getreide einschloss, sodass Gable von den besseren Preisen profitieren konnte, die Hunter aufgrund der schieren Menge, die er abnahm, heraushandeln konnte.

Für Gable war es schön, wieder einen Freund zu haben. Erst als Hunter und Grant eines Abends zum Essen dablieben, wurde ihm bewusst, wie sehr er es vermisst hatte, Zeit mit Freunden zu verbringen.

„Das hat Spaß gemacht", sagte Flynn, während sie das Wohnzimmer aufräumten, nachdem die beiden Männer gegangen waren. „Inzwischen ist mit Grant wirklich wieder alles okay, oder?"

Gable lächelte nachdenklich. „Weißt du, ich denke, ich mag ihn jetzt mehr, als zu der Zeit, als er hier lebte. Damals haben wir uns irgendwie toleriert, aber jetzt ..."

„Du brauchst dich nicht zu entschuldigen, Gable. Ich weiß, dass es nur Freundschaft ist."

Gable hob eine Augenbraue. „Ich entschuldige mich gar nicht. Mir wird nur gerade eben bewusst, dass ich Grant wirklich mag, aber er ist nicht derselbe Grant, den ich kannte."

„Er hat sich so sehr geändert?" Flynn setzte sich auf die Couch und zog Gable neben sich herunter, was Gable dazu zwang, den letzten Teller abzustellen, den er in die Küche bringen wollte.

„Ich habe ihn begehrt, aber ich habe ihn nicht geliebt."

„Das hast du mir schon mal erzählt."

„Ich mochte ihn noch nicht mal, Flynn."

„Aber du brauchtest ihn damals?"

Gable nickte voller Bedauern. „Ich fürchte schon."

„Ich bin mir sicher, wir alle haben schon Dinge aus den falschen Gründen getan", sagte Flynn philosophisch. „Ich hab mich auch nicht gleich auf den ersten Blick in dich verliebt, weißt du."

„Hast du nicht?", erwiderte Gable. „Du meinst, mein unwiderstehlicher Charme hat dich nicht schon in der ersten Woche in den Bann gezogen?"

Flynn lächelte schief. „Nein, die Tatsache, dass du eine Herausforderung warst, war viel anziehender. Ich denke, es ist wahr: Ich liebe die Jagd."

Gable legte seinen Arm um Flynns Schultern und zog ihn an sich, bis sie sich nah genug waren für einen Kuss. Aber er verharrte und überbrückte den letzten Zwischenraum nicht. „Ich bin froh, dass du hartnäckig genug warst, denn wenn es nach mir gegangen wäre, hätte ich dich nach sechs Wochen gehen lassen und dann hätten wir nicht das hier."

„Dann magst du das also?", fragte Flynn neckend, während er seine Lippen über Gables streichen ließ.

Gable lehnte seine Stirn gegen Flynns. „Ich kann mir ein Leben ohne dich nicht mehr vorstellen."

„Gut, denn ich habe auch nicht vor, ohne dich zu leben."

Flynn schmiegte sich enger an ihn und zog seine Knie hoch, sodass er seine Beine über Gables legen konnte.

„Denkst du, dass Hunter und Grant das auch haben?", fragte Gable.

„Du meinst das Kuscheln und das romantische Zeug?", schmunzelte Flynn. „Grant ist, glaube ich, nicht der Typ dafür."

„Und wenn du mich fragst, passt es auch nicht zu Hunter", stimmte Flynn zu.

„Vielleicht hat sich auch das bei Grant geändert?"

„Ich bin mir ganz sicher, dass sie viel verrückten Affensex haben", sagte Flynn ganz nüchtern.

Gable verschluckte sich fast. „Verrückten Affensex?"

„Du weißt schon. Ficken. Hart und wild. Rein und raus. Schnell und schmutzig. Außerdem mögen sie exotische Orte, wie zum Beispiel deinen Heuboden."

„Ich bin sicher, das war eher eine Notwendigkeit. Ich wette, sie haben das auch", sagte Gable und liebkoste den spärlichen Haarwuchs auf Flynn Kinn, bevor er seinen Liebhaber zärtlich küsste.

„Mmmh, ich wette, dass sie das haben. In der Privatsphäre ihrer eigenen Räume. Ich wette, es ist schwierig, verrückten Affensex zu haben, während eine Horde Schwestern nebenan und die Mutter den Gang herunter wohnt."

„Ich wette, das ist es", stimmte Gable zu und küsste Flynn noch mal. Inzwischen hatte er seine Hand unter Flynns Pullover geschoben und streichelte Flynns flachen Bauch.

„Sie verdienen ein Haus nur für sich. Ich wette, Hunter ist ein echter Schreihals, wenn er gründlich rangenommen wird und man kann das natürlich nur dann wirklich rauslassen, wenn niemand zuhört."

Gable zog sich zurück, um Flynn in die Augen zu sehen. „Du hast eine ganz schön wilde Fantasie, mein Junge."

„Sag mir nicht, dass du dir noch nie vorgestellt hast, wie die beiden zusammen aussehen?"

„Ich versuche, nicht darüber nachzudenken", gab Gable zu.

„Ich schon. Auf jeden Fall, nachdem ich sie auf deinem Heuboden erwischt habe."

„Unserem Heuboden", korrigierte Gable.

Flynn lächelte nur. „Also werden wir ihnen helfen, ihr Haus zu bauen?"

„Das ist das Mindeste, was wir tun können", stimmte Gable zu. „Dank Hunter bin ich nicht pleite gegangen und er scheint einen guten Einfluss auf Grant zu haben."

„Gib zu, dass du Grant magst."

Gable sah Flynn misstrauisch an.

„Du weißt, dass es mir nichts ausmacht."

Gable stieß einen langen Seufzer aus und öffnete den Mund, um zu sprechen, aber dann besann er sich eines Besseren und biss sich auf die Lippe.

„Gable, er ist dein Ex. Das klingt jetzt vielleicht ein bisschen arrogant, aber ich glaube nicht, dass ich irgendetwas zu befürchten habe. Du hast kaum eine glückliche Erinnerung zusammen mit Grant und auch wenn seit diesem ersten Abendessen die Spannung verflogen ist, die immer da war, wenn ihr zwei zusammen in einem Raum wart, bin ich mir ziemlich sicher, dass er keine Ahnung hat, dass deine Augen blau sind."

„Das heißt?", fragte Gable und beäugte Flynn misstrauisch.

„Grant hat genauso viel Angst davor, dir in die Augen zu sehen, wie du es hast, Gable."

Gable konnte nicht anders als Lächeln. Die ganze Zeit über war er mit seinen Gefühlen gegenüber Grant und Flynns Gefühlen gegenüber Grant beschäftigt gewesen und nicht ein einziges Mal hatte er sich gefragt, wie Grant über ihn dachte. Nicht einmal hatte er sich selbst gefragt, warum Grant in seiner Nähe immer so wütend und unbehaglich wirkte. Vielleicht war das einfach nur Grants Reaktion darauf, dass er nicht wusste, wie er mit der Situation umgehen sollte.

„Ich hasse ihn nicht mehr", sagte Gable schließlich. „Das habe ich eine Weile getan. Ich fühlte mich verletzt und zurückgewiesen, denke ich, aber er wusste gar nicht, dass ich den Unfall hatte, als er wegging."

Flynn umarmte Gable noch etwas fester und legte sein Kinn auf Gables Schulter. „Ich weiß."

„Ich denke, es ist gut, dass Grant und ich lernen, Zeit ohne all diese Beklemmung miteinander zu verbringen, wenn wir ihnen dann helfen, ihr Haus zu bauen."

„Das denke ich auch."

„Grant hat im Restaurant den ersten Schritt gemacht. Ich denke, jetzt ist es an mir, ihm zu zeigen, dass ich ihm wirklich nicht mehr böse bin."

GABLE LEGTE seinen Kopf gegen Flynns. Er dankte seinem Schutzengel, dass er jemanden getroffen hatte, der so versöhnlich und geduldig war wie Flynn. Seine momentane Beziehung zu Grant war der beste Beweis dafür, dass er nicht gut darin war, seine Gefühle zu kommunizieren. Die Tatsache, dass er und Flynn hatten, was sie hatten, machte ihm den Aufwand bewusst, den Flynn in diese gemeinsame Beziehung steckte.

Flynn gähnte und kuschelte sich noch etwas näher.

„Ich denke, ich bringe dich besser ins Bett."

„Der Erste, der oben ist, liegt unten", erwiderte Flynn und sprang von der Couch auf.

Gable zog ihn wieder zurück. „Hey, das ist nicht fair. Ich bin ein Krüppel."

„Bist du das?", fragte Flynn. „Ist mir gar nicht aufgefallen." Er zog Gable auf seine Füße und Richtung Treppe. „Okay, wir ändern es in: Der Erste, der oben ist, kann wählen, wer unten liegt."

Gable lächelte, denn er wusste, dass er genau das bekommen würde, was er wollte.

EINIGE MONATE später kam Calley vorbei, um die Lebensmittel zu bringen, während Flynn gerade im Stall arbeitete. Als Gables sah, wie sie sich aus dem Truck quälte, lief er los, um ihr zu helfen.

„Ich hoffe, du hast Hilfe im Laden, Calley, denn du tust dich schon sehr schwer", sagte Gable mitfühlend.

„Wem sagst du das", seufzte Calley. „Ich kriege zwar nicht mehr jedes Mal eine Krise, wenn der Arzt mir zeigt, dass da zwei drin sind und ich sehe inzwischen den Vorteil daran, es in einem Anlauf hinter mich zu bringen, aber ich fühle mich schon jetzt wie ein gestrandeter Wal und habe immer noch drei Monate vor mir."

„Hilft Bill dir?", fragte Gable, während er die volle Kiste von der Ladefläche nahm.

Calley schnaubte. „Die Lammsaison hat begonnen. Ich bin schon glücklich, wenn er nachts neben mir schläft."

Gable sah sie eindringlich an, aber sie ignorierte ihn und sie gingen zum Haus. „Du musst dir Hilfe im Laden holen, Calley. Nicht erst, wenn du die Babys hast, sondern auch jetzt schon, damit du die Füße hochlegen kannst." Gable sah die Traurigkeit in ihrem Gesicht, während er die Kiste auf dem Küchentisch abstellte. Er zog einen Stuhl heraus und brachte Calley dazu sich hinzusetzen, während er alles auspackte, was sie mitgebracht hatte.

„Ich habe das Letzte nicht verloren, weil ich zu hart gearbeitet habe, Gable."

Gable legte seine Hand auf ihre Schulter und drückte sie. „Ich weiß, ich sag ja nur … Du musst auf dich aufpassen. Diese Babys sind wertvoll und nicht nur, weil ich an der Empfängnis beteiligt war. Du bist auch wertvoll, das weißt du."

Calley legte ihre Hand über Gables und zog daran, sodass er sich neben sie setzen musste. Sie legte seine Hand auf ihren Bauch und zog ihn in eine Umrahmung, die seinen Kopf nahe an ihren brachte. „Es geht ihnen gut, Gable." Wie auf Stichwort begannen die Babys zu strampeln und Gable zog seine Hand weg, aber sie griff wieder danach. „Sie lieben die Aufmerksamkeit."

„Aber es ist Bills Berührung, die sie fühlen sollten, nicht meine." Trotzdem zog Gable seine Hand nicht wieder weg.

„Bill tut sich mit alldem immer noch sehr schwer."

Gable war voller Mitgefühl für Calley. Er wusste, wie hart es Bill getroffen hatte, dass er seiner Frau nicht die Kinder geben konnte, die sie so sehr wollte. Ihm war auch klar, dass es deshalb in ihrer Ehe immer wieder zu Konflikten gekommen war, aber er hatte gehofft, dass diese Themen sich mit der Schwangerschaft gelöst hätten. Offensichtlich war das nicht ganz so einfach.

„Bill liebt dich, Calley", sagte Gable und küsste ihre Schläfe. „Ich bin ganz sicher, sobald er diese Kinder sieht und jeder seinen Rücken für diese gut gelöste Aufgabe klopft, wird er eine neue Melodie anstimmen."So saßen sie eine Weile beieinander; die Köpfe dicht zusammen, während sich ihre Hände auf Calleys Bauch berührten. Von Zeit zu Zeit trat eines der Babys und Gable lächelte. Er hatte eine Menge Höhen und Tiefen mit Calley geteilt und betrachtete sich als wahren Freund. Er hielt sie fest, weil sie es brauchte, aber er war auch überrascht über seine eigenen Gefühle gegenüber den Babys. Er hatte Gedanken an eigenen Nachwuchs nie zugelassen, weil er schon sehr früh gewusst hatte, dass er niemals eine Frau heiraten und eine Familie haben würde. Er hatte seine väterlichen Gefühle immer in seine Hunde und seine Pferde investiert, aber nun wurde ihm bewusst, dass er diese Kinder aufwachsen sehen wollte. Bis jetzt hatte er immer ganz rational argumentiert, dass er Calley nur half und dass er ihr vertraute, sich gut um seine Kinder zu kümmern. Sie würden nicht wirklich seine sein, denn niemand außer den sechs Beteiligten würde je wissen, dass Bill nicht der Vater war. Was hatte sich also geändert?

Gable hatte keine Chance, weiter darüber nachzudenken, denn sein intimer Moment mit Calley und ihren Babys wurde unterbrochen, als die Vordertür aufschwang und Flynn eintrat. Gable sah den Schwung in Flynns Schritten, als er in die Küche gelaufen kam und dann die Veränderung in seinem Gesichtsausdruck, als er bemerkte, wie nah sein Geliebter Calley war.

Erst in diesem Augenblick dachte Gable wieder daran, seine Hand von Calleys Bauch zu nehmen.

29

FLYNN FÜHLTE sich, als wäre er in etwas hineingelaufen, was er nicht sehen sollte. Er sah, wie Gable seine Hand von Calleys Bauch wegzog und bemerkte das Erstaunen auf Calleys Gesicht. Bevor er auch nur daran denken konnte, Gable um eine Erklärung zu bitten, hatten seine Füße ihn schon wieder nach draußen in den strahlenden Frühlingssonnenschein und die kalte Morgenluft getragen.

Bridget kam mit wedelndem Schwanz auf ihn zu. „Lass uns gehen, mein Mädchen. Zurück in den Stall."

Alles, woran er denken konnte, als er TC sattelte war, dass sein erster Eindruck richtig gewesen war. Da gab es etwas zwischen Gable und Calley, von dem Gable ihm bisher nichts erzählt hatte. Alles, was er sehen konnte, war sein Geliebter, der dicht neben Calley saß, und sie festhielt: Sein Kopf dicht an ihrem, als hätten sie sich gerade geküsst und seine Hand auf ihrem Bauch, die Kinder beschützend, die darin heranwuchsen. Seine Kinder, Gables Kinder. Die Kinder, von denen Gable immer behauptet hatte, dass er sie nicht wollte. Die Kinder, von denen Gable immer gesagt hatte, dass er bei der Zeugung nicht helfen würde, weil es ihm dann nicht erlaubt wäre, ein Vater für sie zu sein. Und dann hatte er seine Meinung plötzlich geändert.

Oh, Gott! Er würde einen Arm und ein Bein dafür geben, wenn diese Kinder seine wären. Er hatte sich selbst immer gesagt, dass es besser wäre, wenn sie es nicht waren, denn er würde sie selbst aufziehen wollen und er würde das vermutlich genauso versauen wie er alles andere auch versaut hatte.

Als er in den Sattel stieg, wusste er, dass er weg musste, ein bisschen Abstand zwischen sich und die Ranch bringen musste, obwohl er sie im Augenblick nicht mit gutem Gewissen verlassen konnte. Er wusste, dass er vernünftig sein musste. Er musste zurückkehren und mit Gable darüber reden, aber gerade im Augenblick konnte er das nicht. Er würde auf jeden Fall Dinge sagen, die er später bereuen würde.

Nachdem er TC eine Weile hatte galoppieren lassen, verlangsamte er das Tempo, denn er wusste, dass Bridget versuchen würde, ihm zu folgen. Er ging im Schritt, als sie hechelnd zu ihm aufschloss. Daher stieg er neben einem Wassertrog ab und rief sie zu sich. Das Tauwetter hatte eingesetzt und es gab nur noch eine dünne Schicht Eis auf dem Wasser, daher durchbrach er es und ließ Bridget und das Pferd trinken. Danach suchte er sich eine Stelle im hohen Gras in der Nähe des Zauns, wo fast der ganze Schnee geschmolzen war und setzte sich hin.

Bridget legte sich halb in seinen Schoß.

„Du weißt immer, wenn ich etwas mitgenommen bin, nicht wahr, mein Mädchen?"

Bridget sah zu ihm auf und legte dann ihren Kopf auf seinen Schenkel. Er streichelte ihren Kopf und ihre Flanke und fühlte, wie er sich langsam entspannte. Selbst wenn Gable ein Geheimnis vor ihm hatte, dann würden sie ganz erwachsen darüber reden, denn das war, was man in einer Beziehung tat. Zumindest stellte er sich das so vor. Es war ja nicht so, dass er jemals zuvor eine erwachsene Beziehung hätte beobachten können. Es war nur so schwer zu begreifen, dass es immer wieder Unsicherheiten geben würde; dass er sich niemals hundertprozentig darüber sicher sein könnte, was er mit Gable teilte. In diesen letzten Monaten waren sie sich so nah gekommen und trotzdem hatte er das nicht kommen sehen.

Flynns Gedanken wurden von Hufgeklapper unterbrochen. Er wusste, es war Brenner; er konnte das nervöse Trampeln des großen Hengstes jedes Mal zielsicher heraushören. Als Gable sich näherte, hatte er das Pferd durchpariert und schien ruhig, als er ein paar Schritte entfernt abstieg.

„Bist du okay?"

„Klar", antwortete Flynn und versuchte, locker zu klingen.

„Du hast noch nicht mal Hallo zu Calley gesagt."

Flynn zuckte mit den Schultern. „Ich wollte euch nicht stören."

„Das hast du nicht", sagte Gable kurz. „Sie hat die Lebensmittel vorbeigebracht. Ich musste ihr helfen, denn langsam wird es wirklich ungemütlich für sie."

„Oh, du hast ihr wunderbar geholfen", sagte Flynn und klopfte auf Bridgets Seite, sodass sie sich bewegte und er aufstehen konnte.

Gable blieb neben Brenner stehen und Flynn dachte, das allein wäre schon Zeichen genug, dass irgendetwas nicht in Ordnung war. Er ging zu TC und nahm die Zügel, aber Gable hielt ihn auf.

„Was ist los, Flynn?"

„Das fragst du noch?", sagte Flynn und drehte sich von Gable weg. Dieses Mal legte Gable seine Hand auf Flynns Schulter, um ihn aufzuhalten. „Du und Calley? Ich wusste, dass es da Sachen gab, die du mir nicht erzählt hast. Jetzt wünschte ich, du hättest es getan."

„Ich habe dir alles erzählt, was du wissen musstest", sagte Gable zögernd.

„Dann vertraust du mir wohl nicht genug." Flynn versuchte erneut aufzusteigen und dieses Mal hielt Gable ihn nicht zurück. Sobald er den Sattel unter sich spürte und TC begann, von einem Bein aufs andere zu treten, bereit loszulaufen, sah er Gables geschlagenen Blick und stieg wieder ab.

Gable sagt nichts.

„Was genau ist deine Beziehung mit Calley?", stieß Flynn hervor.

„Das habe ich dir gesagt. Wir sind Freunde. Wir haben in den vergangenen Jahren eine Menge zusammen durchgemacht. Vieles davon schlecht."

„Ein Bett?", fragte Flynn, der immer noch fühlte, wie die Wut in ihm brodelte.

„Nein, das nicht", sagte Gable ruhig. „Du weißt, dass ich nicht mit Frauen schlafe, Flynn."

„Du hingst komplett über ihr." Sobald er die Worte ausgesprochen hatte, wurde Flynn bewusst, dass er klang, als wäre er immer noch in der Oberschule.

„Ich habe mich um sie gekümmert. Bill ist nie da und sie ist hormonell durcheinander. Sie fühlt sich einsam und unwohl und unsicher und sie ist müde und ausgelaugt. Ich war nie mehr als ein Freund für sie, Flynn. Ich gestehe, dass ich versuche, ein guter Freund für sie zu sein, aber es gibt nichts, womit ich mich jemals für all das revanchieren kann, das sie über die Jahre für mich getan hat."

„Du hast ihr deine Kinder gegeben. Das sollte genug sein." Inzwischen fühlte Flynn Tränen in sich aufsteigen. Er versuchte, sie herunterzuschlucken, aber seine Kehle war eng und trocken.

„Es sind nicht meine Kinder", wiederholte Gable zum hundertsten Mal. „Es sind ihre und Bills. Die einzigen Menschen, die wissen, dass sie von mir sind, sind Hunter und Grant, du und ich und natürlich Bill und Calley."

„Aber es sind deine", sagte Flynn kaum lauter als ein Flüstern, als er sich unter dem Vorwand, etwas am Sattel zu richten, umdrehte. „Ich möchte, dass es deine sind."

Flynn schloss die Augen, als er erneut Gables Hand auf seiner Schulter fühlte und ihm bewusst wurde, wie gut es sich anfühlte.

„Es tut mir leid, dass du nicht der Spender sein konntest, Flynn. Du weißt das, nicht wahr? Wenn es möglich gewesen wäre, dann hätte ich gewollt, dass du diese Kinder zeugst."

Flynn konnte die Tränen nicht mehr zurückhalten. Er drehte sich um und warf sich in Gables Arme, wobei er sein Gesicht in seiner Halsbeuge versteckte. Gable schlang seine Arme um ihn, drückte ihn und wiegte ihn langsam hin und her.

„Ich wünschte, durch irgendeine Laune der Natur wäre es mir möglich gewesen, dir diese Kinder zu geben, Gable", sagte Flynn, als er wieder sprechen konnte.

„Ich wollte sie nie, Flynn. Ich habe es nie vermisst, Kinder zu haben." Dann wurde ihm etwas bewusst. „Aber du wolltest das, oder?"

Flynn hob seinen Kopf, aber wagte nicht, Gable in die Augen zu schauen. „Ganz schön ironisch, dass du Calley wahrscheinlich schon schwängern könntest, wenn du neben ihr sitzt, während ich nur Platzpatronen verschieße."

Gable strich die Haare aus Flynns Gesicht, aber Flynn sah über Gables Schulter in die Ferne. Er war nicht bereit für das, was er in Gables Augen lesen würde.

„Ich hätte nie gedacht, dass die Testergebnisse so schwer für dich wären, Flynn", sagt Gable leise. „Es tut mir leid, dass ich nicht verstanden habe, wie wichtig das für dich war. Ich dachte, es ginge dir wie mir, dass du automatisch mit dem Thema Kinder abgeschlossen hattest, weil du ja auch niemals eine Frau heiraten würdest."

„Ich denke, dass ich wohl nie die Hoffnung aufgegeben habe, dass ich einen Weg finden würde", gestand Flynn. „Frag mich nicht, wie ich es anstellen wollte, aber als dieser Arzt mir sagte, dass ich zeugungsunfähig bin, brach für mich eine Welt zusammen." Gable drückte ihn ganz fest und Flynn musste zugeben, dass es sich gut anfühlte. „Der einzige Lichtblick war, als du dann zugestimmt hast, der Spender zu sein. Immerhin werde ich jetzt deine Kinder aufwachsen sehen, wenn auch nur aus der Ferne."

„Ich kann Calley bitten, es mit dir zu teilen, Flynn. Ich denke, wenn ich es ihr erkläre, dann wäre sie gerne bereit dazu."

Flynn schüttelte den Kopf.

„Ich denke, sie braucht dringend jemanden, um diese Gefühle zu teilen. Sie hat solche Angst, glücklich zu sein. Sie hat Angst, dass wieder alles schief geht und Bill fühlt sich noch nicht als Vater, deshalb ignoriert er es auch", fuhr Gable fort. „Es ist komisch zu spüren, wie die Babys sich in ihr bewegen. Es ist so echt. Ich denke, ich habe einen Fuß gefühlt, als eines von ihnen trat, einen winzigen kleinen Fuß, genauso wie du manchmal einen Huf in einem Stutenbauch fühlen kannst, wenn das Fohlen kurz vor der Geburt steht. Ich weiß, dass du das schon gefühlt hast, Flynn. Ich habe gesehen, wie du die Stuten mehr als einmal gestreichelt hast, kurz bevor die Fohlen kamen."

Flynn nickte, zum einen um zu bestätigen, was Gable gesagt hatte, zum anderem, um ihm recht zu geben. Er wollte Calleys Babyfreude mit ihr teilen. Seine Traurigkeit löste sich langsam auf, als ihm bewusst wurde, dass Gable ihn verstand. Es gab aber noch eine Sache, die er klarstellen wollte.

„Ich bin nicht eifersüchtig, dass du ihr biologischer Vater bist, Gable", er hakte seinen Arm bei Gable ein, sie drehten sich um und liefen los, mit einem Pferd an jeder Seite.

„Oh?"

„Ich würde es vermutlich auch versauen. Ich hatte nicht wirklich geeignete Vorbilder, wenn es um das Verhalten eines Vaters geht."

„Ich habe keinen Zweifel, dass du ein ganz großartiger Vater wärst, Flynn."

Flynn sah Gable misstrauisch an und konzentrierte sich dann wieder auf den Pfad, dem sie folgten. „Ich hoffe nur, dass wir mehr als den gelegentlichen Blick auf sie bekommen, wenn sie groß werden. Ich freue mich schon darauf zu beobachten, ob ich dich in ihnen erkennen kann." In diesem Moment drängelte sich Bridget zwischen sie.

„Geh schon mal nach Hause, mein Mädchen", sagte Gable und klopfte auf ihren Hintern. „Und hör damit auf, dich zwischen mich und meinen Mann zu drängeln", ergänzte er mit einem Lachen.

Bridget lief vor, aber nicht weit. Sie stellte immer wieder sicher, dass sie noch in Sichtweite waren.

„Sie ist dein Baby, nicht wahr?"

Gable nickte. „Und vorher war es ihre Mutter."

„Jemals darüber nachgedacht, sie Babys bekommen zu lassen?"

Gable lächelte. „Habe ich versucht. Hat nicht geklappt. Sie und der Rüde haben sich nicht wirklich verstanden und obwohl er ein paar Mal mit ihr zusammen war, sind keine Babys für Bridget dabei rausgekommen. Sie ist inzwischen auch ein bisschen zu alt."

„Aber sie ist glücklich."

„Sie hat ihre zwei Väter. Das sollte sie sein", entschied Gable. „Fühlst dich jetzt etwas besser?

Flynn nickte. „Danke."

AM NÄCHSTEN Samstag fuhren sie, nachdem die morgendlichen Pflichten erfüllt waren, zu Hunters Ranch und fanden den Grundriss des neuen Hauses bereits abgesteckt vor. Als sie aus dem Truck stiegen, sprang Hunter ihnen entgegen wie ein junger Hund.

„Am Donnerstag wurde eine ganze Menge Holz angeliefert und wir haben die Fahnen aufgestellt, als alles noch mit Schnee bedeckt war", sagte Hunter eifrig. „Was denkst du? Sieht es gut aus?"

Gable sah zu den kurzen Pfählen, die aus dem Boden ragten, und den rot-weißen Bändern dazwischen. Er hob die Augenbrauen, als er feststellte, dass das neue Haus größer würde, als sein eigenes Ranchhaus.

„Bist du sicher, dass wir das zu viert bauen können?"

Hunter lächelte. „Tim und Hugh werden auch noch helfen, genauso wie ein paar Aushilfen von der Ranch, die froh sind, sich etwas zusätzliches Geld zu verdienen. Und wir sind nicht wirklich in Eile. Wir haben ja ein Dach über dem Kopf."

„Sprich nur für dich selbst, Cowboy", unterbrach Grant und schlug Hunter den Hut vom Kopf. „Ich kann es nicht erwarten, dass wir unsere eigenen vier Wände haben."

Hunter schlug nach Grant, versuchte seinen Hut zurückzubekommen und hätte wohl versucht, ihn umzuwerfen, wenn Grant nicht so einen festen Stand gehabt hätte. Während Hunter ihm noch halb am Hals hing, blickte Grant zu Gable und lächelte. „Vielen Dank für eure Hilfe."

Gable tippte sich an den Hut. „Gern geschehen." Er sah zu, wie Hunter sich drehte und damit begannen, Grant zu kitzeln.

„Es gibt Kaffee und Limonade und belegte Brote unter dem Zeltdach dort", sagte Hunter, während er und Grant losliefen, um eine weitere Gruppe von Helfern zu begrüßen.

„Danke", antwortete Gable.

„Hab dir doch gesagt, dass es ihm gut geht", sagte Flynn, nachdem die anderen außer Hörweite waren.

Flynn umarmte Gable von hinten und obwohl Gables erste Reaktion darin bestand zu versteinern, versuchte er, das zu ignorieren. Ja, sie waren in der

Öffentlichkeit, aber er kannte die Leute und war sich recht sicher, dass sie über ihn und seine Beziehung zu Flynn Bescheid wussten. Auch Grant und Hunter waren nicht scheu im Umgang miteinander.

„Entspann dich", flüsterte Flynn.

Gable nickte, als sie gemeinsam auf das Zelt zugingen, das sich gegen den Holzschuppen lehnte. Dort liefen Kinder und Hunde herum.

„Wir hätten Bridget mitbringen können", bemerkte Flynn.

„Ach nee, lass das alte Mädchen zu Hause. Die vielen Kinder hätten sie verrückt gemacht."

Flynn schenkte Gable etwas Kaffee ein und reichte ihm die Tasse. „Sie könnte sich schon mal daran gewöhnen, von Zeit zu Zeit Kinder im Haus zu haben."

Gable sah die Hoffnung in Flynn Augen und hatte nicht das Herz, sie zu zerstören. Trotzdem mussten sie sich der Realität stellen. „Es sind Bill und Calleys Babys, Flynn."

„Ich weiß", sagte Flynn leise. „Aber du hast gehört, was Calley gesagt hat. Sie weiß, dass wir ein Teil ihres Lebens sein wollen und sie sagt, dass Bill scheinbar auch einverstanden damit ist."

Gable nickte, aber sagte nichts dazu. Der Tag hatte so gut angefangen und er wollte die gute Stimmung nicht trüben. Sie hatten diese Unterhaltung jetzt bereits einige Male geführt, aber er sah sie beide nicht ein Kind aufziehen; schon gar nicht Kinder, die sie selbst gezeugt hatten. Letztendlich müssten sie wahrscheinlich schon dankbar sein, wenn sie bei Calleys Kindern Babysitter spielen dürften. Flynn würde sich darauf beschränken müssen, der Vater für all die Fohlen zu sein, die er noch züchten wollte.

„Lass uns mit der Arbeit beginnen, okay?". sagte Gable stattdessen. Flynn nickte, wenn auch zögerlich.

Obwohl es für Frühling noch ziemlich kalt war, hatten sie sich bis zum Mittag gut warm gearbeitet. Gable freute sich immer über ein gutes Tagewerk und als sie sich nach einer kurzen Wäsche im Regenfass zum Essen hinsetzten, bemerkte er, dass sein Bein ihm den ganzen Vormittag keine Probleme bereitet hatte. Sie hatten eine ganze Menge Holz bewegt und damit begonnen, das Fundament auszuheben, was ihm einen schmerzenden Rücken beschert hatte, aber sein Bein fühlte sich besser als im ganzen Jahr davor.

Während sie ihre Brote aßen und Kaffee tranken, kam Izzie mit ihrem neuen Baby aus dem Haus und innerhalb kürzester Zeit hatte Flynn das Neugeborene auf seinem Arm.

„Komm schon, Izzie, gib ihm bloß nicht das Baby. Er wird es dir nie wieder zurückgeben", sagte Gable, nur halb im Scherz. Flynn warf ihm einen missmutigen Blick zu, aber das Lächeln kehrte in sein Gesicht zurück, als das kleine Mädchen zu glucksen begann.

Izzie setzte sich neben Flynn und küsste sein Haar. „Das ist schon okay. Ich weiß, dass er sich gut um sie kümmern wird." Dann drehte sich sie sich Gable zu.

„Calley kommt heute Nachmittag mit mehr Lebensmitteln. Das heißt, wenn sie es schafft. Sie sieht aus, als wäre sie kurz davor zu platzen. Der Arzt sagt, die Babys werden wohl etwas zu früh kommen."

Gable nickte und fühlte, wie Sorge in ihm aufstieg. „Aber sie ist in Ordnung, oder?"

„Oh ja", nickte Izzie. „Sie hat inzwischen Hilfe im Laden und macht sowieso nur noch vormittags auf. Da ist eine Frau, die kommt, um zu helfen und sie bringt ihren Sohn mit, um die Kisten zu schleppen, sodass die schwereren Packarbeiten gemacht sind, wenn die Schule anfängt und er los muss. Voraussichtlich wird sie den Laden auch offen halten, während Calley sich von der Geburt erholt."

„Gut", antwortete Gable, der sich immer noch nicht vollkommen beruhigt fühlte. Er wusste, dass er sich besser fühlen würde, sobald er Calley sah.

Hugh gesellte sich zu ihnen und klopfte Gable auf den Rücken. „Genug herumgefaulenzt. Lasst uns wieder loslegen, Jungs."

Gable drehte sich zu Hunter um. „Was denkt er, wer er ist? Der Vormann?" Beide lachten, als sie aufgestanden waren und dorthin gingen, wo das Fundament ausgehoben wurde. Die schweren Grabungsarbeiten wurden mit einer Maschine gemacht, aber es gab überall Kanten, die begradigt werden mussten und Erde, die beiseite geschafft werden musste.

Gerade als sie alle eine kurze Pause machten, um etwas Wasser zu trinken, sah Gable Calleys Truck in der Auffahrt und lief zu dem Platz, wo sie geparkt hatte.

„Du siehst aus, als könntest du ein bisschen Hilfe gebrauchen, Mama", sagte Gable und streckte ihr seine Hand entgegen, sobald sie die Tür geöffnet hatte. Sie nahm sie würdevoll und dankbar an und schaffte es, aus dem Truck auszusteigen. Erst dann bemerkte Gable, dass sie nicht alleine war.

„Ryan? Kannst du das Essen bitte dort in das Zelt stellen?"

Ein Junge, der ungefähr zehn war, stieg auf der Beifahrerseite aus und ging zur Rückseite des Trucks. Gable war hin und her gerissen, ob er dem Jungen helfen oder sicherstellen sollte, dass Calley es in einem Stück auf einen Stuhl schaffte. Er entschied sich dafür, bei Calley zu bleiben.

„Flynn, kannst du mal bitte helfen?"

Flynn lief auf sie zu. „Was? Sie kann nicht mehr laufen?" Flynn zwinkerte Calley zu, um ihr zu zeigen, dass er nur scherzte.

Gable deutete auf den Truck. „Würdest du dem Jungen mit dem Essen helfen, bitte? Diese Kisten sehen schwer aus und ich möchte nicht, dass er sich wehtut."

„Oh, ihm geht es gut", sagte Calley laut, sodass Flynn sie hören konnte. „Ich weiß, es ist Kinderarbeit, aber ich bezahle ihn gut und er schleppt im Laden noch schwerere Sachen." Dann drehte sie sich zu Gable um und sagte verschwörerisch, „Seine Mutter wollte, dass ich ihn einen Nachmittag lang mitnehme. Ich weiß nicht, warum. Im Laden ist er ein Engel. Du hörst ihn fast nicht und er arbeitet hart. Er ist wirklich stark für seine dreizehn Jahre."

„Er ist dreizehn? Er sieht aus wie zehn", sagte Gable und sah Flynn nach, der versuchte, den Jungen aufzulockern, während sie das Essen ins Zelt schleppten.

Gable musste über den Gegensatz zwischen Flynns glücklichem Gehabe und dem Jungen, der aussah als hätte ihm jemand das Mittagessen gestohlen, lächeln. Plötzlich sah Gable ein kleines Lächeln auf dem Gesicht des Jungen.

„Ich glaube nicht, dass ich das vorher schon gesehen habe", kommentierte Calley mit leiser Stimme. „Dein Mann hat nicht nur ein gutes Händchen mit Tieren, oder?"

Gable lächelte und sagte nichts.

30

DEN EINZIGEN Samstag, den Gable und Flynn in diesem Frühsommer nicht damit verbrachten, an Hunter und Grants Haus zu arbeiten, verbrachten sie auf der Entbindungsstation des Krankenhauses oder vielmehr im Warteraum davor.

Flynn hatte Gables leichte Sorge bemerkt, dass Calley sie vor Bill angerufen hatte, als ihre Fruchtblase vier Wochen vor dem errechneten Termin platzte. Jeder wusste, dass sie eine bessere Chance hatte, es bis ins Krankenhaus zu schaffen, wenn sie sie fuhren, als wenn sie darauf warten müsste, dass Bill erschien. Doch Flynn spürte Gables Enttäuschung darüber, dass Calley selbst jetzt nicht darauf vertrauen konnte, dass Bill da wäre, wenn sie ihn brauchte. Sie hofften beide, dass Bill sich ändern würde, wenn er seine Kinder sah, aber sicher waren sie sich nicht.

Zu ihrer großen Überraschung war Bill fast gleichzeitig mit ihnen in der Notaufnahme und Gable trat würdevoll einen Schritt zurück, um Bill seinen Moment der Freude zu geben.

Nach zwei angespannten Stunden kam Bill in den Warteraum und sah aus, als hätte er die Babys selbst zur Welt gebracht.

„Ein Junge und ein Mädchen, Freunde", verkündete Bill voller Freude und klopfte beiden Männern auf den Rücken, als sie aufstanden, um ihn zu fragen, ob alles in Ordnung war. „Es ist der Traum eines jeden Mannes. Es geht ihnen großartig."

„Und Calley?", fragte Gable trocken.

„Oh, es geht ihr gut. Sie ist okay Das Mädchen kann alles überleben."

Gable sah Flynn an und Flynn erwiderte den Blick mit erhobenen Augenbrauen. Sie mussten nichts sagen, um zu wissen, was der andere dachte. Gable war noch nie Bills größter Fan gewesen, aber Bill war ein sehr guter Tierarzt und er hatte seine Dienste während ihrer schlimmen Notlage mehr als einmal kostenfrei zur Verfügung gestellt. Trotzdem wusste Flynn, dass Gable ihn als Mann nicht mochte und ihn außerhalb des beruflichen Umfelds nur Calley zuliebe tolerierte. Als er nun hörte, wie gefühllos er ihr gegenüber war, sah Flynn, wie die Wut in Gable aufstieg und wusste, dass Gable hart an sich hielt, damit sein Temperament nicht mit ihm durchging.

„Können wir sie sehen?", fragte Gable, der ruhig aussah, aber nur an der Oberfläche.

„Sie ruht sich aus, mein Freund", sagte Bill und schlug Gable auf den Arm. „Vielen Dank, dass ihr sie hergebracht habt. War keinen Moment zu früh."

Bill ging an ihnen vorbei in Richtung Ausgang.

„Wo gehst du hin?", fragte Gable Bill.

„Ich habe Arbeit zu tun. Sie rief mich an, als ich gerade einen Kaiserschnitt bei einer Kuh machen wollte. Ich denke, da war ein anderer Kaiserschnitt erst mal wichtiger."

Bills spöttisches Lächeln ließ Gable rot sehen. „Ich denke, deine Frau könnte dich trotzdem dringender brauchen als diese Kuh, Bill."

„Ach nein", antwortete Bill mit dem gleichen Lächeln auf seinem Gesicht. „Sie ist müde; sie will mich nicht um sich haben."

Gable drückte Bill gegen die Wand und Flynn konnte geradeso verhindern, dass er den größeren Mann schlug. Flynn legte seine Hand auf Gables Schulter, was Gable zu helfen schien, sich zu beherrschen. Allerdings spürte Flynn, wie Gable sich wieder anspannte, als Bill sich, immer noch lächelnd, aufmachte, um zu gehen.

„Ich komme später wieder, Jungs."

Gable trat zurück und sie sahen zu, wie Bill ging.

„Ich kann es nicht glauben! Dieser Bastard!", fluchte Gable, drehte sich um und lehnte sich gegen die Wand.

„Gable", warnte Flynn ihn. Er legte seine Hand auf Gables Arm, aber Gable entzog sich ihm.

„Nach allem, was sie durchgemacht haben, um diese Kinder zu bekommen, geht er einfach wieder zur Arbeit?"

Obwohl Gable nur selten die Fassung verlor, wusste Flynn, dass es jetzt an ihm war, die Ruhe zu bewahren. Ansonsten würde Gable sich in seiner Wut verlieren. „Setzt dich eine Minute hin."

Widerstrebend gehorchte Gable.

„Wie gut kennst du Bill?", fragte Flynn in der Hoffnung, dass Gable sich durch das Reden beruhigen würde.

„Ich kenne ihn schon eine Ewigkeit", gab Gable zu. „Er war schon immer der Tierarzt hier in der Gegend, aber er ist nicht der einzige Tierarzt. Ich habe keinen Zweifel, dass die Rancher verstehen würden, wenn er ein paar Tage Urlaub nähme, nachdem seine Frau gerade Zwillinge bekommen hat, Flynn."

Flynn nahm Gables Hand in seine und drückte sie. „Ich weiß, dass Calley deinen Beschützerinstinkt weckt, aber du kannst nicht ihre Entscheidungen treffen. Sie hat sich dafür entschieden, bei Bill zu bleiben, trotz all der Dinge, die sie zusammen durchgemacht haben. Dafür muss es einen Grund geben, denn sie ist nicht das abhängige Hausmütterchen, deshalb denke ich, dass sie ihn liebt. Trotz all seiner Fehler liebt sie ihn immer noch. Und damit kenne ich mich aus."

Gable sah Flynn in die Augen, als wollte er herausfinden, ob Flynn scherzte.

„Du bist auch lange nicht perfekt, Gable, aber trotzdem liebe ich dich. Frag mich nicht warum, aber ich tue es. Calley kann ihre Gefühle für ihren Ehemann wahrscheinlich auch nicht erklären, aber ich habe keinen Zweifel, dass sie sehr ähnlich sind."

Gables Gesicht entspannte sich und Flynn fühlte, wie Wärme seinen Körper durchströmte. Er liebte diesen Mann wirklich und war in den guten wie in den schlechten Zeiten bei ihm geblieben, genauso wie Calley bei Bill geblieben war. Flynn sah, wie Gable sich umschaute und ihn dann in eine Umarmung zog.

„Du weißt, dass ich dich auch liebe, richtig?"

Flynn lächelte.

„Lass uns schauen, wie es Calley und den Babys geht."

„Gable, wir können da nicht einfach reinstürmen."

„Klar können wir das. Bist du denn nicht ein bisschen neugierig?"

Flynn musste zugeben, dass er es war. Er wollte wissen, wie Gables Kinder aussahen. „Du weißt, dass ich das bin." Genau in diesem Moment kam ein Arzt durch die Türen und sie schlossen sich nicht sofort wieder. Sie gingen langsam zu, als Gable aufstand und Flynn hinter sich her zog. „Dann lass uns gehen." Sie schlüpften hindurch, bevor sich die Türen wieder schlossen. Es machte Flynn ein wenig nervös, sich hinter diesen Türen zu befinden, aber es amüsierte ihn auch, diese andere Seite seines Liebhabers zu sehen. Sie gingen an der verlassenen Schwesternstation vorbei und Gable deutete auf die weiße Tafel. „Calley Haines. Zimmer zwölf." Er zwinkerte Flynn zu.

Es war nicht schwer, das Zimmer zu finden. Gable klopfte und öffnete langsam die Tür. Der Raum war abgedunkelt und es sah aus, als würde Calley schlafen, daher zog Flynn ihn zurück. „Weck sie nicht auf, Gable."

„Ich bin wach." Calleys Stimme klang schläfrig.

„Hallo, mein Mädchen. Ist alles in Ordnung?", fragte Gable mit einer Stimme, die Flynn von ihm bisher nur gegenüber Bridget gehört hatte.

Calley lächelte. „Hey, Jungs. Habt ihr die Babys gesehen?"

Gable schüttelte den Kopf. „Wir wollten zunächst sehen, ob es der Mama gut geht."

Calleys Augen füllten sich mit Tränen. „Ich kann es immer noch nicht glauben. Die Hebamme sagt, dass es ihnen beiden gut geht, aber da sie ja nun etwas früher geboren sind, wollen sie sie noch eine Weile beobachten. Oh, und sie wollten mir noch etwas Erholung gönnen, nachdem ich in der nächsten Zeit die Hände voll haben werde."

„Wir haben Bill auf dem Weg getroffen", sagte Gable. Flynn bemerkte, dass er sich sehr darum bemühte, seine Stimme neutral zu halten.

„Er musste eine Kuh treffen", erwiderte Calley flach. „Ich weiß nicht, ob das eine Umschreibung für Freundin oder ein tatsächliches Tier ist, aber hey …" Dann schien sie sich zu fangen. „Ich weiß, dass er mit dem Kopf bei der Arbeit ist, daher habe ich ihm gesagt, er solle gehen."

Zu Flynns Überraschung schmunzelte Gable. „Du kennst Bill eben."

„Traurigerweise tue ich das", sagte Calley. Aber dann schien sie aufzublühen. „Lasst mich die Hebamme rufen und sie bitten, die Babys zu bringen. Ich möchte, dass ihr sie seht." Flynn war froh, dass sie sie beide angesprochen hatte, obwohl er sicher war, dass sie eigentlich nur Gable meinte. „Falls beide anfangen zu weinen, seid ihr auf jeden Fall zu zweit", sagte sie sehr sachlich.

Ein paar Minuten später kam die Hebamme mit einem Rollbettchen, in dem zwei verpackte Säuglinge lagen und Flynn konnte sich kaum noch zurückhalten. Aber er wusste, dass er geduldig sein musste. Er war der Letzte in der Reihe, wenn es darum ging, die Kinder zu halten und als er sah, wie winzig sie waren, war er sich auch gar nicht mehr sicher, ob er das tatsächlich wollte. Die Babys sahen ziemlich zufrieden und warm aus. Sie trugen jeweils eine rosafarbene beziehungsweise blaue Mütze auf dem Kopf, das kleine Mädchen schlief fest und der Junge lag mit offenen, suchenden Augen da.

Gable sah in das Bettchen und lächelte, daher trat Flynn hinter ihn und schlang seine Arme um Gables Taille, sodass er über die Schulter seines Geliebten schauen konnte. „Er ist wach", bemerkte Flynn.

„Du kannst ihn rausnehmen, wenn du willst, Flynn."

Flynn blickte zu Calley, die trotz ihrer tiefen Augenringe wundervoll aussah.

„Ich kann nicht. Er ist so klein. Was, wenn ich ... ich weiß nicht, ihn fallen lasse?"

Calley lachte, hörte aber fast sofort wieder damit auf und hielt sich stattdessen ihren Bauch. „Wenn es irgendjemanden gibt, dem ich ihn anvertrauen würde, dann bist du das, Liebling. Ich hab dich mit den Fohlen gesehen. Du bist so vorsichtig mit allem, ich bin mir sicher, du schaffst das. Hilf ihm, Gable."

„Sie sind ein bisschen hilfloser als ein Fohlen, Calley", antwortete Flynn. Aber er konnte seine Augen nicht von Gable nehmen, als dieser ganz vorsichtig den kleinen Jungen aus der Krippe hob und ihn an Flynn gab. Dann machte er den Weg frei, sodass Flynn sich auf dem Stuhl neben Calleys Bett hinsetzen konnte. Flynn saß gerade, als er hörte, wie das andere Baby schrie, aber er konnte seine Augen nicht von dem Kind in seinen Armen abwenden. Der Junge sah zu ihm auf, seine Augen immer noch ein bisschen ziellos, aber trotzdem suchend.

„Hey, Baby", sagte Flynn und fühlte sich ein bisschen albern. Als er die Wange des Jungen berührte, drehte sich das Baby zu seinem Finger und versuchte, daran zu saugen. „Hast du Hunger?" Flynn hatte das Gefühl, dass das Baby seine Stimme mochte, daher fuhr er fort leise, aber munter zu reden. „Ich bin mir sicher, dass Mami dich bald füttert. Aber du weinst nicht, also kann es nicht so schlimm sein, richtig? Du bist schön warm, hast eine saubere Windel und du magst es, wenn wir mit dir reden, nicht wahr?"

Das Baby schien einzuschlafen und Flynn sah zu Calley. Seine Augen wanderten weiter zu Gable, der auf dem Bett neben Calleys saß und das kleine Mädchen hielt. Sie schlief ganz ruhig auf Gables Schulter. Zu sehen, wie Gable dort saß und recht problemlos dieses Baby hielt, machte ihm wieder bewusst, wie sehr er es bereute, keine Kinder mit seinem Geliebten haben zu können. Aber sie hatten dieses Thema abgeschlossen. Dies war ihre einzige Chance und wenn Calley ihr Wort hielt, dann würden sie die Möglichkeit haben zu babysitten und zu sehen, wie sie aufwuchsen. Er sah wieder den kleinen Jungen an und versuchte, Gable in ihm zu sehen. Er erkannte den Beginn eines Grübchens am Kinn, genauso wie

Gables eines hatte, aber abgesehen davon sah er Gable nicht wirklich ähnlich, dachte Flynn.

„Wie wirst du sie nennen, Calley?", fragte Gable.

„Da unsere beiden Väter einen Namen gemeinsam hatten, dachte ich, dass ich den Jungen Andrew nenne", sagte Calley. „Und das Mädchen sieht aus wie eine Vicky."

„Calley, das musst du nicht tun", flüsterte Gable.

Flynn sah zu seinem Geliebten auf, dessen Gesicht voller Emotionen war und dann zu Calley, die mitfühlend lächelte.

„Ich mag den Namen", sagte Calley selbstzufrieden. „Und ich denke, er passt zu ihr."

Gable sah weiterhin auf das kleine Mädchen, seine schwieligen Finger streichelten ihre Augenbraue. Flynn sah von Gable zu dem kleinen Jungen in seinen eigenen Armen und hoffte inständig, dass sie sehen würden, wie diese Kinder groß wurden.

Gable stand auf. „Ist bei dir alles in Ordnung, Calley? Ich denke, es ist Zeit für uns zu gehen."

Calley nickte und lächelte. Gable küsste sie auf die Stirn, nachdem er ihre Tochter zurück in die Krippe gelegt hatte und Flynn sah, wie sie ihm etwas zuflüsterte, das ihn lächeln ließ. Als Flynn den Jungen neben seine Schwester legte, sah er, dass sie so eng nebeneinander in der Krippe sehr zufrieden aussahen. Er küsste Calley auf die Wange und verließ dann mit Gable das Zimmer.

„Vicky war der Name deiner Mutter?", fragte Flynn, als sie im Korridor waren.

„Ja", nickte Gable, sagte jedoch nichts weiter.

„Das war sehr aufmerksam von ihr", fuhr Flynn fort und hoffte herauszufinden, warum Gable mit Calleys Namenswahl nicht glücklich schien.

Auf dem Weg nach Hause blieb Gable still, als wenn er Zeit brauchte, um alles für sich selbst zu verarbeiten. Obwohl Flynn wirklich reden wollte, wusste er, dass es besser wäre, Gable etwas Raum zu geben. Er hatte gehofft, dass Gable froh sein würde, die Babys zu sehen, aber er verstand, dass es auch gemischte Gefühle waren. Gable hatte niemals einfach nur der Spender sein wollen und nun war es doch so gekommen. Flynns einzige Hoffnung bestand darin, dass er das Schweigen durchbrechen konnte, bevor sie ins Bett gingen und Gable vielleicht ermutigen konnte, über seine Gefühle zu sprechen, bevor sie einschliefen.

Aber Gable strapazierte Flynns Geduld. Als Flynn aus dem Bad kam, schien Gable bereits zu schlafen, sodass Flynn einfach nur leise unter die Decken krabbelte und ebenfalls versuchte einzuschlafen. Aber in seinem Kopf rasten die Gedanken.

„Gable? Gable?"

Mit einem leisen Stöhnen gab Gable zu erkennen, dass er wach war.

„Ist alles in Ordnung?"

„Warum sollte es das nicht sein?", fragte Gable mürrisch. Als er sich umdrehte, um Flynn anzusehen, sah er allerdings eher verletzt als wütend aus.

„Ich habe mir nur überlegt, dass es ein wirklich emotionaler Tag war und dass du vielleicht darüber reden möchtest."

Obwohl es im Raum ziemlich dunkel war, konnte Flynn das kurze Nicken erkennen. Er wartete darauf, dass Gable etwas sagen würde, aber es kam nichts.

„Andrew sieht aus wie du", sagte Flynn leise und hoffte, Gable damit aufzulockern.

„Wie kannst du das sagen?"

Von Gables Worten ermutigt schob sich Flynn etwas näher an ihn heran und ganz automatisch hob Gable seinen Arm, um ihn um Flynns Schultern zu legen.

„Er hat dieses Grübchen im Kinn, das du auch hast", sagte Flynn und fuhr mit seinem Finger über die Einbuchtung. „Und deine blauen Augen."

„Alle Babys haben blaue Augen", erwiderte Gable tonlos.

„Allerdings hat er Calleys helles Haar."

Gable schmunzelte. „Ich hatte als Kind fast weiße Haare. Zusammen mit der gebräunten Haut sah es aus wie in den alten Werbungen für Sonnencreme."

„Ich hoffe, er sieht aus wie du, wenn er groß wird", fuhr Flynn fort.

Darauf antwortete Gable nicht. Sie lagen lange Zeit schweigend nebeneinander. Keiner von ihnen schlief ein, sie genossen einfach die ruhige Zeit miteinander. Flynn dachte, dass sie das unangenehme Schweigen seiner ersten Wochen auf der Ranch erfolgreich hinter sich gelassen hatten.

„Es ist das Beste, was ich tun kann, Flynn, und es tut mir leid", sagt Gable plötzlich. Daraufhin seufzte er, als würde es sich gut anfühlen, es endlich auszusprechen. „Ich weiß, du wolltest Vater werden und die Pferde sind nur ein Ersatz, selbst die Kleinen. Ich weiß das."

Flynn sah zu Gable auf. Und dann dämmerte es ihm plötzlich. „Ich dachte der Grund, dass du deine Meinung über die Samenspende geändert hast, war Calley zu helfen? Weil Calley Kinder mit hellen Haaren haben wollte. Ich wusste, dass wir die ganze Scharade mit uns Vieren in der Klinik nur Bill zuliebe durchgezogen haben, aber ich habe nicht verstanden, dass du noch andere Gründe hattest."

„Sei nicht böse, Flynn", sagte Gable leise. „Ich wusste, du würdest Kinder für uns wollen und als du die schlechte Nachricht erhieltest, dass es dir nicht möglich sein würde … Ich weiß, dass es nur ein billiger Ersatz ist."

„Ich wäre nur gerne dazu befragt worden", antwortete Flynn leise und bemühte sich sehr darum, nicht gekränkt zu klingen. Allerdings war er tief im Inneren sehr glücklich über Gables Motive.

„Calley wollte wirklich, dass ich es tue, denn es würde einfach mehr Sinn machen, blonde Kinder zu bekommen und ihr hattet alle dunkles Haar. Ich habe sie gefragt, ob sie in Erwägung ziehen würde, dich als Spender zu nutzen. Ich wusste, dass du Kinder haben willst und mir war's ziemlich egal, aber ich hätte gerne gesehen, wie deine Kinder aussehen würden. Du siehst also, ich verstehe es."

Flynn schmiegte sich dichter an Gable, denn er musste ihn unbedingt spüren. Wie sehr er diesen Mann liebte! Flynn drehte seinen Kopf, sodass ihre Lippen sich berührten und platzierte einen züchtigen Kuss auf Gables Mund, der sich intimer anfühlte als die intensiven Küsse, die sie teilten, wenn sie sich liebten. „Ich bin froh, dass du es warst." Flynn schloss seine Augen und wollte einfach nur das Gefühl der Nähe genießen. Ein Hochgefühl begann, die vorherige Melancholie zu ersetzen und Flynn lächelte. „Und wenn Calley oder Bill sie nicht mit uns teilen wollen, dann kidnappen wir sie und bringen sie erst zurück, wenn sie zu sehr schreien."

Gable lachte. „Ich denke, das ist ein großer Vorteil. Wir können sie immer wieder zurückgeben."

Flynn nickte und drückte sich noch enger an Gable, um in den Armen des Mannes einzuschlafen, den er liebte.

Epilog

SIE HATTEN einige der Stuten, die nach Gables dramatischem Winter noch übrig waren, behalten. Es dauerte jedoch ein paar Jahre bis Gable verstand, dass es dafür noch einen weiteren Grund gab, außer dass Flynn Pferde züchten und aufziehen wollte.

Nach den ersten zwei Fohlen, die Hunter gehört hatten noch bevor sie überhaupt geboren waren, stellte Flynn sicher, dass sie jedes Jahr in etwa fünf oder sechs Kleine hatten und ganz langsam konnten sie die Ranch entschulden. Es war immer noch harte Arbeit, aber das machte ihnen nichts aus. Die Pferde, die von Gable zugeritten und trainiert wurden, waren immer noch sehr gut nachgefragt, vor allem von den benachbarten Ranchern, die zuverlässige Reitpferde für ihre Cowboys brauchten. Doch auch die Pferde, die auf den Auktionen verkauft wurden, brachten gutes Geld ein. Flynn war nicht wirklich überrascht, dass Gable den Ruf hatte, exzellente Pferde auszubilden und das wirkte sich letztendlich positiv auf den Preis aus.

„Wie würdest du darüber denken, wenn ein paar mehr Kinder hier herumlaufen würden?", fragte Gable Flynn an einem angenehmen Abend, als sie auf der Veranda saßen und den Sonnenuntergang beobachteten.

„Was hast du angestellt?", fragte Flynn und setzte sich auf, sodass er Gable einen spöttischen Blick zuwerfen konnte.

Gable lächelte. „Du weißt, dass Craig sich eine Ärztin geangelt hat, richtig?"

Flynn schnaubte. „Ja. Ich weiß nicht, wer überraschter darüber war, dass es ein Mädchen ist: du oder er."

Gable schmunzelte. „Na ja, sie arbeitet mit behinderten Kindern und interessiert sich für Therapeutisches Reiten, wo Kinder auf Pferden reiten können, um ihre Balance und ihr Selbstvertrauen zu verbessern und solche Sachen."

„Und du denkst, wir sollten das hier machen?"

Gable zuckte mit den Schultern. „Ich wüsste nicht, was dagegen spricht. Wir haben die Zuchtstuten, die brav genug sind, um mit einem Kind auf dem Rücken im Kreis zu laufen und dann sind da noch die älteren Wallache. Sie sind vollständig ausgebildet, aber da sie immer ein bisschen faul wirken, sind sie für die Auktionen nicht so gut geeignet. Wir wissen aber beide, dass sie sehr rittig sind."

„Ja, ich denke, faule Pferde sind dafür perfekt. Neben Mally könntest du eine Kanone abfeuern und er würde sich trotzdem nicht rühren", schmunzelte Flynn.

„Ich weiß, wir haben nicht viel Zeit, aber es wäre nur ein Nachmittag in der Woche und ich dachte ..."

„Ich denke, es ist eine großartige Idee", unterbrach ihn Flynn. „Ich meine, Hunter und Grant sind inzwischen in ihr Haus eingezogen, daher haben wir mehr Zeit."

„Du hast recht", stimmte Gable zu. „Erinnere mich bitte daran, dass wir beim nächsten Mal, wenn Hunter mit so einer brillanten Idee vorbeikommt, ablehnen, okay?"

„Naja, es begann mit der Ausrede, dass er sein eigenes Haus haben wollte, ohne seiner Mutter zu sagen, dass er Grant bei sich einziehen lassen würde."

Gable lächelte breit. „Weißt du, es ist wirklich schön, dass wir uns alle so gut verstehen. Ich mag sogar den neuen Grant."

„Hey", sagte Flynn und stieß Gable mit dem Ellbogen in die Rippen. „Komm mir ja nicht auf irgendwelche Ideen!"

„Worüber?"

„Grant", antwortete Flynn. „Er mag sich zwar in einen netten Typen verwandelt haben, aber ich denke, wenn du Anstalten machen würdest, ihn Hunter wegzunehmen, dann würde Hunter dich aus dem Verkehr ziehen. Natürlich nur, wenn ich dich nicht zuerst umbringe."

Gable griff nach Flynn, zog ihn dicht an seine Brust und biss ihm spielerisch in den Hals. „Das würde ich nicht wagen. Hunter kann ihn haben. Außerdem brauche ich niemanden außer dir."

„Ist das so?", fragte Flynn und drehte sich um, damit er Gable leidenschaftlich küssen konnte.

„Oh, das habe ich fast vergessen", sagte Gable und unterbrach ihren Kuss. „Wir haben die Zwillinge nächstes Wochenende. Calley möchte ein paar Tage Erholung und hat gefragt, ob wir Babysitten können."

„Oh, großartig", seufzte Flynn. „Kein Sex nächstes Wochenende." Er rollte dramatisch mit den Augen, aber Gable wusste, dass er in diese Kinder vernarrt war.

„Ich mache es wieder gut", neckte Gable ihn. „Und ich fange gleich damit an."

„Oh?", stieß Flynn aus und flatterte mit den Wimpern.

„Das Wasser hatte den ganzen Tag Zeit, um warm zu werden. Wollen wir zusammen unter die Dusche gehen?"

Flynn gab vor, darüber nachzudenken, aber Gable konnte quasi zusehen, wie Flynns Jeans vor seinen Augen eng wurden.

„Der Letzte in der Dusche liegt später unten", sagte Gable, stand auf und streckte seine Hand aus, um Flynn hochzuziehen.

Nur wenige Minuten später standen sie unter dem Strahl des sonnenerhitzten Wassers aus ihrem extra großen Wassertank. Flynn lehnte sich gegen das Haus, während Gable vor ihm kniete und seine talentierten Mund zum Einsatz brachte, bis Flynn ihn dazu brachte, aufzuhören.

„Komm her", winkte Flynn und zog Gable auf seine Füße, um ihn in einen sengenden Kuss zu ziehen.

„Wie willst du es machen?"

Gable hob seine Augenbrauen. „Solange ich dich irgendwie in mir spüre, ist es mir egal."

„Willst du mich reiten, Cowboy?"

„Hat das Pony Lust zu bocken?", antwortete Gable, als er das Wasser abdrehte.

Die Position, die Flynn zu Beginn ihrer Beziehung so sehr gehasst hatte, war inzwischen eine ihrer bevorzugten geworden. Flynn konnte nie genug davon bekommen zu sehen, wie sein Schwanz in Gables engem Körper verschwand und zuerst die Zurückhaltung und dann die totaler Hingabe zu beobachten, mit der Gable ihn ritt. Der einzige Unterschied zu früher bestand darin, dass Gable sich nach den eher wilden Bewegungen hinunterbeugen würde, um Flynn zu küssen, während sie wieder zu Atem kamen. Dann übernahm Flynn und stieß nach oben, während Gable sich über Flynns Körper hielt. Es ging mehr darum, etwas zu teilen, als zum Höhepunkt zu kommen, mehr darum, sich gegenseitig Freude zu bereiten, als selber Freude zu empfinden.

Wenn sie dann müde wurden, würde Flynn Gables Hintern kneten, während Gable seine Erektion gegen Flynns Bauch rieb.

„Das Pony ist heute eine Menge rumgelaufen und wird etwas müde", murmelte Flynn gegen Gables Mund.

„Der Cowboy hat einen schlimmes Bein und alte Knie", antwortete Gable und lächelte, ohne den Kontakt zu Flynns Lippen zu verlieren.

„Wollen wir tauschen?"

Gable nickte und zog sich zögernd zurück. Er hüpfte wieder zur Dusche und drehte das Wasser auf, während er sich am Geländer festhielt, das sie vor einiger Zeit dort angebaut hatten, sodass Gable die äußere Dusche wieder nutzen konnte.

Flynn folgte ihm auf dem Fuße und stellte sich hinter Gable, strich mit seinen Händen durch die nassen Haare auf Gables Brust, wo es zwischen den dunklen Haaren inzwischen auch graue gab. Als Gable seinen Kopf unter den Wasserstrahl hielt, wischte Flynn mit einer Hand über Gables Schädel und Gable drehte sich um, sodass er das Gleiche für Flynn tun konnte. Sie standen dicht beieinander, als Gable nach dem Shampoo griff, um Flynns Haare zu waschen.

„Du scheinst gar nicht so eifrig fortzusetzen, was wir gerade angefangen haben?", fragte Flynn.

„Ich habe keinen Zweifel, dass wir das werden", sagte Gable mit einem neckenden Ausdruck im Gesicht. „Aber ich mag es, den Schmerz, ääh, die Ekstase ein bisschen hinauszuzögern."

Flynn warf ihm einen gespielt ärgerlichen Blick zu, aber zeigte dann seine Freude an dem was Gable tat, indem er ihn küsste und seine Bewegungen spiegelte. Langsam wurde das Streicheln ihrer Hände über ihre Körper wieder sexuell und Flynn nahm ihre Erektionen in die Hand und rieb sie gegeneinander, womit er sie zurück zu voller Härte brachte.

„Willst du mich hier ficken?", schlug Gable vor.

„Mmmh", stimmte Flynn zu. „Ich glaube nicht, dass wir es nach oben schaffen."

Gable drehte sich um und rieb seinen Hintern gegen Flynns Erektion. Sie waren beide glitschig vom Wasser, dem Shampoo und der Seife, daher glitt Flynn ohne große Mühe in Gables Körper hinein. Sie brauchten ein paar Momente, um sich miteinander zu arrangieren. Letztendlich stützte Gable sein Knie auf der Bank ab, die gerade die richtige Höhe hatte, bevor Flynn damit begann, ernsthaft zuzustoßen.

„Verdammt, das fühlt sich gut an", stöhnte Gable.

„Das sagst du immer", antwortete Flynn.

„Weil es immer so ist."

Jedes Mal wenn sie sich liebten, egal in welcher Position, war es immer wieder erstaunlich für Gable, wie gut sie zusammenpassten. Es war nicht wichtig, wie viele Fehlstarts sie gehabt hatten, wie viele Hürden sie hatten überwinden müssen; es war all das wert für diese Augenblicke, wenn die Welt um sie herum stehen blieb und sie es noch nicht einmal bemerken. Es war in Momenten wie diesen, wenn Gable sich daran erinnerte, wie Flynn zu ihm gestanden hatte, selbst als er dachte, dass er niemals wieder Sex haben würde oder als Gable dachte, dass er nie wieder glücklich sein könnte mit oder ohne Flynn. Da gab es eine Konstante in seinem Leben und das war dieser Mann, den es auf seine Ranch verschlagen hatte und der ihn nach einem Job gefragt hatte, den er auf einem gekritzelten Stück Papier in der Post gefunden hatte. Als Gable spürte, wie sein Höhepunkt sich langsam aufbaute, dankte er den Sternen am Himmel ein weiteres Mal, dass er damals ja gesagt hatte. Dann explodierten alle diese Sterne gleichzeitig, während Flynn in sein Ohr schrie. Er fühlte die Hitze von Flynns Ausbruch in seinem Unterleib und wie es aus seinem Körper lief, als er ebenfalls mit mehreren Spritzern kam.

Sie standen unter dem Wasserstrahl und sahen zu, wie ihre kombinierten Körperflüssigkeiten zusammen mit dem Wasser davon flossen. Beide rangen nach Luft, aber wollten sich nicht bewegen, als wenn das Aufgeben der Verbindung irgendeinen Schaden an ihrer wahren Verbindung bedeuten würde.

„Ich liebe dich so sehr", flüsterte Flynn in Gables Ohr.

„Das wusste ich gar nicht", lachte Gable.

„Ich wäre fast nicht hierhergekommen, aber ich habe mir so verzweifelt gewünscht, wieder auf einer Ranch zu arbeiten."

„Und ich hätte fast nicht ja gesagt, denn ich war ein mürrischer Bastard, der sich zu alt fühlte, obwohl ich mich vom ersten Moment an von dir angezogen gefühlt habe."

Flynn kicherte, seine Arme immer noch um Gables Brust geschlungen, sein Kinn auf Gables Schulter. „Was meinst du damit, du warst?"

„Du bist der Bastard", erwiderte Gable.

„Ja, aber du liebst mich trotzdem."

Gable wurde ernst und ließ seinen Kopf nach hinten fallen. „Mehr als das Leben selbst."

In diesem Moment durchbrach ein Blitz den warmen Abendhimmel und beinahe sofort danach ließ ein lauter Donner sie zusammenzucken.

„Ich denke, wir haben Mutter Erde aufgeweckt", kicherte Flynn.

„Mmmh, ich denke, sie will einfach nur ihre eigenen Wolken und Regen."

ZAHRA OWENS wurde kurz vor Woodstock und der Mondlandung in Europa geboren und erhielt von ihren nicht englisch sprechenden Eltern einen unaussprechlichen Namen. Als Wassermann war klar, dass sie sich niemals richtig anpassen würde und ihr Umfeld lernte, das Unerwartete zu erwarten.

In der ersten Klasse begann sie damit, Märchen zu schreiben und im selben Jahr hatte sie den ersten Kontakt zu einer Gruppe englischsprachiger Freunde; einer Gruppe, die sich mit der Zeit so ausweitete, dass bald Personen aus allen Regionen der Welt dazugehörten. Nach außen war sie das typische Einzelkind, daran gewöhnt, die meiste Zeit mit Erwachsenen zu verbringen. Im Inneren suchte sie nach Wegen, ihre wilde Vorstellungskraft zu kanalisieren.

Tagsüber verdient sie ihr Geld als Computerspezialistin, aber es ist ihr früherer Beruf als Krankenschwester auf der Intensivstation, der häufig in ihre Geschichten einfließt. Vielleicht kommt aus dieser Zeit auch ihre Vorliebe für schwierige Charaktere und unvollkommene Körper, vielleicht ist es aber auch nur eine etwas sadistische Ader. Entscheide selbst darüber.

Besuche ihre Webseite http://www.zahraowens.com/ und ihren Blog auf http://zahra-owens.livejournal.com/.